古典詩歌研究彙刊

第三四輯

龔鵬程 主編

第2冊

「一切景語皆情語」——唐宋令詞的情景交融與平安短歌的物哀抒臆

詹斐雯 著

國家圖書館出版品預行編目資料

「一切景語皆情語」——唐宋令詞的情景交融與平安短歌的物哀抒臆／詹斐雯 著 -- 初版 -- 新北市：花木蘭文化事業有限公司，2023〔民 112〕

目 4+276 面；17×24 公分

（古典詩歌研究彙刊 第三四輯；第 2 冊）

ISBN 978-626-344-350-1（精裝）

1.CST：詞論 2.CST：和歌 3.CST：唐代 4.CST：宋代

820.91 112010191

ISBN-978-626-344-350-1

古典詩歌研究彙刊

第三四輯 第 二 冊

ISBN：978-626-344-350-1

「一切景語皆情語」

——唐宋令詞的情景交融與平安短歌的物哀抒臆

作　　者　詹斐雯

主　　編　龔鵬程

總 編 輯　杜潔祥

副總編輯　楊嘉樂

編輯主任　許郁翎

編　　輯　張雅淋、潘玟靜　美術編輯　陳逸婷

出　　版　花木蘭文化事業有限公司

發 行 人　高小娟

聯絡地址　235 新北市中和區中安街七二號十三樓

電話：02-2923-1455 ／傳真：02-2923-1452

網　　址　http://www.huamulan.tw 信箱 service@huamulans.com

印　　刷　普羅文化出版廣告事業

初　　版　2023 年 9 月

定　　價　第三四輯共 8 冊（精裝）新台幣 16,000 元

「一切景語皆情語」
——唐宋令詞的情景交融與平安短歌的物哀抒臆

詹斐雯 著

作者簡介

詹斐雯，畢業於國立臺東大學華語文學系碩士班，現就讀於日本立命館大學・文學研究科・中國文學思想專攻・博士後期課程，預計明年三月畢業，並取得博士學位。碩士時以唐宋令詞與日本平安時代短歌之比較為研究方向，現則以日本江戶時代後期女性儒學者兼漢詩人「高橋玉蕉」及其兩部詩集《玉蕉百絕》、《玉蕉詩稿》為中心，考究其生平成就、漢詩之藝術特色與文學價值，填補江戶時代後期漢詩界的女性漢詩之地位及貢獻。

提　　要

在東方有情世界裡，「情感」一直是韻文學中不可或缺的元素。所謂「抒情」，即是將「內心的悸動」與「外物的感動」兩種頻率相吻合，並進一步透過文字留存情意。無論中國或日本，詩歌的產生皆源自於「抒情」，即使後來發展出了不同體系的韻文體，也依舊不脫離「情」的作用。中國古典詞與日本和歌，由兩種相異的語言寫成，格律體制亦各有千秋。其中，令詞與短歌，無論是在字數、題材、意象與情感表達都有極相似之處，甚至於意境上，景語與情語交錯中產生的美感特徵更有異曲同工之妙，於令詞為「情景交融」，於短歌則為「物哀（もののあわれ）」。兩者將情感投射於自然山水中，景物的內化與情感的物化，相互輝映下突顯出「個人」，並且同樣擺脫政治色彩，只為自我而吟頌。令詞「真景物、真感情」的情景交融境界與短歌「以人心為種，成萬言之葉」的物哀本色，前者物我合一，後者心詞合一，在在展現了兩國的抒情美學精粹。

本書經由令詞與短歌中情語和景語的互動，剖析兩者於字裡行間所呈現的美學色彩。透過比較的方式，從令詞體與短歌體的語言形式和風格談起，再由此進入美學領域，探討「情景交融」與「物哀」所形成的美學系統，接著將令詞詞人與短歌歌人個別闡述，梳理作家與作品間的「抒情」脈絡，最後以「傷春悲秋」、「懷戀思怨」、「羈旅追憶」三種題材探究令詞與短歌的「情景交融境界」與「物哀之美」，尋出雙方相似的性質之餘，又能體現各自獨樹一幟的藝術特質。

目次

第一章　緒　論

第一節　研究動機與目的

「東方的哲學相信『萬物有情』，『情』是對自己存在的一種意識，因為這一點意識，也就有了生命的喜悅與憂傷。」〔註 1〕「有情意識」在東方文學渲染出一片靚麗的抒情色調，為韻文彩繪上充滿「生命」的含蓄顏料。同位於東方的中國與日本，對此「情」字的著墨，竟不謀而合的擁有著相似的美感體會，中國融情入景，日本因物而哀。同時，兩者之間所呈現的藝術特質，又因各自的民族性與文化背景而有別於對方。有生之物為「有情」頌揚「生命的喜悅與憂傷」，中國將之發於「詞」，日本則抒於「歌」。

在那波光搖曳的湖畔，歌樓舞榭中，聽一曲小調，讓歌女婉轉唱出文人墨客心中最真摯的情。這些曲子詞，透過她們增添了柔媚，雅士們因而「作閨音」，締造出無數的美麗與哀愁。「因翻舊闋之辭，寫以新聲之調。敢陳薄伎，聊佐清歡。」〔註 2〕對歐陽修而言，被稱為「詩餘」的詞，不需在意世俗、道德的制限，並於嚴謹的生活中，成

〔註 1〕蔣勳，《夢紅樓》，（臺北：遠流出版公司，2013），頁 27。

〔註 2〕龍沐勛編、卓清芬注，《唐宋名家詞選》，（臺北：里仁書局，2007），頁 147。

為能陪伴左右、抒發性靈的「良人」。自《詩經》始，「詩言志」這般嚴肅的傳統已深根於文人心中。長久以來，「人性」除了壓抑之餘，更要為所言所寫步步為營，以免落於「淫艷」。然而在「詞」的世界裡，人們不再為「載道」所拘，讓情感做最大膽的揭露，回歸到內心中最真的性靈之海。花開花落、滄海桑田，這樣一片景色，與詞人之情重疊，或離別相思，或春傷秋愁，皆化為一聲聲交融於心中亟欲呼嘯的詠嘆。「吾聽風雨，吾覽江山，常覺風雨江山外有萬不得已者，此萬不得已者，即詞心也。」〔註3〕清代詞論家況周頤道出了所有詞人們心中「萬不得已」時的解決途徑，眼觀於景，情發於心，兩者因感應而結合，於是有了秦觀「霧失樓台，月迷津渡，桃源望斷無尋處」的泫然欲泣，更別說李煜「林花謝了春紅，太匆匆」般的悲痛是多麼磨人心弦。

同一時期，相隔於海的另一端，也有著一群具有細膩心思的歌人們，於宮廷中發光發熱。被譽為大和文化開花時期的平安朝，藉由假名的出現，使得和歌取代漢詩地位，成為盛開於王朝文學中最雅緻的蓮。而在怎樣的時機，最易使人放聲吟詠？恰是「徒然心動」時。和歌發跡於生活，人們於生活中體現了「人情」最真實的樣貌，睹物而心有所思，聞樂音而心有所嚮，感官觸發感動，進而「情不自禁」，為之嗟嘆。即使是一片常日所見的月光，也因單相思而賦予「盼伊人回音」的使命：「此身托月影，照君常憐卿。（月影に　我が身を変ふるものならば　つれなき人も　あはれとや見む）」〔註4〕僅此時此刻的月光，成為壬生忠岑苦戀時訴諸衷情的寄託。他們竭盡全力剖白內心，赤裸裸地將「人心」展現於文字中，或春櫻、夏草、秋楓、冬雪，或昔時今日的物事人非，或無法訴諸於世的秘密戀情，歌人們窮盡一生為「情」謳歌，筆墨間的勾勒皆為動容的綺麗。

〔註3〕況周頤，《蕙風詞話》，王幼安校訂，《蕙風詞話．人間詞話》，（北京：人民文學出版社，2006），頁10。

〔註4〕張蓉蓓譯，《古今和歌集》，（臺北：致良出版社，2002），頁261。

詞與和歌，由兩種不同的語言寫成，格律體制亦各有千秋。然究其字裡行間，卻意外能有所共鳴，尤以令詞與短歌為最。令詞與短歌，無論是在字數、題材、意象與情感表達都有極相似之處，甚至於意境上，景語與情語相互交映所產生的美感特徵更有異曲同工之妙，於令詞為「情景交融」，於短歌則為「物哀（もののあわれ）」。

情景交融為中國抒情傳統裡的中流砥柱，《文心雕龍・明詩篇》：「人稟七情，應物斯感，感物吟志，莫非自然。」〔註5〕「情濃」時，自然而然發出的讚嘆，是人之天性，經由自我意識的提升，個性的抒情自我產生，不再只為政教「言志」所侷限，透過生命之「情」與山水世界激盪出「情之所鍾，正在我輩」〔註6〕的美學意識，於是當對的「景」遇上對的「情」，其中所交織而成的言語，最是迷人。詞因音樂性而多了一份有別於詩的藝術特質，情詞為情歌而唱，於是當已寫慣莊重詩歌的雅士們，一旦進入詞作中，人人皆成為「多情種子」，無須附庸於政治、社會，盡情吟詠最為率真自然的人性。「詩莊詞媚」，媚的就是這股將以柔為美的語言色調，滲入個人內心中渴望的紓解之氣，於客觀之物上完全展現「七情六慾」，純粹只為抒情而作，「能言詩之所不能言」〔註7〕即是詞。其中，令詞作為詩與詞的承先啟後，其所表現的抒情性與美感價值更是不容忽視。自《花間集》著重描繪閨閣歌女的旖旎小調，至李煜將個人外在現實遭遇轉化為自我內心情感世界的物我合一境界，再到北宋婉約清麗格調的詞壇，令詞於此段時期成為最璀璨的一顆星，富有「言簡意長」的美感特徵。

在日本傳統的審美觀念中，「幽玄」、「風雅」、「風流」等都是從中國傳入而逐漸被日本化的，而「あわれ」卻是日本固有的表示感動

〔註5〕劉勰，周振甫等注譯，《文心雕龍注釋》，（臺北：里仁書局，1984），頁83。

〔註6〕劉正浩等注譯，《新譯世說新語・傷逝篇》，（臺北：三民書局，2006），頁587。

〔註7〕王國維，馬自毅注譯，《新譯人間詞話》，（臺北：三民書局，1994），頁120。

的詞。〔註 8〕人類最原始的情感，於心有所觸動時，自然而然發出的那聲感嘆，即是「哀」的含意。而在極為推崇漢文化的日本平安時代初期，許多中國的美學觀念與詩論蔚為風行，審美意識的增長與心理活動的重視，使得「感性」成為平安的時代風氣。而啟發感動的開關，正在於「哀之物」的作用。物本身具有「心」，此「物之心」引起體悟之欲，進而使人情人性得到理解，達到「物心人情」的審美境界。於是當歌人與景物間「心」之頻率對上時，這份發自肺腑的吟詠，正是「物哀」的昇華。眾生各有其能，對於事物的實質都有所分辨，或以物喜，或以物悲，因而有歌。〔註 9〕「個人抒情」為和歌主流，且短歌於吟詠上更能表達轉瞬間湧起的情感，於是短歌幾乎可稱為和歌的代表形式。即使於漢詩當道而沉寂之時，和歌仍存在於歌人們的私生活中，將私藏於心中的「愛意」化為封封動人肺腑的情書，一傳一遞間，真情流露。其中，女性歌人藉由和歌與男性並駕齊驅，以女流文學席捲平安歌壇，女性纖細的心思，讓和歌更添柔美。和歌吸收了中國六朝詩歌的風格，將「詩緣情」闡發的淋漓盡致。於是當第一部由天皇下令敕撰的《古今和歌集》問世後，和歌不僅成為王朝文學的濫觴，也一併確立了和歌的文藝價值。

令詞的「柔媚」與短歌的「柔美」，前者在「抒情」的基礎上，運用「情景交融」打造出「別是一家」的詞之境界；後者則在「緣情」的基礎中，融入日本固有的「物哀」精神美感，構築出「詞花言葉」的和歌美學。兩者皆將情感投射於自然山水中，景物的內化與情感的物化，相互輝映下突顯出「個人」。雖和歌啟發於漢詩，甚至引進中國詩論作為標榜，然而在如此積極漢化下，卻仍未丟失精神與自然互融的本質，讓和歌呈現出有別於漢詩的內在審美特色。詞與和歌無論於

〔註 8〕王向遠，《日本之文與日本之美》，（北京：新星出版社，2013），頁 138。

〔註 9〕本居宣長，《石上私淑言》，王向遠譯《日本物哀》，（北京：吉林出版集團，2010），頁 145。（《石上私淑言》一書為本居宣長的著作，王向遠將之與《紫文要領》、《初山踏》、《玉勝間》等書翻譯後，一同收錄於《日本物哀》中）

美感特徵或藝術手法上更為相近，同樣擺脫政治色彩，只為自我而吟頌。兩者皆追求著相似的藝術境界，然在這般境界中卻又有著中日兩國文學傳統影響下，透露出的些微差異。令詞中的情景交融與短歌中的物哀抒臆，其中究竟情與景、哀與物，將如何作用於令詞與短歌？而此作用又是如何使令詞與短歌展現出既相似卻又獨樹一幟的美學境界？

觀察中日比較文學領域中，歷來總以中國詩歌作為和歌的比較對象。中國詩歌影響和歌相當深遠，和歌中也常能見到援引中國詩歌典故的影子，近代的日本漢學界也以中國詩學為漢學研究的主流。然而，和歌作為日本古典文學中的代表，即使深受中國詩歌影響，和歌所呈現的精神依然回歸至日本獨有的幽微之美，並以「國風」的氣節與漢詩相抗衡。另一方面，詞作為詩的延續，在其發展中繼承了詩的抒情特徵，以詩學為基底，逐漸拓創出「詩所不能言」的藝術表現。於此，和歌與詞即有了第一層的相似：皆吸收了中國詩學的藝術性，並以此為基礎，進而深化新變出具有一定規模的文體系統。進一步觀察詞與和歌的藝術本質，詞以抒情為本位的審美性與和歌所具有的物哀感，於比較的面向來看更為融洽，此為相似的第二層。第三層則以兩者的內容來較量，詞體中的令詞與和歌中的短歌，體制上，前者分上片、下片，後者為上の句（上句）、下の句（下句）；格律上，前者以詞牌為調，後者以五七調或七五調入歌；題材上，兩者皆以男女情愛為基調，為挖掘內心、剖白自我而作；美感上，前者以情景交融為最終目的，達到王國維（1877～1927）所說：「能寫真景物、真感情者，謂之有境界」〔註10〕的物我合一，後者以物哀為最終目的，達到《古今和歌集·假名序》中所言：「和歌，乃以人心為種，成萬言之葉也。世中之人、事、業皆繁，心有所思、所見、所聞者，借詞抒發（やまとうたは、人の心を種として、万の言の葉とぞなれりける。世の中にあ

〔註10〕王國維，馬自毅注譯，《新譯人間詞話》，頁8。

る人、ことわざ繁きものなれば、心に思ふことを、見るもの聞くものにつけて、言ひ出せるなり）」〔註11〕的心詞合一。

綜上所述，本文嘗試將唐宋令詞與平安短歌以中日比較方法來進行兩者的對比，並以以下五點說明本文的研究目的：

一、「詞」不僅為中國韻文學上不可或缺的一部份，也發展成了一門完整、獨立的文學研究，其文體特色與美學價值，能與詩並駕齊驅。過去的中日比較文學裡，常以詩與和歌進行相互比較。然而，和歌雖吸收了中國詩學的精華，卻不是全盤照收，經由日本美學精神「物哀」的注入，形成了變容後仍具有國風色彩的「日式和歌」。因此，藉由詞與和歌「來自於詩又新變而來」的共同點，使中日比較文學的範圍中，建立「不再只將詩與和歌作對比，而是進一步跨越，詞與和歌也具有相互比較價值」的認知。

二、王國維《人間詞話》所提出的境界說，說明了詞體的情景交融最高意境，而此說與日本國學者本居宣長（1730～1801）所提出的「物哀」美學宗旨有著許多的共通處。中國詩詞以情景交融意境為上，日本和歌以物哀姿式為最，此點展現了中日文學對於內心情感與外在表徵的關係有著相似看法。然而，畢竟兩國易地而處，於思維上必受文化的不同而有相異的發展，藉由比較方法來對比文學作品，從中尋出兩國隱藏於文化中，不受對方干預、獨一無二的藝術表現特質。

三、本文的研究對象為唐宋令詞與平安短歌，令詞總長不超過58字，短歌則由31音組成，皆以短小為特色。然而，令詞與短歌只是詞體與歌體中的一部份，詞的中調與長調，和歌的旋頭歌、長歌等，皆能作為比較的文本。另一方面，時代的選擇也是詞與和歌比較的重要部分之一，本文所選定之唐

〔註11〕小沢正夫、松田成穗校注・譯者，《古今和歌集》，（東京：小學館，1994），頁17。張蓉蓓譯，《古今和歌集》，頁38。

宋令詞以晚唐五代與北宋令詞為主，平安短歌則以平安時代前期敕撰之《古今和歌集》為本。而詞中具詩賦化特色的南宋詞、功夫精細的清詞，和歌中奈良時代所成之《萬葉集》與自平安時代至鎌倉時代集成的「十三代集」，每部集子所收之和歌皆展現了不同時期和歌與歌壇間互動形成的特色。期待日後於舊有的詩與和歌比較之餘，以「詞與和歌」為範疇的研究，能有更多、更深的發展空間，進而晉身為中日比較文學研究的一環中。

四、令詞與短歌，兩者的對比，不僅跨語言、形式，更讓中日比較文學領域裡，多了詞與和歌的立足之地。中文學界或日文學界透過兩者的可比性，能夠對彼此的文學有更深刻的認識，也能經由比較的過程，理解中日兩國的文化與民族性。

五、令詞與短歌間的影響與變容，不只隱示著歷史的痕跡而已，更是呈現著一個時代社會的風貌。所謂文藝的巔峰，正是中國之於宋代，日本之於平安時代，令詞與短歌，皆於這般華麗的年代興盛，運用比較的視野，在探究一方的發展之餘，還能認知到相近時期，一水相隔的另一方，是如何發揮自己的特色，且是如何對彼此產生影響與變容，成就不朽的文學地位。

第二節　研究方法與範圍

有句廣告詞如此寫到：「萬事皆可達，唯有情無價。」即使外在物質多麼容易以金錢來衡量，卻單單只有「情」的價值不僅估不了，更是人一生中難能可貴的「無價之寶」。「情」究竟有何魅力，讓許多人窮盡一切尋求，卻無怨無悔？而在以「情」作為生命燃料的東方「有情世界」，孕育著無數「有情人」，於生命中解「情」、譜「情」，繪「情」、書「情」。大大小小的喜怒哀樂組成生命之源，而對喜怒哀樂有所體會即是生命之義，音樂家將之譜曲化為音符，而文學家則以「語言」綻放文字之花。

這盆文字之花以「語言」為土壤，「情」為種子，再灌溉「生命」之水，盛開於心中。這顆「情種」植根於所有人，當「外在」觸發心中這顆種子，也就有了「感動」的萌芽。看見美麗的事物，心跳頻率加快，這種「心動」的節奏，讓身體不自禁的想對這份「美麗」有所回應，或為一段舞蹈、一曲樂音、一幅圖畫，或是一段文字，「抒情」油然而生。「抒情」為有生之物最為自然的舉動，不只動物因「情」而作婉轉的鶯啼、絢爛的雀屏、哀戚的猿嘯，身為萬物之靈的人，自呱呱墜地起，就懂得如何抒發情感。然而，人雖生而懂情，但「感受力」卻不為所有人所具備，即是能發掘細膩感受的「藝術細胞」。詩人的文字之所以能打動人，除卻讀者的感同身受外，最重要的即是詩人們敏銳的情感收發雷達，如同《毛詩序》所言：「情動於中而形於言。」外在景物與內在情心相互調和，觸動情種發芽，並揀選最吻合「當下」的字詞，組成句句肺腑的詩人話語，因而讀詩賞詞最能走進人心深處，挑撥心弦。

人們總是尚美的，然而怎樣的美才足夠打進人心？一片盛開的漂亮花海，人們或許會駐足欣賞，卻不會永存於記憶中。但若在花海中有了份值得回憶之「情」，這片美麗即有了收藏的價值，或許為作家書成一段浪漫的小說情節，也或許為詩人吟誦成一首動人的詩篇。沈從文（1902～1988）曾說：「生命在發展中，變化是常態，矛盾是常態，毀滅是常態。」〔註 12〕正因生命本身具有的「無常性」，唯有將生命中值得記憶的部分，以外在形式留存下來，生命才得以延續。這份延續的使命，在東方以「情」為主的「抒情傳統」中，便以詩詞的方式呈現。詩人們試圖於有限的生命中，找尋出屬於自身的「情」，並將之轉化為文字，成為自身生命的延展。而能否尋獲的未知感，使得文字中含有極大成分的「愁」存在，情有多濃，相對的愁就有多重，正如李清照所比擬：「只恐雙溪舴艋舟，載不動許多愁。」如此大份量

〔註 12〕沈從文，〈抽象的抒情〉，陳國球、王德威編，《抒情之現代性：「抒情傳統」論述與中國文學研究》，（北京：生活·讀書·新知三聯書店，2014），頁 240。

的愁思，由「情」轉化而來，充斥於詩詞中。崇尚「有情」的東方世界，給予「情」的傳遞多樣的面貌，傷春悲秋、懷戀悱惻、羈旅思鄉，無一不「抒情」。詩詞也於此發展出「主題類型」的抒情系統，千變萬化的外在世界所引發的內心情感，以詩詞呈現而出的「真摯」，於「個人」中而顯得獨一無二。然而詩人們總能有某些默契，描摹出具有「象徵」意味的景物，或風花雪月，或柳岸江山。古往今來，讀者們透過這些「象徵」來品味詩人們所處的「當下」，跨越時間與空間，賞詩人之心。

同為東方有情世界的中國與日本，擁有著幽美的抒情底蘊，造就了含蓄的美學海洋。無論是古典詞作中的情景交融，或是和歌中的知曉物哀，皆奠基於「抒情」二字之上，有了抒情美學的萌發，帶動了詩學與歌學的啟蒙，進而在品賞詩人之作時，更能深入理解詩人的「心」與「情」。因此本文的研究方法將分為三部分進行：中日比較文學、美學方法與中國詩學理論和日本歌學理論。首先將比較文學的定義作出基礎的整理與論述，進而將範圍縮小至中日比較文學中探討，接著，再將美學方法中的「抒情美學」為概要，並將之延伸至中日的「詩學」與「歌學」所體現的言志抒情成分作出整理歸納，將本文的研究方法以較為系統性的方式呈現。另外，研究範圍的部分，將從唐宋小令詞與平安和歌擇出欲進行比較的作品，並對所有作品整理成表，更清楚展現所欲探討比較的作品範圍。最後簡單敘述本文的各章內容，並以架構圖呈現論文脈絡。

一、研究方法

皆為漢字文化圈的中國與日本，語言文字部分的相似性，已為文學創作與思維提供了「比較」的基底，而兩國在風俗民情中對「情」與「美」的體悟，更是東方文學裡不可忽視的亮點。本文所欲探討的對象：唐宋小令詞與平安短歌，正是由「情」「美」滋養而成的詩與和歌。以下將本文的研究方法共分為三個部分論述：其一為中日比較文學，其二為中日美學方法，其三為中國詩學理論與日本歌學理論。

（一）中日比較文學：令詞與短歌的平行研究

文學如何比較？比較的意義何在？兩首來自不同文化不同地域的詩篇，能以什麼方式來比較？既來自相異的文化與地域，所創作出的文學作品，如何拿來比較？現今世界儼然已是一個「地球村」，西方與東方異文化間的較量，使得文學世界更為繽紛多姿。而在各異的文化中，某些意識竟不約而同的於文學中現出端倪，如此異中同，同中異的現象，引起了學者們將兩種文化的文學作品進行「比較」的興趣，使其成為一門文學研究：比較文學。

比較文學概括而言，即是「超越國界和語言界線的文學研究，是研究二種或二種以上民族文學彼此相互關係的一門文藝學學科。」〔註13〕在比較文學研究中，最主要的目的在於探討文學現象的殊同，從中得知各民族文學的獨特處。文學是人類情感的產物，情感上的公與私相互交錯，於不同時期中，文學皆有某個「主流」現象發生，因此，文學亦是社會現象的表徵。不同語言與文化，將產生無數具有「民族」特色的文學誕出，相對而言，也是各式各樣的社會現象的蓬勃發展。歐洲文學是一個整體，世界文學也是一個整體。就人類精神現象而言，畢竟還是共性大於個性的。〔註14〕基於人類情感中的共通性，這些富有特色的文學所顯現的文學現象，便具有一定程度的相似處，其中的共通點，正是比較文學最為吸引人的入口。經由比較的進行，文學與文學間，將可清楚地尋找出規律之同與特質之異，進而放寬視野於世界所有的文學中，即使生活環境是多麼的極度差異，所呈現出的文學依然有跡可循，如同韋勒克（Ren Wellek, 1903～1995）所言：「比較文學就是意識到一切文學創作與經驗的統一性，以國際的眼光去研究一切文學。」〔註15〕A. O. Aldridge 也曾云：「比較文學並不是把兩個

〔註13〕羅世名，《比較文學概論》，（臺北：黎明文化公司，2007），頁9。

〔註14〕張思齊，〈在比較中看日本詩歌的六個特徵〉，《東方叢刊》，第2期，2008，頁35。

〔註15〕李達三、劉介民主編，《中外比較文學研究》第一冊（上）、（下），（臺北：學生書局，1990），頁7。

國家以上的文學，在對立的意義上予以比較。相反地，它提供一種方法，可以拓展一個人在接近單一文學作品時的視野，並使人能超越狹隘的國家界線，去觀察各種民族文化中的潮流與運動，並發現文學與其他人類活動領域的種種關係。」〔註 16〕比較文學不僅為跨語種跨文化的文學研究，也能透過比較的眼光，看不同民族與文學之間的連結與發展，培養更廣遠的文學視界。

一水之隔的中國與日本，觀其歷史便可發現兩者來往密切，尤以隋唐時期為盛，日本派遣多次使者出使中國，兩國文化因而有了相互切磋的渠道。在遠古時代的日本，並沒有屬於自身的文字，於是借助中國漢字作為表音符號使用，也正是這般用法，使得文學領域中，日本與中國的關係更顯相似又帶有自身國風的迷離色彩。在此基礎上，日本的文學在中國式渲染下，產生許多文學上的「變容」，在深受影響下，透過與自身文化的衝擊、篩選後的融洽，轉化成不違背原有文化的新意特質。其間的「變容」，最是值得以「比較」的視角，將兩國文化特質抽絲剝繭。大谷雅夫（1951～）談及日中比較文學的可能性時言：「日本文學雖然深受中國文學影響，但在接受中國文學的過程，理所當然也伴隨著選擇與變容。如果我們調查選擇了什麼的中國文學？其間產生了何種變化？思考其選擇與變容的意義，就能釐清日本文學和中國文學各自的特色與性質吧！」〔註 17〕文化之間的相互影響，使中日兩國呈現出一種微妙的差距，似同似異的曖昧氣氛籠罩於文學中，於字裡行間尋找引用與轉化的蹤跡，讓「比較」穿梭兩國文學的灰色地帶，最終理出由各自文化所誕之文學，其擁有的獨特性質。

〔註 16〕Owen, A. Aldridge, ed. *Comparative Literature: Matter and Method*, Urbana & Chicago & London: University of Illinois Press, 1969, p.1.中文譯文引自胡耀恆譯，〈比較文學的目的與遠景〉，《中外文學》，第 2 卷第 9 期，1974，頁 71。

〔註 17〕大谷雅夫，〈日中比較文學的可能性〉，鄭毓瑜編，《中國文學研究的新趨向：自然、審美與比較研究》，（臺北：臺灣大學出版中心，2005），頁 8。

曹景惠對中日兩國文學的比較也持有相同看法：

> 日本文學作品經常援引、借用了許多中國文學的詞句、敘事方法乃至典故，但日本文人所理解的中國文學與中國文學原有的思想、精神，卻常常大相逕庭。措詞上的片面引用並不代表文本整體內容與思想精神上的一致，現今我們更需要透過探討和漢文學之間的相似處與差異點，找出屬於日本文學的特質與日本文化的特色。〔註 18〕

曹景惠以「和漢」的角度，認為比較的目的在於探析日本文學中的中國文學的影子，從中了解日本文學作了何種選擇與變容，進而能歸納出日本文學的特色。相對而言，同樣的方法也能夠整理出中國文學的本色之處。

比較文學於研究上可分為三種方式：影響研究、平行研究與類型研究。此分法也直接界定了比較文學研究如何選定可進行比較的範圍，影響研究主要在於所研究的文學彼此之間是否具有「實際接觸」，並依此為本，討論影響的起始；平行研究則注重於互無關係的文化也能進行比較，尋找平行文化中所發展出的特徵與規律；類型研究以「共同類型」為原則，探討出文學之間的根源。

在現今的中日・日中比較文學研究裡，因日本曾受過漢文化的衝擊，使得漢學始終是日本學界相當注重的一環，於是當比較文學於中日面向展開時，較常以傳播、影響研究為首要方法。日本方面自挑戰本居宣長的國粹論始，開啟了一連串以多樣面向為研究的主題出現：出典論、變異論、引喻法、結合歷史學與民族學研究法、物語與中國史書、志怪小說、傳奇之敘述方法比較、江戶文學與中國文學比較、日本漢詩比較、中國題材的日本文學史研究、日本式東方主義研究。〔註 19〕中國方面則以 20 世紀的 80 至 90 年代間，最

〔註 18〕曹景惠，〈淺談和漢比較文學研究〉，《臺大東亞文化研究》，第 1 期，2013，頁 18。

〔註 19〕李均洋、佐藤利行主編，《中日比較文學研究》，（北京：外語教學與研究出版社，2014），頁 1～8。

為蓬勃。〔註20〕古代小說、短歌與漢文學、神話變異體、萬葉集與詩經、物語與志怪小說等方面，分析兩國文化於文學上的影響。相互對照下，可看出兩國在進行比較的研究中，有許多相似的比較課題出現。由此可知，無論是中國學者或日本學者，皆對彼此文學作品所呈現的特質有相當程度的理解與認同，並一致認為兩國文學擁有高度的可比性，於比較中獲知自身文化的珍貴之處。而本文藉由令詞與短歌為比較對象，透過兩者皆來自「詩的變體」的關係，能夠不再只是專注於詩與短歌影響面向的討論，而是以平行研究的角度，將詞體與歌體以對等的方式相互對照，得知內涵其中的文化與民族性之餘，還能尋找出中日抒情文學裡的特徵與藝術表現。

（二）中日抒情文學的美感體現

「情」對於東方的文學而言，是作家個人的精神食糧，是讀者尋求共感的基礎。旅美學者陳世驤（1912～1971）如此定義中國的文學：「中國文學傳統從整體而言就是一個抒情傳統。」〔註21〕而日本國學家本居宣長也將「情」作為物哀理論的註解：「凡是從根本上涉及人的情感的，都是『阿波禮』（あわれ）；人情的深深的感動，都叫做『物のあわれ』（物哀）。」〔註22〕同處東方的兩國，對於「情」都展現了極高的推崇，更將之視為文學中不可或缺的養分，驅使「創作」的原動力。正如胡適（1891～1962）於《建設的文學革命論》所言：「一切語言文字的作用在於達意表情；達意達得妙，表情表得好，便是文學。」〔註23〕人生即有情，而世間萬物皆為牽引「情動」的觸發者，劉勰（465～522）於《文

〔註20〕王向遠，〈近二十年來我國的中日古典文學比較研究述評〉，《東疆學刊》，第20卷第2期，2003，頁1。

〔註21〕陳國球、王德威編，《抒情之現代性：「抒情傳統」論述與中國文學研究》，封底文字。

〔註22〕本居宣長，《石上私淑言》，王向遠譯《日本物哀》，頁160。

〔註23〕胡適，《建設的文學革命論》，《胡適文集》，（北京：北京大學出版社，1998），頁46。轉引自徐承，《中國抒情傳統學派研究》，（北京：中國社會科學出版社，2015），頁31。

心雕龍·物色篇》中提到：「春秋代序，陰陽慘舒，物色之動，心亦搖焉。」〔註 24〕外在事物的更遞變遷，然人處其中，為其心動，正因「有情」。所以方東美（1899～1977）以「乾坤一戲場（The world is a stage）」〔註 25〕來比擬此「有情世界」與生俱來的生命之美。常言道：「人生如戲。」生命所展現的情調正是一座喜怒哀樂兼具的劇場，這樣多采的「乾坤戲場」方東美稱其「搖魂蕩魄、引人入勝」〔註 26〕，世間萬物何能如此動搖人心？莫過於此「情」一字。「有情」因而使生命顯得高潮迭起，姿態馥郁，所見所遇之萬事萬物皆能著上「有情」色彩，於是花前月下、垂柳堤岸怎會少了那聲嘆息？就於文字，聊表情意。

「抒情」在東方有情世界，已是鐫於生命，刻於文學，作詩填詞，無不用情。作家（抑或為詩人）對宇宙（外在世界）的所知所感，撞擊了心中本有的「情」，產生不得不發的衝動，這樣的行為讓文字散發出打動人心的力量，藉由經驗的傳遞，誕生出具有「共鳴」元素的美感，來回於作家與讀者之間。「抒情行為」相對於文學創作上，有如畫龍點睛般的神奇效果，於此，李珺平（1952～）如此解釋：「抒情行為（即藝術創作，特別是抒情性作品）是在情緒作用下的情感體驗與表現，不是無病呻吟，不是文字遊戲。從社會學、社會人類學和心理學角度而言，抒情活動是有機體在內外作用下所形成的鬱積及其爆發，是伴隨著強烈衝動的不可抑制的渴望。」〔註 27〕透過社會學、社會人類學及心理學來驗證此「抒情行為」，無不在說明同個觀念：「肯定感情的衝動和抒情渴望是藝術作品產生的根源。」〔註 28〕人為何會

〔註 24〕劉勰，周振甫等注譯，《文心雕龍注釋》，頁 845。

〔註 25〕方東美，〈生命情調與美感〉，陳國球、王德威編，《抒情之現代性：「抒情傳統」論述與中國文學研究》，頁 262。

〔註 26〕方東美，〈生命情調與美感〉陳國球、王德威編，《抒情之現代性：「抒情傳統」論述與中國文學研究》，頁 262。

〔註 27〕李珺平，《中國古代抒情理論的文化闡釋》，（北京：北京大學出版社，2005），頁 44。

〔註 28〕李珺平，《中國古代抒情理論的文化闡釋》，頁 45。

有「創作」的舉動出現？又為何必須「創作」？作家們似乎有種不由自主、不吐不快的傾向，紫式部藉書中角色道出其動機：「而所謂物語也者，初不必限於某人某事的實相記述，卻是作者將他所見世態百相之好好壞壞，把那些屢見不嫌，屢聞不厭，希望傳諸後世的種種細節，　吐為快的記留下來罷了。」〔註29〕曹雪芹也於《紅樓夢》首回如此開宗明義：「又何妨用假語村言，敷演出一段故事來，亦可使閨閣昭傳，復可悅世之目，破人愁悶，不亦宜乎？」〔註30〕當人在某種情緒升至極點時，則必須將之宣洩出來，如同血管之於血壓，不懂釋放便會爆裂而亡。情的接收力越高，越能使人處於極度焦躁的精神世界，因此當代詩人許悔之如是談寫詩：「我從很年輕的時候開始寫詩，是為了填補我的躁鬱之心之間的鴻溝，炎熱的夏天和寒冷的冬天，都曾經以某一種神祕的力量指揮我的身心，彷彿有人決定我的躁或鬱。」〔註31〕那股「神秘的力量」便是由「情」轉化而來，使其不斷填補詩人的「躁鬱之心」。

以「情」作為前提，「創作」與「抒情」似乎就能劃上了等號，作家們透過無盡的「抒情」來完成稱之為生命的「創作」。東方文學對「抒情」是自然而然發生的，沒有刻意逢迎，沒有矯揉造作，呂正惠將中國抒情傳統歸納為兩個觀點：「感情本體主義」與「文字感性」。〔註32〕「抒情」一詞最早現於《楚辭．九章．惜誦》中：「惜誦以致愍兮，發憤以抒情。」〔註33〕中國式的抒情由「愍」而生，表達的是個

〔註29〕紫式部，林文月譯，《源氏物語》，（臺北：洪範書店有限公司，2000），頁552。

〔註30〕曹雪芹、高鶚，馮其庸等校注，《彩畫本紅樓夢校注》，（臺北：里仁書局，1984），頁1。

〔註31〕鍾文音、許悔之，〈文學相對論（四之三）：來說一個小秘密〉，《聯合新聞網．閱讀》，〈http://udn.com/news/story/7048/1065848〉，2015.11.17下載。

〔註32〕呂正惠，〈中國文學形式與抒情傳統〉，《抒情傳統與政治現實》，（臺北：大安出版社，1989），頁203。

〔註33〕王逸注，《楚辭章句》，（臺北：藝文印書館，1974），頁152～153。

體的憂愁與哀傷，側重於個人經歷而產生的「生命情懷」。〔註 34〕因此陸機（261～303）《文賦》中所說：「詩緣情而綺靡」〔註 35〕正是強調了中國式抒情的「緣情」本質。而日本文學的開端，即是從附有「言靈」意味的「咒禱文學」起始。日本先民相信語言中帶有神靈之力，一切的「神語真言」皆具對神（人）與自然的真實情感表現，將敘述性的神言與抒情性的真言相輔相成，形成日本古代散文與韻文的萌芽，日本國學者久松潛一（1894～1976）便對此文學現象驗證道：

> 從神語到祝詞的形象，看似是敘事性，然其本質所顯示的是敘情文學（主觀文學）。如果這種看法可以成立的話，那麼，文學從神語、咒文、祝詞開始，就以敘情文學顯示了文學的原始型態吧。我認為這有助於論證祝詞是文學的搖籃，敘情文學（主觀文學），至少是敘事的敘情文學，是文學的原始型態。〔註 36〕

日本的原始歌謠便是從生活中的大小瑣事與悲喜的感動本能而來，經由日本神道的咒語禱詞相容後，便形成了一種歌、舞、樂相生的文學型態，這些帶有藝術成分的歌謠大量存在於《古事記》及《日本書紀》中，這些「記紀歌謠」或以純粹歌謠形式留存，或以神話傳說故事與歌謠並存，然內容皆呈現出上古人民們素樸的神道信仰和情感生活。而後於《古語拾遺》中的古代歌謠，逐漸出現由感動詞「阿波禮（あわれ）」組合而成的歌謠，這種對於外在事物產生的情感，並本能的發出一聲「啊！」，成為了日本抒情文學的源始。

由上述可知，無論是中國抑或日本，其文學皆以「抒情」為根底，讓語言文字成為情感傳遞的媒介，作家創作的目的，無非是想與他者

〔註 34〕徐承，《中國抒情傳統學派研究》，頁 8。
〔註 35〕陸機，民國、張少康釋，《文賦集釋》，（臺北：漢京文化公司，1987），頁 71。
〔註 36〕久松潛一，《增補新版・日本文學史（上代）》，（東京：至文堂，1979），頁 70。轉引自唐月梅，《日本詩歌史》，（北京：北京大學出版社，2015），頁 6。

分享「個人」所經驗的「美」。「美」如何出現？又怎樣的事物能稱之為「美」？歸根究柢，即淵源於人類內心的情感。「美」是靠感覺而來，「感」便是體會，經由體會所得到的某個經驗，且這個經驗能引發內心悲喜，使人「覺得」情緒高張，便是「美」的形成。高友工（1929～2016）將此美學經驗分為三個層次來說明人對於「美」的滿足感：首先，經驗本身可賦予愉悅。其次，有些經驗可營造完整與完美的感覺。第三，反思的經驗將包含生活的，以及理解的元素，此反思的雙重功能即經驗的溝通。〔註 37〕當美學經驗達到「反思」層次時，便是「抒情」的開始。而此「反思」的行為便是所謂的「追憶」。當自身處於情緒激烈時，內心的意識已被感性取代，只能做出歡呼、失望等簡單自然的反應，然情緒舒緩後，理智回籠，此時人才能就剛才所得的經驗作適當的回饋。由於情緒情感只能回味，而不能道出，感情過程中有關的情景、行為、身體激動的強度、反應的方式、狀況等，就充當了代用品而成為追憶的對象和內容。〔註 38〕這也說明了「抒情」在文學的表現上，帶有委婉、含蓄的美學特質。無論內化的情感特徵，或語言文字的藝術呈現，皆使「抒情」成為中日文學的根性，也讓中日文學具有審美的價值。文字的力量不容小覷，其原因正是人心中的人情，以「有情」之眼觀看天地萬物，這般世界便精彩繽紛，正如王德威（1954～）所言：

> 抒情的「情」字帶出中國古典和現代文學對主體與歷史、情性與情實的特殊觀照。而抒情的「抒」字，不但有抒發、解散的含義，也可與傳統「杼」字互訓，因而帶出編織、合成的意思。這說明「抒情」既有興發自然的嚮往，也有形式勞作的要求。一收一放之間，文學動人的力量於焉而起。〔註 39〕

〔註 37〕高友工，〈中國抒情美學〉，柯慶明、蕭馳主編，《中國抒情傳統的再發現》，（臺北：臺灣大學出版中心，2009），頁 593。

〔註 38〕李珺平，《中國古代抒情理論的文化闡釋》，頁 48。

〔註 39〕陳國球、王德威編，《抒情之現代性：「抒情傳統」論述與中國文學研究》，封底文字。

（三）中國詩學理論與日本歌學理論

綜觀中國與日本的詩歌史，可發現兩國原始詩歌的萌發皆源自於原始人類因內心情感昂揚而激發出的呼喊、讚嘆。然此時期這種含有人類原始本能激盪出的感嘆性語句，兩國皆將之稱為「歌」。

聞一多（1899～1946）對具有感嘆性質的原始歌謠如此說道：「想像原始人最初因情感的激盪而發出有如『啊』『哦』『唉』或『嗚呼』『噫嘻』一類聲音，那便是音樂的萌芽，也是孕而未化的語言……這樣介乎音樂與語言之間的一聲『啊～』便是歌的起源。」〔註 40〕語言中帶著感嘆便擁有一定的音樂性，於音樂的觀點而言，人的發聲器官便是一種樂器，因此人聲也是一種樂音。《禮記．樂記》曰：「凡音者，生人心者也。情動於中，故形於聲，聲成文謂之音。」〔註 41〕樂自古便是種結合音樂、舞蹈、詩歌的複合式藝術，三者皆由「人情」產生，其中，加了感情的語言便是所謂能感動人心的歌（詩歌）。《說文解字》中：「歌，詠也。從欠，哥聲。」歌即是詠嘆，是由人的情感孕育而發出的聲音，因此吳戰壘如此定義原始歌謠的本質：「雖然缺乏明確的表達性內容，卻帶有強烈的情感色彩。可以說，情感從一開始就是詩歌的催生劑。」〔註 42〕陳慶輝也對原始詩歌持有相同看法：「這種自然之聲一旦作為藝術創作出現的時候，它就不再僅僅是勞動的號子，而更是情懷和心緒的流露。」〔註 43〕更進一步來看，縱使一首歌是由「情」作為基礎而創作，然其表徵形式——「語言文字」讓歌也包含了敘事的成分，就其內容組成，可視為兩部分：「感嘆字」與「實字」。聞一多對這樣的組成提出如此解釋：「感嘆字是情緒的發洩，實字是情緒的形容、分析與解釋，前者是衝動的，後者是理智的。由衝動的

〔註 40〕聞一多，〈歌與詩〉，陳國球、王德威編，《抒情之現代性：「抒情傳統」論述與中國文學研究》，頁 204。

〔註 41〕王弼、康伯、孔穎達注，《十三經注疏．禮記》，（臺北：東昇出版社，1972），頁 663。

〔註 42〕吳戰壘，《中國詩學》，（臺北：五南圖書出版公司，1993），頁 1。

〔註 43〕陳慶輝，《中國詩學》，（臺北：文史哲出版社，1994），頁 3。

發洩情緒，到理智的形容、分析、解釋情緒，歌者是由主觀轉入了客觀的地位。」〔註44〕藉由實字書寫「事」，感嘆字抒發「情」，逐漸形成「詩歌」的基本雛形。

日本的原始歌謠，本就由「樂、舞、歌」三合一的咒禱文學而起，咒語帶有「言靈」的效用，而祭祀中所唱的具有韻律的「祝詞」，便是從咒語分化而來，其內容可視為兩部分：「序」與「結」，〔註45〕前者記述祭祀的淵源和神話傳說，而後者則是對神的讚美與內心的祈願。因此，以祝詞為主流的咒禱文學，「記述」與「祈願」兼具的表現手法，也影響了日本和歌同時含有「敘事」與「抒情」的形式存在。當原始歌謠逐漸發展成古代歌謠時，其創作所依之本，與中國的「歌」相同，就是那聲「啊！」。也即是唐月梅（1931～）所說：

> 古代最初是通過對人和自然的感動，其後發展到對現實的接觸→認識→感動的過程而產生的詠嘆……這種古代原始型的歌謠，完全是單純的感情的自然流露，不用說不具備詩歌形式的完整性，並且它們的動機也不具明顯的文學意識，只能作為生活意識（包括對人、自然、愛情的生活意識）而自然流露出來的。但是，它們有強烈的傳承性，成為日後各種文學藝術美型態和文藝意識生成的母胎。〔註46〕

日本短歌的形成，便是來自此具有敘事性神話傳說與抒情性個人意識的歌謠，而後漢詩的傳入與衝擊，使其內部形式深受影響，發展出長歌、旋頭歌等不同的格律型態，為了有別於漢詩，便將之統稱為「和歌」。

中日兩國詩歌史中，在正式格律體制的「詩（和歌）」形成前，皆經歷了原始歌謠的階段，此透過抒發人類本能情感的自然呼喚，讓兩國的文學基底不自覺地散發出「有情」的審美性質，但在不同的時

〔註44〕聞一多，〈歌與詩〉，陳國球、王德威編，《抒情之現代性：「抒情傳統」論述與中國文學研究》，頁205。

〔註45〕唐月梅，《日本詩歌史》，頁6。

〔註46〕唐月梅，《日本詩歌史》，頁9。

代風氣與思想的影響下，兩國在詩的領域上，也發展出了屬於自身的獨特魅力。以下便將中國的詩學理論與日本的歌學理論作出爬梳整理，為本文的唐宋令詞與平安短歌的比較分析中，提供基礎的概念。

1. 中國詩學理論

何謂詩？《尚書・舜典》言：「詩言志，歌永言。」〔註47〕在中國文學中，談到詩便與「志」離不開關係。《說文》中將詩解作「志」，而「志」依其字形字義拆解，可知有「止於心」之義，而「止於心」即是記憶，聞一多對「志」如此解釋：「志有三個意義：一記憶，二紀錄，三懷抱，這三個意義正代表詩的發展途徑上三個主要階段……無文字時專憑記憶，文字產生以後，則用文字記載以代記憶，故記憶之記又孳乳為記載之記。記憶謂之志，記載亦謂之志。古時幾乎一切文字記載皆曰志。」〔註48〕因此，在古代中國，詩與志能看待為同一個字，陳世驤對此兩字的關係也抱有相同看法：「在遠古大概有個時期，詩和志是混淆可通用的」〔註49〕由此可知，此時期的詩，是較偏於「志」中的記述性質，與抒情性質的「歌」是相互對立的。然而，詩的表達形式畢竟以韻文為主，用於紀錄上，便顯得繁文縟節，因此，散文的誕生即是應運於詩的不適性。詩專心作為韻文的大宗，開始與「歌」相互結合，《詩經》的出現，正是代表詩轉往內心情感抒發的道路。《詩大序》中言：「在心為志，發言為詩。」此時的「志」已不再僅為記述而言，而是為「情」鋪上傳遞的媒介。即是杜松柏所言：「詩大序繼承了『詩言志』的主張，而又補充了『情動於中而形於言』的說法，自此以後，『詩以道志』逐漸為『詩以道性情』的主張所取代。」〔註50〕「志」與「情」的融合即是開啟了詩歌的言志抒情傳統。

〔註47〕王弼、康伯、孔穎達注，《十三經注疏・周易・尚書》，頁46。
〔註48〕聞一多，〈歌與詩〉，陳國球、王德威編，《抒情之現代性：「抒情傳統」論述與中國文學研究》，頁208。
〔註49〕陳世驤，〈中國詩字之原始觀念試論〉，《陳世驤文存》，（臺北：志文出版社，1972），頁55。
〔註50〕杜松柏，《詩與詩學》，（臺北：五南圖書出版公司，1998），頁94。

詩歌的「言志」是帶有「情」「事」交融的特質，於是詩歌內容上便擁有了兩種面向：一是理性的抱負，二是感性的情摯。宛如對立面的兩者，使得詩學領域內，為其爭執不休。詩的本質為何？歷代學者皆有其想法：由先秦兩漢「發乎情，止乎禮義。」的政教色彩至六朝後「感物吟志，莫非自然」的抒情自我，總迴圈反覆於「詩言志」與「詩緣情」上，沒個結論。然而，仔細看待「詩歌」本身，無論是述志或敘情，不皆為反映人們內心所思所感嗎？對此，陳慶輝有以下看法：

> 詩的本質究竟是言志還是抒情，這在古代詩學中曾出現過爭論，甚至形成對立的觀點。但無論是言志說還是緣情說，都共同體現了一個總的傾向：詩歌是詩人主觀情志或內心世界的真實表現……言志緣情說在幾千年的詩學發展長河中，成為一面鮮明的旗幟，它認為，詩的基本使命是抒發詩人的內心感受，因而把內心世界看作詩的基本表現對象，而不是把外部世界當作描寫的內容。〔註51〕

「志」與「情」對於詩歌而言是一體兩面，又相互融合的。其中差距，只在於彼此的比例於詩歌中的輕重：當身處要職，滿懷抱負之意時，所書字句必然志氣縱橫，鬥志高昂；當身處亂世爭戰，所見之處皆滿目瘡痍，悲憤、哀慟之情定躍然紙上；當身處清幽小徑，遠眺江山之際，對自然之美的一聲讚嘆，想必是恬適悠然；當光陰似箭，年華漸去，回望一生時，或有遺憾，或有甜蜜，皆成追憶之詞。詩人的喜怒哀樂全反映於「志」與「情」中，不同的處境造就不同的人生經驗，詩人透過詩歌描繪生命種種樣貌，或為入世，或為表白，或為慰藉，或為思憶。日本漢學者吉川幸次郎如此看中國詩：「純以實在的經驗為素材的作品則被作為理所當然。詩歌淨是抒情詩，以詩人自身的個人性質的經驗（特別是日常生活裡的經驗，或許也包括圍繞在人們日常生活四周的自然界中的經驗）為素材的抒

〔註51〕陳慶輝，《中國詩學》，頁4、11。

情詩為其主流。」〔註52〕中國的詩歌，一方面講究情意，另一方面也尊重教化，詩歌欲情亦或欲理，選擇權皆於詩人心中。

詩歌淋漓盡致的呈現了詩人之心，而每個時代的詩人創作時，亦因當時的「主流」思想延生出多貌的文學現象。「言志」與「緣情」即是詩歌主流文學現象中的集大成。「詩言志」所帶有的政教功能，僅是詩之「用」的表現，之所以言志會呈現出政教性，只因詩人處於「合乎禮義」的普遍群體意識影響下，所感物觸情多涉及群體社會，逐漸以「詩教」為創作目的。〔註53〕而「詩緣情」的誕生，即起源於「自覺」的個體意識上升，詩人們不再只限於政教的圍欄中，而是以一種名為「感物」的新審美方式來看待外在世界，此時詩歌中的「情」與「志」便偏向於個人性情為主的生命價值呈現。曾守正整理了學者們對於兩者的關係，作出如此看法：「自理論發生意義來說，「緣情說」是在「言志說」的土壤中發展出來的；從本質意義來說，「緣情說」與「言志說」相互對比著。而「言志說」與「緣情說」兩者互斥的地方在於：前者強調文學功能的意義，而後者卻強調文學本質的意義。」〔註54〕無論政教諷諭或生命情調，歸根究底，皆為詩人欲向他者訴說「內心」的想法，葉嘉瑩（1924～）所言甚是：「私意以為在中國詩學中無論是『言志』或『抒情』之說，就創作之主體詩人而言，蓋並皆指其內心情志的一種顯意識之活動。」〔註55〕情志本根源自「人心」，詩人無論基於何種因素影響進而創作，都是其內在意識的表現，因此葉嘉瑩又言：「詩學之傳統乃是認為詩歌之創作乃是由於作者先有一種志意或感情的活動存在於意識之中，

〔註52〕吉川幸次郎，章培恆、駱玉明等譯，《中國詩史》，（上海：復旦大學出版社，2012），頁1。

〔註53〕李百容，〈從「群體意識」與「個體意識」論文學史「詩言志」與「詩緣情」之對舉關係——以明代格調、性靈詩學分流起點為論證核心〉，《新竹教育大學人文社會學報》，第2卷第1期，2009，頁8。

〔註54〕曾守正，〈中國「詩言志」與「詩緣情」的文學思想——以漢代詩歌為考察對象〉，《淡江人文社學刊》，第10期，2002，頁3。

〔註55〕葉嘉瑩，《中國詞學的現代觀》，（臺北：大安出版社，1988），頁5。

然後才寫之為詩的。」〔註56〕詩人因有所感而有所發，此為詩歌在創作時自然而然顯現的本能，如班固於《漢書藝文志》中云：「哀樂之心感，而歌詠之聲發。」〔註57〕人是情感動物，七情六慾皆為外在世界牽引著，喜則開懷大笑，悲則嚎啕大哭，人們不由自主所發出的呼喊，於詩人筆下成為句句肺腑的詩篇。詩歌緣於情之餘，以「言志」的禮教稍作收斂，避免詩歌過於濫情而走入了情感的死胡同中，不多不少的感情收放，讓中國的詩歌充滿著隱含之美，為後世所稱頌。

自詩孕育而出的「詞」，既承詩學之傳統，又創詩學傳統之新。「詞」源自於隋唐間因應都市娛樂風氣，許多歌女樂工們為維生而就當時流行樂曲所譜寫而成的歌辭。後來，填寫歌詞的工作逐漸移向文人手中，帶有閨怨色彩的代言體風格成為開啟「詞」文體的先鋒。中國文人將寫詩的習慣帶進填詞中，而詞作中專寫男女情愛的內容，相對於詩學傳統而言，正是一種言情的突破。王國維言：「（詞）能言詩所不能言，而不能盡言詩之所能言。」詩所不能言的即是詞作中的纏綿悱惻，如同劉少雄所言：「詩，可以言情，可以說理，可以敘事，也可議論；相對於此，詞的長處僅在於寫景言情。但同樣寫景言情，為什麼說詞卻能言詩所不能言呢？這是因為以詩寫情，往往點到為止，很少像詞一樣的以男女之情為主體，悠悠不斷的敘述女性心理底層幽微細緻的情思。詩，會有所迴避；詞則不然。」〔註58〕詞為文人提供了一個僅屬於私人的小世界，以「抒情」而言，詞所呈現的蘊意比詩更來得純粹。詞文體於宋代蔚為文學主流，並於此時發展出完整的作法與體制，並形成其專屬的藝術特質，於日後成長為一門獨立的文學研究——「詞學」。詞作為一門研究的學問，歷經了相當長時間的醞釀，黃雅莉對詞學的發展有以下統整：

> 清以前，雖然對於詞體的認識與研究，歷代不乏其人，但總

〔註56〕葉嘉瑩，《中國詞學的現代觀》，頁6。

〔註57〕班固，顏師古注，王雲五主編，《前漢書藝文志》，（臺北：臺灣商務印書館，1965），頁7。

〔註58〕劉少雄，《讀寫之間——學詞講義》，（臺北：里仁書局，2006），頁18。

體看來，一是多為散論，二是多為綜論，一般也都是以詞話的形式來加以表現……在宋代文獻中，「詞學」一詞仍與文學創作填詞之事無關，雖然，宋人無「詞學」之名，但在南宋的幾部重要詞話中時已具有詞學之實……到了清代，詞學中興，詞體漸尊，「填詞」之事使被冠之以「學」……有意識地將詞體結構要素進行了仔細的分析與研究，這是清代學者對詞學的一大貢獻，由此創立了詞律之學、詞韻之學等專門的學術體系，從而使得對詞體的研究真正進入了一個自覺的專業化的時代，同時，也使得整個清代的詞學研究與詩學研究劃清了界線，取得了與詩學並行發展的學術地位，其詞學研究從此擺脫了經驗性的感知層面而進入到一個理性的學術研究階段。〔註59〕

將詞迎向「學問」之門的重要推手，正是清代的詞學家們。詞的發展可謂跌宕起伏，於宋時登上頂峰，後曲的出現使之沒落於元，接著又於清時崛起。詞因再次興起而使其體裁、格律、語言形式趨近於完善，清人所作的詞學研究使詞文體最大躍昇至學術領域。許多影響後世詞學研究的重要典籍也於清代出現，其中，王國維《人間詞話》不僅提出「境界說」作為文學創作與文學批評的準則，也成為了詞學界中最為重要的文學批評專著。

以詞學為研究的學者不僅限於中國境內，日本學者於詞學研究區塊也做了不少的貢獻。黃文吉於〈日本研究詞學的社團——宋詞研究會〉一文中整理了近代詞學研究的日本學者：

日本除了有專力填詞的詞人，近代從事詞學研究的學者也不少，神田喜一郎之外，如鈴木虎雄（1878～1963）、青木正兒（1887～1964）、吉川幸次郎（1904～1980）、目加田誠（1904～1994）、中田勇次郎（1905～1998）、小川環樹（1910～1993）等知名學者都曾發表過詞學相關論文，村上哲見（1930～）、青山宏（1931～）更是近代以詞學為志業的著

〔註59〕黃雅莉，《宋代詞學批評專題探究》，（臺北：文津出版社，2008），頁5～7。

名學者……日本目前仍有多位從事詞學研究的學者，如中原健二、宇野直人、松尾肇子、保苅佳昭、萩原正樹、村越貴代美、池田智幸等，繼續在詞學領域發光發熱。〔註60〕

個人的詞學研究之餘，日本學術界也成立了詞學相關的研究會，並定期舉辦研討會與持續發行詞學刊物。雖然詞學研究還未與詩學研究那般廣泛，然經過長年的累積與努力，詞文體於日本漢學界也已占有了一席之地。詳細的詞學內容，將於本文第二章進行文體、語言風格及王國維詞論《人間詞話》分別論述。

2. 日本歌學理論

觀察日本的文學史，可發現日本舊有的文學中，並沒有直接稱為「詩」的文學體裁。在日本近代以前，「詩」專指來自「中國的詩」與日本人模仿創作的「漢詩」。因而，所謂「詩學」，須待到日本近代之後，西方文論大量湧入，「poetics」一詞所指稱的「詩學」概念，才漸漸開始為日本文學界所接受。但，即使接受，日本文學界依然是以一種保守的形式來使用，所論述內容僅限於西方文論的範疇，並不見將之泛指某一日本文學整體上。〔註61〕此現象也使日本文學界，在談述

〔註60〕黃文吉，〈日本研究詞學的社團——宋詞研究會〉，《中國文哲研究通訊》，第24卷第2期，2014，頁27～28。

〔註61〕山本景子於〈日本的詩學與歌學之辨〉一文中，整理了日本辭典對詩學的定義：「1. 詩学：詩の原理や作詩法などについて研究する学問。（詩學：研究詩的原理或詩歌創作法的學問。）（《国语辞典．重版》，旺文社，1981，463頁）2. 詩学：①詩を研究する学問。②詩の作り方。（詩學：1. 研究詩的學問。2. 詩的創作方法。）（《新明解國語辭典．第四版》，三省堂，1997，513頁）」由此可知，日本對於「詩學」一詞，無論於概念上或使用上較偏向於西方文論的定義。因此，山本景子提出「如果把『詩學』這個概念用在日本固有的文學理論上，特別是用在古代日本文獻上，就必須先做充分的解釋和清晰的定義，以防止套用西方概念詞語所產生的理解歧異及概念混亂。」日本學界習慣將詩學與歌學分開指稱，而不直接以詩學一詞涵蓋兩者，因而在探討日本固有文學理論時，需相當注意所使用的理論定義，避免理解衝突發生。（山本景子，〈日本的詩學與歌學之辨〉，《上海師範大學學報》，第42卷第6期，2013，頁85、86。）

日本詩歌——「和歌」時，並不將其稱為「詩學」，而是以「歌學」論之。日文中將「詩」訓讀為「うた」，而「歌、唄」等漢字也同讀作「うた」。因此，在日本人眼中，「詩」即具有「吟唱」、「詠嘆」的特性。於此特性基礎上，「詩」即等同於「歌」。然而，在古代日本文學領域中，「詩」與「歌」雖為性質相同，但創作體裁上卻是截然不同的兩種韻文文學。上述已知，「詩」於古代為「漢詩（包含中國詩）」的總稱，而「歌」則是以假名為文字形式創作的「和歌」。於政治層面上，「和歌」即是作為與「漢詩」對抗而誕生的稱呼；於文學層面上，「和歌」即是代表了日本人擁有了能以自己的語言書寫自己的感情的媒介，能徹底紓發日本人心中的那份「國風」。

日本與中國的文學關係可謂錯綜複雜。日本歌學的起始，即來自於引進、借鑒中國的「詩論」，進而從中吸收、轉化，逐漸發展成為一門具有相當規模的和歌學問。日本學者太田青丘（1909～1996）對於日本歌學的定義，即是從中國詩學精粹而來：

> 日本歌學是汲取了當時自中國傳入日本的中國詩學之精華，並使之成為日本歌學發展的基礎。如《萬葉集》之於《詩經大序》與《文選》，《古今集序》之於《詩品》與《文心雕龍》，王朝歌學之於《白氏文集》，正徹．心敬之於宋代詩論《滄浪詩話》，真渕歌学之於明代李何李王的復古詩學等，皆為日本歌學吸收中國詩學最為顯著的實例。〔註62〕

日本歌學的演進，自七世紀中國詩文論傳入開始，經歷了奈良時代的「唐風」，後至平安時代時已大體成形，為一條與歷史十分切合的歌學發展線，此條線也揭示了日本文學從漢化至國風的變化，其路

〔註62〕太田青丘，《日本歌学と中国詩学》：「日本歌学は、その時代に於ける中国詩学の精粋をよく感得摂取して、自己の血肉たらしめてるといふことである。万葉集に於ける詩経大序と文選、古今集序に於ける詩品と文心雕竜、王朝歌学に於ける白氏文集、正徹・心敬に於ける宋代詩論の傑作たる滄浪詩話、真渕歌学に於ける明代李何李王の復古詩学の如きは、その最も著しい実例である。」，（東京：櫻楓社，1988），頁7。

程大致可歸納成三個階段：一是語言形式與韻律技巧，二是題材類型與抒情方法，三是歌體風格與審美新論。以下就此三方面針對日本歌學發展中的幾部重要論著逐一說明：《歌經標式》、《文鏡秘府論》、《古今和歌集・序》、《和歌體十種》、《新撰髓腦》與《和歌九品》、《近代秀歌》與《每月抄》。

（1）語言形式與韻律技巧：《歌經標式》、《文鏡秘府論》

隨著日本數度派遣「遣隋使」與「遣唐使」至中國交流後，大量中國「文論」性質的書籍深受日本喜愛。當時以「漢學」為風氣，入朝為官更是需要使用「漢語」，而學習漢語最困難也最重要的即是聲韻方面的磨練，因此有關聲韻格律的中國書籍於日本境內被相當廣泛的接收。中國龐大的詩論知識，開始流傳於日本王朝貴族中，掀起了一波「漢風」，漢詩被大量的創作，使得日本傳統民族詩歌——和歌，成為個人私下時的閒情雅致。然而，將評斷漢詩的中國詩論用於和歌律式上，顯然是行不通的，但日本文學中，本身並沒有一套正式的文論系統，因此只能以「先套用後改造」的方式，經由長期的積累，逐漸發展成為日本的歌學系統。日本最古的第一部和歌評論書——《歌經標式》，即是藤原浜成（724～790）將中國詩論裡，關於詩的作法（音韻、格律）「套用」至和歌中的評論書。引入中國詩中的「押韻」系統，探究和歌於書寫上的韻律關係，將歌體分為求韻體、查體、雜體三種，並於求韻體中參考沈約「八病說」提出了和歌中的七種歌病：頭尾（頭句和尾句同字同音）、胸尾（第一句尾字和第二句三、六的字相同）、腰尾（與他句的尾字同本韻）、黶子（五句都同本韻）、遊風（一句中兩個尾字相同）、同聲韻（聲韻相同）、遍身（二個韻中，除本韻的兩個以上相同）等，〔註 63〕為和歌提供創作上的依循，而這些規範都是在詩學的影響下，模仿詩學加以討論和歌應有的修辭制式，〔註 64〕其序中所言：「歌者，所以感鬼

〔註 63〕唐月梅，《日本詩歌史》，頁 143。
〔註 64〕劉崇稜，《日本文學史》，（臺北：五南圖書出版公司，2003），頁 70。

神之幽情，慰天人之戀心也。韻者，所以異於風俗之言語，長於遊樂之精神者也。」〔註65〕創作和歌的目的即是感慰天地凡人之情心，而最能使和歌表現情心者，則在於音韻。由此可知，歌與韻於當時的重要性。

另一方面，曾作為遣唐使至中國留學兩年的空海大師（774～835），參考了沈約《四聲譜》、劉善經《四聲指歸》、王昌齡《詩格》、皎然《詩式》《詩評》《詩議》、崔融《唐朝新定詩格》、元兢《詩髓腦》、上官儀《筆札華梁》、杜正倫《文筆要訣》、陸機《文賦》、劉勰《文心雕龍》、鍾嶸《詩品》〔註66〕等大量的中國詩文格律作法專論，並將之精編成《文鏡秘府論》一書，首開日本詩論之路。其內容比起詩的本質論而言，更重視詩歌形式方面的論述，舉凡聲韻、體勢、對偶、詩病等語言技巧，皆有詳細收錄。空海注重的是漢詩技法音韻等語言形式方面的論述，而對文以載道等形而上的議論則不慎措意。這一點既考慮到了當時日本人吟詩作賦在漢語學習上的實際需要，也對後來的日本文論特別是話題選擇，產生了決定性的影響。〔註67〕其南卷〈論文意〉言：「凡作詩之體，意是格，聲是律，意高則格高，聲辨則律清，格律全，然後始有調。用意於古人之上，則天地之境，洞焉可觀……詩本志也，在心為志，發言為詩，情動於中，而形於言，然後書之於紙也。」〔註68〕有了格律，意與聲才能融會，詩歌才得以誕生。漢和並立的平安初期，注力於聲韻論的引進與作用，除了有助於當時文士學習漢詩文，也為日後的歌學中鋪下和歌鑑賞的基礎。對尚未成形的「歌學」而言，「詩學借鑑」提供了文學批評的依據，也讓歌學發展上有了一個明確的開端。

（2）題材類型與抒情方法：《古今和歌集・序》

歌學進入第二階段，正值菅原道真（845～903）上諫廢止遣唐使，

〔註65〕劉崇稜，《日本文學史》，頁70。
〔註66〕太田青丘，《日本歌学と中国詩学》，頁68～69。
〔註67〕王向遠，《日本之文與日本之美》，頁3。
〔註68〕遍照金剛，《文鏡秘府論》，（臺北：學海出版社，1974），頁112～113。

假名文字興起，進而帶動和歌由私場合轉向公場域的文學變革，發揚「國風」是當時代極力推動的轉型風氣。歌學上，也由中國詩學的套用，進一步拓展成一套由日本角度為出發點的歌學系統。由天皇下令敕撰的《古今和歌集》，其主編纂者——紀貫之（872～945）所寫的〈假名序（日文）〉與紀淑望（？～919）所寫的〈真名序（漢文）〉，兩序幾近全面的就和歌的本質、起源、歌體、文學批評等多方面，建構出「歌學」的雛型。

此時的日本已意識到和歌是作為代表日本固有精神的文學，並為能夠與漢詩相互抗衡的存在。和歌不再只是私下怡情養性的休閒，而是能正式搬上社交場合中不可或缺的活動。經由上一階段專注於聲韻的努力，和歌具備了基本的歌調，自萬葉時期的五七調至古今時期的七五調，和歌於格律作法上，已漸趨技巧成熟。於此，《古今和歌集》兩序藉《詩大序》中的「詩六義」，創造了「和歌六義」，並從中區分出和歌的題材類型與抒情方法，於聲韻基礎上更加提升了文學面的層次。其中，第一篇全由日文撰寫的〈假名序〉，將《詩大序》中的「風雅頌賦比興」，吸收轉化為：諷歌（そへ歌）、数歌（かぞへ歌）、准歌（なずらへ歌）、喻歌（たとへ歌）、正言歌（ただごと歌）、祝歌（いはひ歌）〔註69〕六種類型。此番改造，說明了此時的日本已不是一味套用，而是能藉由吸收再發想出屬於日本自身的文學文化精隨。

兩篇序文由日文與漢文兩種語言寫成，可看作互為補充的序文：〈假名序〉以日本視角寫日本式的和歌歌論，〈真名序〉以內化中國詩論輔佐〈假名序〉之不足，兩序並濟組成一完整的歌學理論。兩序於本質論中所提出的抒情方法：「心詞論」，雖思想上有著些微的差異，然其中的距離正是互為補足的地方。〈真名序〉開頭言：「夫和歌者，託其根於心地，發其華於詞林者也。人之在世，不能無為。思慮易遷，哀樂相變。感生於志、詠形於言。是以逸者其聲樂，怨者其吟悲。可

〔註69〕王向遠，《日本之文與日本之美》，頁4。

以述懷，可以發憤。動天地，感鬼神，化人倫，和夫婦，莫宜於和歌。」強調歌是根於「心」而發於「詞」，心是通過「詞」來表現，兩者是不可分割的有機組成部分，且偏重於主觀的感觸，即以「述志為本」。〔註 70〕擁有相當明顯的中國詩論身影，強烈將創作目的歸向於政教主義中。然而「志」於日本被「物哀」美學所影響，產生了「發於內心」這類以情感為動力概念的轉變。因此，真名序中即使沿用了《詩大序》的內容，其精神的部分卻並未被中國詩論同化。許多學者於兩序比較中，皆將〈真名序〉之「志」與〈假名序〉之「心」作為相互對立的概念，然「志」的內化已將中國詩論中的政教色彩驅淡，如尤海燕所言：「『志』已經不是與『心』對立的概念，而是『心』的延長線上的概念……紀貫之等是在充分理解了『志』的涵義之後，才會在論述和歌本質時把和歌的扎根之處定位為『心』的。」〔註 71〕但相較於〈假名序〉來看，中國詩論的影子仍然大幅存在，於是歷代以來〈假名序〉的價值勝過於〈真名序〉，然無論如何，兩序為歌學發展所帶來的貢獻，是十分確信的，唐月梅總結得好：「兩序發表了對歌學思想的有機的折衷性的見解，這種見解具備歌學形態，各自從抽象理論到實踐總結的不同角度，開始建立和歌的理論體系。其後的歌學繼承這一傳統，它們成為日本歌學的基礎理論。」〔註 72〕關於〈假名序〉詳細的論述，將於第二章時與中國詞學批評著作《人間詞話》一同探討。

（3）歌體風格與審美新論：《和歌體十種》、《新撰髓腦》與《和歌九品》、《近代秀歌》與《每月抄》

經過《古今和歌集》為歌學開創了新局面後，隨著日本王公貴族內日益盛行的社交活動——「歌合（賽歌）」的頻繁舉行，先前的「歌病」、「和歌六義」等鑑賞和歌的方法，已無法因應歌合賽的需

〔註 70〕唐月梅，《日本詩歌史》，頁 153。
〔註 71〕尤海燕，〈《古今和歌集》的真名序和假名序——以「和歌發生論」為中心〉，《日語學習與研究》，第 5 期，2010，頁 112。
〔註 72〕唐月梅，《日本詩歌史》，頁 156。

求，於是越來越多的歌學者，再次借鑒中國詩論，為和歌的歌體風格作出不同層次的變容，也促進了許多審美意識的萌發。此創制集中表現於壬生忠岑（生卒年不詳）《和歌體十種》和藤原公任（966～1041）《新撰髓腦》與《和歌九品》以及藤原定家（1162～1241）《每月抄》中。

為響應和歌逐漸豐富複雜的內容與創作，壬生忠岑參照融會了中國崔融《新定格詩》中的「十體」與司空圖《詩品》的「二十四詩品」，將歌體進一步制定為：「古歌體」、「神妙體」、「直體」、「余情體」、「寫思體」、「高情體」、「器量體」、「比興體」、「華艷體」、「兩方體」等十種歌體，成《和歌體十種》一書。壬生忠岑雖使用中國詩學為基論，然其為歌體劃分時，卻是以日本式的涵義作為命名標準來定制。其漢文序即明言：「夫和歌者，我朝之風俗也。興於神代，盛於人世。詠物諷人之趣，同比漢家詩章，之有六義。然猶時世澆季，知其體甚者少。至於以風雅之義，當美判之詞，先師土州刺史敘古今歌，粗以旨歸矣。今之所撰者，只明外貌之區別，欲時習之易諭也。」壬生忠岑所明的「外貌」即是所謂的和歌美學風格。「十體」代表了和歌的十種總體特質，其中，以「高情體」為最上，內容所提及「義入幽玄」的特徵，不僅下開神妙、余情、器量等體，也推動了後世和歌、俳句的中心美學思維。

藤原公任的《新撰髓腦》與《和歌九品》延續了壬生忠岑所制定的十種歌體，並從和歌的內容與形式著手，精結前人之言，明確提出了「心」、「詞」、「姿」三合一的審美概念。王向遠（1962～）對三者作以下解釋：「『心』就是作者內在的思想感情，『詞』就是具體的遣詞造句，而『姿』就是心詞結合後的總體的美感特徵（風姿、風格）。」〔註 73〕心與詞兩者的概念與關係，最先已於《古今和歌集・序》中出現，藤原公任於此將壬生忠岑所命之「體」改為「姿」，作為心詞論的

〔註 73〕王向遠，《日本之文與日本之美》，頁 6。

第三元素，認為「凡歌者，心深而姿清，應以心之妙處為其優……兼具心姿二者實為難事，無法兼顧時，則應取決於心。」〔註 74〕以此開始，「姿」所代表的和歌風格與審美意識，融入了原有的心詞論中，「心、詞、姿」三者的定義與關係也成為了後世歌論注目的重要論題。

平安時代後期，是即將由古代迎向近古的一個重要時期，歷經長時間的國風浸潤，此時的文學與文論煥然一新，許多之前較為模糊的審美意識與理論概念，皆於此時規範定型，而歌學系統也因此完成體系。自藤原公任提倡「姿」的美學概念後，歌學家們即針對「姿」的概念作出一系列的討論，藤原俊成深入「姿」所體現的美學境界，提出「幽玄」之美，並將之作為評判和歌的最高準則，此舉不僅下開以「幽玄」為美的新歌風，也大大影響後世俳句的創作宗旨。藤原俊成（1114～1204）於《慈鎮和尚自歌合》中如此談到：

> 一般來說，雖無法斷言和歌定以音調為構想，再明事物之道理，但自古以來，談起詠歌，無論朗讀時亦或吟詠時，必會使人聽來既有艷麗之感又有幽玄之意。一首好的和歌，觀其詞句與風體時，總是飽含畫面的。例如：薄霧瀰漫中綻放的春花、秋月下聆聽的那聲鹿鳴、春風吹拂時那股於牆角盛開的梅香、山嶺處為陣雨敲打的楓葉等景象，皆能化作意象存在於和歌中。〔註 75〕

〔註 74〕太田青丘，《日本歌学と中国詩学》：「《新撰髓脑》：『凡歌は心ふかく姿きよげにて、心におかしき所あるを、すぐれたりといふべし……心すがたあひぐする事かたくば、まづ心をとるべし。』」，頁 105。

〔註 75〕石川一、廣島和歌文學研究會編，《後京極殿御自歌合・慈鎮和尚自歌合全注釋》：「おほかたは、哥はかならずしもをかしき節ふしをいひ、事の理を言ひ切らんとせざれども、本自詠哥といひて、たゞ読よみ上げたるにも、うち詠めたるにも、なにとなく艶にも幽玄にもきこゆる事有なるべし。よき哥になりぬれば、その言葉。姿の外に、景気の添ひたるやうなる事有にや。たとへば、春花のあたりに霞のたなびき、秋月の前に鹿のこゑを聞き、垣根の梅に春の風の匂ひ、嶺の紅葉に時雨のうちそゝぎなどするやうなる事の、うかびて添へるなり。」，（東京：勉誠出版，2011），頁 348。

「艶にも幽玄にもきこゆる（既有艷麗之感又有幽玄之意）」此句點出了藤原俊成的兩個美學基調：「優艷」與「閒寂」。「優艷」來自於詞與心的作用，「閒寂」則源自姿與心的結合，兩者相融即成「幽玄美」，而這種美感常存現於四季自然與人情中，強調和歌中的「言外之意（余情）」。藤原俊成的歌論是進古歌學的起始，他以「幽玄」為美的論述，由鴨長明等多位學者承接與發揚，其中以藤原俊成之子藤原定家為集大成，從此完善歌學體系。藤原定家為平安晚期至鎌倉初期的重要歌人，無論是歌作上或是歌學上都有一番不朽的成就，漢學基礎也相當深厚，可謂當時學術界的泰斗。定家承其父之歌學，以歌論批評為切入點，探討「心、詞、姿」三者之道，並就「幽玄美」之審美意識提出「有心論」，重新為和歌作出定義。定家作《近代秀歌》一書旨在為歌人們提供「如何創作和歌」的方法，他就「心、詞、姿」和歌三元素作出宣言：「詞はふるきをしたひ、心は新しきをもとめ、をよばぬたかき姿をねがひて。（詞學古人，心須求新，姿求高遠。〔註76〕）」三者中，最為重要的即是「心」的部分，心是和歌的精神所在，透過「取古歌詠新事」的方式，拓展和歌的境界。而在其《每月抄》中，他將和歌以「姿」劃分了十類：有心體（有心樣）、幽玄體（幽玄樣）、事可然體（事可然樣）、麗體（麗樣）、長高體（長高樣）、見體（見樣）、趣體（面白樣）、有一節體（有一節樣）、濃體（濃樣）、拉鬼體（拉鬼樣），認為此十類中，當以有心體（有心樣）為和歌的本質，所有的和歌首要前提是必須「有心」，而能做到使歌中有心的即是有心之「體」，也就是歌人本身。此論與《近代和歌》所提倡的「心新」是一致的，「心」所表現的性格有二：幽玄與物哀。他在《每月抄》中如此提及：「觀先哲之作，吟詠和歌時應詠出優艷與物哀之感。儘管是多麼可怖的事物，一旦詠於歌時，皆能使人感到優美動聽。」〔註77〕這裡所說的「優艷」即是藤原俊

〔註76〕王向遠，《日本之文與日本之美》，頁7。

〔註77〕太田青丘，《日本歌学と中国詩学》：「先哲のくれ書をける物にも、やさしく物あはれに、よむべき事こそ、みえ侍るめる。げに、

成提出的幽玄美的元素「余情」，而「物哀」則來自物語體現的美學成分，此兩種審美意識分別影響了後世和歌的發展與俳句的創作。誠如日本學者石田吉貞（1890～1987）所言：「在（文學）歷史上之所以出現平安中期至中世的可謂美的、洶湧澎湃的時代，出現在美學上最富創造性的、最佳的時代，從宏觀來看，就是因為這一『艷』與『哀』的極其特殊的混融，從而創作了新的美的緣故。」。〔註 78〕

歌學至此完成了體系化，歌學自古代開始，即以「心」為主體，討論心、詞、姿的相互關係，依照日本的民族特性，將中國詩學去蕪存菁，不談「言志」的功利性，而看重「情」的審美作用。對日本民族而言，「美」是立於首位，且是能打動世間萬物的，此意識帶動了文學創作，形成了以「物哀」、「幽玄」為美的思想。日本近代以前，所謂的文論是以歌論為起點，並以此為中心向外延展，因此歌學所提倡的美學思維也深深影響了日本的古典文學，所有浪漫、唯美的意象也成就了日本古典文學的況味。

二、研究範圍與架構

（一）研究範圍

詞起於隋唐宴樂之需，透過當時伶工的努力，於民間流傳開來。而後，文人們紛紛響應「填詞」的工作，使詞一文體得以進入宮廷貴族中嶄露頭角。晚唐五代至北宋是令詞最為興盛的時期，晚唐詞以花間詞派獨領風騷，以「男子而作閨音」為口號，掀起了一股婉約清麗的風潮；五代詞正時值戰亂的歷史黑暗期，詞人們再也無法安然閒適的創作，動盪的時代激發了他們心中的憂患意識，濃濃的時代哀感籠罩在此時的詞作中，擺脫了代言體的艷情，轉而直抒內心的悲痛，將

いかにおそろしき物なれども、歌によみつれば、優にききなさるたぐひぞ侍る。」，頁 141。

〔註 78〕石田吉貞，《藤原定家研究》，（東京：文雅堂書店，1982），頁 511。轉引自唐月梅，《日本詩歌史》，頁 257。

個人生命帶進字裡行間，使抒情晉升至新的境界。接著，尚文的宋代，詞作為娛樂的主要管道，依然蓬勃的發展著，甚至超越了詩。北宋為詞體的承先啟後時期，北宋前期繼承了南唐的詞風，多為令詞之作，北宋後期則逐次將詞的眼界拓展，婉約、豪放派系成形，慢詞漸取代令詞與詞作詩賦化的傾向，皆使詞體趨於成熟。而本文於唐宋令詞的選擇，便以晚唐五代至北宋的令詞為研究對象，其中，晚唐五代詞中選了溫庭筠（812～870）、韋莊（836～910）、馮延巳（903～960）與李煜（937～978）四家的令詞，北宋詞則針對女性於詞一文體所表現出不同於男性的風格，特別將女性詞人提出並與男性詞人分別探討。男性詞人部分選張先（990～1078）、晏殊（991～1055）、歐陽修（1007～1072）、晏幾道（1038～1110）、秦觀（1049～1100）、賀鑄（1052～1125）六家令詞，女性詞人則選李清照（1084～1155）、朱淑真（1063～1106）二家令詞。

和歌由咒禱文學演變而來，本身已具備音律的特性，經由時間的洗練，逐漸定型為五七調或七五調，成為現今所看到的短歌形式，且短歌於和歌的眾形式中，是最能高度表現「個人抒情」的歌體，日本學者小西甚一（1915～2007）認為：「私人的感情不久將成為和歌的主流，而且由於短歌比長歌適宜，所以在形式上，終於導致了和歌史彷彿就是短歌史的結果。」〔註 79〕雖然和歌數度因漢詩的興盛而淪於「私下的玩藝」〔註 80〕，但和歌中獨有的民族精神卻是歷久不衰的。和歌經由《萬葉集》時期達到一個頂峰，然而卻在崇尚漢風的奈良時期至平安初期退於幕後，直到由天皇下令編纂第一部敕撰《古今和歌集》，和歌擁有了與漢詩相抗衡的力量，大量的「歌合」活動與宮廷的文藝沙龍舉行，使和歌再次成為文學尖峰。本文所選之短歌，即是出自於與中國晚唐北宋時期相近的平安時代和歌集——《古今和歌集》。

〔註 79〕小西甚一，鄭清茂譯，《日本文學史》，（臺北：聯經出版公司，2015），頁 33。

〔註 80〕小西甚一，鄭清茂譯，《日本文學史》，頁 27。

以作者為單位考量，合以《古今和歌集》的歌風分為三個時期，佚者時期的猿丸大夫（生卒年不詳）；六歌仙時期的小野小町（生卒年不詳）、遍昭僧正（816～890）、在原行平（818～893）、源融（822～895）、在原業平（825～880）；編撰者時期的素性（生卒年不詳）、平貞文（？～923）、紀貫之、凡河內躬恆（生卒年不詳）、伊勢（生卒年不詳）。其中，六歌仙中的小野小町與編撰者時期的伊勢為女性歌人。

本文以審美的角度切入各章節，分別就「體式藝術、抒情美學、題材意象」三個面向作為分析基點，進而深入令詞與短歌的相互對照，從中尋出兩者於形式、內容、風格的同與異。而在作品選本上，唐宋令詞的部分以宋代學者黃昇（生卒年不詳）所編《花庵詞選》〔註81〕與近代詞學大家唐圭璋（1901～1990）編之《全宋詞》〔註82〕與龍沐勛（1902～1966）編之《唐宋名家詞選》〔註83〕為主；平安短歌以《古今和歌集》所收錄之作品為依據，所使用之版本為日本國學者小沢正夫（1912～2005）與松田成穗（1926～2001）共同注譯之《古今和歌集》，再兼以桑原博史（1933～）監修之《万葉集・古今集・新古今集》〔註84〕為輔。所討論的作品共計令詞61闋、短歌41首。關於本文所選之晚唐迄北宋之令詞與平安短歌作品列表請參照附錄一。

（二）研究架構

本文共分為七章。以中日比較文學為主軸，展開晚唐迄北宋令詞與平安古今短歌的比較。首先由接受中國詩學影響而發展而出的中國詞學與日本歌學為作品根柢，再延伸至兩國所呈現的抒情美學，從中比較兩國在美學上的異同，接著就所選之作者與其作品間的情趣聯繫作個別討論，最後以題材的方式，分別為令詞與短歌中的審美意識作探討，進而對比出兩國的美感特徵。以下針對各章之內容作出簡述：

〔註81〕黃昇編，《花庵詞選》，臺中：曾文出版社，1975。
〔註82〕唐圭璋編，《全宋詞》，臺北：明倫出版社，1970。
〔註83〕龍沐勛編、卓清芬注，《唐宋名家詞選》，臺北：里仁書局，2007。
〔註84〕桑原博史監修，《萬葉集・古今集・新古今集》，東京：三省堂，2009。

第一章緒論部分，分別敘述本文的動機與目的、所使用之研究方法及其研究範圍與相關資料的文獻探討。中日因其歷史、文化的相互交流下，無論於文學或是思想上都有著一層相似非似的絲線聯繫著。其中，中日比較文學自 20 世紀以來蓬勃發展，中日兩國致力於此方面的研究者日益漸增，而對於兩國詩學與美學的比較研究課題也引來了許多人的注目，尤其是中國古典詩與日本和歌的對比，更是占據了此類研究的一部份區塊。然而，以美學角度出發來觀察，將內心情感相映於外在世界的呈現方式而言，古典詞似乎更接近於日本和歌，本文就於此點，自語言形式、風格、美學等面向一一對比，欲從中證實「古典詞與和歌擁有可比性」的認知，也透過對兩國美學的探索，整理出兩國於美學上更加細微的獨有藝術特質。研究方法上運用了「中日比較文學」、「抒情美學」、「中國詩學理論與日本歌學理論」三者，以「中日比較文學」理論為整篇文章的基礎方法，將「中國詩學理論與日本歌學理論」應用於第二章的語言形式與風格特色比較，最後以「抒情美學」作為第三章詞境與歌姿、第四章詞人與令詞、第五章歌人與短歌、第六章令詞的情景交融與短歌的物哀言心等四章的依據，並於第六章同時運用中日比較文學理論以題材為對比手法，最後歸納出作品中的審美意識。而文獻探討中針對美學方面的文獻，整理前人們的研究成果，並藉此釐清本文所欲探討的重點，增加比較的意義。

第二章主要以語言形式、風格、文體理論三方面，來對比令詞與短歌於各自的體式格律、風格表徵、詞論與歌論中有何異同處。同為短小形式的令詞與短歌，在字數上即具有相似的呈現，而因兩國所使用的語言文字方式不同，短歌所使用的日文平假名不如使用中文的令詞般要求平仄押韻，然而，短歌固有的五七調與七五調，也成為了短歌的定式，具備了一定程度的韻文節奏。在兩者的風格表徵中，令詞充分展現了所謂「詩莊詞媚」的柔儂軟調，每闋詞作皆是各色風情的婉約仕女圖，總能佇足於詞人心中；短歌將纖麗幽微的情摯毫無保留的袒露，每首歌皆是可憐女子的那雙柔荑，輕撫歌人的靈魂。令詞與短歌在風格上有著相當類似的呈現，尤以晚唐至北宋的令詞與平安前期的短歌更是如此，此與兩者皆受到抒情美學的因素影響頗深，抒情自我正是令詞與短歌唯一使命，這也說明了令詞與短歌的創作方式是以個人為中心來展開，因而直接影響於風格中。詞論與歌論則分別代表了令詞與短歌於自身國家的文學中，具有重要的文學價值。王國維《人間詞話》不僅封令詞為詞體之最，更提出「境界說」闡明詞體所呈現的美學境界；紀貫之《古今和歌集・假名序》是奠定和歌文學地位的最大功臣，文中將和歌自本質、起源、姿式、歷史、《古今和歌集》編纂過程等方面詳細論述，成為了影響後世歌學發展的重要專論，而其本質論更強調了和歌最重要「以心為詞」的精神，也讓「物哀」、「幽玄」等日本美學意識有初步的建立，是日本歌學中不可或缺的論著。

第三章承接上一章詞論與歌論的延續，就其審美意識部分，開展出中日抒情美學：「情景交融」與「物哀」。情景交融由中國的抒情傳統而來，中國詩歌與自然山水的關係歷時已久，詩經中的「比、興」的概念，魏晉山水詩而成的「物色」「感物」等觀點，皆一再強調中國文學中，尤其是詩學系統一脈，相當注重情意感動與外物感發之間相互的作用，王國維的《人間詞話》更是提出「景語皆情語」的重要論點，無論詩或詞，其中境界皆由「情」與「景」而建立，正因為寫的是真情真意，所描繪的情感投射之物，即擁有感動人心的力量，成為真實的「抒情自我」。而日本國學者本居宣長提出的「物哀」美學觀，所強調的也正是「抒情自我」。外在事物與心境相互感應，歌人透徹了「物事之心」，以心為詞而創作的和歌，即散發了真情的光輝。和歌長時間作為個人抒發情感的小品，喜怒哀樂從字裡行間出沒，甚至所有的古代情書皆是來往於和歌中，「物哀」美學，不僅教導人們如何表情達意，更教會了人們理解愛恨情癡皆是真性情的人心。

第四章與第五章分別就詞人與令詞、歌人與短歌兩方面，以作者個別論述方式，一一探討作者與作品的創作與審美意識的建立。令詞部分依照時代順序，自晚唐五代時期的溫庭筠、韋莊、馮延巳、李煜，至北宋時期的張先、晏殊、歐陽修、晏幾道、秦觀、賀鑄、李清照、朱淑真共 12 位詞人，進行詞人創作詞作的背景與呈現的風格情趣作論述。短歌部分則依《古今和歌集》歌風分為三個時期，選了佚者時期中的猿丸大夫，六歌仙時期的小野小町、遍昭僧正、在原行平、源融、在原業平，編撰者時期的素性、平貞文、紀貫之、凡河內躬恆、伊勢等 11 位歌人為討論對象。

第六章將第四章與第五章所論之作家作品，根據題材「傷春悲秋」、「懷戀思怨」、「羈旅追憶」分三類來對比令詞的情景交融與短歌的物哀言心。四季更迭、滄海桑田的時序哀感、事過境遷的無奈總能引起愁緒，因景物的變化，牽動心中的思想，進而創作，以「傷春悲秋」為題的作品何止千萬，此題材無論於令詞或短歌中，不下於描繪戀情的數量，而以戀情為題的抒情詞歌，不容分說，皆是古今中外的文學家們永無止境追尋的課題，令詞中詞人與歌女們的愛情故事，流傳千里；短歌中由愛恨交織而成的情歌，動人肺腑。羈旅游子、故地重遊的感慨，人生際遇的無常，也是詞人與歌人抒發的焦點。透過此三種題材來探視作品，分門別類展現其藝術價值，他們不僅以景與情為創作要素，更是將景與情融會貫通於字詞中，達到真正抒情的目的。

第七章結論，先回顧各章節重要的提點，再總結中日抒情美學應用於令詞與短歌的藝術特質，並透過對比，理出兩者在抒情美學的藝術特質中有何異同，令詞與短歌雖皆受到中國詩學的影響，但令詞發展出了「有別於詩」的情景交融境界，而短歌接受了中國抒情傳統之餘，透過融合自身文化所形成的「變容」，成為日本獨有的藝術色彩。這些正是比較中最珍貴的文學精隨。

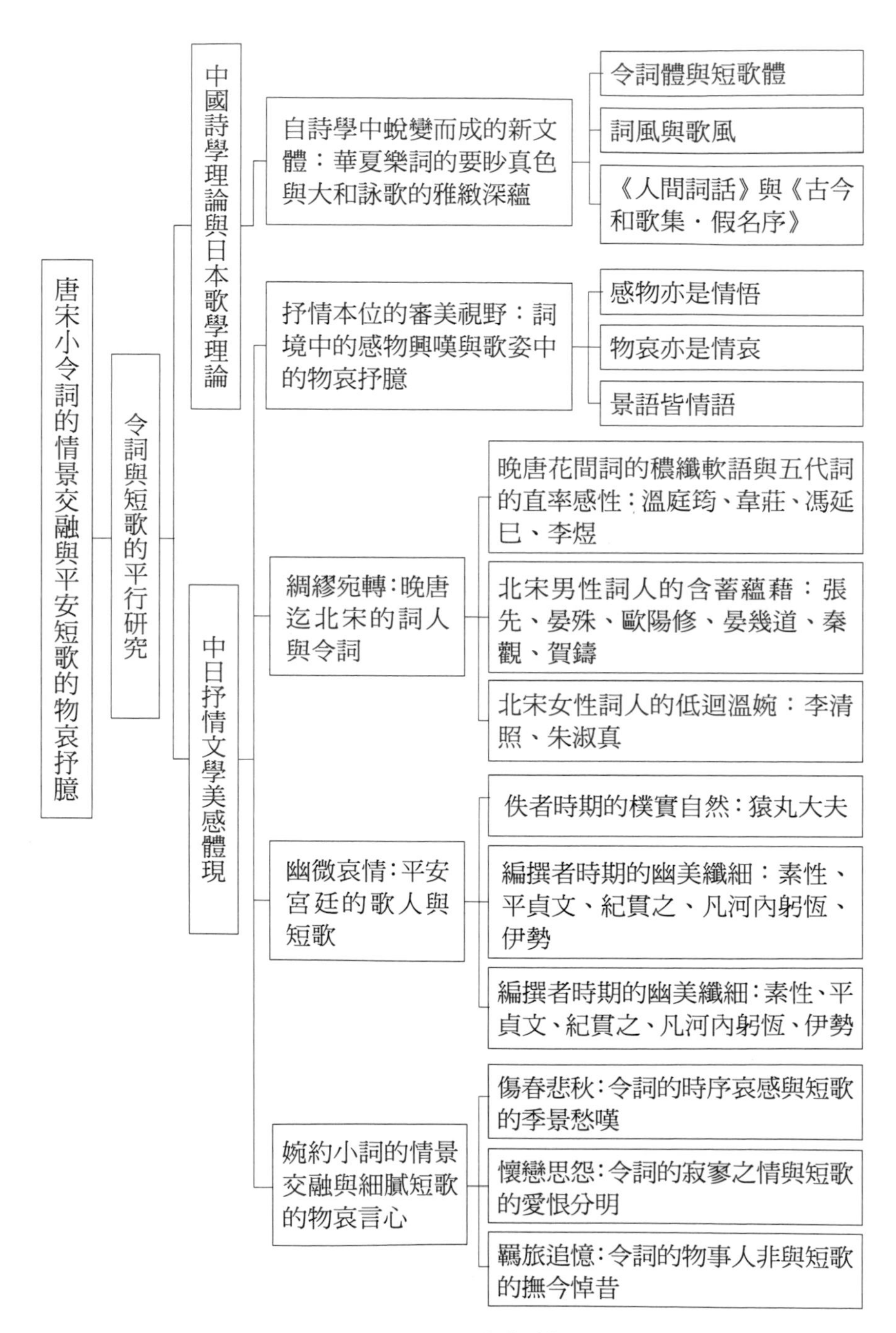
唐宋小令詞的情景交融與平安短歌的物哀抒臆
令詞與短歌的平行研究
中國詩學理論與日本歌學理論
自詩學中蛻變而成的新文體：華夏樂詞的要眇真色與大和詠歌的雅緻深蘊
令詞體與短歌體
詞風與歌風
《人間詞話》與《古今和歌集・假名序》
抒情本位的審美視野：詞境中的感物興嘆與歌姿中的物哀抒臆
感物亦是情悟
物哀亦是情哀
景語皆情語
中日抒情文學美感體現
綢繆宛轉：晚唐迄北宋的詞人與令詞
晚唐花間詞的穠纖軟語與五代詞的直率感性：溫庭筠、韋莊、馮延巳、李煜
北宋男性詞人的含蓄蘊藉：張先、晏殊、歐陽修、晏幾道、秦觀、賀鑄
北宋女性詞人的低迴溫婉：李清照、朱淑真
幽微哀情：平安宮廷的歌人與短歌
佚者時期的樸實自然：猿丸大夫
編撰者時期的幽美纖細：素性、平貞文、紀貫之、凡河內躬恆、伊勢
編撰者時期的幽美纖細：素性、平貞文、紀貫之、凡河內躬恆、伊勢
婉約小詞的情景交融與細膩短歌的物哀言心
傷春悲秋：令詞的時序哀感與短歌的季景愁嘆
懷戀思怨：令詞的寂寥之情與短歌的愛恨分明
羈旅追憶：令詞的物事人非與短歌的撫今悼昔

圖 1-2-1　研究架構圖

第三節　文獻探討

比較文學的研究自十九世紀始，許多學者即致力於此領域的定義與發展。文學建立於文字基礎上，而被稱之為文學的文字，是不同於一般生活所使用的文字，並且具有相當強烈的感情色彩作為附帶前提。不同語言派生出不同文學，加之以文化，又呈現出更多樣的支流，但追究至創造文學的情感源頭，在不同語言文化所呈現的文學，出現相似的表達方式，也就不是那麼令人匪夷所思了。中日比較文學的領域裡，由於同屬漢字文化圈，在語言上本身即具有一層親屬感，再者，貿易交流產生的文化融合，也一再地反應於文學中，於是中日兩國的文學比較研究，更是成為了一門專業學問。上一節中提及無論於中國或是日本，中日比較文學的課題已朝向多樣化的趨勢邁進。然而，可惜的是，過去多年來，基本上皆以影響研究為本質來探討中國古典詩與日本和歌，將中國古典詞與日本和歌作為比較課題的論述相當稀少，目前研究者所蒐尋到最直接相關的文獻即是張全輝的碩士學位論文《和歌與詞的藝術比較思考——從文本結構看和歌與詞》〔註 85〕與〈和歌與詞的意象對比〉〔註 86〕一文，是明確將古典詞與日本和歌作為對象，並以比較的角度探討兩國所呈現的藝術美學。前者利用現象學家羅曼．英加登（Roman Ingarden, 1893～1970）的文學理論，將詞與和歌就語音層、意義單元層、被再現事物的客體層、圖式化層等四層次進行對比分析，發現詞利用多樣的音韻，達到意象美感的建立。和歌雖不比詞那般音韻多采，其簡單自由的韻律特色，營造了「物哀」與「幽玄」氛圍，牽引出日本獨具特色的纖細唯美。兩者皆擁有著「境象生外」的美學追求，基於「抒情」之餘，詞更開闢了「詩化」的新境界，而和歌雖還停留於單純的抒情自我，然這份尋求純粹情感的吟

〔註 85〕張全輝，《和歌與詞的藝術比較思考——從文本結構看和歌與詞》，雲南：雲南大學比較文學與世界文學碩士論文，2005。

〔註 86〕張全輝，〈和歌與詞的意象對比〉，《保山學院學報》，第 3 期，2010，頁 65～70。

詠，依然不減其美麗又哀愁的風華。後者以「意象」為探討目標，從中挖掘詞與和歌的作品所具備的審美意識，並這些代表了各自美學呈現的意象，是以何種方式存在於字裡行間。由於此文為短篇期刊，只簡單論述了兩者作品中的意象，比較後沒有特別提出較為獨特的意象，只概述式的總結所展現的美感特徵。

另外，姜文清所著《東方古典美：中日傳統審美意識比較》〔註87〕一書中，就兩國思想與文化上的淵源，透過比較研究，對中日兩國審美意識的特色與價值具有更加清楚的理解與掌握。關於兩國審美意識的論著，張思齊〈在比較中看日本詩歌的六個特徵〉〔註88〕一文中，以中國詩歌與詩學觀點與日本詩歌與詩學觀點相互關照，並提出六個層面的對比性：一是言志傳統與寫景專好；其二，言志性抒情與審美性抒情；其三，壯志豪情與物哀幽情；其四，莊重嚴肅與淒婉俳諧；其五，人的題材與物的題材；其六，寫實主義與印象主義。周建萍〈「物哀」與「物感」——中日審美範疇之比較〉〔註89〕與宋慧〈「物感」與「物哀」審美觀念之比較〉〔註90〕皆對比「物哀」與「物感」兩種美學觀念，日本物哀美學重視人的情緒感受，是相當直接的感性抒發；中國物感美學則講究情理合一，追求情感之餘，還要考慮合乎禮義的「情志」。雖然兩者所規範的美學價值不同，但它們卻同時具有「由內而外在由外而內」的情景融合特質，「物」與「心」正是兩國美學缺一不可的元素。陳忻〈中國唐宋詩詞與日本和歌意境的「實」與「虛」〉〔註91〕將

〔註87〕姜文清，《東方古典美：中日傳統審美意識比較》，北京：中國社會科學出版社，2002。

〔註88〕張思齊，〈在比較中看日本詩歌的六個特徵〉，《東方叢刊》，第2期，2008，頁33～48。

〔註89〕周建萍，〈「物哀」與「物感」——中日審美範疇之比較〉，《徐州師範大學學報》，第30卷第4期，2004，頁47～50。

〔註90〕宋慧，〈「物感」與「物哀」審美觀念之比較〉，《齊齊哈爾師範高等專科學校學報》，第3期，2011，頁47～48。

〔註91〕陳忻，〈中國唐宋詩詞與日本和歌意境的「實」與「虛」〉，《文學評論》，第1期，2004，49～52。

唐宋詩詞與日本和歌「情景」交織而成的意境為討論對象，並透過剖析意境的內部構造，考察意境所呈現的「實」與「虛」。其中，意境之實大致可分為三類：描摹自然的純寫景之作、不假襯托渲染等手段、運用鋪敘手法。意境之虛則有兩種情況：一為情景交融，以景傳情；二為欲吐又吞、點到即止。以唐宋詩詞與和歌的共通點為主要闡述，較未提及兩者差異處。而山本景子的〈日本詩學與歌學之辨〉則就所謂「詩學」一詞於日本文學研究領域中代表了何種意義，透過辭典釋義與觀察研究文獻現況，得出詩學並不能代指和歌歌學，兩者乍看之下似能共通，但和歌身為日本古典詩歌的標榜，又是日本固有文化的代表，發展出一套有別於漢詩的系統，因此歌學只以用來探討日本詩歌，而不是蓋以詩學統稱。

日文論著方面，太田青丘著作《日本歌学と中国詩学》一書，將日本歌學與中國詩學以特質、歷史角度相互比較，以日本文學發展為主線，依序為上代、中世前期、中世後期、近世等時期，分別闡述各時期歌學與詩學的關係，尤其是上代至中世階段，中國文論、詩論藉由使節帶入，使兩國的文學得以相互碰撞，擦出新興的文藝花火。鈴木修次（1923～1989）所著《中国文学と日本文学》，〔註92〕自兩國的文學主流現象談起，進而比較中國與日本於文學上所呈現的不同情態。中國深受儒家經世思想影響，主要的創作群也多於政治相關的文人中，因而文學上不免透露出「言志」之情；相對的，日本重視佛教中的隱遁思想，以假名文字為創作方式的作者們多為宮廷女性或法師、居士，因此文學上是偏向於柔性的「物哀」之情。仁平道明（1946～）專著《和漢比較文学論考》〔註93〕中，〈和歌と詩と樂と——《古今和歌集》真名序の措辞をめぐって〉一文將《古今和歌集·真名序》中所受中國文論與詩論的影響，作出考證與對照，經由相互映證，得

〔註92〕鈴木修次，《中国文学と日本文学》，東京：東京書籍株式會社，1978。

〔註93〕仁平道明，《和漢比較文学論考》，東京：武藏野書院，2000。

知平安時期歌論的產生，既受容於中國理論，也從中發掘和歌歌學。中村幸彥（1911～1998）於〈日本文学と中国——近世〉〔註94〕文中說明了自中世的平安時代開始，雖然和歌重新掌握了日本文學史中的地位，然而當時大量的漢詩與漢書籍廣為流傳，常常能看到和漢混用的文章，因此日本文學中不少來自中國文學的變容，尤其中國山水自然詩更是影響了日本文學作品的「閑境與抒情」，然而，日本文學透過自身文化的洗鍊，開展出一條專屬於日式風采的文學道路。森野繁夫（1935～2013）〈六朝・唐詩と王朝和歌〉〔註95〕針對平安時期的王朝和歌，在接受中國六朝詩學與受六朝詩風影響的唐詩兩者的作品與詩論後，如何由此脫胎而出，將和歌的內容體式與技巧風格進一步提升，經過不斷的鍛鍊，逐漸體現出和歌特質的美學精神。

除卻以上關於中日比較文學的文獻討論外，以下將以令詞與情景交融境界及短歌與物哀美學兩大部分，分別整理前賢所耕耘的研究成果。

一、令詞與情景交融境界

（一）詞學專論與詞體、詞人專論

自清代開啟詞學之路以來，「詞」文體的研究儼然已成為一門相當完整的學門。黃雅莉的《宋代詞學專題批評研究》依據詞學批評的幾個重大面相出發，自詞的本色、史觀、派別、作法、美學特徵等方面的專論作深入的探討，整理自宋代開始至清代的詞學研究論著，並從中把握這些詞學研究的理論闡釋與發展脈絡，向世人展現詞體的研究儼然已成為不輸於詩體的專門學術。而王偉勇與薛乃文合著的《詞學面面觀》則以詞體本身為出發，分六單元來詳細闡述詞的起源、常

〔註94〕中村幸彥，〈日本文學與中國——近世〉，尾藤正英編，《日本文化と中国》，（東京：大修館書店，1968），頁93～111。

〔註95〕森野繁夫，〈六朝・唐詩與王朝和歌〉，李均洋、佐藤利行主編，《中日比較文學研究》，（北京：外語教學與研究出版社，2014），頁127～188。

識、歌唱、作法等構成詞體的基礎，名符其實的從詞的「面面」來理解詞作。另外，劉少雄的《讀寫之間——學詞講義》、《詞學文體與史觀新論》〔註 96〕也是自詞體開展，前者將內容一分為二，上篇由詞的內在特質入手，探索詞的「抒情」美感與詞體形式之間的聯繫，情景如何交融於詞體，詞調格律是如何應用於詞作中，下篇則應用上篇所述，從中歸納出詞的寫作方法。後者將詞學先以文體論的觀點著手，針對北宋名家與清詞的剖析，得出詞體所涵蓋的美學特質，又根據周濟、胡適、鄭騫等各家學者的詞學史觀，探討他們為詞史所下的評析與意義，理出一條詞學史觀研究的脈絡，最後結合文體與史觀兩個角度，統籌詞體與詞史的關聯性與內在涵義。而葉嘉瑩的《中國詞學的現代觀》一書中，則透過西方理論來反思中國詞學傳統與王國維的詞論，也利用西方現象學和詮釋學等理論觀點，與詞的「境界」與「美感特質」等面相一同討論，針對詞的審美性質探悉詞之本色。黃雅莉的《詞情的饗宴》，依照詞的性質特色，考察出詞有別於詩的獨立特性，由詞「抒情自我」的內心描繪手法，深入詞人與詞作的心靈交流，了解詞與情相互作用產生的極度魅力。並介紹了唐宋詞史上，極具代表的詞家，將名家名作由生命際遇、詞體風格等方向進行賞析，讓詞人與詞作更加密切，也能從中體會人情與詞情的相互輝映之美。

文體發展皆與當代作家息息相關，詞體的演進與詞人風格可謂互為表裡，孫康宜（1944～）的《晚唐迄北宋詞體演進與詞人風格》闡述溫庭筠、韋莊、李煜、柳永、蘇軾五位重要的詞家，由溫庭筠與韋莊建立詞藝傳統，再到李煜為令詞創造了新的藝術境界，接著柳永推製了慢詞，使詞體擁有嶄新的發展空間，另一層次的創作領域，最後蘇軾的以詩入詞，使詞體晉升到崇高的地位，詩化的詞使詞的抒情技巧得到新的成長，詞體於此也趨於成熟。這五位詞家正代表了詞體於晚唐至北宋期間的演變，詞體經由這五位詞家的努力，於每一階段中

〔註 96〕劉少雄，《詞學文體與史觀新論》，臺北：里仁書局，2010。

逐漸完整體式風格。劉若愚（1926～1986）的《北宋六大詞家》同樣以詞人為對象，透過不同詞家所展現的「個人」特色作品鑑賞，得以了解詞體存於內在的豐富審美特性。就詞的文字、句式、音律等方面進行分析，同時運用「意象」理論探索每首詞作，並將詞家們依風格分成「情操和敏感」、「情感寫實與風格創新」、「理性和機制」、「微妙和細緻」四大類項，更深刻的將詞體與詞人的樣貌完整呈現。

（二）抒情美學專論與情景交融專論

詞作為詩之餘，一部分的美學意識承接了詩的「緣情」特色，「詩緣情而綺靡」表達了詩歌創作的發源地——「情」，詩人有情，眼中所見之萬物即染上其有情色彩，正是劉勰《文心雕龍・物色篇》所言：「歲有其物，物有其容；情以物遷，辭以情發。」〔註97〕情牽動詩人抒情，這是自然而然發生的動作，也因這份真誠顯得詩更令人無法抗拒，於是鍾嶸（468～518）《詩品・序》中肯定了詩擁有「動天地，感鬼神」的力量，令文人墨客們愛不釋手。而情感世界千變萬化，與其相互映的詩詞所展現的風格更是多姿，司空圖（837～908）為詩提出了《二十四詩品》〔註98〕，二十四種詩所透露的品格，是人們的內心情思，這種種情思時而化為纖穠美人、時而化為典雅佳士、時而雄渾超然、時而勁健如風，二十四種情思傳達了二十四種表情，詩人以詩描繪了這些豐富的感情，抒情成為了自古不變的創作妙方。「抒情」一直若隱若現的存在於中國文學中，自古代文論開始，討論「抒情」的論述不曾間斷，延續這條抒情之路，後世學者也一再提出「抒情」的重要性。李珺平《中國古代抒情理論的文化闡釋》一書由文化著手，聚焦於「抒情」是如何產生並轉化為文字，流連於作品之間。不僅藝術層面，更涉及了心理學與生物學等多面向來看待「情感」的發生機制，全面性的考究作者與作品之間的「抒情」作用，透過學術的角度，

〔註97〕劉勰，周振甫等注譯，《文心雕龍注釋》，頁845。
〔註98〕郁沅，《二十四詩品導讀》，北京：北京大學出版社，2012。

相當清晰的闡釋了「抒情」的存在。除了專述抒情理論之外，由王德威與陳國球主編之《抒情之現代性：「抒情傳統」論述與中國文學研究》一書中，將「抒情傳統」作為探討中國文學的核心概念，集結自五四時期以來，魯迅（1881～1936）、聞一多、朱自清（1898～1948）、朱光潛（1897～1986）、沈從文、方東美、宗白華（1987～1986）、陳世驤、高友工、普實克（1906～1980）、宇文所安（1946～）、葉嘉瑩、柯慶明（1946～）、張淑香、蔡英俊、呂正惠（1948～）、蕭馳、龔鵬程（1956～）、鄭毓瑜、黃錦樹（1967～）、陳國球、王德威等多位國內外菁英學者們的精粹，追尋解釋抒情傳統，並針對各家學者們對「抒情」的看法，進行相互反思，從中完整「抒情」於中國文學中的脈絡與系統。另一套由柯慶明與蕭馳主編的《中國抒情傳統的再發現》一書，與《抒情之現代性：「抒情傳統」論述與中國文學研究》同樣集結了國內外重要的學者論著，《中國抒情傳統的再發現》承襲陳世驤、高友工所提出的「抒情傳統」與「內在美典」的觀念，分為原論篇、本論篇與廣論篇三大部分。原論篇自「抒情」誕生的原因談論起，就思想文化淵源、語文問題以及抒情傳統文本之原三方面作探討；本論篇深入「抒情」本質，分為三方面討論：抒情自我、特定時觀、抒情文學形式；廣論篇將「抒情」概念以「抒情傳統的跨文類版圖」、「抒情理論的建構與再構」與「抒情學術研究的總結、反思和批判」三方面延伸，將「抒情」研究理出一條清晰明確的學術道路。而徐承的《中國抒情傳統學派研究》則將 20 世紀 70 年代以來所興起的中國抒情傳統學派作為研究對象，分為「前史」、「初興」、「流佈」三個部分詳細闡述抒情傳統學派的進路，並從中反思西方文體觀與中國文藝美學間的關係，透過探究前人學者對「抒情」的觀點，多方參照優點與缺失，對「抒情」方面的學術研究有更加客觀的見解。

古典詩詞乘載了「抒情美學」的文藝特色，尤其詞體更是以「婉約」作為本色展現詞情，詞所體現的美學情操與詩體大相逕庭，葉嘉瑩的《照花前後鏡：詞之美感特質的形成與演進》〔註 99〕明確將詞體美感特質依詞的發展軌跡分為三大類別：(一)「歌辭之詞」，集中體現於晚唐五代至北宋初期的小令上；(二)「詩化之詞」，擴大詞體在抒情感性上的技巧，由李煜、蘇東坡、辛棄疾的作品中可看出；(三)「賦化之詞」，慢詞的出現，使詞體在抒情上有更多的篇幅鋪陳情感。詞於演變中展現的不同風貌，審美意識也隨之變化，詞體的抒情特質突破了詩體所不能言的桎梏成為一代文學。唐文德的《詩詞中的美學與意境》〔註 100〕一書，從詞的生命情調著墨出詞的美學意趣，詞注重感性與真情，情意將外在事物轉變為文字，進而向內在深化，最終形成了詞體特殊的抒情美學意境。孫立於《詞的審美特性》〔註 101〕中，以詞體本色為起點，擴大探討詞的基調、生命意識、藝術手法、題材、風格、意象等方面，將詞作為藝術文體剖析內在美學意識，透過不同面向來探查詞的美學意義，追尋詞的藝術魅力。

「情景交融」是中國文學中相當重要的美學觀念，尤其反映於古典詩詞上，意境的深淺高遠，正取決於「情」「景」之間。王國維《人間詞話》是詞論中相當重要的一部著作，也是中國批評史上佔有一席之地的文學批評論著。王國維經由接觸西方美學思想，以一種新的視野來審視中國文學，透過交融後的眼光，使文學批評與美學意識上有了新的突破，並提出了詩詞中「以境界為上」的審美論點，王國維透過「境界說」闡發了以「真情」帶動「感通」的渠道，對於詩詞審美上，藉著探索「境界」所呈現的情心，無論古今皆能對詩詞所散發的意念有所呼應，此正是所謂的「情景交融」。當代學者對「情景交融」的相關論著也著墨不少，其中最具代表性的著作即是蔡英俊的《比興物色與情景交融》〔註 102〕一書，此書從漢魏六朝學者所提倡的「比

〔註 99〕葉嘉瑩，《照花前後鏡：詞之美感特質的形成與演進》，新竹：清華大學出版社，2007。
〔註 100〕唐文德，《詩詞中的美學與意境》，臺中：國彰出版社，1994。
〔註 101〕孫立，《詞的審美特性》，臺北：文津出版社，1995。
〔註 102〕蔡英俊，《比興物色與情景交融》，臺北：大安出版社，1990。

興」與「物色」兩個詩歌理論觀點談起，依據歷史的脈絡，將比興、物色至情景交融這條發展線作出討論與整理，為中國詩學理論中的「情景」問題得到完整清晰的呈現，更加透徹古典詩詞中所蘊含的美學意境。而郁沅（1937～）的《心物感應與情景交融》〔註 103〕以層次的概念，一層層分析情景交融理論，心物感應為情景交融發生的基礎，當人心對外在事物起了感應，情感的投射反映於文字創作中，心與物依照感應的方式呈現出不同的審美觀點，「以物觀物」、「以我觀物」、「物我兩忘」等審美起點，透過心與物、情與景的融會，從「意象」的使用至「意境」的生發，最終達到「境界」的體現，讓中國文學透出最美的意蘊。

同樣將「情景交融」與「意境」作為討論問題的文章有以下幾篇：宗白華的〈中國藝術意境之誕生〉〔註 104〕談意境在藝術領域裡扮演著什麼樣的角色，從意境的意義、意境與山水的關係、意境創造與人格涵養等方面定義「意境」，後將意境延伸至「禪境」的表現，又提出了中國藝術中組成意境的三個概念：「道」、「舞」、「空白」，探討文學作品與意境的關聯性，探尋意境於文學中所存在的心靈境界。王可平的〈「情景交融」對文藝的影響〉〔註 105〕強調人與自然的關係不斷的影響並體現於文學的「情景交融」中，無論是「天人合一」的哲學觀或「情景交融」的美學觀，都一再顯示了中國文藝的精神，追求主觀的感受與客觀的景物相互融合，藉山水世界抒發自我之情，形成一種平衡細緻的和諧美。楊東籬的〈「意境」與「美的理念」中西美學理論本體的比較研究〉〔註 106〕針對中西美學理論中的「意境」與「美的理

〔註 103〕郁沅，《心物感應與情景交融（上・下卷）》，江西：百花洲文藝出版社，2009。

〔註 104〕宗白華，〈中國藝術意境之誕生〉，《鵝湖》，第 3 卷第 5 期，1977，頁 17～23。

〔註 105〕王可平，〈「情景交融」對文藝的影響〉，《中國文化月刊》，第 147 期，1992，頁 105～116。

〔註 106〕楊東籬，〈「意境」與「美的理念」中西美學理論本體的比較研究〉，《古今藝文》，第 26 卷第 4 期，2000，頁 4～17。

念」兩個最高美學和心作比較探討，中國的「意境」美學以感性的思維方式，與注重整體性、平衡性的「天人合一」精神所構成，而西方的「美的理念」則以理性、個體性的特質，著力於「主客分立」的觀點所成立。不同民族與文化孕育出了不同看待「美」的視野，經由比較更能清楚的理解中西美學的定位與發展。

二、短歌與物哀美學

（一）短歌史論與歌體專論

劉崇稜的《日本文學史》則是專門給中文使用者為了解日本文學史而撰寫，依時代順序記載日本重要的文學專著與演變過程，自日本文學史的斷代談起，分成上古文學、中古（平安時代）文學、中世文學、近世文學、近代文學等五大編，可以相當清楚的理解日本文學的發展與文體之間演變的前因後果。而小西甚一的《日本文學史》以宏觀的角度，並著重於「文藝」的面向來討論日本文學的史觀。他將日本文學分以「雅」、「俗」兩條線，且這兩條線的動向是相互交錯於文學史這條主脈中，最後將日本文學史規整出三個世代：古代是日本式的俗、中世是中華式的雅、近代是西洋式的俗。而在三個世代之間的灰色地帶即是雅俗共融的過渡期。所謂「和歌」，顧名思義即是「大和民族之歌」。身為大和民族的日本，自咒語祝詞中發展而出的「言靈文化」，讓日本人深信著語言文字擁有動盪人心的強大力量，而從中誕生的「歌謠」正是和歌的前身。唐月梅所著之《日本詩歌史》，即是從日本的原始歌謠為起點，將文化與文學及文論相互影響的因素融入，從古代至近代，從歌謠、和歌、漢詩、俳句、現代詩的過程，呈現出一條相當明瞭的「日本詩歌史」。明治時期學者志賀華仙所著《和歌作法》，〔註 107〕透過闡述創作和歌的方法，進而能更加深刻的理解和歌所欲表達的內在意涵。從歌學作

〔註 107〕志賀華仙，《和歌作法》，新潟：東亞堂，1908。

為認識和歌的基本，再由修辭、題材、歌調、詠歌的手法等方面探討，從中掌握存在於和歌的核心精神。日本現代國文學者谷知子（1959～）的《和歌文学の基礎知識》〔註108〕一書則針對和歌的修辭手法、類型、題材、風格等面向分別闡述，構築出以和歌為主體所延伸的多項基礎知識，選《古事記》至江戶時代的和歌作為用例，分析和歌字裡行間的祕密。

《古今和歌集》是日本第一部敕撰的和歌集，和歌也因此部合集的問世，坐上日本古典文學巔峰的寶座。其中，主編者之一紀貫之為此集所寫的〈假名序〉，為和歌在發展上起了相當標誌性的推動，和歌的美學精神也於此奠定與擴展。北川原平造的〈四季歌の構造——古今和歌集ノート——〉〔註109〕將《古今和歌集》中所採用的「題材」分類為研究對象，針對春夏秋冬部的「四季歌」中所運用的「意象」，探討這些意象所代表的意涵與營造和歌的意境，每個季節皆有極富特色的意象存在，透過這些意象的加入，使得和歌中的色彩更加鮮明，情感更加深邃。林四郎的〈古今和歌集の心と表現構造〉〔註110〕一文將重點著眼於《古今和歌集》中收錄和歌所體現的「心」，由字詞意義的表面，到情感的裡層，探析作品中代表「心」的「意象」，整理出《古今和歌集》所展現的和歌風采。而錦仁的〈音のある風景——古今和歌集仮名序を起点に——〉〔註111〕則從《古今和歌集・假名序》中定義和歌本質的序言入手，分析《古今和歌集》中和歌裡關於「聲音」的意象與和歌所具有的「吟詠」特質，注重「音」對和歌的影響性，自然與人相互歌詠，物心與人心的相互融會，和歌之美就此體現。另

〔註108〕谷知子，《和歌文学の基礎知識》，東京：角川學藝出版，2006。
〔註109〕北川原平造，〈四季歌の構造——古今和歌集ノート——〉，《紀要》，第16卷，1993，頁65～73。
〔註110〕林四郎，〈古今和歌集の心と表現構造〉，《日本言語文化研究》，第12卷，2008，頁1～12。
〔註111〕錦仁，〈音のある風景——古今和歌集仮名序を起点に——〉，《日本文學》，第53卷第7期，2004，頁1～10。

外，馬場あき子的〈擬人感覺と序詞の特性〉〔註112〕就和歌的修辭手法「序詞」為探索和歌中具有詩性的美學特質，和歌中運用將事物擬人並達到感官效果，使和歌充滿人情味，透過「序詞」的使用，景或物由情感而昇華至「抒情」的境界，創造出富滿情趣的和歌世界。

（二）物哀美學專論

日本人鍾愛櫻花，愛的即是她的稍縱即逝，剎那間殞落，無可抑止的奈何，最能打動人心，這顆懂得人情、解人意的「心」，正是「物哀」的最高境界。物哀存在於人心，所反映的媒介之一即是文字，因此在日本的文學裡，尤以和歌與物語，無不奠基於物哀意識之中。將「物哀」正式提為美學理念的學者即是江戶時代國學者：本居宣長。《日本物哀》一書為王向遠集結並翻譯本居宣長的四本專著：《紫文要領》、《石上私淑言》、《初山踏》、《玉勝間》，此譯著相當精確明瞭的翻譯了本居宣長的物哀概念，尤其《紫文要領》與《石上私淑言》的部分，前者以《源氏物語》為分析對象，定義物語文學之餘，更重要的即是從中體現了「物哀」之美，並藉由「物哀」理念的提出，將「作者——作品——讀者」三位元相互連結，作者將自身之情與投射之物的「物哀」寄託於作品中，讀者再由作品中感悟得到「知物哀」，這些通過物哀而感知物哀的過程，正是日本文學所追求的審美精神。後者是本居宣長與求學者針對和歌的問答集，自「何謂歌？」的問題開啟一連串關於和歌的各方解答，將和歌的起源、特質、風格、美學觀等方面逐一剖析闡述，透過百問之間，徹底了解和歌於日本文學中的意義與價值，為何能成為日本精神的文學代表。而另一本《日本之文與日本之美》為王向遠集結自身對日本文學相關研究的個人文集，共十三篇文章與兩篇譯文，其中〈日本古代文論的傳統與創造〉、〈心照神交——日本古典文論與美學中的「心」範疇與中國之關聯〉、〈感

〔註112〕馬場あき子，〈擬人感覺と序詞の特性〉，《新編日本古典文學全集：古今和歌集月報》，第9期，1994，頁1～3。

物而哀——從比較詩學的視角看本居宣長的「物哀觀」〉、〈日本的「哀・物哀・知物哀」——審美概念的形成流變及語義分析〉、〈日本美學基礎概念的提煉與闡發——大西克禮《幽玄》、《物哀》、《寂》三部作及其前後〉五篇文章則是針對日本的文論與美學觀點作探討，從「心」、「物哀」、「知物哀」等關鍵詞為著手點，自日本文論的創建開始談起，爬梳整理日本文論的創造過程，同時討論中國文論與日本文論間的關聯性，利用比較詩學、語義分析等方法剖析釋義日本美學觀，研究的範疇不僅於比較詩學或美學研究而已，更涵蓋了中日比較文學，填補了許多中日文學研究的缺口。鄭民欽（1946～）的《和歌美學》〔註113〕以「和歌」中體現的美學境界作為主要研究對象，和歌是日本文學中相當重要的審美體系，和歌所引發的美學觀一再的影響了後世文學的發展，在此審美體系中，包含了「抒情」、「物哀」、「心・詞・姿・實」、「餘情」、「幽玄」、「有心」、「風雅」、「優艷」、「無常」等八個審美理念，每個理念接代表了和歌的一個階段，影響了某個時期的和歌風貌，展現了和歌身為日本文學精神代表的細膩美感。

而在李光貞〈物哀：日本古典文學的審美追求〉、〔註114〕周萍萍〈追尋「物哀」——對日本文學傳統理念的解讀〉、〔註115〕方愛萍〈論日本民族的「物哀」審美意識〉、〔註116〕葉荭〈以悲為美：論日本文學中的物哀〉、〔註117〕陳曉敏〈淺論日本文學中的「物哀」傾向〉〔註118〕

〔註113〕鄭民欽，《和歌美學》，銀川：寧夏人民出版社，2008。

〔註114〕李光貞，〈物哀：日本古典文學的審美追求〉，《山東社會科學學報》，第5期，2005，頁86～89。

〔註115〕周萍萍，〈追尋「物哀」——對日本文學傳統理念的解讀〉，《理論界》，第1期，2007，頁134～135。

〔註116〕方愛萍，〈論日本民族的「物哀」審美意識〉，《河南理工大學學報》，第10卷第1期，2009，頁117～121。

〔註117〕葉荭，〈以悲為美：論日本文學中的物哀〉，《世界文學評論》，第1期，2012，頁229～232。

〔註118〕陳曉敏，〈淺論日本文學中的「物哀」傾向〉，《太原城市職業技術學院學報》，第9期，2012，頁202～203。

趙小平、呂汝泉〈淺談日本文學中「物哀」的美學意義〉、〔註 119〕王寅〈本居宣長的物哀觀〉、〔註 120〕曹利霞、安書慧〈淺析《古今和歌集》中的「物哀」〉、〔註 121〕黃麗〈日本古典文學中的美學理念〉、〔註 122〕呂汝泉〈日本文學作品中「物哀」的美學意義芻議〉〔註 123〕等多篇期刊文章中，皆針對日本「物哀」美學的緣起、發展、特質等方面，論述物哀如何體現於日本文學作品中，更表現了日本獨有的精神境界，尤其和歌、物語、俳句等古典文學，皆以「物哀」為中心思想而創作，「物哀」讓作者正視內心，寄情於景，融情於景，以最真的態度面對萬事萬物，所寫下的字句揭露的是片片真心。

經由爬梳整理前人精彩的研究成果，使本文於「令詞與情景交融」和「短歌與物哀」方面的認知有了扎實的基礎。但在「詞與和歌」的比較領域裡，仍然尚未有充足的研究出現，雖然就單方面的詞或和歌已有相當分量的研究成果，但將兩者至於同等立場，並且將之視為平行研究的文獻，在目前的學界裡極為少數。透過兩方文獻中體式、風格、審美觀等多方面資料的整合，從中談令詞與短歌在這些方面的同與異，並於接下來的章節中，利用對比的方式，針對中日兩國的美學觀點與文學作品的體現作出詳細的闡述，追尋隱藏於文字中的動人力量。

〔註 119〕趙小平、呂汝泉，〈淺談日本文學中「物哀」的美學意義〉，《新鄉學院學報》，第 27 卷第 6 期，2013，頁 113～115。

〔註 120〕王寅，〈本居宣長的物哀觀〉，《開封教育學院學報》，第 33 卷第 7 期，2013，頁 18～19。

〔註 121〕曹利霞、安書慧，〈淺析《古今和歌集》中的「物哀」〉，《寶雞文理學院學報》，第 33 卷第 3 期，2013，頁 80～83。

〔註 122〕黃麗，〈日本古典文學中的美學理念〉，《芒種：下半月》，第 11 期，2014，頁 127～128。

〔註 123〕呂汝泉，〈日本文學作品中「物哀」的美學意義芻議〉，《哈爾濱學院學報》，第 35 卷第 10 期，2014，頁 66～68。

第二章　自詩學中蛻變而成的新文體：華夏樂詞的要眇真色與大和詠歌的雅緻深蘊

王國維於《人間詞話》中以一句「要眇宜修」，便將「詞」一文體修飾得淋漓盡致，無論於體制格律亦或藝術特質，「詞」皆是如此恰如其分的微婉瑰麗。這種「精緻化」讓詞得以展現出不同於詩的境界畫面，於縱橫文壇已久的詩文體中脫穎而出，詞說出了文人們不敢明說的內心剖白，是真摯且感性的情語，為中國古典韻文學添上一筆幽約的丹青。「興於微言」的小詞——令詞，本身便具有纏綿悱惻的魔力，為入樂而制定的調子裡，深處已存在著婉轉的柔軟之聲，平仄跌宕，皆為一首首精潔的小情歌，短短的幾十字便能將走心的詞句刻畫入微，極富技巧與情感的令詞，所透露出的境界美，引領了晚唐至北宋的詞體演進。

吸收了中國六朝抒情美學精華的平安短歌，以細膩的感官，體會著春花冬雪，物換星移間，歌人們輕易便能抓住畫面，以心為詞，描繪出眼中多彩的世界。平安時期，一反漢詩主導文學脈動，將和歌深入名為「雅（みやび）」的殿堂，成為宮廷王朝中的主流之作。以假名文字為表徵的和歌，大量為深居宮中的眾女性們青睞，且與男性歌人並駕齊驅。和歌升格為文壇大宗，和歌歌體與創作技巧漸趨成熟，以三十一字的短歌為主體形式，活躍於宮廷饗宴、感情生活中。和歌成為能與漢詩分庭抗禮的存在，並沿襲了原始詩歌中專屬於日本的固有精神，美麗與哀愁相容並濟，是忠實於「個人」的抒情自我，「真切」即是和歌給予歌人最強勁也最絢麗的力量。

此章節以三小節分別處理晚唐至北宋令詞體與平安短歌體。第一節整理與比較令詞體與短歌歌體的體式構成，而第二節則歸納兩者語言風格，第三節即就重要詞論與歌論：王國維的《人間詞話》與紀貫之的《古今和歌集．假名序》進行詞學與歌學的對比。利用以上三部分的論述，對兩國的令詞與短歌作出基礎的建立，再進一步深入中日自作品中所呈現的審美意識，並延伸至下一章繼續論述同以抒情為本位，卻發展出「情景交融」與「物哀」此兩種不同的美學情趣。

第一節　令詞體與短歌體

一、興於微言的令詞體

詞，承接了詩之地位，再現了樂府的風情，獨特的抒情音樂性，使其於中國韻文學中成為獨樹一格的文體。對於詞，根據不同的面相，產生了許多的別稱：文學發展上，稱其為「詩餘」；文體形式上，稱其為「長短句」；倚聲填詞上，則稱其為「曲子詞」。而於晚唐五代至北宋期間盛行的「令詞」，更是為詞體演進打下了深厚的基礎，成就了許多詞人大家。

（一）詞的起源與詞體發展

詞的起源眾說紛紜，有些學者認為詞承襲了六朝樂府的遺風，宋代學者王灼（1080～1160）於《碧雞漫志》中如此明言：「古歌變為古樂府，古樂府變為今曲子，其本一也。」〔註1〕明代學者楊慎（1488

〔註 1〕王灼，《碧雞漫志》，唐圭璋編，《詞話叢編》，（臺北：廣文書局，1970），頁 20。

～1559）《詞品．序》中也提及：「詩詞同工而異曲，共源而分派。在六朝，若陶弘景之寒夜怨，梁武帝之江南弄，陸瓊之飲酒樂，隋煬帝之望江南，填詞之體已具矣。」〔註2〕然而，依照文學史觀來看，一個新文體的出現，必然會有許多因素相互影響繼而誕生，此說單就風格相似，便將兩者聯繫為因果是明顯的過於輕率，能肯定的只是六朝樂府與詞同時擁有「依聲填詞」的特性，卻不能將之直接視為詞的實際來源。另有些學者則認為詞由近體詩變形而來，宋代朱熹（1130～1200）即道：「古樂府只是詩，中間卻添許多泛聲。後來人怕失了那泛聲，逐一聲添箇實字，遂成長短句，今曲子便是。」〔註3〕對此，臺灣學者汪中也談到：

> ……在當時也將一些歌辭，被之管弦，歌辭雋永，音節諧和，自然流播久長，由民間而達天聽，因一首詩而得朝廷恩遇、美女青睞的，史不絕書，真可說是文士風流，躊躇得意了。可是文學因時代而不得不轉移演化，因唐詩的歌唱，而慢慢增損字句，冉把整齊的句法攤破，詞的產生，溯流已在盛唐中唐之間。顧起綸曰：「唐人作長短句乃古樂府之濫觴也，李白首倡憶秦娥淒婉流麗，頗臻其妙，世傳太白所作，尚有桂殿秋、清平樂等，亦有以太白時，尚無詞體，是後人依託者，或以菩薩蠻為溫飛卿作，然湘山野錄謂魏泰輔得古風集於曾子宣家，正以菩薩蠻是太白作，則流傳亦已久矣。」〔註4〕

綜上所述，詞無論如何與音樂是脫離不了關係的，因此以「入樂」此強烈特色為興起的看法為多數學者肯定。詞最早能追溯至隋唐時代，當時因絲路貿易的蓬勃發展，使得中原與外邦有了聯繫的橋樑，由西域傳入的胡樂，與傳統的清樂、法曲相結合，形成新興的音樂類型——「燕樂」，而此樂曲形式更是王朝宮廷宴會中不可或缺的娛樂。

〔註2〕楊慎，《詞品》，唐圭璋編，《詞話叢編》，頁353。
〔註3〕黎靖德編，《朱子語類》，（臺北：文津出版社，1986），頁3333。
〔註4〕汪中注譯，《新譯宋詞三百首》，頁1～2。

王公貴族因而培養了大量的樂工歌伶，專為宴饗而生。此後因動亂之故，使得這些養在宮中的「音樂家」們，為了活命而流散於民間巷弄中，為生活重操舊業，就此將「詞」帶到了方圓各地。而這時的樂曲，以現代話語來說，即是所謂的「流行歌曲」，它們不再只是王公貴族的雅興，平民百姓也得以享受到詞所給予的歡愉，正是北美學者孫康宜所說：「新樂、歌伎與伎館結為三位一體，攸關詞史匪淺。」。〔註 5〕

詞的發展軌跡，清代學者劉毓盤（1867～1927）以木之生長為喻：「詞者詩之餘，勾萌於隋，發育於唐，敷舒於五代，茂盛於北宋，煊燦於南宋，翦伐於金，散漫於元，搖落於明，灌溉於清初，收穫於乾嘉之際。」〔註 6〕學界中，對詞的起源時代各執一說，一派認為詞於隋代便已有了發跡，另一派則認為應始於中唐，然而隨著大量敦煌曲的發現，對於起源時代的考究起了確切的作用。林玫儀將唐人崔令欽（生卒年不詳）《教坊記》一書所錄之曲調與現存敦煌曲作品相互對照，發現兩者不僅能夠證實彼此曲調與詞作的可靠性，同時也印證了《教坊記》中的曲調正是盛唐時教坊的現況，因此林玫儀認為：「詞在盛唐已經極為發達了，不必要等到中葉才開始發展，劉白等人的憶江南、楊柳枝諸作，也必不能稱為詞之開山祖，只是早期的作品大都沒有流傳下來罷了。」〔註 7〕因此詞於盛唐已有了一定程度的流行與發展，只是處於起步期的詞體，比起相對成熟的詩體而言，還有極大的空間等待後世詞人的開拓，於是自晚唐溫庭筠等花間詞派詞人們的小詞開始，詞體進入快速發展的階段，因而可將詞的演化史分為四個時期：一、茁壯的晚唐五代時期；二、巔峰的兩宋（北宋、南宋）時期；三、式微的元明時期；四、再現的清時期。

詞體於晚唐至兩宋這段時間依序由小令、中調、長調的形式發展，

〔註 5〕孫康宜著，李奭學譯，《晚唐迄北宋詞體演進與詞人風格》，（臺北：聯經出版公司，1994），頁 22。

〔註 6〕劉毓盤，《詞史》，（臺北：學生書局，1972），頁 169。

〔註 7〕林玫儀，〈由敦煌曲看詞的起原〉，《書目季刊》，第 8 卷第 4 期，1975，頁 67。

依據不同的詞調，展現出不同的詞作風貌。施蟄存（1905～2003）於《詞學名詞釋義》中如此談到：「唐五代至北宋前期，詞的字句不多，稱為令詞。北宋後期，出現了篇幅較長，字句較繁的詞，稱為慢詞。令、慢是詞的二大類別。令詞發展到慢詞，還經過一個不長不短的形式，稱為『引』或『近』。明朝人開始把令詞稱為小令，引、近列為中調，慢詞列入長調。」〔註8〕而清代學者毛先舒則以字數作為分界的定點：「五十八字以內為小令，五十九字至九十字為中調，九十一字以上為長調。」〔註9〕由於詞的興起是為歌樓娛樂之用，因此在晚唐五代至北宋中葉期間，多以輕巧為特色的小令進行創作，中調則夾於小令與長調之間，長調的濫觴則歸功於北宋中葉時的柳永、蘇軾等詞作大家，而後至南宋將詞體體式趨於完美。詞體發展之初，並不全由令詞開始，而是長短兼具。林玫儀根據敦煌曲資料作出以下考證：

> 敦煌曲中，絕大部分都是唐代人的作品，其時代有早至盛唐者，可說是現在所見最早的詞了。其中有小令，有長調，有隻曲，有大曲，有歌譜，有舞譜，有零星篇章，也有結集——《雲謠集》，不但補足了文學史上一段空白，直接的對了解唐代音樂文藝的實貌有莫大的裨益，間接的也解決了很多文學史上的疑難。〔註10〕

敦煌曲的出土，為詞體的萌芽給予強力的證據，如〈破陣子〉一闋：「年少征夫軍帖，書名年復年。為覓封侯酬壯志，攜劍彎弓沙磧邊，拋人如斷絃。　迢遞可知閨閣，吞聲忍淚孤眠。春去春來庭樹老，早晚王師歸卻還，免教心怨天。」由此可知，盛唐時便有長調的形式出現，因而這般「令詞——中調——長調」的發展軌跡，只適用於晚唐至宋代期間。

詞以詞牌為題，格律須以詞牌為準。詞牌即是詞調，這些詞調的

〔註8〕施蟄存，《詞學名詞釋義》，（北京：中華書局，1988），頁36。

〔註9〕劉兆祐等編著，《國學導讀》，（臺北：五南圖書出版公司，2002），頁802。

〔註10〕林玫儀，《詞學考詮》，（臺北：聯經出版公司，1987），頁45。

來源，約有四種情形：一、由民歌加工和民間歌者創作；二、文人自作者；三、音樂機構所制；四、由大曲法曲所製成；五、來自邊境各族。〔註 11〕所謂的「倚聲填詞」，即是依曲調來創作歌詞，每個曲調皆有其代表的意義，起初的填詞，選定了詞調，再根據詞調所賦予的情感來填寫內容，因此詞在萌芽之初是依傍曲而生的。但隨著樂譜亡佚，詞人填詞雖仍依詞調格律來創作，然其內容已與詞調本身無關，對於後來詞作的表現，詞調只是提供格律的基準，已不再需要考慮旋律是否吻合內容，進而題材的發揮也相對擴大。

（二）令詞概說

1. 令詞的起源

《說文解字》:「令：發號也。」令本身即是命令的意味，而當其運用於宴饗時，動詞化作名詞，成了為助興而起的「行令」活動，此時的「令」搖身一變，成為具有文藝氣息的代名詞。王昆吾《唐代酒令藝術》一書中，談及詞作為音樂文學體裁之一，與同為音樂文學的「曲子辭」與「著辭」有著間接影響的關係：

> 曲子辭指配合隋唐藝術歌曲的文學作品，它主要是一個關於音樂的概念，……；著辭指用於酒筵令歌的文學作品，它主要是一個關於技藝的概念，……；詞則是指按照一定譜式寫作的文學作品，它主要是一個關於文學的概念，與它直接對待的概念是「詩」。詞是曲子辭的流變，在這一流變過程中經過了著辭階段。因此，詞所具備的各種形式特徵，有一些來自曲子辭（音樂），有一些來自詩（文學），另有一些則來自酒令（技藝）。〔註 12〕

詞於晚唐盛行以「小令」的形式呈現，此現象的鑄成，與宴飲風氣發展出的酒令藝術有關。唐代所流行的燕樂，結合了歌舞成為筵席上不可或缺的餘興節目，而此風更是延續至宋初，造就了令詞的天下。

〔註 11〕劉兆祐等編著，《國學導讀》，頁 800。
〔註 12〕王昆吾，《唐代酒令藝術》，（上海：東方出版中心，1995），頁 228。

宋代史學家劉攽於《中山詩話》描述了唐代酒令的盛行：「唐人飲酒，以令為罰，韓吏部詩云：『令征前事為。』白傅詩云：『醉翻襴衫抛小令。』今人以絲管歌謳為令者，即白傅所謂。」此處的「抛小令」即是酒令中的極富歌舞特色的「抛打令」，依同一曲調與令格，只更換辭句，接二連三的轉換於多人之間，花蕊夫人《宮詞》：「新翻酒令著詞章」這樣的創作形式提供了後世令詞發展的借鏡。酒令在不斷翻新過程中，常常設計出種種令格，這些令格，有的被繼承下來，成了詞的某些體式或修辭特點。〔註 13〕夏承燾（1900～1986）於 1936 年所發表的〈令詞出於酒令考〉一文中以《雲溪友議》記載裴誠與溫庭筠兩人作《新添聲楊柳枝》時：「飲筵競唱其詞而打令也」，來判斷令詞的起源一部份是來自於酒令：「此等倚聲曲，而兼可充飲筵打令，足知二者之關係。尊前歌唱，為詞之所出起，得此殆益可了然矣。」〔註 14〕此段話雖未有更加詳細的論證，然其想法卻是相當具有啟發性，而酒令也確實深刻影響了令詞的部分體式基礎。沈松勤於〈唐代酒令與令詞〉中為酒令與令詞的關係作了以下的總結：

> 作為燕樂的一個分支，唐代酒令藝術經過了一個不斷發展、不斷豐富的過程，尤其是盛唐時期抛打令出現以後，使先前的律令、骰盤令也具有了歌舞內容，也使酒令歌舞普遍採用了曲子歌舞的形式；而現存的酒令曲，大部分見於《教坊記》，原本為宮廷燕樂曲調，隨著安史之亂教坊妓流落社會，這些曲調也走出了宮廷，開始廣為社會各階層的飲筵所運用，從而豐富了酒令曲調，也豐富了文人和民間依調撰辭、按曲唱辭的酒令著辭的創作；酒令著辭的創作則又直接推進了小令詞體的成熟，韋應物、王建、劉禹錫、白居易、皇甫松、溫庭筠、韋莊、牛希濟、馮延巳等

〔註 13〕袁行霈主編，《中國文學史（上冊）》，（臺北：五南圖書出版公司，2003），頁 850。

〔註 14〕夏承燾，〈令詞出於酒令考〉，龍沐勛主編，《詞學季刊》，第 3 卷第 2 號，1936。

> 人筆下以及敦煌民間歌辭中的不少酒令著辭便同時又是成熟的小令詞體。〔註 15〕

經由大量的酒令藝術的鋪陳，晚唐五代至北宋期間的小令洗鍊的越加精巧，成為小令創作的盛世，雖然至北宋中葉柳永創制慢詞後，小令逐漸式微，但作為詞體先進的一環，依然是不容忽視的存在。清代學者宋翔鳳（1779～1860）《樂府餘論》言：「詩之餘先有小令，其後以小令徵引而長之，於是有陽關引、千秋歲引、江城梅花引之類，又謂之近，如訴衷情近、祝英臺近之類，以音調相近從而引之也。引而愈長者，則為慢，慢與曼通，曼之訓，引也，長也，如木蘭花慢、長亭怨慢、拜新月慢之類，其始皆令也。」〔註 16〕雖然現今宋翔鳳這般「詩之餘先有小令」的論點，已因敦煌曲資料的考證而被推翻，確定令詞並不是詞體發展初期唯一的形式，但就晚唐至宋代詞體的發展而言，令詞確實是扮演著重要的起始角色，推動著詞體於北宋登上巔峰。

2. 令詞的演進

前面已提到，詞調的來源除了自民間、外族樂者所創，也出於文人、官方音樂機構之手，由此可看出詞的發展過程中，本身即具有兩條路線：「通俗詞」與「文人詞」。北美學者孫康宜認為論詞不應輕忽敦煌石窟中出土的敦煌詞曲，這些詞曲的誕生與風行，一再影響了由通俗詞過渡至文人詞的文化環境：

> 「小令」首見於八世紀初，「慢詞」則千呼萬喚，終於十一世紀現身……唐玄宗設立教坊……他允許「通俗」曲子和「胡樂」在唐廷並立，因此泯滅了「雅樂」與「俗樂」的刻板區野。玄宗破舊立新，當然提升了詞曲的地位……騷人墨客與教坊樂工歌伎應運唱和……某些敦煌詞曲極可能就是這種文化環境的產物……中唐以後，詩人詞客多在

〔註 15〕沈松勤，〈唐代酒令與令詞〉，《浙江大學學報》，第 30 卷第 4 期，2000，頁 72。

〔註 16〕宋翔鳳，《樂府餘論》，唐圭璋編，《詞話叢編》，頁 2470。

「伎館」尋求靈感，繼續填詞……早在文人詩人開始正視「詞」之前，歌伎和樂工就已經把這些新曲唱了好一段時日。詩人時興玩詞，還是伎館大興以後的事……晚唐文人孫棨在其《北里志》詳述了當時歌伎的歌藝與文學成就，也一一道出九世紀與之相關的知識菁英的活動……孫棨乃翰林學士，據其所述，留連在伎館酒樓的常客包括政要鴻儒與文壇詩宗。〔註 17〕

令詞配合上「俗雅共融」的樂曲，成為當時最流行的娛樂。初唐給予了通俗詞充裕的創作環境，造就敦煌詞曲影響後世詞體的演進，雖遺憾當時沒有能留下音樂的技術，然文字的流傳，使詞得以繼續發展。而當第一本詞集《花間詞》問世後，正式將通俗詞與文人詞作出了區別。歐陽炯（896～971）於《花間集・序》中即言明：「……自南朝之宮體，扇北里之倡風。何止言之不文，所謂秀而不實……因集近來詩客曲子詞……庶以陽春之曲，將使西園英哲，用資羽蓋之歡，南國嬋娟，休唱蓮舟之引。」〔註 18〕通俗詞流行至今已過於庸俗，而《花間集》編成的目的，即是在於提供「南國嬋娟」能演唱更加典雅也更具文采的歌詞，換句話說，即是確立文人詞所擁有的高度文學價值。就此以後，填詞的工作便交棒於文人手中，大量的知識分子投入詞的創作中，誕生出許多動人心弦的情詞。

文人詞接手通俗詞的重任，開始打造詞文學的堡壘。早期的詞人們因長期習慣寫詩，於是初期的詞作仍可發現濃厚的詩體色彩，詞人往往受絕句傳統影響，稍增減字數，形成 30 字左右的小令體制。北美學者孫康宜以西元 850 年作為小令的分水嶺，在此之前的小令皆帶有絕句的影子，直到其後，才逐漸完成詞體獨有的體制結構，擺脫絕句的影響。尤其「雙調」詞的形式出現，使小令於詞格上有了新的突破，自此完成了詞體中自「上片」過渡至「下片」的寫作技巧，展現

〔註 17〕孫康宜著，李奭學譯，《晚唐迄北宋詞體演進與詞人風格》，頁 16～17、20。

〔註 18〕朱恆夫注譯，《新譯花間集》，（臺北：三民書局，2007），頁 1～2。

出詞所獨有的文學面貌。西元850年後適逢晚唐五代時期，為小令的快速發展期，由溫庭筠、韋莊、馮延巳、李煜等詞家領軍，小令自「男子作閨音」的代言體，推進抒懷個人的強烈抒情化表現，後至北宋前期承襲晚唐五代之風所形成的婉約性質小詞，再到北宋後期所呈現的獨具個人特色的悱惻之詞，皆逐步地完成了小令所構成的情景交融視界，展現了詞體「別是一家」的文學色彩。

3. 令詞的體制

黃雅莉於《詞情的饗宴》一書中界定凡是律化的作品必具有以下四種要素：一、篇有定句；二、句有定字；三、字有定聲；四、韻有定限。〔註19〕由此四點來查驗，無須分說，詞即是律化的文學作品。近代詞學大師龍沐勛曾說：「詞不稱『作』而稱『填』，因為它要受聲律的嚴格約束，不像散文可以自由抒寫。它的每一曲調都有固定形式，而這種特殊形式，是經過音樂的陶冶，在句讀和韻位上都得和樂曲的節拍恰相諧會，有它整體的結構，不容任意破壞的。」〔註20〕詞需依照「詞牌」來創作，同一個詞牌由不同人來寫，所呈現的作品字數與句數皆為相同，不能任意更改其數量，且每個詞牌也已固定了每個字的平仄押韻，詞牌由曲調而制，即使樂譜失佚，依據留存作品所歸整的格律，是填詞必定遵守的金科玉律。於是詞牌即成為了詞一文體最為重要的體制來源，每一個詞牌代表了一類詞的格律創作，呈現出比詩體更具多樣化的詞情世界。

（1）令詞的詞牌與韻格

清代詞學者萬樹（生卒年不詳）於《詞律・發凡》中言：「自草堂有小令、中調、長調之目，後人因之，但亦約略云爾，詞綜所云，以臆見分之，後遂相沿，殊屬牽率者也。錢唐毛氏云：五十八字以內為小令，五十九字至九十字為中調，九十一字以外為長調，古人定例

〔註19〕黃雅莉，《詞情的饗宴》，（臺北：文津出版社，2003），頁27。
〔註20〕龍沐勛，《倚聲學——詞學十講》，（臺北：里仁書局，1996），頁1。

也。」〔註 21〕雖然詞體的分法歷來爭議不斷，但現今最為大家使用的分法即是清代學者毛先舒以字數為分界。根據龍沐勛所整理的《唐宋詞格律》〔註 22〕一書中，其收錄的令詞詞牌皆為 58 字以內。詳細的令詞詞牌表，請參照附錄二，此表依照字數多寡排列而成。

一闋詞要填得能動人心弦，除了詞人本身的才情外，對音韻的敏銳度，也是需要下相當大的功夫。北宋沈括（1031～1095）《夢溪筆談》中談及樂律即言道：「唐人填曲，多詠其曲名，所以哀樂與聲，尚相諧會。今人則不復知有聲矣！哀聲而歌樂詞，樂聲而歌怨詞，故語雖切而不能感動人情，由聲與意不相諧故也。」〔註 23〕詞發展到晚唐北宋時，已逐漸脫離音樂，文人填詞，只須注意詞牌定式，然而，每個詞牌的背後，最初皆是由曲調而來，所謂「聲情」，即是樂音本身就具有表情達意的特色存在，即使樂譜亡佚，自留存下的平仄韻格中也能大約摸索出原始曲調的意味。因此，在詞牌的選擇上，「用韻」即成了成功與否的關鍵所在。龍沐勛針對詞牌中「韻」的選用與安排作了一番考究：

> 短調小令，那些聲韻安排大至接近近體律、絕詩而例用平韻的，有如〈憶江南〉、〈浣溪紗〉、〈鷓鴣天〉、〈臨江仙〉、〈浪淘沙〉之類，一節都是相當諧婉的，可以用來表達憂樂不同的思想感情，差別只在韻部的適當選用……大體說來，一般諧婉的曲調，例以隔句或三句一諧韻為標準，韻味均勻，又多選用平聲韻部的，率多呈現「紆徐為妍」的姿態……例如〈浣溪紗〉的上半闋句句押韻，情調較急；下半闋變作兩個七言對句，隔句一協，便趨和緩……至於〈阮郎歸〉，則除下半闋變七言單句為三言兩句，隔句一協，顯示換氣處略轉舒緩外，餘皆句句押韻，一氣旋折而下，使人感到情急調苦，

〔註 21〕萬樹，《詞律》，迪志文化出版，《文淵閣四庫全書電子版》，（香港：迪志文化出版公司，1999），頁 1。

〔註 22〕龍沐勛，《唐宋詞格律》，臺北：里仁書局，1995。

〔註 23〕沈括，王雲五主編，《夢溪筆談》，（臺北：臺灣商務印書館，1965），頁 31。

> 淒婉欲絕……再看仄韻短調的韻味安排……全闋隔句押韻，每句落腳字平仄互用，從整個音節看來是比較諧婉的，例如〈生查子〉……由於每個句子上下相當的地位都用的仄聲，就不免雜著一些拗怒的氣氛。所以運用這個調子，除了改上下闋首句為「平平仄仄平」較為和婉外，還是適宜表達婉曲哀怨的感情而帶有幾分激切意味的。〔註24〕

令詞多呈現「婉約」的藝術特色，而前面所整理的小令詞牌表中，平韻格的詞牌即佔了 2/3 的數量（41 個），由龍沐勛的話可知，令詞的曲調皆以諧婉為主要調性，因而令詞詞牌先天即具有柔媚含蓄的色彩，當詞人們選擇以令詞為創作對象時，想必在情韻上是較為偏向溫婉的一面。每個詞牌所規定的平仄韻格，都代表了一種「表情」，如同人的喜怒哀樂都有不同的程度，詞所呈現的「表情」也擁有不同的層次。詞人填詞，並非只是隨意選定詞牌，而是再三斟酌詞牌中的平仄韻格才下筆。龍沐勛將詞牌「聲情」的部分視為詞的藝術特質之一，為詞人之情與詞作之情間不可分割的橋樑：

> 一般說來，人類的情感，雖然因了物質環境的刺激而觸起千態萬狀的心理變化，但總不出乎喜、怒、哀、樂、愛、惡、欲的範圍，也可以概括為喜、怒兩大類。人類借以表達種種不同的語言音節，雖然也有輕、重、緩、急的種種差別，也可以概括為和諧與拗怒兩大部分。唐、宋人所組成的「今曲子詞」……它能在和諧與拗怒的音節方面，加以適當的安排，構成矛盾的統一體，借以表達作者所要表達的某種微妙情感而恰如其量。〔註25〕

李清照《詞論》中言：「蓋詩文分平仄，而歌詞分五音，又分五聲，又分六律，又分清濁輕重。」詞於韻律上是相當講究的韻文體，詞也因平仄音韻的變化更顯得豐富，無論於情感上或內容上，即便同樣述說的是離愁，也會根據不同的詞牌而表現出不一樣的愁緒。填詞

〔註24〕龍沐勛，《倚聲學——詞學十講》，頁 29、60～62。
〔註25〕龍沐勛，《倚聲學——詞學十講》，頁 197～198。

看似受限於詞牌，但事實上卻是詞牌造就了詞情的多采，詞人尋求心靈寄託的媒介。

（2）令詞的句式

詞其中一個別稱即是「長短句」，以此來與詩作出區別，詩於句式上僅有五言與七言兩種，而詞卻是長短錯綜，組合出獨具個性的章法。詞依章句結構的形式，約可分之為「單調、雙調、疊韻，以及疊片等」。一首詞，就是一支完美的歌曲。由於詞與樂曲的關係，其結構多是分段來處理，在音樂上講，凡「詞」的一段，就是「樂曲」的一遍，也就是指這支歌的全部音樂組織。〔註26〕基本上，詞的句式由單調而起，將單調重複即成為雙調，雙調再覆疊成疊韻，而疊片則是將原有慢詞中的多個詞段進行規格。一般而言，小令皆以單調與雙調句式呈現，疊韻與疊片則是慢詞製成的章法。夏傳才（1924～2017）於《詩詞入門》中如此說明單調與雙調：「單調，就是全詞只有一段，大多屬於小令。後唐、五代詞初興時流行這種詞體，其特點是接近近體詩的七絕或五絕……雙調，就是全詞兩段，術語稱上片、下片，或上闋、下闋。雙調詞占全部詞作的大多數。」〔註27〕詞在發展初期是從單調小令開始的，當時文人已沉浸於詩體長久，轉換文體間，難免會以詩的形式來進行詞體的創作，於是間接影響了單調句式的令詞產生。然而，此時期的令詞卻帶有濃厚的絕句色彩，直到雙調小令創制後，才逐漸展現令詞的本色，不再依傍詩而生。雙調的結構大致上由兩個單調所組成，單調與單調間形成了一座橋樑，連結上片至下片的意蘊，於情感上能有更多的空間鋪陳，再由上片帶出下片的韻味，最終將思緒恰到好處的收尾，如此具有線性發展的手法，是近體詩所無法呈現的藝術特色。因此，孫康宜認為西元850年以後才是詞體真正發展的重要分水嶺，也正因雙調小令的誕生，讓詞體於內容上擁有更

〔註26〕陳恢耀，《詞藝之美：南瀛詞藝叢談》，（臺北：新銳文創，2015），頁37。

〔註27〕夏傳才，《詩詞入門》，（臺北：知書房，2004），頁108～109。

多開展的地方，情感於文字中的脈絡也跟隨著「雙調」的形式更加行雲流水，藝術性也於此顯現。

繆鉞（1904～1995）曾說：「詞是長短句，音節諧美，音樂性強，又因篇幅短，要求言簡意豐，渾融蘊藉，故詞體最適合於『道賢人君子幽約怨悱不能自言之情，低佪要眇，以喻其致』（張惠言語，見《詞選序》），而可以造成『天光雲影，搖蕩綠波，撫玩無斁，追尋已遠』（周濟語，見《介存齋論詞雜著》）的境界。」〔註28〕詞接於詩後誕生，使長久以來一直壓抑的情感獲得解放。詞破除了詩的方格形式，透過音樂與文學結合，並逐漸成長為獨立的韻文體。

二、衷於自我的短歌體

「和歌（わか）」一詞，最早見於日本第一部詩歌總集《萬葉集》中山上憶良（660～733）的連歌題詞：「書殿餞酒日倭歌四首」。在此處出現的「倭歌」字眼，是相對於漢詩之稱呼，產生了「日本之歌」的意識，「倭」也記成「和」（發音相同），亦含有「大和民族之歌」之意。〔註29〕《古今和歌集・假名序・真名序》中以「やまとうた」與「和歌」稱呼著代表了日本民族的詩歌。日語受到漢字文化圈的影響，於語音上發展出了兩種讀音系統：「訓讀（訓読み）」與「音讀（音読み）」。前者是以假名文字為標注的讀音，而後者則以漢字讀音為唸法。因此，當假名文字未普及前，「和歌」即唸作漢字讀音的音讀「わか」，而後，則有了「やまとうた」的訓讀讀音。本居宣長的《石上私淑言》中有人如此問到：「和歌為什麼叫做『やまとうた（倭歌）』，又叫做『倭歌（わか）』？」本居宣長答曰：「所謂『やまとうた（夜麻登于多）』並非古語，是寫作『倭歌』這兩個漢字之後根據漢字而讀出的假名文字。」〔註30〕假名文字於平安時代得到全面的普及，於是

〔註28〕繆鉞、葉嘉瑩，《靈谿詞說》，（臺北：正中書局，1993），頁30。
〔註29〕張蓉蓓譯，《古今和歌集》，頁49。
〔註30〕本居宣長，《石上私淑言》，王向遠譯，《日本物哀》，頁187。

在平安時代初期編纂的《古今和歌集》將之稱為「和歌（やまとうた）」，而在平安時代之前的奈良時代所集結之《萬葉集》則是以「倭歌（わか）」稱之。一般而言，古時候的歌人們習慣將和歌只稱作「歌（うた）」，而當漢詩文大量席捲了日本文壇後，為了顯現「歌（うた）」就是日本民族自創之詩歌，即在「歌（うた）」的前面加上「大和（やまと）」作出所謂的「日本限定」，而日語習慣將以漢字為表記的詞彙以音讀的方式呈現，和歌便以「わか」的讀音為底定並沿用至今。無論讀音為何，「和歌」就字面上或潛在意義上，皆指向「代表日本民族精神的詩歌」，它不僅描繪了當時的人文風貌，更多的是銘心的纏綿悱惻，歌人們將心中最想吐露的話語，幻化為文字，和歌不只是抒情的文學作品，更是象徵著最真誠的那顆「心」。

（一）和歌的類別與發展

和歌所使用的書寫文字為「假名文字」，與中文字最大的不同點在於假名文字是「一個假名為一個音節」，而中文字則是「一個字為一個音節」。基本而言，日語中一個字詞大體上是由兩個或兩個以上的假名所組成，於是中文裡的一字一音節，相對於日語，即是一字兩音節（兩個假名）。因此，在看待和歌時，縱使與中國詩詞那般以五言句及七言句的形式呈現，但考量到日語組成真正意義後的字詞份量與沒有平仄四聲的語音系統時，「節奏」即是和歌於韻律上最重要的分析視角。

在和歌的演進中，以「音數律」為變化基準，構成五音七音的長短音數律，形成原初短歌的五七調。〔註31〕透過五音與七音相互搭配，最先創制了「5-7-7」三句式的「片歌（かたうた）」與「5-7-5-7」四句式的「混本歌（こんぽんか）」，而經過一再琢磨後，逐漸衍生出了和歌的三種基本形式：（一）由兩首片歌組合而成的「5-7-7-5-7-7」六句式「旋頭歌（せどうか）」；（二）將「5-7」句式反覆兩次後，又添

〔註31〕唐月梅，《日本詩歌史》，頁16。

一句七音「5-7-5-7-7」五句式的「短歌（たんか）」；（三）「5-7」句式反覆三次後，再添一次「5-7-5-7-7」五句式而成「5-7-5-7-5-7-5-7-5-7-7」十一句式的「長歌（ちょうか）」，且其後必會附加上一首或數首的短歌與之搭配，形成所謂的「反歌（はんか）」。自《萬葉集》時代開始，和歌的形式即以上述三種樣貌訂定下來。其中，依循日語的呼吸與語氣的韻律，「短歌」的「5-7-5-7-7」形式能最自然的吟詠，因此這樣的形式便廣為歌人們使用，而「旋頭歌」與「長歌」雖然同樣為和歌的基本形式之一，但「旋頭歌」在性質上主要用於與人相互唱和的「問答歌」，而「長歌」篇幅長，對於以紓解自我為目的的和歌而言，情感較無法集中凝鍊，與「短歌」相比之下，「短歌」不僅符合了和歌訴求的「抒情自我」精神，短小精簡的形式更讓情感聚焦濃縮，使情感與文字更為密切的結合。平安時代以降，「旋頭歌」與「長歌」快速衰落，「短歌」獨步了和歌的天下，於是小西甚一才下了「和歌史彷彿就是短歌史」的結語。

（二）短歌概說

1. 短歌的起源

「短歌」是近一千兩百年來日本最盛行的詩歌形式，由5-7-5-7-7，三十一音節構成，亦稱和歌。傳統上用以表達溫柔、渴望、憂鬱等題材，每每是男女戀愛傳達情意之媒介。〔註32〕每首短歌皆是一封封承載了濃烈情意的情書，平安時代的宮廷中，人們以歌交流著心靈，以詠嘆紓解著性情，短歌擁有著日本獨有的抒情精神，以日本的語言寫成，專屬於日本的文學形式。上述中提及，和歌的形式除了短歌之餘，另有片歌、旋頭歌、長歌等多種樣貌，經由中國文化的引入與衝擊，「定型詩」的廣泛流傳，促使了和歌逐步構築以固定形式來創作的道路。日本曾派遣多次遣唐使前往中國取經，雖然主要以學習政治

〔註32〕與謝野晶子等著，陳黎、張芬齡譯，《亂髮：短歌三百首》，（臺北：印刻文學生活雜誌，2014），頁5。

體系為目標，然而當「律令制度」成為日本創建國家的模範時，也間接影響了文學的形式走向，和歌即以「短歌」的形式作為統一表徵，再由宮廷貴族的推動，訂定創作和歌的主方向，並以此為中心展開了歌學系統之路。

> 那麼，和歌究竟是從何時開始，且是如何以五七五七七定式而作的呢？事實上，這個問題直至現今依舊是個謎，且無法確切得知。現存最早的和歌集《萬葉集》中，所收錄之和歌為日本最古老的和歌，於七世紀的宮廷中，也就是舒明天皇時代所作，由此可大致推論和歌定式應於此時期開始逐漸形成。對於七世紀的日本而言，是以律令制度為統理國家準則的時代。而和歌作為宮廷文學中重要的一環，或許正是於此時確立了和歌的「定式」也說不定。〔註33〕

從歷史的角度來看，人類社會的演變一直遵循著「複雜至簡化」的方向邁進。文學也不例外，無論是何種文學形式，當一種文體產生時，起始必擁有著多種的樣貌，經由時間淬鍊，逐步完成「定型化」。成就定型化的契機，肯定與當時的社會、文化影響有關。日本正式以文字記載和歌的歌集即是《萬葉集》，而當時假名文字尚未發達，同時中國文化又積極傳入，於是就以中國漢字作為表音符號，用於紀錄和歌：

カタマモヨ　ミカタマモチ　フクシモヨ　ミフクシモチ　コノヲカ
籠　毛與　美　籠　母乳　布久思毛與　美夫君志持　此　岳

ニ　ナツマスコ　イヘノラセ　ナノラサネ　ソラミツ　ヤマトノクニ
爾　菜採須兒　家　告勢　名告沙根　虛見津　山跡乃國

ハ　オシナベテ　アレコソヲレ　シキナベテ　アレコソマセ　アヲ
者　押奈戶手　吾許曾居　師吉名倍手　吾已曾座　我呼

〔註33〕谷知子，《和歌文学の基礎知識》：「では、いつ、どうして、五七五七七の定型を持つ和歌が生まれたのでじょうか。実は、それは大きい謎で、確かなことはわかっていません。現存最古の歌集『万葉集』の最も古い歌は、七世紀の宮廷、つまり舒明天皇の時代に作られた歌です。おおよそこのころに和歌のルーツを求めておくのが妥当でじょう。七世紀の日本国家といえば、律令制国家が整備されていった時代です。和歌が宮廷文学たるゆえんも、そのルーツにあるのかもしれません。」，（東京：角川學藝出版，2006），頁19。

コ　セトハノラメ　イヘヲモナヲモ
許　背跡齒告目　家乎毛名雄母〔註34〕

這首收錄於《萬葉集》開卷第一首，由雄略天皇所作之御製歌，內容描述作者遇見一妙齡女子，欲與其共結連理的求婚之歌，由歌中形式可看出此首作品為過渡至短歌形式的初始期。其中，隱約能發現，五音節的句式占了全首的半數以上，六音節與七音節則為次要。奈良時代與中國唐朝有著密切的交流，唐文化為日本大力引進與吸收，中國近體詩更是席捲了日本歌壇。《萬葉集》編纂者大伴家持，為奈良時代偉大的文學家與歌人，當時的文學重心深於宮廷中，貴族裡知識分子大量接觸漢學，唐近體詩的「五言」、「七言」句式也因此成為了短歌形式確立的推手之一。

《古今和歌集．假名序》中更有著一部份是針對「和歌的起源」而作出的一番見解。但這裡值得注意的一點，《古今和歌集》明顯將短歌與和歌劃上等號，使短歌成為談論和歌的重心，因而此處對於和歌起源的闡述，即是以短歌為對象：

此歌於開天闢地之初。（天浮橋下，形成女神、男神之時，所詠之歌也。）然今傳之歌，在天界，以下照姬之歌為始。（下照姬乃天稚御子之妻，詠其兄神英姿映於山崗、翠谷者為夷曲之歌。歌之文字音節不定，亦有不合歌型式者。）在地界，則以素盞嗚尊為首。神世之時，和歌文字不定，因過於直率，能否為歌者亦難分辨。人世之時，自素盞嗚尊始詠出三十一文字（音節）。（素盞嗚尊乃天照大神之兄也。與女性結為連理，建宮殿於出雲國時見八色彩雲因而詠歌如下：「彩雲復重重，護妻在其中」。）如此賞花、翫鳥、觀霞、悲露之心，藉許多詞彙表露其中。如出遠必由邇，千里始足下，幾經年月，崇山峻嶺原始於沉泥之土，終也聳之雲霄，和歌亦如是。〔註35〕

〔註34〕中島友文，《校正萬葉集通解》，（中島友文，1885），頁7～8。
〔註35〕張蓉蓓譯，《古今和歌集》，頁38～39。小沢正夫、松田成穗校注・譯者，《古今和歌集》：「この歌、天地のひらけ始まりける時より

和歌的前身為原始歌謠，這般的歌謠與日常生活密切相關。日本先民崇尚自然與神，而這些神祇們皆是具有「人情味」的英雄人物，於《古事記》與《日本書紀》中大放異彩，許多詠嘆詩篇的誕生便是來自這「咒禱」「神話」之中。素戔嗚尊（すさのをのみこと）是一位由天界降臨於人世間的神祉，這與日本建國神話的論說相符：日本是由神祇自天界下凡建造而成。因而這首出於素戔嗚尊之手的短歌即代表了短歌形式的開始：「彩雲復重重，護妻在其中。（八雲立つ　出雲八重垣　妻籠めに　八重垣作る　その八重垣を）」〔註36〕紀貫之特意利用了神話由來，讓此首歌附加上了「神聖的使命」，素戔嗚尊下凡的目的彷彿就是為了短歌形式的確立。漂亮的「57577」短歌句式，再透過紀貫之於當時文壇的影響力，自《古今和歌集》以來，此說亦成為了短歌起源中最具份量的論述。從當時文化背景來看，紀貫之廣推短歌為和歌定式的原因，有極大可能與「漢詩」有關。平安時代國風文化崛起，一反前朝奈良時代的「興唐風」，日本開始大量使用假名文字，發展日本獨有特色，尤其藝術方面更是成為「改革」第

いできにけり。（天の浮橋の下にて、女神男神となり給へることをいへる歌なり。）しかあれども、世に伝はることは、久方の天にしては、下照姫に始まり、（下照姫とは、天稚彦の妻なり。兄の神のかたち、岡谷に映りて輝くをよめる夷歌なるべし。これらは、文字の数も定まらず、歌のやうにもあらぬことどもなり。）あらかねの地にしては、素戔嗚尊よりぞ起こりける。ちはやぶる神世には、歌の文字も定まらず、素直にして、言の心わきがたかりけらし。人の世となりて、素戔嗚尊よりぞ三十文字、あまり一文字はよみける。（素戔嗚尊は、天照大神の兄なり。女と住み給はむとて、出雲國に宮造りしたまふ時に、その所に八色雲の雲の立つを見てよみたまへるなり。）かくてぞ、花をめで、鳥をうらやみ、霞をあはれび、露をかなしぶ心、言葉多く、さまざまになりにける。遠き所も、いでたつ足下より始まりて年月をわたり、高き山も、麓の塵泥よりなりて天雲たなびくまで生ひ上れるごとくに、この歌もかくのごとくなるべし。」，頁17～19。

〔註36〕張蓉蓓譯，《古今和歌集》，頁38。小沢正夫、松田成穗校注・譯者，《古今和歌集》，頁18。

一線。平安時代初期依舊沿襲了奈良時代的風氣，以「漢文學」為宮廷文學發展中心，然而菅原道真的廢除遣唐使、普及假名文字等舉，使得日本人開始注視到自有文化的重要性，於是文學中能與「漢詩」相互角逐的日本詩歌「和歌」即成為了首要推崇的對象。其中，以「5-7-5-7-7」為句式的短歌，更是能與漢詩的五、七言句式擁有極大的競爭空間，此時的日本已找到最適合自己的方式來吟詠性靈，不再需要漢詩作為詩歌中最具價值的表現手法，此方式即是以短歌為形式的和歌。

雖然目前仍然無法得知和歌是於何時且如何以短歌作為其定式，但根據現存作品與文化背景為憑，能肯定於平安時代以降，和歌的形式即全以短歌為統一定式，短歌也就此成為和歌的代名詞，坐上日本古典文學的黃金寶座。

2. 短歌的演進

和歌的誕生，除了是日本文學史上的一個里程碑之外，更是文學意識形成的開端。文學意識的出現，正好代表了文學自覺的發生，和歌由咒禱而來，這些原始詩歌基本上是以「生活」作為根砥意識，內容不外乎以宗教、國家等「集體」所需而作，因此在「文學自覺」上還缺少了真正的推動力。直到日本第一部詩歌集《萬葉集》問世開始，以「文學」為意識中心的概念逐步形成，不再只是滿足生活需求，而是作為文學獨立。於是片歌、旋頭歌、長歌、短歌等形式應運而生，由混沌邁向統一的演變中，逐一完成和歌的美學意識。在眾多的形式中，短歌因其文學自覺性脫穎而出，成為和歌發展的主流，因此短歌形式的確立也成為了美學意識的覺醒。當然，此美學意識也經過了統一的過程，其中，由和歌所建立的「抒情」美感得到日本人最忠實的喜愛，這份抒情正是來自短歌形式的成立。根據日本國學者久松潛一分析，短歌形式成立的道路可分為五段進程：1. 由偶數句成為奇數句；2. 由混本歌到短歌；3. 由旋頭歌形式到短歌形式；4. 長歌形式

的盛衰；5. 短歌形式的完成。〔註37〕

從原始歌謠到記紀歌謠（《古事記》與《日本書紀》），能發現此時期的歌謠多以偶數句的形式呈現。此時的和歌還未具備成熟的體式，仍保留著咒禱祭詞的形態，擁有濃厚的「民謠」色彩，以民眾感情為主要表現，反映於各地方鄉俚民謠中。由此可看出，於日本民俗歌謠中，偶數句相當適合用於調和集體情感的美學意識，因此在尚具初型的歌謠時期，偶數的形式相當普遍。然而，當文學進入以個人為中心的作者自覺意識崛起時，民謠這般為集體而作的形式即逐漸不敷使用。以集體為統一表現的偶數句式，在強調個人情感的自覺時期，相對於奇數句顯得十分不適當，且奇數句式用於表現自我而言是最能凝鍊情感的形式，因而偶數句式快速的被奇數句式取代，逐步由四句式的混本歌、六句式的旋頭歌向五句式的短歌前進。短歌在發展過程中可大致由兩個原則為中心進行演化，一為「由偶數句式至奇數句式」，其二則為「由長型式至短型式」。〔註38〕無論是六句式的「旋頭歌」，或十一句式的「長歌」，作品皆大量集中於和歌發展的初始階段，皆為集體意識而創作。其中長歌後所附加的「反歌」，直接以短歌形式呈現，並擔任精結長歌內容的角色，與長歌兩相比較之下，反歌於表現個人精神意識上，能完全展現和歌所要求的「抒情自我」本色，反歌所使用的短歌形式脫穎而出，成為輝煌整個日本古典文學的經典。當然，在推崇短歌形式的另一撥助力，正是中國文化的襲來，上文已提及，當時對於日本而言，漢文化與漢文學盛極一時，而和歌在這樣的風氣中，成為代表日本的戰將與漢詩對壘，相近的體式讓短歌形式更為日本人中意，這樣的激烈對抗期，正是處於國風文化興盛的平安時代，於是短歌形式地位的確立與穩固，以平安時代為分水嶺，和歌與短歌即是互為相等的名詞。

〔註37〕久松潛一，《日本文學評論史》，（東京：至文堂，1936），頁35～50。
〔註38〕久松潛一，《日本文學評論史》，頁51。

3. 短歌的體式

（1）以音數律而成的節奏形式：「五七調」與「七五調」

文學中，凡是被稱之為韻文者，絕對離不開由文字音韻所帶來的「調」。韻文體，顧名思義即是指擁有「韻律性」的文體。中國的詩詞曲賦、英美抒情詩、希臘史詩、日本和歌，能將之吟唱，以韻律營造出「詩意」，字詞句皆為彈跳的音符，這就是韻文的奧妙。志賀華仙言：「歌者，易吟於口，同時悅於耳，並以此為本，搭配上最為適當的詞彙而詠歎……中國詩，所使用的平仄押韻之法，或是西洋詩歌所使用的長短音與韻腳之方，皆是為整理韻文之調而創。」〔註39〕每種韻文體都有著其自成體系的「韻律」，中國稱為「格律」，日本則稱為「調」。在和歌中，以短歌「5-7-5-7-7」為形式，發展出了「五七調（ごしちちょう）」與「七五調（しちごちょう）」兩種和歌歌調，兩種歌調最明顯的差別即是在於斷句的方法。

「五七調」興盛於《萬葉集》中，為此時期創作和歌的準則。所謂「五七調」指將五音句與七音句作為一意義的連貫，在形式上以「5-7／5-7／7」呈現，〔註40〕例如持統天皇的御製歌：「春過ぎて（5）夏来きたるらし（7）／白たへの（5）衣乾したり（7）／天の香具山（7）（卷一，28）」〔註41〕，此首短歌於內容上切割為兩組，每組為一意義來串連，由第一組的「無意間，春天已過夏天也來臨

〔註39〕志賀華仙，《和歌作法》：「歌とは、口に吟じ易く、是れと同時に、耳に聞きよき様に、言葉を配合するを云ふ……支那の詩に、平仄押韻の法あるも、或は、西洋の詩に、長短音と韻字とあるも、之れ、皆、調をよく整へんが為めなり。」，（新潟：東亞堂，1908），頁86～87。

〔註40〕高鵬飛、平山崇，《日本文學史》：「五七調というのは、五音の句と七音の句が意味的に続き、五.七、五.七の形式で続くものである。」，（蘇州：蘇州大學出版社，2011），頁47。

〔註41〕水垣久，〈持統天皇〉，《千人万首——よよのうたびと——》，〈http://www.asahi-net.or.jp/~sg2h-ymst/yamatouta/sennin/jitou2.html〉，2016.06.21下載。

了（春過ぎて　夏来きたるらし）」與第二組的「只要一到夏天，外頭總是晾曬著的白衣（白たへの　衣乾したり）」，接著於終句「翻飛於那翠綠的香具山中（天の香具山）」完成整首短歌欲表達的畫面與意境。

「七五調」則於《古今和歌集》中發光發熱。自平安時代開始，「七五調」取代了「五七調」，成為和歌的基本歌調，甚至於大幅度影響了後世日本近代新體詩的體式。「七五調」將歌中的第 2 句與第 3 句為一意義連貫，且只做一次切割，〔註 42〕因此於形式上以「5-7-5／7-7」呈現，前半部以「上の句（かみのく）」稱之，後半部則作「下の句（しものく）」。「七五調」的短歌於內容上只分成兩部分，如《古今和歌集》編纂者之一紀友則的短歌：「春日正煦煦，奈何櫻落群。（久方の（5）光のどけき（7）春の日に（5）／靜心なく（7）花の散るらむ（7）」〔註 43〕由第一部分的「在如此溫和的春日暖陽中（久方の　光のどけき　春の日に）」作為鋪陳，引出第二部分「為何惹亂我心，那紛落的櫻花（靜心なく　花の散るらむ）」作為歌中最終極欲表達的情與景。相較於「五七調」而言，「七五調」於寫作上更為精巧也更富有技術性，於內容上顯得擁有「風流雅致」之氣。

無論是「五七調」或是「七五調」，皆一再揭示日本和歌（短歌）是以音數律為創作準則。以不同的斷句方式，表達了當時代的吟唱之調。詩之所以為詩，正是在於擁有「節奏」而帶來的韻律性，足以感動人心。和歌以「四音節一拍」的「二拍子」為基調，〔註 44〕讓文字與節奏相結合，使「韻律節奏」與「意義節奏」相容，從中孕育出屬於日本人的美學意識。

〔註 42〕高鵬飛、平山崇，《日本文學史》：「第 2 句と第 3 句が緊密に続き、第 3 句で切れるものを言う。」，頁 47。

〔註 43〕張蓉蓓譯，《古今和歌集》，頁 98。小沢正夫、松田成穗校注．譯者，《古今和歌集》，頁 59。

〔註 44〕松浦友久，孫昌武、鄭天剛譯，《中國詩歌原理》，（臺北：洪葉文化公司，1993），頁 157。

（2）短歌的修辭手法：枕詞、序詞、掛詞、緣語

前面已將和歌的定型形式與歌調作出了精要的介紹，然而一首好的和歌，還須具備各式的修辭技巧才能完整。和歌能於其他文類中出類拔萃，正是因其擁有了「歌的語言」，這般「歌的語言」異於日常用語，是優美的藝術話語，句句呢喃歌人內心的悸動與世界的感動，而「歌的語言」即是由修辭手法為媒介活躍於字句中。以下將和歌最常使用的 4 種技巧，逐一闡述他們於和歌中是如何產生完美的化學效應。

a. 枕詞

和歌的修辭法中，用於象徵和譬喻效果的技巧有兩種，其一即是「枕詞（まくらことば）」，其二則是「序詞（じょことば）」。兩種手法皆自《萬葉集》時期起開始使用，雖然兩者的作用相似，但在運用上有著決定性的差異：「枕詞」的象徵手法具有強制的特定對象，每個對象皆有其對應的象徵詞彙，無法更動；而「序詞」則是由作者自由發揮，根據自身經驗將形象具體化。無論選擇使用何種方式，他們皆為和歌創造了稱之為「歌的語言」的世界，進而邁入藝術的殿堂。

枕詞除了有著固定的對象與修飾語外，還有著一項特點：修飾語以五音節為主。由於以五音節呈現，因而在短歌形式的建立中，枕詞這項修辭手法也間接成為短歌爬向和歌巔峰的大力幫手。日本國學者武田祐吉如此談到：

> 短歌形式中，由字數不一發展成為定型句的過程，須經由多個面向才能準確的定論，其中一個面向即與枕詞的發展有關。枕詞，一般而言以五音句式為定型。《萬葉集》中雖也有以四音句式呈現，但數量上相當稀少。然而就此現象來推論，枕詞自四音句式成為五音句式的發展過程，與短歌形式的發展過程即能相互映證。〔註 45〕

〔註 45〕武田祐吉，《国文学研究‧歌道篇》：「短歌形式の各句が字足らずの句から定音數の句に發達する性質のあることは、更に他の方面から考えて行くことも出来る。その一は枕詞の發達である。枕詞は、普通は五音の句に定つてる。萬葉集にも、字足らずの四音の

在原業平的屏風歌中：「神代不曾聞，楓紅染川深。（ちはやぶる　神世もきかず　龍田河　韓紅に　水くくるとは）」〔註46〕，其開頭所詠「ちはやぶる」即是為了緊接於後的「神世」一詞而鋪陳的枕詞。「ちはやぶる」原指神力之威，藉由此層涵義作為有關於「神」的特定象徵。前文中所提及紀友則的短歌，其首句「久方の（ひさかたの）」同樣也為枕詞的一員，以「天空、陽光」為象徵對象。枕詞基本上以五音節為單位，從《萬葉集》時代開始運用此項技巧，至將短歌奉為圭臬的平安時代，這樣以五音節來進行象徵的修飾手法，得到廣泛的使用，點綴了無數美麗的「歌的語言」。

另外，「枕詞」的象徵性特色，也延伸出了另一種以特定地點的景色作為特定象徵的「歌枕」誕生。所謂「歌枕」，起初是廣泛指稱「歌的語言」的和歌用語。然從平安時代開始，將它賦予了「地名」的意義進而廣為使用，且運用這些「地名」時，是具有「約束性」的特定涵義在內，因此在手法上皆不脫出其意義來進行創作。〔註47〕與「枕詞」的特定象徵性相同，歌枕也具備了此項特點，並著重於「景」為想像所創造的空間，讓歌人們即使不必前往實地，也能依靠這般想像令人身歷其境。像是有「歌枕之國」稱號的日本東北地區：「陸奧（みちのく）」，為歌人們提供了許多富有想像力的美麗景色，如二条

枕詞は、有るには有るが、極めて少いのである。然るにこれ等の五音の枕詞が、そのあるものは四音の句から發達したものであると推定せられるのは、又一般の句が字足らずから定音數の句へ發達したことを證する一端となるであらう。」，（東京：大岡山書店，1937），頁13。

〔註46〕張蓉蓓譯，《古今和歌集》，頁162。小沢正夫、松田成穗校注・譯者，《古今和歌集》，頁131。

〔註47〕谷知子編，《百人一首》：「『歌枕』は、もともと歌ことば全般を広く指す用語だったが、平安時代あたりから『地名』の意味で用いられるようになる。それも、和歌によく詠まれることで、特定の意味、『お約束』のようなものができていって、基本的にはそれを踏み外さずに詠むことが求められるようになる。」，（東京：角川株式會社，2010），頁17。

院讚岐的「我袖は　潮干に見えぬ　をきの石の　人こそ知らね　はく間ぞなき」〔註 48〕中，將宮城縣名景之一「沖の石（をきの石）」的形象：「長久為海浪拍打而成形的石頭，且因地形的落差，使其持續保持著濡濕的狀態。」繪入歌中，比擬了「思而不得，淚濕襟袖」的戀情。無論是「枕詞」或「歌枕」，透過其「歌的語言」本色，不僅賦予了短歌藝術性，更造就了短歌的文學價值。

b. 序詞

與「枕詞」同時具有象徵特性的「序詞」，以想像的自由度，開拓了短歌的抒情視野。序詞通常以兩句七音節以上的句子組成，內容上幾乎以描寫自然景物為題材，且會在歌的開頭出現。當短歌使用了序詞手法，其歌中可分成兩個部分來看，其一為自然景物，其二為藉由自然景物而引發的內心情感。如這首佚名的無題戀歌：「菖蒲爭妍子鵑鳴，無底情欲心不寧。（郭公　鳴くや五月の　あやめぐさ　あやめも知らぬ　恋もするかな）」〔註 49〕序詞即是描繪自然景物「杜鵑啼鳴，盛夏中綻放的菖蒲花（郭公　鳴くや五月の　あやめぐさ）」為歌的前半部，而後半部的「如同我這從未知曉離別的戀情啊！（あやめも知らぬ　恋もするかな）」以前面序詞所詠的盛夏之景來襯托出歌人甜蜜的熱戀。谷知子對序詞於短歌中的構造提出了這樣的定義：「序詞（自然・景物）＋被序詞（人類心情）」，〔註 50〕基本上所有使用了序詞手法的短歌，皆以如此形式組成，簡單來說前半部是象徵，後半部則為象徵對象。透過使用序詞這樣譬喻的方式來進行抒情的動作，能讓「情感」在表達上多了一層鮮明的美感，將情感以一種具象的形式來呈現，除了能讓歌人本身在抒情時能有所依託之餘，更

〔註 48〕伊達宗弘，《みちのくの和歌、遥かなり》，（東京：踏青社，1998），頁 25。

〔註 49〕張蓉蓓譯，《古今和歌集》，頁 224。小沢正夫、松田成穂校注・譯者，《古今和歌集》，頁 196。

〔註 50〕谷知子，《和歌文学の基礎知識》，頁 35。

能建立與他人的共感，進而深刻的打動人心。

c. 掛詞

《古今和歌集》的誕生，不僅奠立了短歌（和歌）於日本文學的地位，同時也造就了日本文學的復興時期。短歌在此時期掀起了一場大革新，歌人們對於和歌已不再滿足於質樸的創作形式，轉而重視歌中的修飾及技法運用，來與漢詩一較高下。而「掛詞（かけことば）」此項技巧正是濫觴於《古今和歌集》時代。「掛詞」一言以蔽之，即是所謂的「雙關語」。以「同音異義」的方式呈現與歌中。將此項技巧洗鍊至極的才女歌人小野小町，其相當著名的一首短歌：「花容日衰顏，悽悽霪雨間。（花の色は　うつりにけりな　いたづらに　わが身世にふる　ながめせしまに）」〔註51〕即十分漂亮的運用了兩回枕詞的技法來感嘆風華已逝。第一組掛詞為「降る（ふる）」與「古る（ふる）」；第二組為「長雨（ながめ）」與「眺め（ながめ）」。由此兩組掛詞來看，顯而易見此首短歌呈現了兩條文脈，其一是「雨（自然）」，其二則是「人（人類）」。前半部分以花色凋零之景為開端，再由「いたづらに（有意地）」一詞拓展出後半部的二重文脈：「這長雨似乎有意地讓這美麗的花景不再」與「歲月有意地讓我的春青一去不返」這兩種擁有著極度無奈與後悔的感慨。掛詞以同樣的平假名（詞）同時創造出兩種意境，迴覆於自然（物）與人情（心）之中，使得短歌獲得強大的傳遞力量，進而達成「心物合一、心詞合一」的美學境界。

d. 緣語

與掛詞一同盛行於《古今和歌集》時代的「緣語（えんご）」，是所有技巧中極具高難度的表現技法。緣語以「聯想」為概念，建立許多擁有高度相關性的詞彙群，以詞彙作為聯想的出發點，有意識地運用於短歌中，並以激發出讀者的聯想力為目標。他常與掛詞相互搭配，

〔註51〕張蓉蓓譯，《古今和歌集》，頁105。小沢正夫、松田成穗校注・譯者，《古今和歌集》，頁68。

利用掛詞的雙關特性，達到聯想群的成立。源融相當著名的戀歌：「忍草污圖案，我心為誰亂？（陸奥の　しのぶもぢずり　誰ゆゑに　乱れそめにし　われならなくに）」〔註 52〕中，將枕詞「そめ（初め、染め）」的「染め（印染）」含意，與前頭的「乱れ（紛亂）」一同作為首句裡「もぢずり（平安時代產於日本東北，以紛亂圖案的印染技法為特色的傳統服飾）」的緣語。歌人運用了「もぢずり」服飾上的特色，透過緣語來埋怨心上人撩亂我心的戀情。如此以雙重技法疊合於短歌的「歌眼」中，而緣語又能進一步使「物」與「心」更為融洽，完成短歌賦予詞彙的「美感」使命。

無論是短歌的興盛、七五調的成立或是表現技法的創制，都一致朝著「物心人情」的境界邁進。所有短歌的組成成分，一再的呈現了日本精神與美學意識，重視自然與人的關係，將之一併於歌中孕育，讓美麗的記憶得以停留於眾人的心中，一同共享每段值得紀念的故事。

三、令詞體與短歌體

黃雅莉言：「詞就是用巧奪天工的麗語……所以詞人作詞比較肆意大膽，能把心靈之門徹底敞開，把一切不便見諸詩篇的私人生活、隱微之情，一無掩飾地、自由放縱地統納於詞。」〔註 53〕令詞尤是如此，由音樂而來，從娛樂興起，於宋代成為普羅大眾、文人才子私生活的調劑，墨客留駐於歌樓酒榭中，只因那歌女殷婉唱出了人性中的情、愁、美，闋闋所書寫的正是於現實中壓抑已久的人性與人情。同樣以真實情感為尊的日本短歌，保留著咒禱吟詠的節奏性，發展出日本特有的詩歌形式，藉由與漢詩的對抗意識，日本人得以詠自己的歌，成為宮廷中首屈一指的文學標的。大量的歌合活動、才女輩出的文藝

〔註 52〕張蓉蓓譯，《古今和歌集》，頁 298。鈴木日出男等著，《原色小倉百人一首》，（東京：文英堂，2014），頁 33。
〔註 53〕黃雅莉，《詞情的饗宴》，頁 3。

沙龍、高難度的表現技法，一再為短歌注入鮮豔的新血，原本只能於私領域中默默詠歎的短歌，於平安時代搖身成為日本文學的皇冠。以下就令詞體與短歌體的發展演進與格律體式作文體的分析與對比，最後整理成表，一窺兩種文體的異同與奧妙之處。

（一）令詞的宴饗文化與短歌的歌合文化

無論令詞或短歌，他們的綻放，皆成為兩國文學史上的一大巔峰，他們所處的年代更是兩國文化發展的最高潮。

令詞興盛於晚唐北宋期間，尤其北宋年間，建隆之治所帶來的平和氣息，讓中國的文化與文藝得以蓬勃發展，娛樂事業流行於全國上下，帶動大大小小的宴飲風氣，酒樓與歌伎的搭配，不僅王公貴族需要宴饗之樂，雅士們也沉醉於歌女的婉轉鶯啼，隨著流行的趨勢，紛紛投身於創作之中。令詞於一片祥和之際鶴立雞群，成為宋代文學的龍頭角色。

與晚唐北宋期間相近的平安時代初期，為了不再崇拜漢文化，而由菅原道真引領的國風文化，於剎那間發展出日本獨特的文化與文藝，奠立了「日式」的根柢，所有藝術由此時起皆完善出一套日式規格，文學亦不例外。《古今和歌集》的敕撰，一下將短歌的地位提升為日本文學的代表，淘汰其餘形式，以短歌獨道。宮廷中不時舉辦的歌合活動，及由女性主辦的文藝沙龍，將短歌於私人生活帶入公眾場合，以歌為遊戲之餘，更啟發了短歌技法的精進，透過競賽與論壇，短歌就像是一代女皇般，越發氣勢尊貴又優雅別緻，即使到了現今，依然有許多文學家繼續創作著。

令詞與短歌，在發展的文化背景中，娛樂性佔有了很大的影響力。令詞因大大小小的宴饗之樂而興，短歌因不定時舉行的歌合活動而盛。前者由宴饗轉而使文人開始洗鍊令詞體，逐漸成熟詞體的體式；後者由歌合的競賽性使歌人不斷精煉短歌體，開創出多項具意象性質的表現技法。一個文體從誕生到熟成，背後的文化是其發展的重要原動力，令詞與短歌的生長正逢天時、地利、人和——同處於平和的年代、社會上積極推動文化與文藝的風氣、詞人與歌人大力響應創作，在如此絕佳的土壤中生根發芽，令詞與短歌為世界開出許多美麗的抒情之花。

（二）有別於詩的令詞與對抗於詩的短歌

令詞繼承了詩的遺志，將詩所不能言的「綺靡」之音、將人情中最真實的一面，毫無保留的於詞中抒發。娛樂性帶給了令詞發展機會，儘管對於詩而言，令詞只是初生之犢，然而當令詞一旦擁有「流行」因素後，透過上下響應，這段由俗至雅的過程即是令詞翻身成猛虎的時刻。經由詞人的妙筆生花，令詞的格律體式不斷被創制並進階，內容題材與技巧手法始終為「抒情自我」極盡心力，將「個人」與「景物」同步融合於詞作中。無關乎道德禮義，令詞所在乎的僅是以「我」為中心的世界，寫平凡生活中的每段悲歡離合，「心中事、眼中淚、意中人」〔註54〕是如此「普通」卻也讓文字最為貼近人心。令詞展現了詞體中最為柔美的一面，造就了詞有別於詩的抒情本色，這份婉約即證明著詞的成功。而與詩多面向的發展不同，詞（令詞）選擇了專精於「抒情」這條狹路，一再深度開鑿下，讓這條抒情之路越顯精彩，比興手法所呈現的寓情於景、別具意義的托物言志，詞（令詞）所展開的情景交融境界，可說讓詩望塵莫及。若說詩為韻文學中的牡丹花王，詞（令詞）就是韻文學中一朵以秀麗的外貌（詞作）與動人的幽香（詞情）孕育而生的雅蘭。

短歌作為日本精神的象徵，於平安時代稱霸了整個歌壇。平安時代是日本相當重要的文藝復興期，所有的古典文學在此時期迅速的發展與再現。國風文化所帶來的假名文字效應，女性之筆大放異彩，這

〔註54〕張先，〈行香子〉：「舞雪歌雲。閑淡妝勻。藍溪水，深染輕裙。酒香醺臉，粉色生春。更巧談話，美情性，好精神。　江空無畔，淩波何處。月橋邊，青柳朱門。斷鐘殘角，又送黃昏。奈心中事，眼中淚，意中人。」

股新興的柔性力量，與短歌的抒情性質相呼應，加深了短歌的熟成。有了以發展自我文化為重心的背景推動下，文學自覺意識高漲，漢文化乃至於漢詩被國風與短歌取代，「對抗漢詩」成為短歌於平安時代最重要也最首要的使命，而短歌長期以「私人」為領域被創作，不談國家政治，而是講述「生活」中值得記憶的花鳥風月，因而短歌本身即具有十分濃厚的抒情根性，當歌人們開始注目於此時，短歌的抒情之路越發躍進，開創了「物哀」美學的境界。雖然短歌是致力於對抗漢詩的，然而事實上漢詩所帶來的體式與美學觀，也間接成為了短歌發展上的借鏡，使漢詩既是短歌的對手，同時也是激勵短歌的推手。無論如何，短歌作為日本文學的代表，能與漢詩互相抗衡，除了是時代背景的影響外，其自身的文學特質與美學意識是足夠成為力量與不同的文學並駕齊驅。

令詞與短歌在演進過程中，無不深受「詩」的影響。將詩與兩者的關係以廣義的角度來看，令詞就是縱的繼承，短歌則是橫的移植。令詞在詩已飽和的狀態接下了「文學發展」的棒子，從詩所發散出的所有道路中，選擇且延續了抒情這條路的深造；短歌則於漢詩中抽絲剝繭，吸取精華，融會進短歌既有的抒情世界，逐步打造出屬於日本自身特色的詩歌。與詩的聯繫，彷彿擁有了一種潛能，激發出新的文學成長，令詞與短歌使用了這份力量作為跳板，成為了青出於藍勝於藍的文體，前者的「有別於詩」與後者的「對抗於詩」即是長成一代文學的最佳證明。

（三）令詞的音樂性與短歌的節奏性

劉少雄說：「詞是一種音樂文學，它牽涉到兩個層面：一是音樂的部分，一是文學的部分。」〔註55〕音樂對於詞文體而言，是不可或缺的組成要素，甚至是詞文體誕生的關鍵。即使在樂譜已亡佚的情況下，詞仍然依照著留存下來的樂曲詞牌，作為創作詞的唯一標準。「可

〔註55〕劉少雄，《讀寫之間——學詞講義》，頁19。

入樂」是詞與詩最大的區別，也是詞的一大特色，音樂性使詞具有長短交錯的句式結構，也直接影響了詞牌的情感屬性，於內容表現上擁有了多樣的空間，同時也能呈現出更為細膩的感情。尤其令詞身為詞體發展的前鋒，與樂曲所在時代最為接近，又是歌樓舞榭中女伶們主要的傳唱形式，使令詞留下了音樂賦予的韻律特色，一路傳承至整個詞體中。

日文中，「うた」一詞同時有著「歌、唄、詩」三種漢字形式。而日本古語辭典裡對「うた」一詞可統整成兩種釋義：「(一)發出聲且具節奏性而唱之物。(声を出し、節をつけて歌うもの)(二)韻文，詩歌。短歌、長歌之類的和歌或歌謠、漢詩等以格律為規範之物。(韻文，詩歌。短歌・長歌などの和歌や、歌謡や漢詩など、語音の調子を整えたもの)」〔註 56〕由此可看出要能被稱作為「歌（うた）」，需要兩個要素來達成，一是聲音，二是節奏。再者，即是以文學角度所規制之「格律」進行創作的韻文指稱，此時的「うた」又可寫作「詩」。這裡的「格律」很顯然是由聲音與節奏來達成，再考慮到日文語音系統上並沒有如中文「平上去入」這類的聲調，因而「具節奏性的吟詠」即是日本和歌（短歌）呈現時唯一的方式。萬葉時代的「五七調」與古今時代的「七五調」，皆是經過一番考究規制而成的定型節奏，使用斷句來表現箇中情感，不需樂曲輔助，也能頌揚真性情。

令詞的音樂性與短歌的節奏性，代表了兩種不同的韻律體系。前者的「可入樂」帶給了令詞抒情的空間，展現婉約柔媚的本色，由樂曲蛻變而成的詞牌，文字取代了音符，填詞所填得既是人心也是人情；後者的「歌調」以節奏斷句取勝，以適合日文呼吸方式創製而成的調式，同樣擁有了音樂抑揚頓挫的效果，只是將音符轉化為節拍，於停頓與語氣間詠嘆情意。

〔註 56〕金田一春彥監修，小久保崇明編，『学研全訳古語辞典』，東京：学研プラス，2014，〈http://kobun.weblio.jp/content/%E3%81%86%E3%81%9F〉，2016.7.27。

（四）令詞體與短歌體體式對比表

表 2-1-1　令詞體與短歌體體式對比表（研究者自行整理）

	令　詞	短　歌
起源	胡樂傳入進而大興宴飲之樂（酒令藝術），酒樓大量開設，歌女、樂工專工於樂曲，文人介入填詞工作後，令詞蓬勃發展。	由咒禱文學中的原始歌謠而來，繼承了咒禱的吟詠與節奏性特色，產生歌體，後受漢詩之五、七言形式影響，奠定短歌的體式與地位。
興盛時期	盛行於晚唐（836～906 年）五代（907～979 年）至北宋（960～1127 年）期間。	安穩的平安時代，國風文化（10 世紀～12 世紀）大盛時期。
文化背景	娛樂性濃厚的宴饗文化。	遊戲性高昂的歌合文化。
演進	長短兼具。（晚唐至北宋期間：令詞→慢詞）	由長至短。（長歌→短歌）
格律	以詞牌所規定之平仄韻腳為準，有韻格。	依節奏調性分為五七調及七五調，無韻格。
句式	長短句，依詞牌不同而有不同的句數。形式分為上闋、下闋。	長短句，短歌以「5-7-5-7-7」五句式呈現。形式分為上の句、下の句。
字數	58 字以內者皆為令詞，依詞牌不同而有不同的字數。	依照五句式，字數皆為 31 字。
音樂性	可入樂。	以吟詠為主。

第二節　詞風與歌風

明代學者徐師曾（1517～1580）言：「至論其詞，則有婉約者，有豪放者。婉約者欲其詞情蘊藉，豪放者欲其氣象恢弘。蓋雖各因其質，而詞貴感人，要當以婉約為宗。」〔註 57〕依柔媚而生的詞，訴說著詞人心中最深層的情意，破除詩「合乎禮義」的制約，文字便透露出濃厚的溫婉氣息，創造僅在詞領域中呈現的一家風格。在所有詞體

〔註 57〕徐師曾，《文體明辨．詩餘》，陳慷玲校對，《文體序說三種》，（臺北：大安出版社，1998），頁 128。

中，令詞正是「婉約」風格的翹楚。在詩與詞的轉換期間，令詞首當其衝成為詞體發展的開端，進而成為文人解放心靈的樂園，男歡女愛、小橋流水，令詞在這波熱潮中，顯而易見抒情成分裡的柔性特質，造就了日後奠定「婉約」詞風的本色。

日本短歌作為私領域中的小品歷時已久，養成了短歌細膩的感受與筆觸，自然而然散發出「柔緻」的氛圍。花開葉落、池中漣漪，絲毫的變化即能引發澎湃的情緒，或悲或喜，短歌即是為了乘載思緒而誕生的詩歌。縱然到了平安時代，短歌已成為日本無可取代的文學代表，其歌風依然沒有偏離抒情，短歌以這般強烈的感受力為傲，每首短歌宛如個個小巧精緻的和菓子，優雅又別出心裁的文字面皮，包裹著柔美的內餡。吸取了漢詩中以情為美的精華，與日本自身的纖細美感融合，雙重融會下，短歌不僅具有漢詩「含蓄」的氣質，更多了層「幽美」的氣韻。

令詞的「婉約」與短歌的「幽美」，兩者皆以「柔」為特質，但卻擁有不同個性的柔法，以下將對令詞與短歌的風格分別論述，最後再以對比的方式探究兩方的風格體現。

一、令詞的婉約本色

鄭騫（1906～1991）〈詞曲的特質〉中言：「宋朝的一切，都足以代表中國文化的陰柔方面，不只詞之一端。」〔註 58〕「柔性」一直是詞體的風格象徵，除卻其歌女酒樓所帶來的娛樂性質，作為自我解放的文學管道而言，詞原先即擁有「代言體」的特色存在。無論是男性或女性詞人，詞就是代替自己發聲的抒情良品。而這樣的柔性並不是一味的放縱而已，由情感渲染出的文字，經由委曲的技巧與含蓄的意境，使得詞呈現了令人玩味的韌度，所謂「婉約」正是將詞人的柔情隱斂的拉長，品味著其中的「意在言外」。楊雨對「婉約」的意涵如此談到：「『婉約』並提，至少有三種含義：其一是『婉』和『約』都解釋為和順美好，用以形容女性化的柔美委曲；其二是『婉』和『約』都解

〔註 58〕 鄭騫，〈詞曲的特質〉，《景午叢編》，（臺北：中華書局，1972），頁 61。

釋為儉約、隱約，用以表達含蓄幽微的藝術風貌；其三是前述兩者的融合，即形式的婉轉和美，情意的儉約隱微，曲折蘊藉。」〔註 59〕「婉約」代表著詞的本色，這樣的本色裡包含著語言層面、風格層面及藝術層面，而令詞於風格層面的婉約，根據其發展歷程來看，經過了三個階段的變化：晚唐花間的「艷麗」、五代的「直率」、北宋的「含蓄」。

（一）晚唐花間的「艷麗」

晚唐時期正是詞體初萌的階段，此時的令詞娛樂成分依然濃厚，只是娛樂的對象由市井街坊轉移至成為王公貴族的專屬，其中的代表即是趙崇祚所編纂之《花間集》。《花間集》的出現正式劃分了通俗詞與文人詞之別，而其序中所言之「詩客曲子詞」十分顯然能看出當時詞人試圖將詞帶入雅化的文藝世界。然而，此時的雅化偏重於社會階級與辭采上，詞的文學地位被捧上了上流社會中，主要應用於宴饗尋歡的場面。這些活動依舊存在著世俗性，即使花間詞人們立志將詞體雅化，其成品無可避免的仍保留著「俗」的氣息，反映在詞作的風格上，就顯得「艷麗」許多。林怡劭分析了晚唐花間詞「艷麗」的原因主要表現在兩個層面：一為描寫上層階級的生活環境；二為華麗的藝術手法。〔註 60〕溫庭筠筆下美人無數，這些美人們個個皆是與「綺筵公子」們交好的閨秀：「小山重疊金明滅，鬢雲欲度香腮雪。懶起畫蛾眉，弄粧梳洗遲。照花前後鏡，花面交相映。新帖繡羅襦，雙雙金鷓鴣。」一首〈菩薩蠻〉小詞，寫盡了佳人的慵雅姿態，一方面映照出當時貴族們的優渥環境，一方面利用動靜相間的意象，描摹出一幕幕絢麗的畫面。華美的辭藻、鮮明的物象交織而成的佳音，已與通俗割出一段鴻溝，即便表現的風格傾向於娛樂性質的俗媚，但這般因雅而俗的風氣，仍然為文人們所接受而成為主流。

〔註 59〕楊雨，〈婉約之「約」與詞體本色〉，《中山大學學報》，第 50 卷第 5 期，2010，頁 32。

〔註 60〕林怡劭，《論唐宋時期詞體婉約本色的建構》，臺北：政治大學中國文學研究所碩士論文，2011，頁 59。

孫康宜言:「詞本為賣解名優的娛眾之作,溫庭筠卻發皇光大之,一手提昇為陽春白雪的抒情詩歌。」〔註61〕即使於《花間集》中的詞作風格多數透露著豔麗之感,但正是經過了溫庭筠等詞人力圖雅化之手,詞才能有進一步昇華的機會與空間,對於初萌階段的詞而言,這樣的轉變是相當重要的里程碑,再加上五代詞「個人意識與率真感性」的覺醒,詞體也隨之於北宋臻至成熟並步入巔峰。

(二)五代的「直率」

詞體風格於五代時期來到了一個相當重要的轉捩點,家國動盪、戰亂紛雜,如此不安定的時代,詞人們無法再停駐於亭台樓閣、小家碧玉,在隨時可能灰飛煙滅的處境,享受富貴榮華的下一秒即可能家破人亡,物事人非的同時,過去種種宛如夢境,對於此時的詞人,他們的眼光放遠了,筆下記錄著血與淚的歷史,個人的際遇與天下的命運,毫無違和的融入了詞作中,不需刻意營造,自然而然傾洩出的字句,飽含著詞人最真的情心。身為帝王的李煜,一夕之間江山易主,成了階下囚,遭遇如此巨大的波折,遂將所有的苦痛投身於令詞中,以求解脫:「深院靜,小庭空,斷續寒砧斷續風。無奈夜長人不寐,數聲和月到簾櫳。」這首名為〈搗練子令〉的小詞,與其名相呼應,於寒夜中斷斷續續傳來的搗衣聲,身與心皆被囚禁於毫無人氣的深院裡,為孤寂與落寞所侵蝕不得而眠,一句「無奈」直接坦蕩的將空虛的心全然掏出,明明白白地揭示著「陷於苦痛之淵」的處境。簡單的白描,就將身處的境地揭然而出,乾淨的幾筆摹寫,道盡了無數奈何,如此毫無掩飾的述說煩憂,其中之「真」淋漓透徹。

五代詞的率真將令詞升格成為了詩的勁敵,也讓詞體進入鼎盛的時期。令詞發展至此可說是相當的成熟,徹底脫離了俗媚的娛樂性,完全呈現雅化的成果之餘,更開拓出新的視野與藝術手法。然而畢竟處於動盪的時期,詞作的率直多數用以表達對往事的離愁、國破家亡

〔註61〕孫康宜,李奭學譯,《晚唐迄北宋詞體演進與詞人風格》,頁14～15。

的悲痛或身不由己的鬱結，造成情緒高漲的原因幾乎由負面因素而來，讓此時期的詞作背負著沉重的情緒。而到了北宋期間，天下太平，盛世再臨，令詞不再沉浸於過去的痛苦之中，再次回歸到詞人小情小愛的世界，暢談「人間自是有情痴」的蘊藉。

（三）北宋的「含蓄」

宋代於歷史上而言，是所有文明與文化發展的尖峰，無論政治經濟或社會人文，一切欣欣向榮，繁華富饒。詞文學滋養如此肥沃的土壤中，迅速開花結果。北宋時期是令詞發展的最後階段，而令詞的藝術風采也形成以「婉約」為本色的「含蓄」境界。劉揚忠對北宋詞的風格下了如此定義：「以『獨重女音』的審美趣尚為裡，以『淺斟低唱』的創作和鑑賞風氣為表，形成了清切婉麗的主流詞風與派別。」〔註 62〕北宋相對於晚唐五代，娛樂風潮更盛，前朝因歌女樂工而誕生的令詞，於北宋的歌伎文化中，發光發熱。北宋的歌伎分布廣大，無論上至宮廷、教坊中的官伎，或是貴族們畜養於家中的家伎，還是下至酒樓茶肆中的私伎，可說是壟罩了整個社會階級，成為了推動令詞的重要功臣之一。晏殊〈玉樓春〉一詞中：「池塘水綠風微暖，記得玉真初見面。重頭歌韻響錚琮，入破舞腰紅亂旋。」雖然是其晚年回憶繁榮過往而嘆息自身歲月已逝，但卻相當顯然能看出當時士大夫家養歌伎的常態。宋人對於身為音樂文學的令詞，始終認為須靠歌伎演唱後才能完整體現箇中的審美意趣，因而令詞「女性化」的特色越發濃厚，詞人們「男子而作閨音」，紛紛以柔性的一面抒發心中的情愁。「含蓄」是北宋詞人們「雅化」詞的重點，結合了「獨重女音」與「淺斟低唱」的特質，形成詞之本色的「婉約」風派。北宋令詞的女性化與晚唐花間詞的「艷科」不同，雖皆以「女子」作為描寫對象，但北宋的詞人以「代言體」的方式，利用歌伎（女性）作為自我性靈的象徵，抒發男子欲言而不能言，讓原本專寫女性的「柔媚艷麗」轉而兼具男性魅力的「清雅含蓄」。舉

〔註 62〕劉揚忠，《唐宋詞流派史》，（福州：福建人民出版社，1999），頁 147。

凡秦觀的「黛蛾長斂，任是春風吹不展。困倚危樓，過盡飛鴻字字愁。」或賀鑄的「斷無蜂蝶慕幽香，紅衣脫盡芳心苦。」正是藉著女子之形，嘆詞人心中之慨。北宋的令詞除卻男性詞人的「代言體」，更有女性詞人以女子之思寫女子之事，同為「含蓄」之風，但與男性的「清雅」不同，女性詞人們的令詞則散發著「低迴」的細膩韻感，無論是李清照「莫道不消魂，簾捲西風，人比黃花瘦。」的寂寥，或是朱淑真「起來臨繡戶，時有疏螢度。多謝月相憐，今宵不忍圓。」的淒憐，皆帶著女性獨有的柔軟，述說著綿長的意蘊。

令詞經歷了晚唐、五代、北宋三個時期的洗鍊，由「伶工之詞」走向了「士大夫之詞」。這段「雅化」的過程，使令詞的藝術性更加突出，而晚唐的「艷麗」、五代的「直率」、北宋的「含蓄」，皆是組成「婉約」詞風的支流，這份「婉約」不僅只指詞作中的女性之姿，更是詞人們心中最為柔軟的部分，於是當詞人以這對溫柔的眼光看著世間萬物時，運起筆便是滿滿的「婉約」之情。

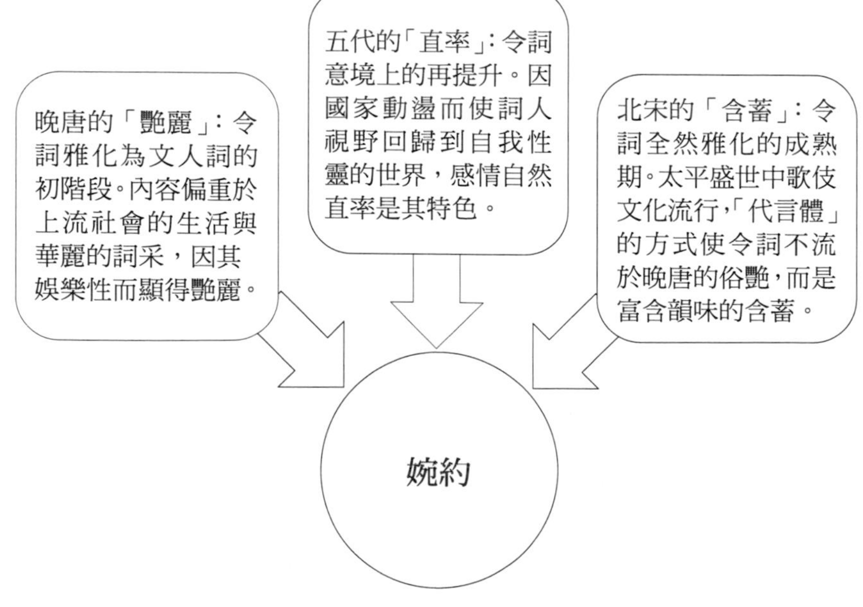

圖 2-2-1　令詞詞風演變圖（研究者自行整理）

二、短歌的由樸實轉向幽美風韻

平安時代的國風文化，使日本成為日本自身，開啟了自覺之路。短歌在此時期也走出了自己的一片天，由官方主動敕撰和歌集、創作技巧飛躍性成長、歌學理論與美學理論落成、具有規模與系統性的歌學成形，而作為指標性的《古今和歌集》，收錄了 9 世紀初至 10 世紀中期的短歌，在所收的這 150 年間，由於橫跨的幅度正好涵蓋了《萬葉集》與《古今和歌集》兩部重要和歌集的風格，因此在歌風上，歷來日本學者將之分為三個時期：一、佚者時期；二、六歌仙時期；三、編撰者時期。

（一）樸實自然的佚者時期

佚者時期的短歌，生存於《萬葉集》過渡至《古今和歌集》的平安時代初期、漢詩文興盛之時（809～849）〔註 63〕，而此時期由於漢詩文當道，也被稱為和歌的暗黑時代。公領域被漢詩文所佔據，短歌退而求其次，深根於自我的小世界中，然而也因此使短歌擁有更多機會接觸歌人的心靈，抒情更是深根發芽於其中。這時的短歌充滿著《萬葉集》平直樸素的民謠特質，調性也以五七調為主，且數量上佔了《古今和歌集》全體的四分之一。如此多量作品的作者，於《古今和歌集》中皆以「佚者」表示，然而從歌合活動與私家集的紀載裡，仍能對比出許多作品確實是名花有主。其中原因，有些作者出於當時身分地位較低，因而不附上名號，另一些則是高等貴族因私人因素而不將名字公布。其中，被文學史上稱為謎之歌人的猿丸大夫（さるまるだゆう），於《古今和歌集》中的作品全以「佚者」稱之，其著名的一首：「荒山踏草行，鹿聲悲秋情。（奥山に　紅葉ふみわけ　鳴く鹿の　声きく時ぞ　秋は悲しき）」〔註 64〕沒有使用任何華麗的技巧便描繪出了一幅以「悲秋」為題的風景畫。秋天的深山中，一隻雄鹿踏著以楓葉鋪

〔註 63〕小沢正夫、松田成穗校注・訳者，《古今和歌集》，頁 527。

〔註 64〕張蓉蓓譯，《古今和歌集》，頁 137。小沢正夫、松田成穗校注・譯者，《古今和歌集》，頁 103。

成的大地，啼鳴著求偶之聲。簡單樸實的情感，因這聲鹿鳴而發，再透過文字述說著歌中色彩染上了一層艷麗的紅，這樣的紅是透過凋零而來，所謂「悲秋」如此淺顯易懂。

無論何種原因，「佚者時期」的歌風無庸置疑是屬於過渡性質，一方面保留著《萬葉集》的古風，另一方面又向著六歌仙時期即具技巧性的雅致風格邁進。

（二）雅麗別緻的六歌仙時期

六歌仙〔註 65〕所活躍的西元 850 年至 890 年間，不僅將短歌的內部構成煥然一新，隨者體式、風格的轉變，使短歌步入新領域的大躍進時期。六歌仙時期一方面接收了中國魏晉美學的緣情思想，一方面為與漢詩對立而鑽研短歌的各項體式，告別昔日《萬葉集》呈現的樸實風格，以優雅的遣詞用字、別緻的七五調與修辭手法，短歌於此時期開始，即轉向了極富技巧性的柔美風格，「言外之意」所帶來的含蓄之美，是此時期短歌所極力追求的境界。六歌仙專精於短歌的創作，以華麗的外表包裝真情流露的心，例如六歌仙之一的在原業平，於陪同惟喬親王春獵時，林中見盛開的櫻花有感而發：「世間若無櫻，春心多寂寥。（世の中に　絶えて桜の　なかりせば　春の心は　のどけからまし）」〔註 66〕。在原業平利用了「反實假想」的手法，讓短歌的意義表面上看似「期許櫻花若能自世上消失，就可免得惹人因其花開花落而憂惜」，實則以這樣埋怨的語氣來極度讚嘆「櫻花的美是如此動人心弦，引得人們盼望她於春天到來，又怕這短暫的美麗無法永駐心中而惋惜」，透過反義烘托真實，讓這份「真」更顯得難能可貴。

〔註 65〕僧正遍昭（そうじょうへんじょう）、在原業平（ありわらのなりひら）、文屋康秀（ふんやのやすひで）、喜撰法師（きせんほうし）、小野小町（おののこまち）、大友黑主（おおとものくろぬし）。

〔註 66〕張蓉蓓譯，《古今和歌集》，頁 88。小沢正夫、松田成穗校注・譯者，《古今和歌集》，頁 48。

這樣精煉的文字語言技巧，是此六歌仙時期的拿手本領，然而短歌的歌風至此時又是另一段過渡，六歌仙將《萬葉集》的素樸徹底洗去，以「雅麗別緻」為目標，創立了各式精美的體式與修辭，將短歌不斷的去蕪存菁，朝向最終的「幽美」意境而努力。

（三）幽美纖細的編撰者時期

短歌於平安時代的第三期歌風，由《古今和歌集》四位編撰者〔註67〕領銜主演。這股歌風燃燒了歌壇約莫 55 年（西元 891 年至 945 年）〔註68〕，於此期間，短歌於國風文化的滋養下，再加上六歌仙時期所提煉出的成果催化，為本居宣長稱之為「女性幽美纖細的玉手（手弱女振り）」的「古今調」蔚然完成。自此以降，短歌皆以七五調為宗，而緣語、掛詞等修辭手法也洗鍊的更加透徹，運用於短歌中如魚得水，內容上不以平舖直述的方式實寫經驗，而是退一步將這些經驗隱含於字裡行間，尋求著情感背後的真理。這般寫作手法使得短歌自然散發出具有知性氣息的「幽美」氛圍，然而卻不脫出真性的抒情，依舊以歌人的情感經驗為出發點。紀貫之相當著名的一首代表作，描寫了對人心易變的感觸與諷刺：「人心善變難預知，唯有花香如往昔。（人はいさ　心も知らず　ふるさとは　花ぞ昔の　香ににほひける）」〔註69〕全首歌巧妙的將「人心的變」與「梅花的不變」兩線形成強烈的對比，將對兩者差異的感觸藏於字詞背後，表面上「人心叵測」的諷刺，卻加深了內含的無奈，唯有梅花（自然）的依舊得以慰藉。

平安時代因《古今和歌集》而產生的一連串歌風的更迭效應，逐漸使其趨向統一並定型。隨著各種嘗試與創新，短歌活出了新的風潮，也奠定了日本文學與美學的釋義。「幽美」自此以降即是短歌歌風的

〔註67〕壬生忠岑（みぶのただみね）、紀友則（きのとものり）、紀貫之（きのつらゆき）、凡河內躬恒（おおしこうちのみつね）。

〔註68〕小沢正夫、松田成穗校注・訳者，《古今和歌集》，頁 527。

〔註69〕張蓉蓓譯，《古今和歌集》，頁 85。小沢正夫、松田成穗校注・譯者，《古今和歌集》，頁 45。

主流，不僅於韻文圈裡發光發熱，更拓展至物語、日記等散文界。這股「幽美」的風氣，自「物哀」提煉而來，「物哀」涵蓋了短歌所有歌風的轉變。無論風格如何一再遞嬗，仍舊不偏離「物哀」的抒情之道，只是風格經由時間的淬鍊，讓短歌鍛刻上名為「幽美」的紋路，進入「雅（みやび）」的殿堂。

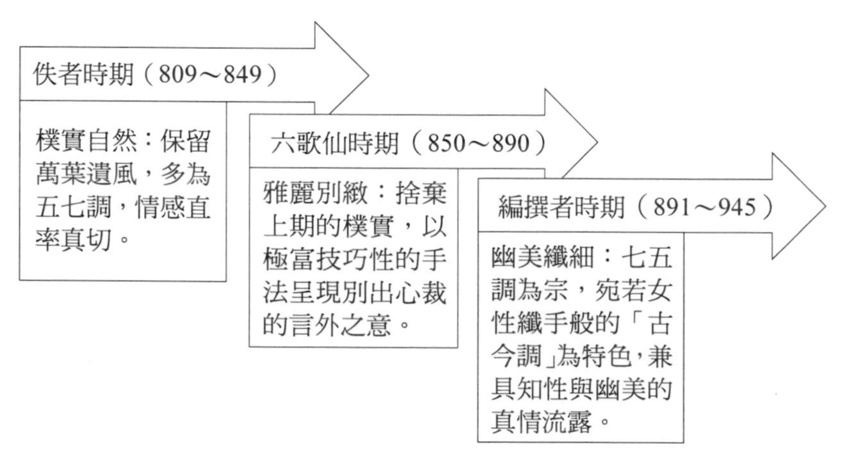

圖 2-2-2 《古今和歌集》短歌歌風演變圖（研究者自行整理）

三、令詞詞風與短歌歌風

所謂「詩莊詞媚」，於根本上即定義了詞「婉約」的文體風情，黃雅莉曾說：「詞以表現人性人情為主，尤其是集中描寫男女之情，關注女子的生活、情感、願望和人生命運，女子由文學中的點綴逐漸成為文學描寫的中心，『詞為豔科』的文體定性，就決定了詞多綺語的風格。」〔註 70〕「女音」與「代言體」帶來了令詞獨樹一幟的藝術風格，經由時代與社會的影響下，自晚唐的「艷麗」、五代的「率直」至北宋的「含蓄」，皆使其「婉約」本色越加堅定。而日本平安時代短歌於風格上的變化卻與令詞大不相同，其歌風決定於第一部敕撰和歌集《古今和歌集》所收錄之短歌來劃分：（一）保有萬葉樸實古風的佚

〔註 70〕黃雅莉，《詞情的饗宴》，頁 24～25。

者時期；（二）著重言外之意帶來雅致風格的六歌仙時期；（三）流露知性與幽美風格的撰者時期。三個風格之間的轉變，呈現一個相當明確的階段性與方向性，帶領短歌逐漸走向「物哀」的美學境界。令詞風格的過程宛如許多支流匯集至名為「婉約」的大河中，最後流向「情景交融」的境界之海；短歌風格的過程則像棵櫻樹，由萬葉的素樸古風開始成長為茁壯的枝幹，接著由六歌仙等歌人的雅緻含苞待放，最後於撰者時期開出最為幽美的櫻花，而花瓣散落之時即是「物哀」最美的剎那。以下利用表格的形式來對比令詞與短歌於風格體現上的異同：

2-2-1　令詞詞風與短歌歌風對比表（研究者自行整理）

<table>
<tr><th colspan="2"></th><th>令　詞</th><th>短　歌</th></tr>
<tr><td colspan="2">風格本色</td><td>婉約</td><td>幽美（物哀）</td></tr>
<tr><td colspan="2">風格演變</td><td>1. 晚唐花間的「艷麗」
2. 五代的「直率」
3. 北宋的「含蓄」</td><td>1. 佚者時期的樸實自然
2. 六歌仙時期的雅麗別緻
3. 編撰者時期的幽美纖細</td></tr>
<tr><td rowspan="4">影響因素</td><td>時期目標</td><td>1. 初萌階段，「雅化」的開始（《花間集》）。
2. 藝術風格的轉捩點，各方面逐漸熟成。
3. 鼎盛期，完全「雅化」。</td><td>1. 萬葉末至古今初的過渡期，因漢文化打壓而保有萬葉短歌的素樸風氣，同時努力向「雅」境界邁進。
2. 因國風意識進入文藝復興期，兼容漢詩精華進而昇華短歌之「雅」。
3. 歌體成熟，完成古今調獨有的纖細感。</td></tr>
<tr><td>文化背景</td><td>1. 宴飲娛樂文化
2. 戰亂動盪
3. 歌伎文化</td><td>1. 漢文化
2. 國風文化（六歌仙時期、編撰者時期）</td></tr>
<tr><td>內容</td><td>1. 上層階級的生活
2. 個人際遇與天下命運交織
3. 個人的情愛世界</td><td>1. 以簡單的景色勾勒直接的情感
2. 景色的鋪陳具有比興之義，利用技巧達到言外之意
3. 不直寫經驗，尋求隱藏深處的韻味</td></tr>
<tr><td>手法</td><td>男性詞人多以「代言（女音）」方式抒發己情。</td><td>不特別使用一種性別的語氣來書寫，男性與女性各有其特質。</td></tr>
</table>

第三節　詞論與歌論：《人間詞話》與《古今和歌集．假名序》

中國最早一部將西方哲學與美學理論帶進文學批評中的鉅著——《人間詞話》，為傳統文學理論與批評手法引領進了一股新力量。王國維深入研究康德、叔本華、尼采等西方著名哲學家，並將之去蕪存菁，融會於《人間詞話》一書，提出了影響中國文學甚鉅的美學理論：「境界說」。蘇軾評王維詩言：「詩中有畫，畫中有詩。」文字中蘊含著圖畫般的魅力，能與圖畫平起平坐的「美」，正是由「境界」昇華而成。這部詞論圍繞著「境界」二字為中心，以此為基礎，談文學應如何創作，而文學批評該以何為準則，並於實例批評中完整了「境界說」。《人間詞話》肯定詞於中國文學中的地位，且相較於詩、小說等文學形式，是最能展現「境界」的文體，其曰：「詞以境界為最上。有境界則自成高格，自有名句。五代、北宋之詞所以獨絕者在此。」〔註71〕王國維以「境界」作為美學評價的基準，為我們提供一項看待文學作品時相當重要的指標。即使文學批評難免無法做到全面客觀，作品的優劣從來是見仁見智，但《人間詞話》對於研究詞學或是文學美學而言，是一部能得以借鑒且不容忽視、重量級的文學批評論著。

短歌於平安時代成為和歌的唯一代名詞，其文學地位的崇偉，將漢詩取而代之，這份殊榮正是由《古今和歌集》的敕撰而獲得。紀貫之為和歌史上的第一部敕撰和歌集，寫下了日本文學史中第一篇由假名文字創作的文學批評專論：〈假名序〉。〈假名序〉代表了日本文化終於開花結果的象徵，使用自己的文字，說自己的文學，日本文壇終於走上「批評」的階梯，讓文學邁入專業學問的一扇大門。在〈假名序〉之前也有學者為和歌提供許多研究理論，藤原浜成的《歌經標式》即嘗試提出和歌的創作方法與美學建立，但由於深受漢學影響甚深，多少會陷入中國文論套用至日本和歌的框架中。〈假名序〉雖於基論

〔註71〕王國維，馬自毅注譯，《新譯人間詞話》，頁3。

中仍然有著部分的中國文論作為支架，然此時的中國文論已萃取其精華，運用轉化為日本文論的養分。紀貫之巧妙的從中國詩論裡的「言志」，提煉出和歌所著眼的「心」，強調「心」與「詞」所營造的最高境界：心詞合一（物哀）。由此展開和歌的本質、起源、類型、歷史、批評等論述，可說是全方位為歌學設立了極具價值的楷模。人常說：「創造或創意是從模仿開始的。」〈假名序〉的成就正是由前人的模仿，進而從中發掘出獨屬於日本的文學理論與文學批評，也讓歌學就此升格成為一門學問。

以下分別就王國維的《人間詞話》與紀貫之的〈假名序〉的論著核心與批評論述作整理，並將兩者作為各自國家文學中相當重要的文論進行對比，探究其價值。

一、批評準則：「境界」之格與「心詞」之姿

（一）「境界」之格

王國維開章即一針見血的點出「有境界則自成高格，自有名句。」的文學宗旨，他認為：「文學之事，其內足以攄己，而外足以感人者，意與境二者而已……文學之工不工，亦視其意境之有無，與其深淺而已。」〔註 72〕情與景一直是中國傳統文論多次探討的議題，但王國維將立足點放於「境界」二字，為傳統文論注入了一股新流。馬自毅言：「歷代所論多著眼於情景關係，強調情景交融，互相生發，而王國維則視『情、景』為構成文學的基本要素。」〔註 73〕中國哲學講究「天人合一」，人與自然密切相繫，我與物皆為一體，心有所動則動有所思，抒情的動作便一氣呵成，不發不快。情、景是組成文學的兩大要素，當文學作品具備「真景物、真感情」的條件，便是取得了「境界」的入場卷。王國維以「境界」一概念，總括了歷年來抒情文論的立點，《人間詞話》的「人間」二字，便說明了「境界」一說以「人（主體）」

〔註 72〕王國維，馬自毅注譯，《新譯人間詞話》，頁 242。
〔註 73〕王國維，馬自毅注譯，《新譯人間詞話》，頁 17。

為出發，人與外界內感外應交織後誕下的文學作品，其中的「自然與人生」無須矯揉造作，一切是真情流露，因此「人」所度過的「人生」長度不一，境界的生成只分大小，不分優劣，於是王國維說「有詩人之境界，有常人之境界」。葉嘉瑩為此下了釋義：

> 《人間詞話》中所標舉的「境界」，其含義應該乃是說凡作者能把自己所感知之「境界」在作品中作鮮明真切的表現，使讀者也可得到同樣鮮明真切之感受者，如此才是「有境界」的作品。所以欲求作品之「有境界」，則作者自己必須先對其所寫之對象有鮮明真切之感受。至於此一對象則既可以為外在之景物，也可以為內在之感情；既可為耳目所聞見之真實之境界，亦可以為浮現於意識中之虛構之境界。但無論如何卻都必須作者自己對之有真切之感受，始得稱之為「有境界」。〔註74〕

要達到「境界」之格，無非四字「興發感動」，而這般作用則是建立於「人（作者）」之上。這不僅是文學美感的體現，更是詩詞藝術的前提條件。王國維對「詞」於這部分的展現是無疑的，他讀詞、寫詞、更愛品詞，而他品詞的法則即是「境界」。詞，尤其是令詞，其誕生來自娛樂，是休憩時的遊戲，因而令詞少了沉重的「言志」包袱，於是文人能敞開心胸，大話性靈。葉嘉瑩言：「正是在這種遊戲筆墨的小詞之寫作中，他們卻於不自覺中流露了隱意識中的一種心靈之本質。因此這些小詞遂於無意中具含了一種發自心靈最隱微之深處的興發感動的作用。」〔註75〕即便王國維於《人間詞話》中品評的文學範圍不限於詞作，且「興發感動的境界」也不僅只於詞作所能呈現，然王國維敏銳的美學感官，總能自詞作中品味出最隱微深處的感動，這份感動是其他文學形式無法給予的衝擊，詞表現的是人生百態，詞真實的反映了「人」，「人」也進而成為了藝術，《人間詞話》即是對人們於詞中話語的美學考察，所謂「獨絕者」由此而生。

〔註74〕葉嘉瑩，《中國詞學的現代觀》，頁23。
〔註75〕葉嘉瑩，《中國詞學的現代觀》，頁73。

（二）「心詞」之姿

所謂「文論」指的是文學理論、文學評論等具有文學統整性質的論著。但於日語中，可發現並沒有與「文論」相對應的詞彙或釋義，因而文論於日本文學中，是相對薄弱的存在。日本文學缺乏涵蓋大範圍的文論，在文論的發展上，「借鑒」即是相當關鍵的一步。王向遠說：「日本文論起源於『詩論』（古代日本所謂的『詩』就是漢詩），而詩論則是直接從中國引進的。」〔註 76〕漢文化帶給了日本宛如革洗的衝擊，漢文甚至一度成為官方指定用語，漢語的水平等同於當時地位的高低，漢語幾乎成為知識分子的基本素養，他們創作漢詩、推崇漢詩，中國「詩論」更是大開其眼界，紛紛響應鑽研，而在這段過程中，由於沒有文論的概念，只好尋求中國詩論的幫助，從中摸索出與中國詩論的契合點，並將之轉化成為「歌論」。從空海的《文鏡秘府論》開始，日本文人先將詩論作為學習漢詩的方法，並以此來評論日本漢詩，而後藤原浜成《歌經標式》的出現，證明了中國詩論為日本文論從原先的「套用」成為「活用」的進程，這對於後世文論的發展開啟孕育的作用，尤其紀貫之以假名文字所撰寫的〈假名序〉，打下了日本文論的第一片江山，自中國詩論中吸收「詩有六義」與「詩言志」的概念，利用類型與抒情內涵兩個角度詮釋日本和歌。

「和歌，乃以人心為種，成萬言之葉也。（やまとうたは、人の心を種として、万の言の葉とぞなれりける。）」〔註 77〕紀貫之以短短的一句話即貫穿了日本文學與美學的核心：「心詞」。心與詞，可說是和歌內在構成的不二要素。隔海而來的中國詩論，以「言志」兩字啟蒙了日本看待和歌的視野，文學自覺的甦醒，讓日本開始思考和歌究竟為何物。凡是人之所見、所聞皆能構築成一份思維，這樣的思維會根據不同的經驗而開成不同色彩的花朵。經驗須由人與外在世界的互

〔註 76〕王向遠，《日本之文與日本之美》，頁 2。
〔註 77〕張蓉蓓譯，《古今和歌集》，頁 38。小沢正夫、松田成穗校注・訳者，《古今和歌集》，頁 17。

動而獲得，這段「互動」的過程，形成了一個以情感為動力的迴圈。情感的動力越強烈，迴圈的轉數便會高速的提升，不斷層疊下，作為發動者主體的「人」會下意識地為排解情感而進行抒發的動作，紀貫之所言的「心」與「詞」即是如此，和歌的美即是由「人心」作用到「歌詞」的一連貫抒情效應。追根朔源，此番抒情方法的提出很顯然深受中國詩論「言志」的影響，然而再觀察〈假名序〉的論述，和歌是著眼於「情動於中而形於言」的純粹感性，漢詩中「為政教言志」的部分是其所不在乎的。前朝「唐風」的打壓下，與政教相關的場合充斥著漢學，和歌至始至終守著「心」這塊私人領域，不曾與政教打過交道，因而日本民族最為根性的部分一直存在於和歌中延續下來。

> 或者以石為喻；或者寄筑波山嶺君王恩澤；或者喜不自勝；或者樂不可支；或者藉富士山煙寄相思之情；或者聽松蟲之聲憶友；或者看高砂、住江松樹憶兒時情況；或者懷想往日雄風；或者讚嘆女郎花艷冠群芳之盛況等等，以各種不同主題詠歌以安慰人心。此外，尚有春日清晨見落花飄零；晚秋暮色聽落葉凋星；或者每年攬鏡自照探白髮蒼蒼；或者見草露、水沫嘆自身無常；或者恨昨日輝煌，今日失寵，親友日益疏遠……或者詠竹懷憂；或者以吉野川為例訴紅塵喜悲……聽和歌便能安慰心緒。（さざれ石にたとへ、筑波山にかけて君を願ひ、よろこび身に過ぎ、たのしび心に余り、富士の煙によそへて人を恋ひ、松虫の音に友をしのび、高砂・住の江の松も相生のやうに覚え、男山の昔を思ひ出でて、女郎花のひとときをくねるにも、歌をいひてぞ慰めける。また、春の朝に花の散るを見、秋の夕暮に木の葉の落つるを聞き、あるは、年ごとに鏡の影に見ゆる雪と波とを歎き、草の露、水の泡を見てわが身を驚き、あるは、昨日は栄えおごりて、時を失ひ、世にわび、親しかりしも疎くなり……あるは、呉竹の憂き節を人にいひ、吉野河をひきて世の中を恨みきつるに……歌にの

みぞ心を慰めける。）〔註78〕

純粹、自然的抒情，只為人心存在，為人情發聲，心是真誠之心，情是真摯之情，由此而成的「千言萬語」，一一幻化為歌，慰藉世間。紀貫之為《古今和歌集》所撰之〈假名序〉，由「心詞」本質為中心，展開一系列歌學基礎問題的探索，正如鄭民欽所言：「規定體例，評析作家作品，提出審美標準，具有獨創意識，在和歌史以及日本文學評論史上都是一篇十分重要的論文，具有先驅性的意義。」〔註79〕日本的文學評論於〈假名序〉開始有了實質上的起色，以大和民族的意識與思維評比自己的文學，不再全然依賴外來文論，而是經由蛻變完成屬於自己的文學理論，其中的標竿性便不言而喻了。

二、批評實踐：《人間詞話》的精要品評與〈假名序〉的類型點評

（一）《人間詞話》的精要品評

《人間詞話》的批評實踐主要集中在10～64則，而於其中的10～52則裡鑑賞了大量的兩宋詞人詞作，可見王國維對詞的推崇。前面已提及王國維評論文學的標準在於「境界」一概念，好的文學作品必然有「境界」存在，而這些好的文學作品沒有優劣，只是「境界」的大小差別而已，於是王國維將「境界」分為兩種類型：一是「有我之境」；二是「無我之境」。觀看王國維的學術生平，可以知道他精熟叔本華、康德等西方美學與哲學思想，從中凝結出了「有我之境，以我觀物，故物皆著我之色彩。無我之境，以物觀物，故不知何者為我，何者為物。」的視野，用以評價文學作品的妙處。無論有我或無我的境界，皆圍繞著中國哲學最重視的「天人合一」領域。自然與人的互動關係，造就了無數名篇佳句，促使「人」去抒發、創作的動力，正

〔註78〕張蓉蓓譯，《古今和歌集》，頁41～42。小沢正夫、松田成穗校注・訳者，《古今和歌集》，頁23～24。

〔註79〕鄭民欽，《和歌美學》，頁61。

是人內心澎湃的「慾望（情感）」。周汝昌（1918～2012）以「多愁善感」一詞完美的歸納了這股屬於詩人的靈感泉源，他說：

> 古詩詞裡的這個愁，時常就是情的代詞，他不多情，他會用詩人的眼去看天地萬物？去寫詩？為這個，動心搖魄，嘔心瀝血，寫出千古不朽的詩來嗎？什麼推動著他？推動他的就是那個情，多愁者就是多情。善感，是說他那個接受能力、感受能力特別強，敏感、敏銳，別人根本無動於衷，他受不了了。〔註80〕

情感的發起與流動，最關鍵的就是這個「愁」字。當人感到愁時，會煩惱、焦躁、不安，為了使自己脫離「痛苦」，即會隨著這股思緒的湧動，自動自發去尋找紓解的方法。每首詩詞都存在著相似的過程，皆是「人（我）」因「物（自然）」觸發「愁緒」，進而創作成「文學」。當我與物於文學中依據不同的處理方式，也會呈現不同的型態，於是王國維又說：「無我之境，人惟於靜中得之。有我之境，於由動之靜時得之。故一優美，一宏壯也。」透過有我或無我即能體現出不同的美感，美感是由境界而來，應回境界只分大小的觀點，無論優美或宏壯，都有著程度深淺的美感存在於文學中。於是王國維能品出李煜詞「自是人生長恨水長東」的「眼界始大，感慨遂深」；晏殊詞「昨夜西風凋碧樹。獨上高樓，望進天涯路」的悲壯；歐陽修「人間自是有情癡，此恨不關風與月」的豪放沉著。王國維善於捕捉詩詞中「境界」的核心美與價值，因而他評起詩詞簡明扼要，更精妙的是只以一句詩或詞即能完整的表現其特色所在，如溫庭筠詞濃麗卻缺乏感受力，宛若「畫屏金鷓鴣」；韋莊詞雖豔卻情真婉曲，宛若「弦上黃鶯語」；馮延巳詞同樣艷麗卻蘊含淒涼含蓄，宛若悲傷女子「和淚試嚴妝」。或是用今昔對照，以經典名篇反映詞中意境，如晏殊《蝶戀花》中的「昨夜西風凋碧樹。獨上高樓，望盡天涯路」與詩經中的〈蒹葭〉意境相似；

〔註80〕周汝昌，《別人沒教，但你必須知道的 60 首唐詩宋詞》，（臺北：聯經出版公司，2015），頁 6。

秦觀〈踏莎行〉中的「可堪孤館閉春寒，杜鵑聲裏斜陽暮」與詩經的〈風雨〉、楚辭的〈涉江〉意境相似。或以詠物題材為注目點，評詞句之巧，如周邦彥〈青玉案〉:「葉上初陽乾宿雨。水面清圓，一一風荷舉」將荷花生動的神韻描摹透徹。或論其中「格調」，認為姜夔「有格而無情」、陸游「有氣而乏韻」、辛棄疾「有性情，有境界」。王國維依照時代先後，評價範圍涵蓋唐詩、宋詞、元曲、清詞，好的文學作品值得被鑑賞，而好的鑑賞者懂得欣賞佳作，王國維心中的佳作以「境界」為標準，所謂「大家之作，其言情必沁人心脾，其寫景也必豁人耳目。」只要文字帶著真性情、真景物，自然而然即能擁有「所見者真，所知者深」的伯樂去理解賞識，千古名句不外乎這個道理。

（二）〈假名序〉的類型點評

〈假名序〉為日本文論開了先鋒，不僅穩固了和歌的地位、確實了和歌未來的走向，也讓歌學於批評這塊植下漂亮的種子。紀貫之借鑑中國《詩經》的〈詩人序〉作為楷模，援引其中的「六義」並融會轉化為新式的和歌類型，創造了評論與鑑賞方面的新指標，提出許多和歌的中心思想與美學精華，對文學能更加練達的析論其中深奧。以文學角度看和歌類型，日語中將之稱為「姿」。每種類型呈現著一種和歌的姿態，這些姿態之所以美麗，關乎著是否擁有「心」。「心」來自於「人」，因而和歌誕生的目的就是為了撫慰人心。所詠之歌，每字每句由「心」所刻劃，強調真實的「人情」，讀一首歌，瞭一層世間。「心詞合一」是〈假名序〉為和歌下得內在核心定義，而「歌姿」即是和歌外在不可或缺的衣裳。紀貫之提出的歌姿分別為「そへ歌、かぞへ歌、なずらへ歌、たとへ歌、ただこと歌、いはひ歌」六式，對應於〈詩大序〉的「六義」依序為風、賦、比、興、雅、頌。這六種形式的提出，初步歸納了和歌的類別，成為「文學評論」的起點，鑑賞者之所以能夠評鑑作品，最首要的就是一份「依據」。紀貫之使用這六式為和歌訂下第一層由創作目的與技巧手法兩方面組成的判別，接著轉往和歌內在中心思想，提出「心」與「詞」相互作用的美感呈現，強調和歌的抒情不為政教而作，而是需以一片真心示人，這才是和歌應有的本質。透過本質概念的樹立，將之作為品評和歌的第二個關鍵，並評點《萬葉集》時期的兩位重量級歌人：柿本人麿（かきのもとのひとまろ）與山部赤人（やまべのあかひと），肯定其作品所反映的和歌本質值得後世參鑑，再帶到整篇〈假名序〉主要批評實踐的部分：「六歌仙點評」。紀貫之選擇了當世代引領和歌走向的六歌仙作為嘗試文學批評的對象，開頭以「現代人重視詞藻華麗，自人心日益虛華以來，空洞、無趣之歌盡出，只流於好色之徒間的公器，不能涵蓋全體，無法與現實生活互相結合。」〔註81〕感嘆當時日本的文壇久經漢詩侵襲，紛紛仿作漢詩，而作為表達自我性靈的和歌，也因此而落於「空洞無趣」，失去了和歌存在的目的，為了重振大和民族的精粹，和歌應活出和歌原有的模樣，於是擁有本質的和歌，值得成為文學批評的對象。紀貫之簡明的精結六歌仙和歌的特色，其言：

> ……僧正遍昭，其歌姿整然，惜真誠不足。如見畫中美女，突然心動……在原業平之歌，其心有餘而詞不足。如花殘無色，徒留餘香……文屋康秀之歌，言詞巧妙，歌與人品卻不相符。有如商人著華衣……喜撰法師，詞藻細膩，但首尾不一致。如秋日明月遭曙雲蒙蔽一般……小野小町，承襲古代衣通姬之流風。楚楚可憐，稍嫌弱質所以纖纖可能是因為女流之故……大伴黑主之歌，歌體貧弱，如一樵夫荷薪上山，在美麗的花叢間小憩片刻一般。〔註82〕

〔註81〕張蓉蓓譯，《古今和歌集》，頁41。小沢正夫、松田成穗校注．訳者，《古今和歌集》：「今の世の中、色につき、人の心、花になりにけるより、あだなる歌、はかなき言のみいでくれば、色好みの家に埋れ木の、人知れぬこととなりて、まめなる所には、花薄穗に出すべきことにもあらずなりにたり。」，頁22。

〔註82〕張蓉蓓譯，《古今和歌集》，頁43。小沢正夫、松田成穗校注．訳者，《古今和歌集》：「……僧正遍昭は、歌のさまは得たれども、まことすくなし。たとへば、絵にかける女を見て、いたづらに心を

紀貫之評論的方法依據三方面進行，一是詞（體式），二是風格（類型），三是內在美學質地。桑原博史言：「紀貫之對此六人之歌的評論，主要以『心』、『詞』、『樣』三元素為分析論點。『心』指和歌內容中的氛圍良好；『詞』指表現形式，若能將心與詞兩者調和是和歌的理想形式；『樣』指歌的風格類型，整合和歌不同面相所衍生的問題。」〔註83〕這三者提出後，於後世的歌學研究中，成為主流探討的重心。又紀貫之使用相當精巧的譬喻，扼要的闡明每位歌人的優缺，從中體現和歌的本質與美學精神：「心」與「詞」。紀貫之於〈假名序〉中，明處與暗處皆能扣住「心詞」這個核心觀念，經由評論，更加釐清和歌與漢詩的差異，同時也讓和歌的審美意識再次得到確立，由「心詞」而生成的「物哀」美學意識，更是成為了日本民族思維的象徵。

三、《人間詞話》與《古今和歌集・假名序》

王國維的「境界」之說與紀貫之的「心詞」之論，各自為其文學批評立下了經典的指標，前者統籌了中國抒情文學追求天人合一的情景交融意境，後者創併了和歌與漢詩的精華，將日本抒情文學尋覓心詞合一的物哀韻味逐一定位。兩者雖然評論的文學體式皆不相同（前

動かすがごとし……在原業平は、その心余りて、詞たらず。しぼめる花の色なくて匂ひの残るがごとし……文屋康秀は、詞はたくみにて、そのさま身におはず。いはば、商人のよき衣着たらむがごとし……喜撰は、詞かすかにして、始め終りたしかならず。いはば、秋の月を見るに曉の雲にあへるがごとし……小野小町は、古の衣通姫の流なり。あはれなるやうにて、つよからず。いはば、よき女のなやめるところあるに似たり。つよからぬは女の歌なればなるべし……大黒友主は、そのさまいやし。いはば、薪負へる山人の花の蔭に休めるがごとし。」，頁26～28。

〔註83〕桑原博史監修，《万葉集・古今集・新古今集》：「貫之は、この六人の歌を批評するのに、『心』、『ことば』、『さま』の三つの要素に分析して論じている。『心』は、歌の内容となる気分をいい、『ことば』は、表現する形式で、両者がうまく調和することを理想とした。『さま』は、歌の風体・姿で、総合的に歌を論ずる場合に問題にされるのである。」，（東京：三省堂，2009），頁185。

者為詞，後者為短歌），但其評論法則卻皆以「人」為中心主體，深入「情與景」、「心與詞」的內在本質，從中建立「詩的抒情世界」，而其中的奧妙即取決於「人情之真」。王國維與紀貫之將自己放在鑑賞者的角度，告訴大家何為詩歌。周汝昌曾言：「我們鑑賞古人詩詞的時候，應該像一個電插銷，左右逢源，一個感，感是受，光受不行，還有一個字就是『悟』，明白了他那是怎麼回事。」〔註 84〕王國維與紀貫之「悟」出了詞與短歌的精神所在，「明白」了「人情與景物」、「人心與言語」的緊密關係，捕捉詩人想透過文字記錄著什麼樣的心情，這正是文學批評家最需具備的素質，擁有詩人的眼光才能看到存在其中的靈魂，縱使為兩種甚至是多種語言，也能提供一個審美的方法與視野去學習、體會，認識真正的詩歌。

表 2-3-1 《人間詞話》與《古今和歌集・假名序》對比表
（研究者自行整理）

	《人間詞話》	《古今和歌集・假名序》
作　者	王國維	紀貫之
成書年代	西元 1908～1910（清代）	西元 905（平安時代）
核心論點	境界說	心詞論（物哀）
審美方法	以「境界」為概念貫穿所有評論。 1. 以詩詞評作者本身。 2. 古今名篇對照。 3. 根據題材詠物評比高下。	以「心詞」為觀點創制專屬於日本的歌學文論。 1. 借鑑〈詩大序〉「六義」新制歌姿六式。 2. 以體式與風格兩方面進行評析。 3. 使用譬喻凸顯歌作特色。
審美目的	如何寫出佳作；作者面向	慰藉人心（知物哀）；讀者面向

〔註 84〕周汝昌，《別人沒教，但你必須知道的 60 首唐詩宋詞》，頁 10。

第三章　抒情本位的審美視野：詞境中的感物興嘆與歌姿中的物哀言心

自然萬物，一直是詩人與詩歌關注的對象，四時更迭，花開花落，自然的鬼斧神工總能引發人們心中的情緒波動，而「抒情」正是這段「自然牽引情感，情感帶動成詩」的流動過程，且根據個人的經驗相異，同樣一片雲海，也能品出各自的喜怒哀樂。文學之所以成為藝術，即是在於文學擁有「情愫」。文字背後蘊含的情感含量與生命寄託，是文學最美麗的所在，也是誘使人們不斷創作的致命引力。其中，詩歌的誕生，本質即淵源於「情」。古今中外，感動之時，不經意發出的那聲讚嘆，既是成歌亦是成詩，更可說詩歌就是由人心孕育、成長。所謂「情動於中而形於言」，詩歌的創作即在於對「情」的體悟，故鍾嶸言：「動天地，感鬼神，莫近於詩。」〔註1〕正是情真意切，詩歌才顯得如此魅力。東方的「抒情」，與西方的直坦大氣表現相反，是「猶抱琵琶半遮面」的含蓄風華、細膩內斂的言外之意，因而呈現出以「情境」為最的審美視野，於是王國維提出「境界說」，本居宣長提出「物

〔註1〕鍾嶸，《詩品》，王叔岷，《鍾嶸詩品箋證稿》，（臺北：中央研究院中國文哲研究所，1992），頁47。

哀論」。「抒情」作為詩歌的文學傳統，討論最多的正是「情」與「景」的關係與作用，而兩者也是一首詩歌內容的基本構成。虛與實、動與靜、人性與自然，情與景在詩歌中交錯著彼此，詩人用抒情將景物賦予詩般的生命，正如周汝昌所言：「真正的詩人，看天地萬物，他有獨特的感受，不是指這個月亮在寒空當中高懸，特別明亮，那個境界，使人一看，想起很多事情來。」〔註2〕在生命的某個時刻，彷彿注定遇見的那片景，使人「想起很多事情」，此時與內心產生的共鳴即是詩。所以陸機言：「遵四時以歎逝，瞻萬物而思紛。悲落葉於勁秋，喜柔條於芳春。」〔註3〕本居宣長言：「眾生各有其能，對於事物的實質都有所分辨，或以物喜，或以物悲，因而有歌。」〔註4〕無論中國或日本，對於詩歌的定義皆為一個「情」字，情由人而來，景由人而感，中國稱之為「感物」，日本稱之為「知物哀」，在這一感一應之間，融入了各自的哲學與美學，一首詩不僅呈現詩人之心，更是留存民族的精神與思維的瑰寶。以下將由兩節各自論述中國與日本的抒情美學：「情景交融（感物）」與「物哀」，最後於第三節對比兩者，根據理論的核心與影響兩方面，探究其異同。

第一節 「感物」亦是情悟

一、「情」與「景」

（一）「抒情自我」與「比興」

中國的文學傳統，「抒情」是其一大血脈，尤其於韻文系統中，以「情」作為養分，進而使文字開花結果。抒情是人們自然而然的生理反應，感嘆、驚呼、大笑、悲泣，這些表情與動作，一再揭示著情與抒情是天生的本能。於是當人們將這些表情轉化為其他形式來呈現

〔註2〕周汝昌，《別人沒教，但你必須知道的60首唐詩宋詞》，頁10。
〔註3〕陸機，民國、張少康釋，《文賦集釋》，頁14。
〔註4〕本居宣長，王向遠譯，《日本物哀》，頁145。

時，即賦予了文學、音樂、繪畫新的面貌，藝術之所以美，正是因為它擁有人的靈魂，記載著值得被記憶的生命片段。而能觸發人們「抒情」的關鍵，以文學的角度而言，即是「景」。鍾嶸《詩品・序》中：「氣之動物，物之感人，故搖蕩性情，形諸舞詠。」〔註5〕外在世界對於人而言，是激發情感的泉源，更是創作的推手。《詩・大序》「六義」中的賦、比、興，為詩歌的表現手法，亦是詩歌的藝術手法。其中，比、興正是託付著情感的重要媒介。鄭玄（127～200）言：「比者，比方於物。諸言如者皆比辭也。興者，托事於物，則興者起也，取譬引類，起發已心，詩文諸舉草木鳥獸以見意者皆興辭也。」〔註6〕人們以語言藝術表情達意，其目的只是單純地想「借景抒情」。詩人運用比興的同時，將自身的情融會於技法之中，選擇適合的「草木鳥獸」，寄託情感。正如龍沐勛所言：「人們的感情波動，是由於外境的刺激而起，這也就是比興手法在詩歌語言藝術上站著首要地位的基本原因。」〔註7〕比興宛如一座連接著詩人與詩歌的橋樑，詩人將「言外之意」藏進比興之中，再放進詩歌裡，讓平凡無奇的一句話、一眼景色富涵內蘊、後勁十足。這般回味無窮的美，正是詩歌可貴之處，也是後人欣賞、創作的衣缽。文學批評家看見了這點，為了去理解、詮釋詩歌的美，「情景交融」一詞由此而生。

情與景如何交融？這個問題自詩歌誕生以來，一直是歷代文學批評家（鑑賞）不斷琢磨的議題。蔡英俊對理論發展歸納了幾個時期：

> 探討詩歌的情感與自然景物關係的批評觀念，起源很早：譬如兩漢的經學家，就已經注意到《詩經》中運用自然物象來觸發作者內在情思的創作現象，因而重新檢討「比」、「興」觀念的內容架構；魏晉以後，因應著山水詩的蓬勃發展，劉勰與鍾嶸分別提出「物色」與「形似」的觀念來解釋山水詩

〔註5〕鍾嶸，《詩品》，王叔岷，《鍾嶸詩品箋證稿》，頁47。

〔註6〕國立編譯館，《十三經注疏・分段標點・毛詩正義（上）》，（臺北：新文豐出版公司，2001），頁45。

〔註7〕龍沐勛，《倚聲學——詞學十講》，頁149。

中情思與山水景色交相引發的表現模式；至於唐宋之際，緣於唐詩所凝具、開展出的耀豔而深華的各體風格，一方面是「在乎文章，彌患凡舊，若無新變，不能代雄」（蕭子顯《南齊書．文學傳論》）這種文學內在法則的激引，一方面是末世的時代風氣使然，人的心意情緒往往成為藝術和美學的主題——司空圖提出「思與境偕」的觀念與宋代詩學所追尋的「美感經驗」與「意境」的美學，充分反映唐宋以後批評家與理論家不斷抉發情思與物象間交融的美感的旨趣；而謝榛的《四溟詩話》與王夫之的《薑齋詩話》，具體完成了傳統詩歌批評中「情景交融」的理論架構與體系。甚至代表傳統文學批評領域的最後一部詩學論著《人間詞話》，也多有討論詩人情思與景物關係的美學論點。〔註8〕

自《詩經》的「比興」、魏晉的「物色」、「形似」至唐宋的「美感經驗」與「意境」，情與景的關係一再影響著詩歌（韻文）的發展，而文人們開始注意詩歌中的情景關係，很大的原因皆來自於「抒情」。抒情是詩人創作的動力，景則是推動抒情的助力，高友工曾言：「抒情基本上是內觀，為什麼創作？因為創作者覺得他個人的內心的某一部份感受給予他本人至少相當內在的快感。這種經驗是值得重新再經驗的，也許還值得讓若干知己分享。」〔註9〕文人開始為文學自覺，創作自然而然也因自我誕生，詩人猶是如此。詩人在抒情時，筆下走的是「經驗」的再現，這段經驗屬於詩人本身，是由詩人自己判斷、選擇將之記錄下來的成果，這種「抒情自我」的表現，讓詩歌的美感增添上生命的情調。而讓詩人能夠得到內心快感的對象，正是「景」的感染力，且這個讓詩人心服的「景」也同時出現於創作中，扮演著詩歌中不可或缺的主角之一。「景」以「比興」的方式現身於詩歌中，又「比興」乘載著詩人之情，於是情景就此交融。

〔註8〕蔡英俊，《比興物色與情景交融》，（臺北：大安出版社，1990），頁1～2。

〔註9〕高友工，《美典：中國文學研究論集》，（北京：生活．讀書．新知三聯書店，2008），頁97。

中國抒情文學傳統根源於《詩經》，而比興中所寄託的情，在《詩·大序》中被稱為「志」，所謂「詩者，志之所之也，在心為志，發言為詩。」這裡所強調的「言志」即是《詩經》定義出的「抒情」。此時的詩所言之「志」，相當明顯的反映了兩漢道家影響下的道德思維，不斷強調著詩甚至是整體文學與政治、社會的密切關係，因而「志」所表現的內在含意，除了「抒情自我」之餘，又多了一層以全體人類為重的政治教化規範作用。然而，言志中的教化作用，雖將「抒情自我」稍稍帶離了「個人」，且「比興」所背負的情感繼承也因此有所保留，但正是政教帶來的壓抑，才讓抒情擁有破除藩籬的動力，讓詩成為個人情感生命的解放，讓抒情不再只停留於自我的內心層面，而是將自我成為抒情的主體，並以此與外在自然世界取得更緊密的聯繫，為情景交融的發展鋪下重大的轉捩點，讓抒情具有實質上的美學意識。

（二）「抒情主體」與「緣情」

受到兩漢「言志」的教化影響，道德思想將「詩」上了一道枷鎖，縱使仍舊為抒情而作，但總在意著那條界線，不可輕易將所有情感全然傾出。對於文學的發展而言，壓抑的現象即預示著革命的前兆。所謂「物極必反」，文學亦是如此，無論體裁、風格、思想，到了一個極端必然會出現另一方的聲音與之抗衡。而抒情的走向，就在魏晉時期走出了一條名為「緣情」的新路，不僅拋開道德的束縛，轉而重視「個人」與「生命」鑄成的抒情主體，並在自然萬物的激盪下，藉此化為詩句，解答人生。蔡英俊言：

> 造成魏晉名士特殊生命情調最重要的原因，更在於漢魏之際生死問題的愴痛所帶給人自我生命的醒悟與自覺……這種生命意識的轉變是中國文化史上一項重大的突破……透過現實生命與客觀世界相摩相盪所引生的哀樂，幾乎就是魏晉心靈徹底體悟到的無可避免的事實，他們的生命情調也就是原此而有特殊的風姿與表現……或是發展成為追求田園山水的寄託，主要都是根源於這份無端哀樂的激感——

這樣，「抒情主體」的發現，對於中國傳統美學理論與文化創造具有深遠重大的影響。〔註 10〕

「抒情主體」的發現，讓詩中的抒情開啟新一波的文學自覺，個人之情與寄託情之物，兩者間必然激盪出創作的火花，正如鍾嶸所言：「若乃春風春鳥，秋月秋蟬，夏雲暑雨，冬月祁寒，斯四候之感諸詩者也。嘉會寄詩以親，離羣託詩以怨……凡斯種種，感蕩心靈，非陳詩何以展其義，非長歌何以騁其情。故曰：『詩可以羣，可以怨。』使窮賤易安，幽居靡悶，莫尚於詩矣。」〔註 11〕詩的重要性正是在於「羣」與「怨」，是為了記錄稍縱即逝的生命，並從中得到情感的解脫。所有的「春風春鳥，秋月秋蟬，夏雲夏雨，冬月祁寒」皆在人生的路途中，於某個時刻被發現，自然給予詩人感動，詩人賦予自然意義，「緣情」所尋出的「抒情主體」，為詩打造了一座具有文學生命的山水世界，帶領著詩步入情景交融的審美藝術境界。郁沅言：「自「緣情」說產生之後，中國古典詩學的主體性原則便為它所包容，形成中國詩學的情感本體論。」〔註 12〕魏晉的「緣情」給予抒情廣闊的空間施展情感的主體與自我，詩的創作，「情」是主導角色，它不僅醞釀著詩人的念想，也蘊藏著連結「人與詩與自然」的內在力量，藉著利用「比興」作為裹覆「情」的美麗糖衣，包裝出貼近於詩人與詩的「意象」，讓抒情經由具現化的審美視野，深入於「意境」層次，從中再現情與景交織的生命意義。唐宋時期大量詩與詞洗鍊著「意象」的運用，逐步為抒情的情景交融美感意識作出更加完滿的詮釋，使情與景到達終極的「境界」之美。

（三）「美感經驗」與「意境」

中國的詩學與美學的重心是緣於情、言於志的，而無論情或志，

〔註 10〕蔡英俊，《比興物色與情景交融》，頁 36、43。

〔註 11〕鍾嶸，《詩品》，王叔岷，《鍾嶸詩品箋證稿》，頁 76～77。

〔註 12〕郁沅，《心物感應與情景交融（上卷）》，（江西：百花洲文藝出版社，2009），頁 45。

皆來自人心。抒於性靈，正是文學藝術的靈魂，在文學的世界，情感是支撐所有的中樞，山水自然所幻化的萬千「意象」則是圓潤所有的脈絡。陳慶輝如此說：

> 文學藝術所表現的主觀世界，必然是客觀世界作用於認識主體的產物，而不是人所固有的東西……文學藝術所再現的客觀世界，也必然是被主體認識了的客觀世界，而不可能是純客觀的事物……表現和再現的區別只是在於：前者偏重於人們對生活的感受，而後者則注意人們對客觀世界的認識……中國美學重感受，則強調內心世界的表現，注重主觀情志的抒發。〔註13〕

構築出文學的兩大基本要素：「情」與「景」，不是指內與外的兩個對立存在，而是指心與物的相互感應所產生的互補作用。兩者之間擺放的是雙箭號，能彼此往復循環，而這樣委婉的迴圈也造就了中國甚至於整個東方文學含蓄內斂的審美體現。物作用於心進而使人產生主觀的感受，同時心作用於物進而使客觀之物著我之色彩，文學無論是主觀世界的「表現」亦或是客觀世界的「再現」，都離不開「外感內應」。抒情發展至唐宋之間，詩詞蓬勃，詩人的眼光越發細膩，他們透過銳利的「感應」，追求「意象、景象、現象」的美感呈現，高友工說：「真正的『情』只能由具體的『事』折射出來。」〔註14〕心之主體與物之客體，客觀外物的「人化」與主觀情心的「物化」，無不是為了完美的「折射」詩人欲留下片刻美麗的剎那，詩人馳騁想像力，將外感內應中誕生的「意象」連結了「人與人」和「人與物」，周汝昌將詩人的本質定義為「仁」，他說：「漢字這個『仁』為什麼是兩個人呢？這是人和人的關係：你、我、他，也包括物。」〔註15〕詩人善感因而有「仁」，詩人懂得心為何物，也懂得發掘有情之物，他們創作的是「真」，於是詩才能感動人，詩人述說的是一段值得讓自己記憶的邂

〔註13〕陳慶輝，《中國詩學》，頁5。

〔註14〕高友工，《美典：中國文學研究論集》，頁281。

〔註15〕周汝昌，《別人沒教，但你必須知道的60首唐詩宋詞》，頁14。

逅，有美麗的歡笑，也有淒婉的淚滴，所謂「一砂一世界」每顆砂對於詩人而言皆代表著相異的喜怒哀樂，其中的奧妙，正是「際遇」豐富了詩的文學世界。經歷物我合一誕出的「意象」，是由「經驗」作為母體孕育而成，詩人擁有異於常人的感受力，這份強烈的感應使其人生中不斷的與世界產生激盪，繼而保存了大大小小感動的瞬間，最後成詩。重視「經驗」的再現，一直是詩人創作的原動力，呂正惠言：

> ……中國抒情精神的某一特質：那就是把經驗凝定在某一特殊範圍之內，來專注的沉思與品味……尤其是感情為主體的特殊經驗，已化為「本體性」的東西，成為人生中唯一的「實體」，成為人們最關注的「客觀對象」；是無可逃避的人生之網，是只能詠歎而無可改變的宇宙事實。〔註16〕

呂正惠所強調的「以感情為主體的特殊經驗」，正是所謂的「美感經驗」。蘊藏情感流動的字句，由詩人的際遇所賦予，每首詩或詞皆記錄著詩人人生中一段不可或缺的「經過」，每段「經過」對於詩人而言，是獨特且印象深刻，詩人在經歷著這段「特殊經驗」的同時，也正在領會著由感情激發經驗的「美」。陶東風認為審美的首要條件即是「物理世界必須與我的意識、經驗、心理發生聯繫……一旦萬物入於我的感官／經驗，它就無不染上我的主觀心靈色彩，無不成為經驗中的世界。」〔註17〕經驗由感官觸發而成，又感官的觸發由感情主導促使而就，這樣一個「感（經歷）」的過程，不僅是「抒情」的前提，更是「美」的育化溫床，因為經驗之物已不再是客觀之物，而是擁有詩人情心的主觀之物，與詩人相互共鳴，進而產生「意象」的連結，透過「比興」的寫作技法，呈現於詩詞中，記憶著詩人珍貴的生命片段。這些經由美感經驗而誕生的「意象」群，創建出了一個屬於詩人的「詩的世界」，歷代學者將之稱為「詩境」。

〔註16〕呂正惠，〈中國文學形式與抒情傳統——從比較的觀點看中國文學〉，柯慶明、蕭馳主編，《中國抒情傳統的再發現》，頁509。

〔註17〕陶東風，《陶東風古代文學與美學論著三種》，（北京：社會科學文獻出版社．人文分社，2015），頁166。

日本漢學者小川環樹如此定義「詩境」：

> 「詩境」——富有詩意的境界——這意味著和外界隔絕而自成範圍的一個孤立的世界。這裡所稱的外界就是官場、塵俗的世界。這一群詩人把自己關閉在這孤立的世界裡，與此同時，也就不管世間的俗務，獨來獨往，專從大自然挑選自己喜愛的「景（景象，view 或 scenery）」並以此構築詩章——這就是他們追求、嚮往的目的。〔註 18〕

「富有詩意的境界」，以詩的語言同時構築詩人之情與詩人之景，二者合一的「情景交融」形態，呈現具有美感價值的「境界」。詩訴說著詩人的生命，凝鍊了詩人心境與經驗的激盪，高友工認為動人的經驗會賦予詩人「意義」，從中領悟出「境界」，他說：

> 一個深刻動人的經驗是在感覺及反省之後一定會對我們個人的精神生命有一種衝擊。他不僅是一個經驗，我們希望把他永存於記憶之中，而且我們希望能全面的了解和掌握這個經驗，特別是這個經驗給我們的意義……如果這段經驗可以濃縮為一個瞬間，而又能在這瞬間含蘊了整個經驗對我們個人的衝擊，這就是這個經驗的意義。這一種濃縮了瞬息的個人心界也許可稱為「視界」(vision)，也許可稱為「境界」(inscape)。〔註 19〕

蘊含個人生命意義的境界，學者以「意境」稱之，而「詩境」則是由詩的「意境」構築而成。「境」的生成有兩個基本要素：情與景，王國維言：「境非獨謂景物也。喜怒哀樂，亦人心中之一境界。」「寫景」與「抒情」兩者經由詩人重新定義後再現於詩，它們同時兼任詩與境的本質，也就是說要成詩或為境必然由寫景抒情而來。甚者，若要成就一首好詩或佳境，關鍵同是在於情與景，王國維又言：「大家之作，其言情也必沁人心脾，其寫景也必豁人耳目……以其所見者真，所知者深也。」王國維強調真情與真景是上乘之作的

〔註 18〕小川環樹，譚汝謙等譯，《論中國詩》，（香港：中文大學出版社，1986），頁 28。

〔註 19〕高友工，《美典：中國文學研究論集》，頁 99。

必要條件，境界亦然，且這份真情與真景經由「意象」為橋梁，將真實世界轉化為文學世界，詩中的山與水與現世的山與水已然同形異義，文學世界的「景物」是著有詩人色彩之「情物」，因而詩中之景亦是詩人之情，在詩的世界裡情與景畫上了等號，相互依存，步入「情景交融」的藝術境界。

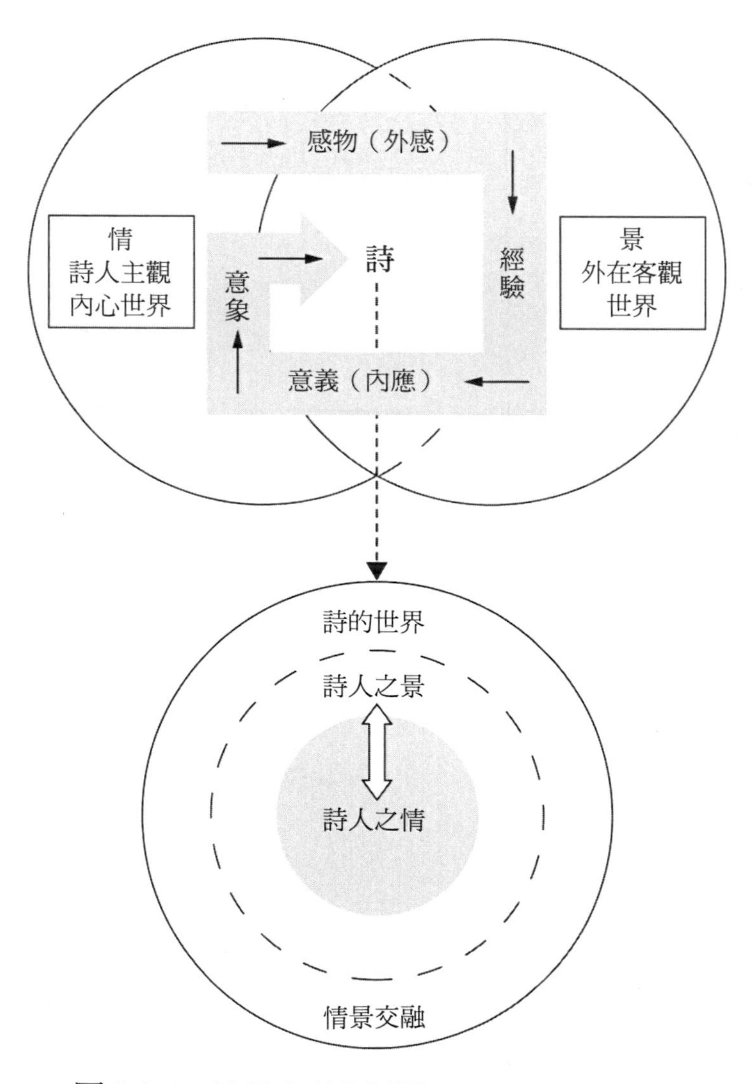

圖 3-1-1　情景交融作用圖（研究者自行整理）

二、詞境中情景交融的審美體現

文學最主要的目的即是表現人（作者）的內心世界，而「詩」更是以內心情感為動脈，循環於整個詩體中。其中，「情」成為文字的關鍵，就是透過「景」將之具現化，於是「情」與「景」相互作用的關係，使詩擁有多彩的面貌與審美的境界。詞作為詩體的一部份，其更講究挖掘內心最細膩多情的表現，正如王國維所言：「詞之為體，要眇宜修。」詞抒情的重點在於完全剖白又精微幽深的內在美。黃雅莉說：

> 詞的題材意境具有「狹而深」、「狹而細」的特色。相較於詩而言，詞往內挖掘多於往外探索，它不是「面」的開展而是「點」的深入，抓住一個要點，描之繪之，渲之染之，層層深入，細緻微茫，從這一點來講，詞的抒寫心曲意味著文學的進步，它向著人類內心的精微處開掘挖進，把詞的表達功能更提高一步。相對說來，詩顯而詞隱，詩直而詞婉，詩多直言而詞多比興；詩常明快暢達而詞尤重含蓄蘊藉。〔註20〕

詞的文字藝術充滿著純粹的抒情，詞人們深入內心講述著每一段喜怒哀樂，他們喜愛運用巧思的「聯想」將情感隱匿於「景物」中，言外之意的韻味一直是詞感人的原因，因而一闋好詞的誕生，關鍵在於情與景是如何搭配的天衣無縫，郁沅對此歸納出三種情景關係的形態：寓情於景、緣情寫景、情景合一，這三種形態不僅是抒情作品在內容上的表現方式，也是審美作品時的三種面向。每種形態皆對應著一套寫作手法與一層美學境界，尤其對重視情感呈現的詞體而言，情景關係是解析與鑑賞的重要焦點，因此若想深入了解詞人與詞，必須根據情景兩者於作品內容中的聯繫，才能欣賞其中的真情流露。以下將根據此三種形態整理歸納令詞中的審美體現。

（一）寓情於景

抒情作品是作者藉由抒情這個過程，並以文字的方式將情感寄託

〔註20〕黃雅莉，《詞情的饗宴》，頁25～26。

其中，進而創作，最後成為作品。在抒情過程中，作者必須運用高超的技法，將內在之「情」與外在之「景」相互融會，才能完成抒情的動作。由此可知，情與景在文學中扮演著舉足輕重的角色，尤其在詩的領域中，情與景這對搭檔，根據不同的視角，能呈現出多種美學上的體現方式。其中的一種是將情感以「寓」的方式藏進景物之中，表面上是純寫景，內裡卻蘊含著洶湧的情感之潮，學界將之稱為「寓情於景」。

詞為詩這個大家族的其中一員，對於情感與景物的聯繫相當重視，比起詩歌，詞所追求的正是純粹的抒情，無關乎外在道德眼光，詞人所關注的，僅是那份情義之真、感觸之烈。因而，詞人在內容上的琢磨是細且深，直到將情感完整換出才能罷休。詞於審美意識上，王國維將之分為兩種境界：「有我之境，以我觀物，故物皆著我之色彩。無我之境，以物觀物，故不知何者為我，何者為物。」有我之境與無我之境的差別，正在於「觀物」的主體不同，而「寓情於景」這般以形寫神的視角，以「觸景生情」的方式強調了「景」的主導作用，這正是王國維所說的「無我之境」的境界。詞作在體現「寓情於景」境界時，是由「人惟於靜中得之。」詞人不外顯情感於景物之上，反而以景物暗喻情感，在這段抒情的過程中，情感的流動是隱匿的，躲藏在「景」之後，於是創作時，詞人抽離自我，將情感置於客觀角度，使「景」逐一成為含情的「景語」，而這些轉化皆在平靜的狀態中完成，因此詞作自然散發出「優美」之姿。如晏殊《踏莎行》中：「高樓目盡欲黃昏，梧桐葉上蕭蕭雨。」梧桐樹是備受喜愛的觀賞植物，挺拔矗立，葉大形雅，於秋季落葉，因而在文學的山水世界裡，梧桐給人的「悲」感，既是自然的更迭，也是詩人的愁思。詞中一句「梧桐葉上蕭蕭雨」，落雨蕭蕭於梧桐葉上，雖寫的是聽覺與視覺的動，但畫面流洩出的「愁緒」，卻使之如同「無聲的電影」般靜的揪心。此時的詞人並不存在於畫面中，整個畫面所映照的僅有雨落梧桐葉所迎來的詞之終幕。詞人將情感隱匿於「雨落梧桐葉」的景色中，使得「外在世界的景物」單獨與「詩世界的景物」相互呼應，寓詞人的「離愁」之情於「梧桐葉上蕭蕭雨」之景中，它不是一個過鏡的「空景」，而是富含思緒的「景中情」。「寓情於景」造就出詩詞中無數的「意象」，「意象」是詩的景物與外在景物交流的唯一道路，一棵優美的梧桐樹，一般時候只是普通的觀賞植物，但當詩人因「觸景生情」時，梧桐樹的每一絲細微變化，皆能使其擁有喜怒哀樂，活躍於文學的山水世界中。

（二）緣情寫景

詞「多情」的文學特色，讓詞人在創作時，總無法藏住豐沛的情緒，因而王國維說：「古人為詞，寫有我之境者為多。」這個「有我之境」所體現的正是詞人多情的「緣情寫景」。根據詞人的情感來選擇適宜的景物作為抒發對象，在這段抒情的過程中，與「寓情於景」的「以物觀物」相反，「緣情寫景」的焦點凝聚於「以我觀物」。正因為以詞人的情作為觀物主體，因此筆下之景散發著濃郁的主觀情緒色彩，此時的「景」僅專屬於詞人本身，於詞人眼中由情刻劃下獨一無二的景。王國維又說：「有我之境，於由動之靜時得之。」有我之境必須經歷過情感的波動後，方能進入抒情。有我之境的情感是活躍、跳動的，詞人在「感受」的瞬間起，這份不得不發的情緒積存於心中，高昂的創作意念驅使詞人將之紀錄於詞作當中，創作的當下，這份情緒便流入於文字，詞人也因抒發而得以平緩心情。詞的多情特質源於詞人的多愁善感，這份多愁善感本身即具有詞人主觀的意識，詞人依據自己的情緒進而選擇適合這股情動的景物作為載體，這段將情移入景（載體）的過程，即是所謂的「移情」作用。「緣情寫景」的主要流動過程由「移情」為推力，而附著上情感的景（載體），也順其自然產生了「以我觀物」的「變形」，而這樣的「變形」是詞人依主觀情緒自動改造的，此手法在修辭中被稱為「聯想」，郁沅如此解釋：「『以我觀物』往往使審美對象受主體意志的改造而變形。這種變形，實際上是觀照主體因激情而致幻的聯想。」〔註21〕教育部國語辭典對「聯想」一詞釋義道：「由於某個概念而引起其意識涉及到其他相關的概念。」〔註22〕「聯想」活動於心理層次，將兩者或兩者以上的概念建立起相近或相同的關係全由個人的主觀意識來主導，「緣情寫景」的「以我觀物」正是如此，詞人擁有相異的聯想力，同一彎弦月，有人賞出了欣慰，有人品出了惋惜，所謂「情喜物喜，情悲物悲」，外在景物因人的情緒意識產生了移情作用，再透過聯想表現於文字當中，景物著上了「我」的情緒色彩，讓景物成為與人相同的存在，於詞作中鮮活起來。朱淑真《菩薩蠻》詞中一句：「多謝月相憐，今宵不忍圓。」讓這彎缺月化作知己，慰藉著這位因情所愁而夜半失眠的孤寂女子。月的陰晴圓缺本是自然常態，然而當觀照主體（女子）將其孤寂移情於缺月，便相當巧妙的讓缺月賦予了人情，伴她於孤單的時光。透過將「缺月」聯想「孤寂」，緣情寫景出獨身一人的痛苦，情與景由「聯想」緊緊相繫，詞人的主觀情緒色彩讓客觀事物成為主觀載體，風花雪月皆成了有情人，於文字中與詞人對話，傳遞詞人的真性情，這份由情生景的形容美，正是司空圖所言之「離形得似」，情與景兩者間的「神似」，讓情感的呈現是由表入裡，層層滲透。詞人所追求的是我與物之間的心電感應，緣情寫景以「神」的共鳴完成了詞人與景物的交流，如同劉勰《文心雕龍・物色篇》中所說：「體物為妙，功在密附。」〔註23〕詞的絕妙之處即是將人情與詞情淋漓盡致的調和於景物之中，而緣情寫景一技，充分的發揮出詞「多情」的神態，造就其瑰麗的抒情文學世界。

（三）情景合一

中國哲學強調「天人合一」，其中最具代表性的莫過於莊子《齊

〔註21〕郁沅，《心物感應與情景交融（下卷）》，（江西：百花洲文藝出版社，2009），頁68。

〔註22〕教育部國語推行委員會，《教育部重編國語辭典》，〈http://dict.revised.moe.edu.tw/cgi-bin/cbdic/gsweb.cgi?o=dcbdic&searchid=Z00000064293〉，2017.01.26。

〔註23〕劉勰，周振甫等注譯，《文心雕龍注釋》，頁846。

物論》的「不知周之夢為胡蝶與？胡蝶之夢為周與？」人之物化與物之人化，在探索思想的同時，文學也於這真實與虛構中誕生。而當文學跳進「抒情」的領域裡，天人合一的思想即帶動了「物我兩忘」的境界。我與物，情與景，與上述「寓情於景」與「緣情寫景」所偏重景或情為主導者不同，在「物我兩忘」中，情與景是呈現一平衡的狀態，兩者等同彼此的存在，這般「同化」的抒情技巧，使物我能同感春夏秋冬、同享喜怒哀樂，朱光潛對物我兩忘的定義有著以下的見解：

> 物、我兩忘的結果是物、我同一。觀賞者在興高采烈之際，無暇區別物、我，於是我的生命和物的生命往復交流，在無意之中我以我的性格灌輸到物，同時也把物的姿態吸收於我。比如觀賞一顆古松，玩味到聚精會神的時候，我們常不知不覺地把自己心中的清風、亮節的氣概移注到古松，同時又把古松的蒼勁的姿態吸收於我，於是古松儼然變成一個人，人也儼然變成一棵古松。總而言之，在美感經驗中，我和物的界線完全消滅，我沒入大自然，大自然也沒入我，我和自然打成一氣，在一塊生長，在一塊震顫。〔註24〕

文學是由大量的經驗積累而成，其中，美感經驗是構成抒情的前置作業。被定義成抒情的文學，總體而言，作者的經歷必定擁有對美的體悟，這種體悟由情感支撐全場，因此作者之情與經驗之情相互融會成了所謂的「抒情」。朱光潛認為要達到「物我兩忘」的境界，最關鍵的正是作者在經驗時的「無暇區別物我」，此時的「我」須具備高度的專注力於「物」，且在無意識下將「我之情」傳遞至物中，再從經由情感洗鍊後的「物之姿」獲得等同彼此的特質，由此特質抵銷物我之界線，成為真正的物我合一。南唐後主李煜名作《嗚夜啼》：「林花謝了春紅，太匆匆，無奈朝來寒雨晚來風。胭脂淚，留人醉，幾時重。自是人生長恨水長東。」全詞圍繞於「林花」而作，從林花匆匆謝去

〔註24〕朱光潛，《文藝心理學》，（臺南：大夏出版社，2001），頁12。

春紅，又經風吹雨淋，最後不可抗力的凋落滿地，這段花開花落的過程，本應是大自然的更迭，但於李煜的眼中這份無能為力的感觸就成了創作的契機，已退盡美麗外表的林花，雖飽受風雨摧殘，卻落英繽紛，直至最後一刻仍不忘綻放的初衷，但不敵凋零的結局是如此的無可奈何，這般林花的遭遇同時也代表著李煜的嘆息，林花與李煜，一物一人，如孫康宜評此詞：「即使是外在世界也可以和個人內心悲意交織成一片。」〔註25〕物我合一使林花與李煜同享一份情感，將「林花謝了春紅」之景與「太匆匆」、「無奈」、「胭脂淚」之情相互交融，〔註26〕詞人透過物我的協和，以中國獨到的審美視野，經由物我合一的境界一展抒情藝術風采，成為中國抒情文學裡的千古絕唱。

葉嘉瑩將詞依據美感特質分為三種類型：「歌辭之詞」、「詩化之詞」與「賦化之詞」。之所以將之分類，他認為詞有三種不同類型的美感特質，要用適合它的眼光來欣賞它。〔註27〕每首詞誕生的時代與社會背景或同或異，不能只以一種標準來評判它們，於是在處理詞中情景關係時，一首詞可能就同時具備了「寓情於景、緣情寫景、情景合一」的特色存在。令詞這一類別的詞，具有「歌辭之詞」與「詩化之詞」的特色，這與其演進有關，詞創之初多用以宴饗之中，詞人創作交予歌女傳唱，於是如溫庭筠、韋莊、馮延巳等詞家皆具有「雙重性別」或「雙重語境」的美感特質，葉嘉瑩引宋人李之儀（1038～1117）所言：「意盡而情不盡」正是令詞給予人的後韻之美，他說：「我把這些聯想都說了，而你的體會、你的玩味，那種餘音繚繞，仍然是在那裏了。這就是小詞的美感作用。」〔註28〕意象與聯想的修辭運用，不僅是「歌辭之詞」常見的技法，「詩化之詞」所呈現的美感特質：「感

〔註25〕孫康宜，李奭學譯，《晚唐迄北宋詞體演進與詞人風格》，頁114。

〔註26〕李慕如主編，王貞麗等編著，《實用詞曲選——賞析與創作》，（臺北：五南圖書出版公司，2006），頁21。

〔註27〕葉嘉瑩，《照花前後鏡：詞之美感特質的形成與演進》，（新竹：清華大學出版社，2007），頁183。

〔註28〕葉嘉瑩，《照花前後鏡：詞之美感特質的形成與演進》，頁61。

物言志」同樣建立在兩者中，「詩化之詞」由南唐李煜開始發展，這時的令詞一反「歌辭之詞」不明說的特質，而是將自我的思想、情感與遭遇作為創作主體，完美的展現詞「多情」的面貌。無論是「歌辭之詞」抑或「詩化之詞」，都是令詞所呈現的一種審美面向，詞人利用情與景關係的變化展示抒情的美感體驗，情景所創造的藝術境界也提供中國美學審美抒情文學的一道橋樑，詞人的「感物」代表著詞人對世間萬物與自身之「情」的領悟，情景於文字中交會，其中之美，不言而喻。

第二節　「物哀」亦是情哀

一、「物」與「哀」

《一代茶聖千利休》電影中的結尾處，千利休（1522～1591）寫下了兩句詩為其一生畫下句點：「槿花一日自為榮，何須戀世常憂死。」出自白居易（772～846）《放言五首》中的詩句，淋漓盡致的道盡了日本最高的美學境界：瞬息之美。稍縱即逝，天性具有悲劇的色彩，而正是這短短的一瞬，造就了無數極致之美，存在的短暫，能完全激發出最動人的精彩。煙火綻開瞬間的扣人心弦、櫻花隨風飄落的繽紛奪目、窮其生命的陣陣蟬時雨〔註 29〕，魯迅曾說過：「悲劇在於將有價值的東西毀給人看。」越是令人在意的事物，當其毀滅時所感受的衝擊越是驚心動魄，而悲劇最易引發人心深處最樸直的人情，純粹的人情也正是孕育「物哀」美學的奠基。「物哀」一詞的出現，不僅開啟日本的審美意識，同時也是日本抒情精神的代名詞。日本所有文藝的發展與「物哀」息息相關，抒情因子是其民族

〔註 29〕松村明監修，《デジタル大辞泉》：「蝉時雨（せみしぐれ）：多くの蝉が一斉に鳴きたてる声を時雨の降る音に見立てた語（大量的蟬群起鳴叫宛如夏日午後陣雨聲）。」，小学館，〈http://dictionary.goo.ne.jp/jn/125133/meaning/m0u/%E8%9D%89%E6%99%82%E9%9B%A8/〉，2017.03.29。

來自血液裡的先天特質，他們擁有敏銳細膩的觀察與感受，透過剖白式的抒發，講究最真實的「物心人情」。「物哀」由客觀之「物」與主觀之「哀」形成獨特的審美關係，以「哀」這個感應動作為始，開啟藝術的連鎖反應。在日本文學領域中，「物哀」精神貫穿整個文學史，自古代至近代，舉凡和歌、物語、隨筆、俳句，無論抒情或敘事形式，皆以「物哀」為藝術之宗。「物哀美學」透過「哀」的涵義、「物哀」概念的建立與「知物哀」境界的追求，在東方以含蓄為特色的美學世界中，嶄露其纖細幽美的抒情色彩，定義出日本獨有的審美觀與創作風格。

（一）哀（あわれ）

現今日本所使用的文字，是由假名文字與漢字所組成。最初的日本，是沒有文字的，與中國唐代的交流，使日本開始以漢字作為書寫的媒介。但畢竟是隔海一方的兩個民族，語言系統大相逕庭，因而古世日本所援引的漢字已不存在本身的意義，只取其音，作為符號使用。直至平安時代，假名文字的始創，讓日本終於有了代表大和的文字，進入日本文藝復興的重要時期。「哀（あわれ）」於原始歌謠中，以漢字寫作「阿波禮」，表音「aware」，是一個表「感嘆」的語助詞。到了平安時代，以假名文字「あわれ」示之，同時也以漢字「哀」作為輔助的標記。雖然「哀」對於中國而言有著悲哀、傷痛的涵義，但由日文對「あわれ」的定義來看，日本所謂的「哀」即是指所有人心應有的情緒，包含感動、喜悅、哀愁、憂鬱，是所有日本美學的基礎，是內心活動的起始，感動的關鍵。久松潛一曾言：「初始的『あわれ』是指一切令人感動的情境，後來因美學意識的覺醒，『あわれ』被賦予專指情趣的意義。」〔註 30〕在原始歌謠中的「哀」是純屬感嘆詞的存

〔註 30〕久松潛一，《日本文學評論史》：「初めはすべての場合の感動であったのが、後には美の意識が自覚されるにつれて『あわれ』の意義も限定されしみぐとした情趣をさすやうになった。」，（東京：至文堂，1936），頁 55。

在，等同於中文裡的「啊！」、「嗚呼！」的用法，而進入短歌的時代後，「哀」的意義，從語助詞升格成為美學的概念，具有表示情感的作用。短歌是日本文學與美學的載體，自祝禱文學演變而來的短歌，在還未受到漢學影響前便已形成，即便遣唐使為日本帶來了政治制度的革新與漢學的熱潮，但對於已發展出「哀」美學觀的短歌而言，漢學與漢詩只是增進短歌技法的借鑑，而其抒情本質則毫無動搖，因此短歌保存著大和之美最純粹的精神。王向遠說：「日本的『神道』是一種感情的依賴、崇拜與信仰，是神意與人心的相通，神道不靠理智的說教，而靠感情與『心』的融通，而依憑於神道的『歌道』也不做議論與說教，只是真誠情感的表達。」〔註 31〕「哀」所講究的即是「真誠情感」，進而吟詠短歌，不必在乎社會的道德規範，只求內心真實的抒發，正如本居宣長所言：「『阿波禮（あわれ）』這個詞有各種不同的用法，但其意思都相同，那就是對所見、所聞、所行，充滿了深深的感動」〔註 32〕。

（二）物哀（物のあわれ）

「哀」指人心最真實的情感，是主觀的內心活動，範圍涉及所有的情緒，是較為曖昧的美學概念，因而本居宣長將「哀」視為感情主體，加上「物（もの）」作為抒情對象，用以限定「哀」的感情範疇，形成新的「物哀（物のあわれ）」美學概念。王向遠言：

> 在「物之哀」中，「物」與「哀」形成了一種特殊的關係。「物哀」之「物」指的是客觀事物，「物哀」之「哀」是主觀感受和情緒。「物哀」就是將人的主觀感情「哀」投射於客觀的「物」，而且，這個「物」不是一般的作為客觀實在的「物」，而是足以能夠引起「哀」的那些事物。並非所有的「物」都能使人「哀」，只有能夠使人「哀」的「物」才是「物哀」之「物」。「物哀」本身指的主要不是實在的「物」，

〔註 31〕王向遠，《日本之文與日本之美》，頁 130。
〔註 32〕本居宣長，王向遠譯，《日本物哀》，頁 159。

而只是人所感受到的事物中所包含的一種情感精神。〔註33〕

「物」相對於「哀」而言是客觀的存在，是牽制「哀」的引線，但反過來又受到「哀」的主觀感情影響，必須在能引發「哀」的前提條件下，「物」的概念才能成立，於是本居宣長進一步說明「物哀」之「物」是由感知「物之心」與「事之心」而來，他說：「世上萬事萬物，形形色色，不論是目之所及，抑或耳之所聞，抑或身之所觸，都收納於心，加以體味，加以理解，這就是感知『事之心』、感知『物之心』。」〔註34〕在「物哀」的美學觀中，「物」存有與人心相同的「有情」精神，因此「物」才能有感動人心的引力，再經過「哀」的體會與理解，通達真實的人心與人情，成為純粹的抒情審美意識。「物哀」講求「物心人情」的境界，真誠地反映個人的感官與感受，任何會干擾內心作出「偽裝」的事物，皆無法成為「物哀」之「物」。在《源氏物語》中，光源氏的內心不存在政治、倫理、教化，他有的只是一顆為愛而生的，將滿腔愛意託付於歌，向其所愛吟詠真摯。因此，「物哀」有著與世俗不同的善惡觀，本居宣長說：

對於所見所聞的一切事物，覺得有趣、可笑、可怕、稀奇、可憎、可愛、傷感等一切心裡活動，都是「感動」。對於這些事物，好的就是好，壞的就是壞，悲的就是悲，哀的就是哀，就是要讓讀者感知這些事物的況味，感知「物之哀」，感知「物之心」，感知「事之心」。〔註35〕

「物哀」的善惡取決於「是否理解人心」，由世間萬物所引發的喜怒哀樂，將其真實地呈現出來，使人能感同身受其中的愉悅或悲泣，這即是「物哀」所認知的善。日本文學強調「心」的存在，是有情、知情進而抒情的過程，而推動情感的力量，則是由「物哀」提供。鈴木修次說：「日本文學之於『物哀』，原指文學的發生來自於心動，雖然促使心動的條件範疇較為廣泛，但其中也有幾種情境最易引發『物

〔註33〕王向遠，《日本之文與日本之美》，頁142。
〔註34〕本居宣長，王向遠譯，《日本物哀》，頁66。
〔註35〕本居宣長，王向遠譯，《日本物哀》，頁32～33。

哀』，即是戀情、幻境與無常。」〔註 36〕最易引發「物哀」即是最易引人「心動」，其中戀情、幻境與無常的感受最能觸發人心的感動，而這些題材也成為日本抒情文學的主流。短歌的文學本質即是「詠嘆」，本居宣長說：「在情有不堪的時候，自然就會將感情付諸言語，這樣吟詠出來的詞語，有了一定的節奏長度，就具備了『文』，這也就是『歌』……歌是出乎於『情』之物。因出於『情』，則易感物興嘆，『物哀』之情尤深。」〔註 37〕短歌的發生源自於「物哀」，人心因「物哀」而「情有不堪」時，就會抒發於歌，於是當人陷入戀情、幻境與無常之境時，最易詠歌，這也是短歌中多為戀歌的原因。因此，在文藝興盛的平安時代，短歌的作用絕多數是作為與心儀對象交流的「情書」，尤其是《古今和歌集》，可說是平安時代人們的「戀愛經典」。然而，當「物哀」所強調的「物心人情」反映於戀情時，也容易使悲劇產生。世事難料，單戀帶來的焦躁與煩惱，失戀帶來的怨憤與痛苦，雖然也有熱戀的歡愉，但喜與悲所帶來的情感力量，悲感總是略勝一籌，本居宣長說：「在人情中，有趣之事、喜悅之事較輕、較淺，而憂傷和悲哀之事則較重、較深。」〔註 38〕因而平安時代的「物哀」，散發著以悲為美的氣息，歌人的心思是細膩的多愁善感，對於「瞬息」之物極為敏銳，憐惜著世間萬物凋零的美麗。

鄭民欽說：「（物哀）這種人性的體驗，實質上是美的體驗，感受人性之美即是物哀之美。」〔註 39〕順應人性是「物哀」的宗旨，無論愉悅或哀愁，都是一種美的體現。本居宣長將「物哀」作為日本的審美精神，

〔註 36〕鈴木修次，《中国文学と日本文学》：「『もののあわれ』は、元来は心がゆらめきさえすればそれが文学になるという、まことに無限定なおおらかさを持つものであるが、『もののあわれ』が発動しやすい場というのは、おのずからある。それはたとえば、恋とか、はかなさとか、無常とかの場において、『もののあわれ』はいちだんと発動しやすい。」，頁 79。

〔註 37〕本居宣長，王向遠譯，《日本物哀》，頁 164、226～227。

〔註 38〕本居宣長，王向遠譯，《日本物哀》，頁 53。

〔註 39〕鄭民欽，《和歌美學》，頁 57。

建立日本抒情文學的美學體系，與漢文化分庭抗禮，雖然在其論述中，極力排除漢學對日本文學的影響，多少有主觀色彩的偏頗，但透過他的定義，日本審美意識得以開創，這般貢獻，使日本走出獨有的美學道路。

（三）知物哀（物のあわれを知る）

日本文學審美觀的源起與古世神明崇拜的民族性有關，高須芳次郎認為大和民族的本質特色有二：一是對神擁有濃厚的敬愛之情，並認為神明也有著「人情味」；二是鍾情於自然萬物。〔註 40〕短歌是日本文學的開始，而身為短歌前身的祝禱文學正是大和民族對神明的表徵，在這些祝禱的詩歌中，神明是同時擁有神格與人格的存在，懂得人情富有人心，且在日本人眼中，自然萬物皆能成神，於是構築出一個唯美的「有情世界」，這般觀念直接影響了整個日本文學與美學的精神，培養出「知物哀（物のあわれを知る）」的審美意趣。

「哀」根植於內心，是天生具備的喜怒哀樂，而「物哀」則是對人性真實的呈現，然而「物哀」卻不是人人輕易能做到，其中的關鍵在於「知物哀」。「知物哀」是「物哀」美學的「開關」，既是引入「物哀」的源頭，更是導出「物哀」的最終境界。「知物哀」的「開」即是對萬事萬物能有所「感」，本居宣長言：「所謂『感物』，就是『知物哀』。所謂『感』，不是通常所認為的只是對好的事物的感知。『感』字，注釋為『動也』，有『感傷』、『感慨』等意，系指對萬事萬物都有所觸發，心有所動……或喜或悲，深有所感……也就是『知物哀』。」〔註 41〕前面提及所謂「物哀」之「物」是必須擁有「物之心」或「事之心」才能成立，而如何能分辨「物」是否擁有「心」，就需要由「感知」而得，因「物」而心有所感、有所動，並且於「情有不堪」時，訴諸於文字，將內心實感誠摯展現，即是「知物哀」引入「物哀」的

〔註 40〕高須芳次郎，《古代中世日本文学十二講》：「（一）神に対する敬愛の情が厚く且つ人間味が深いこと、（二）自然愛に徹底せることである。」，（東京：新潮社，1937），頁 41。
〔註 41〕本居宣長，王向遠譯，《日本物哀》，頁 145～146。

審美過程與抒情體現。文字富有「物哀」，不僅透露出日本獨有的審美意識，也同時具有感動人心的力量。此時文字的感動力，使其轉化為另一層次的「物哀」之「物」，讀者因而感動，而得以「知物哀」，這正是「物哀」美學所追求的最終目標與境界。短歌創作的用意正是如此，要能吟詠短歌，歌人本身必須具備著「知物哀」的視野，於是在抒發的過程中，「物哀」之情自然流露，其中真摯的人性，即能使人「知物哀」。本居宣長言：「和歌、物語則不對人情的善惡加以區分，只管寫出自然真實的人情，將種種人情真實地呈現出來，使讀者了解人情實態並『知物哀』。」〔註 42〕「物哀」的「哀」是純粹主觀感性的美，由「物」來使其具有客觀的審美性，而「知物哀」運用「知」的理智元素，使「物哀」不一味膠著於感情中，而是能根據「物哀」呈現的「實態」，從中理解並寬容「人情」，因此日本抒情文學不會針對人情的善惡作出批評或訓誡，反而能從「知物哀」的審美思維中，得到一種心靈的修養與解放，於是本居宣長認為：「世人各有自己的身分與立場，將自己的所思所想付諸和歌，使讀者、聽者有歌之心，這就是歌之大；只有對人情有深刻的感知，才能為事為人棄惡從善，這就是『知物哀』之大用。感人心而『知物哀』，自然就會設身處地以人正己，以人律己。」〔註 43〕當人陷入濃厚的情緒時，通常會遵循自己內心的渴望來行動，這是自然的人性，因此對這些由自然人性觸發的人事物應有所體諒與理解，並懂得「知物哀」，正如王向遠所言：

> 「物哀」與「知物哀」就是「感物而哀」，就是從自然的人性與人情出發、不受倫理道德觀念束縛、對萬事萬物的包容、理解、同情與共鳴，尤其是對思戀、哀怨、寂寞、憂愁、悲傷等使人揮之不去、刻骨銘心的心理情緒有充分的共感力。「物哀」與「知物哀」就是既要保持自然的人性，又要有良好的情感教養，要有貴族般的超然與優雅，女性般的柔

〔註 42〕本居宣長，王向遠譯，《日本物哀》，頁 107。
〔註 43〕本居宣長，王向遠譯，《日本物哀》，頁 237。

軟、柔弱、細膩之心，要知人性、重人情、可人心、解人意、富有風流雅趣。用現代術語來說，就是要有很高的「情商」。這既是一種文學審美論，也是一種人生修養論。〔註 44〕

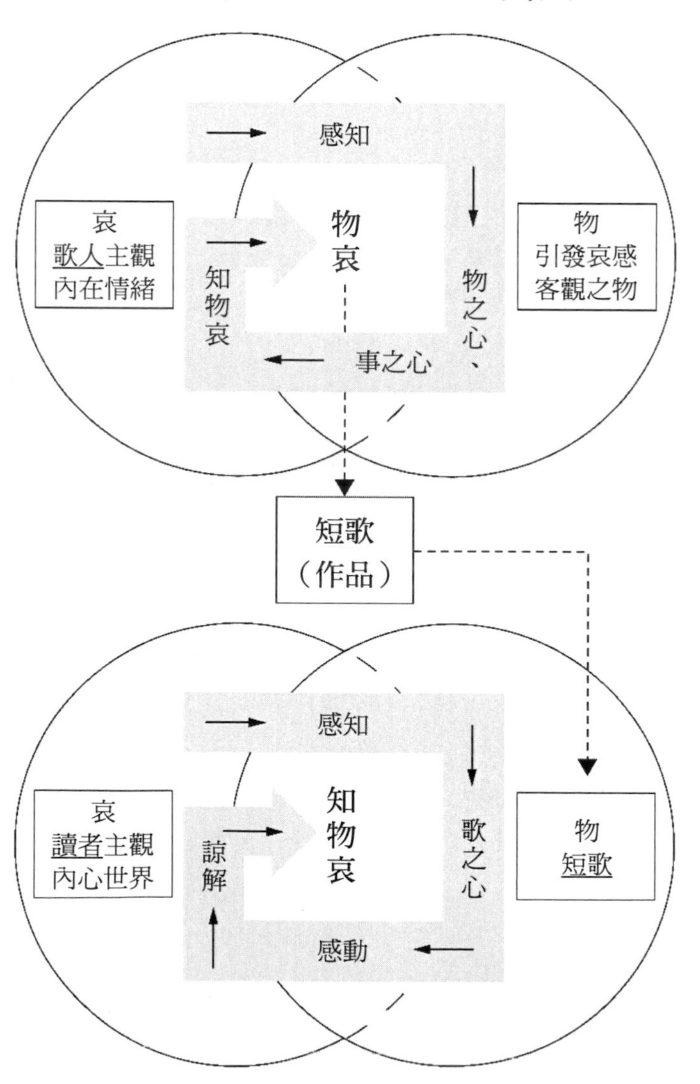

圖 3-2-1　物哀作用圖（研究者自行整理）

〔註 44〕王向遠，《日本之文與日本之美》，頁 126。

二、歌姿中物哀的審美體現

短歌的內容主要由心、詞、姿所組成，心蘊含著「物哀」，代表著文學的精神所在；詞運用著技法，表徵著文學的形象；姿則是心詞合一後，所呈現的文學姿態。本居宣長說：「所謂『和歌』，重要的是使他人聽之而感知物哀，並為此而追求用詞的文采、聲調的優美，此為和歌的本然，神代以來一直如此。讓聽者感動，自己的心也便釋然；聽者不感動，自己則無法盡興，這是自然之理。」〔註45〕歌人秉持著「物哀」與「知物哀」的審美視野，將己心之情，付諸詞采，化成獨一無二的「歌姿」。上述中曾提及，「物哀」最常體現於「戀情、幻境與無常」三種情境，而這三種體會正是個人內在情心十分幽微的感觸。《古今和歌集》問世的平安時代，攝關政治讓社會重心走向上層階級，貴族女性得以進宮，連同假名文字的使用一併帶起風潮。即使朝政上依然以漢詩文為媒介，但下朝後的生活則是走出了日本自己的文藝之路。貴族是當時的權力中心，吸收著來自各方的文化，去蕪存菁，培養出脫政治性的文學自覺意識，大量舉行「歌合」遊宴，於閑雅的交流中，成就日本特有的王朝文學。國風文化由這些貴族所推動，承襲著古世以來的情感本位，依循著內在情心所釋放的「物哀」精神，再加上富裕的知識環境，練就出一批擁有技法與文采的有情人。平安時代的歌人，對於自然山水與人文風趣有著細膩的感受，他們獨到的眼光，總能在吟詠短歌時，從生活的小細節品味出個人生命的韻味，或悲或喜，人情使然。於是《古今和歌集》所收錄的短歌即從人情出發，將歌人們所擁有的「哀」與引發其「哀」之「物」為題材，作為和歌集的主要分類，而其中以「四季」與「戀情」作品數最多。

四季更迭、陰晴圓缺、潮起潮落，千變萬化的自然風景，遵循著生命始與終的規律，不斷輪迴，然而在有情人眼中，所有的物換星移，皆是一次感動的瞬間，世間萬物，皆是觸景生情的關鍵。如同猿丸大

〔註45〕本居宣長，王向遠譯，《日本物哀》，頁168。

夫於紅葉滿佈的深山中所聽聞的那聲悽悽鹿鳴，放眼望去的豔紅，卻是萬物凋零的開始，哀悼般的鹿鳴聲，使歌人不禁吟詠出的「秋是悲情（秋は悲しき）」的感概；又像是紀貫之於梅花盛開的春季，聞著那一如往昔的芬芳梅香，卻引出「人心難解（人はいさ　心も知らず）」的體悟，將善變的人心與不變的花香兩相對照，於輕巧的語調中，體察出細微人情的所在；又或是小野小町自櫻花的易逝與春雨的綿延，嘆息道「櫻花美麗的春色多麼短暫（花の色は　うつりにけりな）」，將花比人，盛開的櫻花敵不過春雨的綿長，瞬息即落，從中哀惜時光易逝、容顏易老。短歌裡的自然景象，蘊藏著歌人深刻的情心力量，自然之「物」與人情之「哀」編織著濃醇的幽玄之美，將物之心化作意象，娓娓道出歌人們的真摯。

平安時代的宮廷中，各色貴族女性生活於此，而當時文藝交流風氣興盛，相關活動的舉行不僅限於男性，女性也擁有自己的文藝沙龍，才俊閨秀相互切磋，欣賞之餘，情愫也悄然上心，私下以短歌互遞情書，譜出一段段動人心弦的戀曲。然而，戀情總是悲歡離合交織，有甜蜜更有悲痛，「戀」是所有情緒中最易心動的情感，因此短歌中描述最多的，正是無數美麗又哀愁的戀歌。每一首戀歌皆是一幅細緻的袖珍畫，透過景物的特寫，完整描繪出情感的細節。情史豐富的貴公子在原業平，對待每段戀情皆是全力以赴，將滿腔的愛與恨寄託於短歌中，一段戀情的結束，一次故地重遊，滿目的物是人非，使其問著「月色是否依舊，春日是否一如往昔（月やあらぬ　春や昔の　春ならぬ）」，然而心中卻明白景色與過去並無不同，甚至「我仍舊是原來的我（わが身ひとつは　もとの身にして）」改變的只有離去的「妳」。歌人戀情之「哀」，因月色與春日之「物」而憶起過去，昔與今，不變與變，不須多餘的舖敘，失戀的情緒滿載其中。另一首凡河內躬恆的戀歌，則是講述著傾慕的甜蜜負荷，初冬時節，一聲清脆的雁鳴，如同那位女子的悅音，自從那次偶得聽之，心已淪陷，望著「這片雁鳴滑過的天空，似乎乘載著思念的煩躁呢！（中空にのみ　物を思ふかな）」歌人暗戀的煩惱姿態，透過雁鳴與初冬的天空託付著曖昧的情愫，所見所聞皆是對方的美好。

短歌擁有著歌人寄託的「心」，由「哀」與「物」相互作用而來，並保有「知物哀」的底蘊，讓文字散發著動人的能量。自然「物」界與情心「哀」界，不分孰輕孰重，而是以「感動」為要，能有所感、有所動，才是大和民族崇尚的精神所在。日本文學以抒情為傳統，吟詠是他們至情至性的舉動，透過短歌使人知曉真實的人情與人心，經由體會與諒解，開出美麗的「物哀」之花。

第三節　景語皆情語

王國維《人間詞話》中言：「昔人論詩詞，有景語、情語之別，不知一切景語皆情語也。」景與情是構成文學的兩大元素，而抒情正是將個人內在情心映照於外在事物，由景生情與情生景的外感內應循環中，達到天人合一的審美境界。王國維強調唯有真情才能誕生感動人心的文學作品，詞人窮盡心中所有幽微深隱的情思，將其含蓄委婉的揉化於文字當中，呈現個人生命裡每段值得記憶的歲月，或寓情於景，或緣情寫景，或情景合一，詞人穿梭於各種情景互生的關係中，將滿腔情意，真切的表達出來。「人」是抒情的主導者，而「景」與「情」則是抒情的化學公式，其中以「感」作為抒情的催化劑，調配出充沛的抒情能量，再經由文字，釋放所有詞人乘載於心中的深情。姜文清說：「創作不是出於對客觀世界的『模仿』，而是從主觀世界對客觀世界作出『感應』而開始的。」〔註46〕外在之景透過詞人的感應而得到情的渲染，擁有了人情，陪伴詞人渡過悲歡離合。這般賦予景物人情的過程，使其形成豐富的意象，為詞人述說著情意，成為審美意識的建立。詞人運用象徵，為客觀之景託付一份主觀之意，進而成「象」，連結了外境與內境的意識相融，形成富有藝術性的情景交融境界。

〔註46〕姜文清，《東方古典美：中日傳統審美意識比較》，頁136。

日本短歌所呈現的「物哀」審美意識，是日本抒情文學傳統的重要概念。對於「物哀」而言，「物」的存在不只是指客觀世界，同時也具備著與人情相同的「心」，因而能與人產生共鳴，引發內在世界的「哀」。「物哀」所生成的美學境界是由「知物哀」的個人內省而來，歌人透過感知世間萬物之「心」，化為文字抒以真實的人情，將自身從「哀」的情有不堪中解脫，凝鍊成短歌中的歌之「心」，並使讀者能有所理解、體諒，從中獲得「知物哀」的情感修養，給予世間最為寬容的「物哀」之美。感嘆，是短歌的原質，也是「哀」的元素。當一個人發出「感嘆」，必定是在震撼之時，這是十分短暫的內心衝擊，因而短歌呈現的內容，不是大場面的鋪敘，而是飽含細膩情感的瞬息畫面，透過精巧的詞采與技法，充分展現歌人心動的剎那。「物哀」的「物心人情」促使短歌的「心詞合一」，不過度濫情，而是恰如其分的將情感的真摯分布於歌，透過調和內在心象與外在物象而成的「意象」，使其具有女性般柔和與含蓄的幽玄之美。短歌中體現「心詞合一」的意象，是歌人紓解的橋樑，也是讀者修養的依循；是歌人「知物哀」後的情語，也是讀者「知物哀」的景語。

詞境的情景交融與歌姿的物哀之美，雖然兩者皆是討論情與景的關係，但其中卻存在著作用的差異。前者在情與景的作用裡，從外感內應至最後形成「詩的世界」，整個過程全由作者獨力完成，作用的對象只往復於詞人主觀內心世界與外在客觀世界之間；後者在「哀」與「物」的作用裡，著重於歌人與讀者間的「知物哀」，歌人因情有不堪而歌，是自然之舉，而讀者透過諒解歌人因何情有不堪，才能體會世間人情的本質，擁有認知真實「物哀」的視野。因此，在情景交融與物哀美學的作用後生成的境界中，「意象」作為連結情與景的媒介，於兩個審美觀裡，有著方向性的不同。詞境裡的意象，由詞人主觀意識所賦予，必須由詞人主動與景互動，進而得出象徵；而歌姿中的意象，因「物哀」對「物」本有「心」的定義，使外在之景與歌人之情存在對等並相互吸引的關係，歌人心中的「哀」與「有心之物」相遇，相互共感，於「知物哀」中調和化作意象，連繫歌人與讀者間「知物哀」的共鳴。對於詞體與短歌而言，抒情是創作的根源、審美的起始，兩者皆強調所抒之情必以「真」為本，前者寄託著詞人的赤子之心，後者託付著歌人的知曉世情。透過前者的含蓄，後者的細膩，以短小的形式，濃縮滿腔情意，感動著古今中外的人心。雖然兩者抒情的過程與目的有所差異，但抒情所創造的給予人們得以傾訴的空間，造就詞體一代文學與短歌文學之宗的地位。

表 3-3-1　詞境與歌姿抒情美學對比表（研究者自行整理）

	詞　境	歌　姿
美　學	情景交融	物哀
抒情本質	真	
抒情過程	外感內應	知物哀
抒情對象	作者→外在世界	作者→物（歌）之心←讀者
審美境界	天人合一	心詞合一
意象形成	由人主導的互生關係 （情生景與景生情）	人情與物心的調和關係 （物心人情）

第四章　綢繆宛轉：晚唐迄北宋的詞人與令詞

龍沐勛言：「詞是依附唐、宋以來新興曲調的新體抒情詩，是音樂語言和文學語言緊密結合的特種藝術形式。」〔註1〕詞的音樂性，讓詞擁有先天性與眾不同的抒情模式。包含詞人生命情調的同時，也兼具以音律表達抽象情感的特性，好比現今的流行歌曲，朗朗上口之餘，更因曲風相異，賦予其抒發所有喜怒哀樂的能力。如同琦君（1917～2006）所說：「我想詞之所以比詩婉曲多姿，還是與詞的合於音律有關。歌唱能唱出心聲，九曲迴腸的纏綿情意，必須以一唱三嘆的音樂傳達。」〔註2〕音樂語言與文學語言的緊密結合，使詞體能凝聚於一份情感，反覆去重現其色彩，蔣勳（1947～）曾說：「凡是與音樂、音律配合得比較密切的文字，都會形成「婉轉」。所謂「婉轉」，其實就是對感情進行反覆的討論。」〔註3〕詞所形成的文學世界是精闢入裡的，它不與詩爭奪廣闊的氣勢，而是反過來紀錄生活中一件平淡無奇卻格外珍惜的小事，是一種個人情心與宇宙世界交融的視界，往心裡面深度思索的自省創作，因而在短小的形式裡，「一唱三嘆」的音

〔註1〕龍沐勛，《倚聲學——詞學十講》，頁189。
〔註2〕琦君，《詞人之舟》，（臺北：爾雅出版社，1996），頁21。
〔註3〕蔣勳，《說文學之美：感覺宋詞》，（臺北：有鹿文化公司，2017），頁63。

樂性，不斷的為感情進行反覆的討論，完整展現其柔性藝術的綢繆宛轉。

詞透過音律開啟一代文學的發展，晚唐至北宋期間不僅是詞體的啟蒙，同時也是詞體邁向藝術境界的關鍵期。在此期間，令詞充分吸收了「婉轉」的本色，講究純粹抒情的內在激發，由民間的通俗曲，晉身為雅致的文人詞，不做冗長的敘事，而是將情感直接投影成一個畫面，宛若電影般，以各種感官效果表達真摯的情意。晚唐至北宋是令詞的天下，由初萌至全盛，發展相當迅速，晚唐花間詞派為令詞開了先鋒，至五代一反「代言體」，轉向個人情思的完全抒情化，最後於北宋成熟令詞的藝術價值。此章將根據詞體的演進與詞人風格劃分為晚唐五代與北宋兩時期，其中北宋時期特別將女性詞人提出一節論述，探究兩個時期共十二位詞人與令詞的藝術體現。

第一節　晚唐花間詞的穠纖軟語與五代詞的直率感性：溫庭筠、韋莊、馮延巳、李煜

一、晚唐花間詞的穠纖軟語：溫庭筠與韋莊

詩歌歷經初唐，發展至李白、杜甫、李商隱等詩人，其成就與價值已達到高峰的境界，隱喻修辭的要求越發艱深晦澀，民間已然無法流傳。此時新興的娛樂文化帶給了民間一股新的力量，酒樓事業大量開展，聽歌伎唱小曲蔚為風潮，人人得以附庸風雅一番，各式宴饗場合無不以此為助興，於是原出自歌伎樂工的通俗曲，逐漸為士大夫所關注，當「俗」遇上了「雅」，兩者間的距離一拉近，便會誕生新的藝術形式，文學將它稱之為「詞」。

晚唐是文人填詞試水的時代，創作的動機多來自娛樂的需求，文人填詞交由歌伎傳唱，於宴饗中相互切磋欣賞，間接促成另類的藝文活動。既然詞是用唱的，填詞的文人也必須具備高度的音樂才能才得以信手捻來，為了讓歌伎在文藝場合裡唱的優雅，富有音樂才能的文

人們開啟了填詞的雅興，文學史上第一部詞集《花間集》即是集結了這些「詩客曲子詞」，以供「南國嬋娟」們於筵席上演唱的歌詞集。用於娛樂場合的歌詞，其內容想必得符合大眾的口味，風花雪月、兒女情長，這些以「情愛」為題材的詞作，上得了宴饗卻仍然為「文以載道」的文人所鄙俗，即使創作也是偶一為之，而在此境象下，溫庭筠獨排眾議，專心致志於填詞中，將帶有「艷麗」色彩的令詞，闖出一片屬於詞體的天下，其描寫閨閣生活的「代言體」特色，影響了許多「花間詞派」的詞人，而他們共同建立出的「情愛」意識，也成為詞體在藝術表現上的著力點，以「柔媚」著稱的花間詞風，也將詞體的創作趨勢領向了內在情心的抒發。而除了開啟花間詞風一派的領銜者溫庭筠外，另有一位將艷麗風格再造新意的詞人，他如萬花叢中的那一點綠，打破花間詞一貫的香豔富麗，以清新疏淡下開詞體新風格。這兩位無疑是詞史上為詞體打下根基的重要功臣，接著將以兩位詞人與令詞的關係做個別論述，了解詞體是如何於晚唐時期開始深根茁壯。

（一）照花前後鏡：溫庭筠令詞中的精艷絕人

1. 才高卻累身，轉將才情為側艷之詞

溫庭筠，原名溫岐，字飛卿。雖長的其貌不揚，但其文采斐然，才情洋溢，作詩與李商隱並稱「溫、李」，作詞與韋莊並稱「溫、韋」，是文學史上第一位兼具詩人與詞人身分的作家。他一生坎坷，原是初唐宰相溫彥博的後裔，但至其父輩便家道中落，自幼聰穎過人，且學習努力，又文思敏捷，叉手八下便能成詩，當時人們稱其「溫八叉」。他常於考場中當槍手，讓當時的監考官相當感冒，甚至請溫庭筠代為應試的人，皆能登第，由此可知其才情的厲害，然而溫庭筠也因多次舞弊，次次榜上無名，且其為人不屑豪門權勢，十分痛恨宦官，常常得罪權臣，因而在當時講究權力的時代，更不可能有入仕的機會。正是仕途不遇，讓溫庭筠頻繁流連於燈紅酒綠中，以填詞的熱情消磨官

場失意的際遇。《舊唐書》本傳說他：「士行塵俗，不修邊幅。能逐弦吹之音。為側艷之詞。」溫庭筠將他滿腔文采，貢獻給了歌樓酒榭，在溫柔鄉中尋找慰藉，多才多藝的他，憑藉著深通音律的才能，成為詞史上第一位傾力於填詞的詞人。溫庭筠可謂是多產型的詞人，《花間集》所收之五百闋詞中，即有六十六首出自其手。經過溫庭筠的藝術追求和大量實踐，詞得到了相當的發展。〔註4〕詞到了他，方成為一正式的體裁，用以抒寫自己的熱情和愛慾，於是詞便有了新生命，在韻文史上離開了詩，得到了獨立地位。〔註5〕他的令詞，穩固了詞體於文學史上的地位，使這新興的文體於後來的五代與宋成為一代文學，其音樂優勢所創制的新調，也讓詞體得到更大的表現空間，「花間鼻祖」的稱號，不僅說明了他在《花間集》中的地位，更證明了他對詞體的貢獻是有目共睹的。

2. 講求「弦外之音」的藝術表現

溫庭筠用〈菩薩蠻〉填過許多詞，其中最有名的即是這闋：

> 小山重疊金明滅，鬢雲欲度香腮雪。懶起畫蛾眉，弄粧梳洗遲。　　照花前後鏡，花面交相映。新帖繡羅襦，雙雙金鷓鴣。

周汝昌評此詞：「本篇通體一氣，精整無隻字雜言，所寫只是一件事，若為之擬一題目增入，便是『梳妝』二字。領會此二字，一切迎刃而解。」〔註6〕整闋詞正是圍繞著「梳妝」為題材，寫一位美人夢起遲妝，並於妝後開始一天的女紅，望著繡圖上成雙的鷓鴣紋樣，若有所思。詞中不見悲字，卻透過「物象」傳達出孤芳自賞的「弦外之音」。詞中上片依「梳妝」動作營造出線性的時間流動，從美人未起，再到懶起，一氣呵成，將女子的美貌與慵懶透過物象的「山」、

〔註4〕錢念孫，《中國文學史演義增訂版（貳）唐宋篇》，（臺北：正中書局，2006），頁400。

〔註5〕黃雅莉，《詞情的饗宴》，頁61。

〔註6〕周汝昌，《別人沒教，但你必須知道的60首唐詩宋詞》，頁248。

「雲」、「雪」與動作的「懶」、「遲」，鮮活地呈現出閨房女子嬌柔的畫面感。而女子為何「懶起」，為何「遲妝」，所謂「女為悅己者容」，這些動作無不隱含著女子沒有「悅己者」，既然無人相待，又為何要早早裝扮自己，化妝只是用來打發時間。接著，下片連續上片的梳妝動作，寫妝畢後拿起鏡子檢視妝容，「照花前後鏡，花面交相映。」生動的刻劃出兩面鏡子相互投影出的美麗容顏，然而這般透過鏡子自己看自己，更顯得顧影自憐，寂寞之感油然而生。且看過妝容，拿起欲繡的羅襦，上頭雙雙的金色鷓鴣圖，是那麼的耀眼，但裝扮後同樣耀眼的自己，卻只有一人，瞬間引發的孤獨占滿了思緒。詞中以客觀的視角，將女性姿態維妙維肖的嶄露出來，利用華美的詞藻，簡潔的用語，精巧的物象繽紛的呈現出內蘊，琦君將溫詞特色精闢的歸納了三點：「1. 字眼的色彩濃麗，詞句的組織嚴密。2. 以純客觀態度，觀察女性體態神情，把個人感情完全隱藏起來，正是他含蓄的技巧。3. 詞中多用各種名物，重重疊疊地烘托出一種氣氛。」〔註7〕溫庭筠擅長透過景物來構成言外之意，孫康宜評其風格精妙之處在於使用「言外意的修辭策略」：「作者鏤刻出一幅客觀的圖景，收拾起自己的真面目，所以在閱讀感覺中，言外意更勝過字面義。情景也是自然裸現，而非直接敘述出來。」〔註8〕利用物之意象作為其詞的內容脈絡，行與行、詞與詞之間都存在著以物象相互聯繫的現象，這樣的寫作手法，讓人讀來是撲朔迷離，每個詞語背後所隱藏的深意究竟為何，此點正是溫庭筠詞作歷來為人稱頌的地方。再看其〈更漏子〉：

> 柳絲長，春雨細，花外漏聲迢遞。驚塞雁，起城烏，畫屏金鷓鴣。　　香霧薄，透簾幕，惆悵謝家池閣。紅燭背，繡簾垂，夢長君不知。

詞中，由下片可知詞中主角是位夜半失眠的女子，而女子因何失眠，答案即在「漏聲」。上片巧妙的運用了聽覺的感官效果，埋下「相

〔註7〕琦君，《詞人之舟》，頁32～33。
〔註8〕孫康宜著，李奭學譯，《晚唐迄北宋詞體演進與詞人風格》，頁50。

思」的言外之意。表面上看似描繪著夜晚的靜謐，然而首句的「柳絲長」、「春雨細」與「漏聲迢遞」可以知道在一片靜謐中這位女子仍然察覺到了這些細微的聲音，柳絲因風吹拂而拉長，潤物無聲的細小春雨，更漏冷硬的滴答聲，能清晰聽見這些聲響揭示著女子此時的狀態是極為敏感的，而聽見這般聲響的不只女子，塞雁、城烏同時也被驚起，此句暗寫了第二種聲響：鳥類驚飛的淒鳴聲，幾種聲音交織一塊後，營造了一個極度不平靜的聲音畫面，而如此徬徨的環境下，畫屏上成雙的金色鷓鴣，卻絲毫不受影響，依然甜蜜如舊，這樣的反差顯現了女子焦燥的心情，而焦躁的來源即是「相思」。下片畫面一轉，進入女子華麗的閨房，女子清醒的思緒，使她看見稀薄的煙氣，竟透過簾幕陣陣傳來，然而這般薰香依舊不敵簾中人的惆悵，紅燭燃盡彷彿是替她將淚水流盡，繡簾垂地似乎是為她遮蔽夜晚的涼寒，無情之物尚且如此，但思念之人卻只出現在夢中與她相會，夢縱使再長，醒來後得到的只是一場空。整闋詞皆由一個個意象排列而成，若是只看詞語表象，或許只有「惆悵」、「夢長君不知」幾處能明顯得知情緒，然而溫詞的妙處就是他賦予景物的內在涵義，如孫康宜所言：「溫詞表面上是一團破碎的意象，我們唯有了解他慣用言外之意的填詞方法，重新拼組，才能使這堆意象意蘊更豐。溫詞肌理嚴密，他又善於堆疊與並呈名詞，組織益發細緻，與人的印象更加深刻。」〔註 9〕但由於溫庭筠擅用言外意的技法，這讓後世評論家在鑑賞其詞時，常常會有託喻之意的認知，葉嘉瑩對此現象提出三點解釋：1. 多寫精美之物象，而精美之物象則極易引人生託喻之聯想。2. 所敘寫之閨閣婦女之情思，往往與中國古典詩歌中以女子為託喻之傳統有暗合之處。3. 不作明白之敘述而但以物象之錯綜排比與音聲之抑揚長短增加直覺之美感。〔註 10〕正是這樣容易使人產生託喻聯想的特色，也證明了溫庭筠物象運用的成功，但如琦君所言：「須知五代詞不比北宋末期與南

〔註 9〕孫康宜著，李奭學譯，《晚唐迄北宋詞體演進與詞人風格》，頁 52。
〔註 10〕繆鉞、葉嘉瑩，《靈谿詞說》，頁 39～41。

宋詞，絕無『有寄託入，無寄託出。』的工夫。溫詞即使有晦澀難解之處，也只是文字上技巧，所表現的都不外乎那一點濃情蜜意。」〔註11〕溫庭筠將其滿懷才情投入了填詞中，或許官場上的有志難伸令他苦悶，但換個角度想，擁有無數紅粉知己的支持，也讓溫庭筠找回往日的自信。溫詞運用感性的意象創造出獨特的美學視野，以男子之手化作繞指柔，詞人以他者的角度，將閨房豔情極致的描摹出來，利用「代言體」的優勢，挖掘出男性內心柔軟的部分，過去為「詩言志」所制約的溫柔，在詞體中全然解放。情愛意識的出現，象徵著抒情人性的覺醒，溫詞為文學注入了惟美的能量，彌補了詩體缺少的柔性部分，即使其詞表現的境界略顯單一化，但也不失為建立詞體形式與藝術的元勛，為後世詞人提供豐富的經驗與借鑑。

（二）惆悵曉鶯殘月：韋莊令詞中的勁直真切

1. 生不逢時，轉將飄零之感為追憶之詞

與溫庭筠同為花間派詞人的韋莊，在一片艷麗中的「清疏」宛如一股清流，為詞體風格開創了新的天地。而造就如此「直白」的特色與其身世有著相當大的關係。韋莊，字端己。家境排得上世家大族，然而當他寒窗苦讀，為應舉而入長安時，卻遭逢黃巢之亂，家國一夕傾覆，被迫踏上顛沛流離的人生旅途。親身經歷了戰亂帶來的動盪，為生活四處奔走，親友散離再加上漂泊的際遇，所見所聞滿佈淒涼，這般無依無靠的不安全感，使他寄身於創作，試圖從中排解哀愁。身逢亂世，生計已是困難，誰還能有心顧全娛樂，因此詞體到了韋莊手中，那些聊佐清歡的娛樂功能全然消失，而將之作為極富個人色彩的抒情自我之作。這點轉變，正是溫庭筠與韋莊於詞史上雖並稱「溫、韋」，詞風卻大相逕庭的原因。代表著晚唐詞史的兩人，前者身處安世，後者遭逢亂世，生活經驗的差異，相當明顯的反映於詞作中。溫庭筠填詞的目的，絕大部分是為應歌而作，於是隱藏個人情感，以純

〔註11〕琦君，《詞人之舟》，頁36～37。

客觀的態度創作。而韋莊身處的亂世，已無娛樂之需，填詞成為抒發個人情感的媒介，正如葉嘉瑩所言：「始自歌筵酒席間不具個性之艷歌變而為抒寫一己真情實感之詩篇。」〔註 12〕韋莊引導詞體由客觀走向主觀的文學世界，使其擁有獨立生命，帶著對生命的珍視，緩緩道出人生百態。

2.「直言無隱」的摯情境界

韋莊波折的人生經驗，賦予他高度的「說故事」能力，透過直接抒情的修辭技巧，將情感完全外放，使其詞具有豐富的故事性，記錄著詞人的生命歷程。韋莊著名的一組詞作〈菩薩蠻〉五闋，將其體悟縮影於短小的令詞中，宛如章回小說般，以聯章的方式完成名為「人生」的著作：

> 紅樓別夜堪惆悵，香燈半捲流蘇帳。殘月出門時，美人和淚辭。　　琵琶金翠羽，絃上黃鶯語。勸我早歸家，綠窗人似花。（其一）
>
> 人人盡說江南好，遊人只合江南老。春水碧於天，畫船聽雨眠。　　壚邊人似月，皓腕凝霜雪。未老莫還鄉，還鄉須斷腸。（其二）
>
> 如今卻憶江南樂，當時年少春衫薄。騎馬倚斜橋，滿樓紅袖招。　　翠屏金屈曲，醉入花叢宿。此度見花枝，白頭誓不歸。（其三）
>
> 勸君今夜須沈醉，樽前莫話明朝事。珍重主人心，酒深情亦深。　　須愁春漏短，莫訴金杯滿。遇酒且呵呵，人生能幾何。（其四）
>
> 洛陽城裏春光好，洛陽才子他鄉老。柳暗魏王堤，此時心轉迷。　　桃花春水淥，水上鴛鴦浴。凝恨對殘暉，憶君君不知。（其五）

這五闋詞的作成，歷來使許多詞學家爭議，究竟是如清人張惠言

〔註 12〕繆鉞、葉嘉瑩，《靈谿詞說》，頁 49。

（1761～1802）所說的「此詞蓋留蜀後寄意之作。」還是於不同時期個別而作，各有說法，但無論如何，這五闋詞的呈現，正是詞人於每個人生階段的記憶。第一闋首句即點明了詞人為追憶而作，遙想當年那個「紅樓」道別的夜晚，與妻於「殘月」下淚眼別離，而別離前妻子為我彈奏的琵琶曲與那聲聲道著「早歸家」的請求，惆悵萬分。此詞用語淺顯，卻極富畫面感，彷彿這離別之景正上演於眼前，輕描淡寫卻意蘊無窮，詞人追憶的苦痛之情，浮躍於字裡行間。「香燈半捲流蘇帳」的閨樓，本是夫妻間溫暖的談情小天地，卻在今夜成為離別之所，開頭的「惆悵」二字，已為整闋詞添上了淒冷之色，詞人利用上片離別時與下片離別前的時間倒置，將離情的悲感更為放大，分別之時固然悲痛，但分別前最後的相處與每每說不出口的挽留，其中的不捨與無奈更加使人心酸，韋莊將內心最真實的感觸，寄託在每個「意象」中，不刻意為之，自然而然連結出最深刻的感動，如葉嘉瑩評其詞：「以摯情使人感發……清簡勁直而不流於滑露者，即在其筆直而情曲，辭達而感鬱。」〔註13〕這些特色於下面幾闋同樣顯著。第二闋景色一換，以清新的筆調描繪遊人到達美不勝收的江南。開頭一句「人人盡說江南好，遊人只合江南老。」將詞人對於江南的喜愛表露無遺，一字「老」便透露出詞人愛江南更勝故鄉，願意流連江南到老的情思。江南的好在於同時擁有「春水碧於天，畫船聽雨眠。」的美景與「壚邊人似月，皓腕凝霜雪。」的美人，如此美好的江南使詞人醉心其中無法自拔，不禁勸人「未老莫還鄉，還鄉須斷腸」的結語，一般歷經歲月且作客異鄉的遊子，都為無法「還鄉」而愁苦，但韋莊卻說「還鄉須斷腸」，這無不表明了詞人正是年輕氣盛的年紀，正值大好歲月的他，對於前景充滿自信與勇氣，相信遊歷能帶給自己新的力量，簡單的讚嘆，卻帶來不平凡的情感意蘊，在在吻合「筆直而情曲」的特色。第三闋開章便說「卻憶」二字，得知詞人已離開那繁華的江南，

〔註13〕繆鉞、葉嘉瑩，《靈谿詞說》，頁50～51。

但昔日於江南的「樂」卻令他眷戀不已，此時的他已入中年，想起當時意氣風發的少年，「騎馬倚斜橋，滿樓紅袖招。」好不神氣。這多情的俊俏公子不僅生活風流快意，還兼得美酒與美人，享受「醉入花叢宿」的恣意，甚至為了搏美人芳心，許下「白頭誓不歸」的誓言，全詞無一不再強調江南於詞人心中是如此的重要，江南遊歷的那段歲月更是詞人一生最為燦爛的時刻，即使年歲增長，仍然會不時想起當年倜儻的少年郎。第四闋筆鋒一轉，自重溫舊夢回看現下。主客對飲，賓主盡歡，主人忽道「勸君今夜須沈醉，樽前莫話明朝事。」客人也深感同意，有何「明朝事」不如付諸於酒，「酒深情亦深」，開懷暢飲，一醉解千愁。既然人生苦短，何必時時兢兢業業，今朝有酒今朝醉，及時行樂才能快活一生，「遇酒且呵呵，人生能幾何。」韋莊浪跡一生，煩惱事何止一二，雖然明白舉杯澆愁愁更愁的道理，但還是抵不過醉酒當下忘記凡塵俗事的快感，惟有如此才能在這紛擾的世間得到短暫的快樂。第五闋為其〈菩薩蠻〉之末闋，同時也是韋莊回顧一生的結語。「洛陽城裏春光好，洛陽才子他鄉老。」以平樸的語氣，講述著今非昔比，記憶中的洛陽城風光明媚，而今洛陽才子卻要在他鄉中老去，淡然的語調，卻充滿了遺憾與感慨，憶起那「柳暗魏王堤」之景，詞人不禁迷醉於記憶中的美景。春天的洛陽城，放眼望去，艷麗的桃花與搖曳的綠水，及水上交頸的鴛鴦，還有伊人相伴，可謂人生一大樂事，然可恨往事如夢，「殘暉」冷酷的打斷了詞人的美好回憶，清醒後的現實感，讓詞人不得不面對時光的逝去，徒留「憶君君不知」的失意與落寞。

王國維稱讚其詞「骨秀」，不僅指內容上的清俊，其散發的情感力量也蘊含著秀氣。孫康宜說：

> 韋莊的詞雖然情感強，完全外鑠，但詞所特有的微意並未因此而慘遭抹殺……不論如何淺顯，總帶有一層痛苦的覺悟，不願讓冀願與現實妥協，讀者故此可獲各種質疑與想像的空間……韋莊的傷感不是故作姿態，而是有深層的意

> 義……這位詞人並不曾猶豫用自己的聲音來說話。我的感覺是：韋莊不但喜歡道出心中所思所想，而且也喜歡順手導出讀者的心緒。〔註14〕

直接的抒情，讓韋莊的詞看似淺顯，卻飽含深情，無論何種題材，皆能於平易近人中兼具情感的生命力。陳廷焯（1853～1892）評他「似直而紆，似達而鬱」，這般既直接又婉轉的表現手法，為晚唐時期詞體風格增加新的創造力，擺脫「豔科」的窠臼，以「白描」拓展詞體新路，將個人色彩作為抒情重點，大大影響著李煜、蘇軾等著名詞家。韋詞的直抒胸臆如同一幟標旗，引導著詞體走向抒情自我的藝術境界，清人周濟喻之「淡妝」，恰如其分。

二、五代詞的直率感性：馮延巳與李煜

詞體經由晚唐溫庭筠弦外之音的「艷麗」與韋莊直言無隱的「疏淡」，至五代，詞人們漸漸地摸索出別是一家的詞體「構造」，這包含著形式，技法與風格的熟成，而當一個文體趨向成熟時，其發展的重心將會從體式結構轉向審美意境。五代時，群雄割據，紛戰不斷，文化中心隨著政治遷移，由北方的長安轉至南方的汴梁，文學也由樸直的塞外之景轉為秀麗的南方之色。不穩定的局勢，文人面對山川自然時，已無法從外放征服得到領悟，必須往內心自省方得生命的價值。五代詞人重視個人體驗而覺醒的這股「內省」意識，成為詞體創作的主流，一直延續到整個宋詞中。開始專注審視內在情心的抒情表現，讓詞人對於外在世界的感官更為敏銳，能自細微處領略深刻的生命涵義，蔣勳說：「五代是中國美學『白戀』的開始，是一種非常精細的，有一點耽溺的經驗。」〔註15〕，生命是一段反覆著誕生與消逝的過程，當詞人越是往內心挖掘，對生命本質的感觸越深，能感受到春天花朵綻放的人，必然要在某些時候體會到花朵凋零的哀傷，〔註16〕於是，

〔註14〕孫康宜著，李奭學譯，《晚唐迄北宋詞體演進與詞人風格》，頁64～65。
〔註15〕蔣勳，《說文學之美：感覺宋詞》，頁67。
〔註16〕蔣勳，《說文學之美：感覺宋詞》，頁76。

詞人沉迷於如何排解不自覺出現的「惆悵」，自然而然表現出的「自戀」，是其內化成功的象徵，因而自五代詞開始，各種內心無法排解的「愁」，成為詞人極力抒寫的主體。五代詞是詞體發展的過渡期，扮演著承先啟後的關鍵角色，而推動詞體進入巔峰期的兩位重要詞家：馮延巳與李煜，前者對抒情主體的確立，於詞史上有著標誌性的地位，透過對生命的特殊體悟與清麗深婉的筆觸，下開北宋晏殊、歐陽修等詞家風氣；後者則是完成了詞體的成熟與詞境新視界，他延續並深化韋莊抒情自我的特色，將個人際遇寫出了全人類的命運，透過悲劇深刻領悟生命的繁榮與凋亡，以「明喻」手法賦予文字強烈的後蘊。馮延巳與李煜引導著詞體逐步走向「雅化」，為北宋打開「文人詞」的大門，宋詞能於文學史上如此輝煌，馮延巳與李煜的貢獻功不可沒。

（一）風微煙澹雨蕭然：馮延巳令詞中的頹然落寞

1. 興衰與共，轉將忠淚為嚴妝之詞

五代十國，南北分裂。馮延巳官至南唐宰相，位高權重的他，本應一展長才，報效國家，然亂世下若無強勁果斷的手腕，很難全身而退。朝廷上，君主懦弱，群臣苟且偷生，各種亂象叢起，樹大招風的馮延巳，屢遭小人詆毀、黨爭禍害，甚至幾度被罷相，對政治軍事的智慧不足，導致馮延巳即使居高位卻無作為，而另一方面，南唐處於江南的地理位置，在北方豪強舉旗南下時，宛如甕中鱉般進退兩難，在這樣的內憂外患下，即使馮延巳心有餘卻無奈力不足，就如馮煦所評：「翁負其才略，不能有所匡救，危苦煩亂之中鬱不自達者，一於詞發之。」空有才情與地位，但不善謀略則難以救國。身繫國之興亡，榮辱一念之間，走錯一步全盤皆輸，在這樣如履薄冰的環境壓力下，馮延巳心中的鬱結越發曲折深沉，對外愧對家國人民的期望，對內自我命運的身不由己，他將所有的「愁」寄託於詞中，讓政治上的無助，以藝術撫慰己心。官場中的兢兢業業，使馮延巳練就相當敏銳的感受力，深刻體會人生際遇的悲涼。他的特殊經驗，給予五代詞「內省」

的機會，詞人將眼光專注於精微處，由心境思索生命的意義，當焦點凝縮於個體時，「孤獨」油然而生，這般直達內心的感觸，是詞體「雅化」的關鍵，王國維評他：「馮正中詞雖不失五代風格，而堂廡特大，開北宋一代風氣。」〔註 17〕馮延巳雖然是政治上的失敗者，然其詞「深美閎約」的藝術境界，為詞體鋪展輝煌之路，他以詞敘說著世事的無常與人生的蒼涼，紀錄著一個動亂的時代下，執著無悔的生命情懷。

2.「思深辭麗」的情心慨歎

人常說：「男兒有淚不輕彈，只是未到情深處。」在詞的世界中，無論男女，講究的就是這份能讓人不禁流淚的「深情」。情由心而來，深情則由潛入內心後得之，越往裡探尋，越是能顯現個人的精神世界。詞看世界的方式是「精微」的，它在意的是能引發「深情」的感受，這份特質造就了詞體「婉約」風格的建立。馮延巳的令詞將詞體抒情的本色徹底發揮出來，他將情感集中重現於文字裡，利用主觀色彩繪製生命的記憶。他的情詞雖仍然不出「男子而作閨音」的形式，但卻無絲毫脂粉味，他注重心理體驗，善於用清新的語言，通過自然意象的描寫來構築一個情感的境界，〔註 18〕每闋詞專寫一份情感、一種題材，這種凝鍊的表現，讓馮詞具有深厚的感情力量。其著名的一闋令詞〈謁金門〉，透過各種自然意象，寫盡「憂怨」之思：

> 風乍起，吹縐一池春水。閑引鴛鴦香徑裏，手挼紅杏蕊。
> 鬬鴨闌干獨倚，碧玉搔頭斜墜。終日望君君不至，舉頭聞鵲喜。

馮延巳巧妙的用動態之景揭開「閨怨」的序幕。連續使用多個動詞，將畫面描摹得唯妙唯肖，「乍」、「起」、「吹」、「縐」，首句短短九個字，就以四個動作完成了動景的起承轉合，而這陣風吹縐的不只這一池春水，同時也撩撥著詞中主角的心池，因此在開頭馮延巳即揭示了主角的心已處於動盪的狀態。於是接著的數句則著墨於詞中人的心

〔註 17〕王國維，馬自毅注譯，《新譯人間詞話》，頁 28。
〔註 18〕黃雅莉，《詞情的饗宴》，頁 92。

理活動，詞中主角「挼」著紅杏，「引」著鴛鴦於小徑中逗玩，看似愉快地玩鬧，卻由一個「閒」字透露出人兒的寂寞，因為無人陪伴，無聊的自己只好獨自找尋樂子，盛開的「紅杏」、成雙的「鴛鴦」，兩者皆是春天裡美好的事物，然這樣的美好正是反襯著詞中人的「愁」與「獨」，換頭後則反以靜景展開，「鬬鴨闌干」點明地點，「碧玉搔頭」強調裝扮，憑杆「獨倚」、頭飾無力「斜墜」，精妙的呈現女子百無聊賴的神態，當一個人心情愉悅時，不可能出現無所事事倚在欄杆旁連頭飾都塊掉落了都不知曉的現象，因此馮延巳以這樣一句側寫，將女子的「閨怨」全盤托出，而女子愁怨的原因正在下一句的「終日望君君不至」，在愁思不解地當下，最後一個「舉頭」的動作打破靜景的愁悶，給予此詞一個開放式的結局，詞中人因這聲鵲鳴欣喜的抬頭，燃起新的冀望，然而牠帶來的是期待或是安慰則留在了「喜」的餘韻裡了。

同樣寫閨閣女子，馮延巳與溫庭筠在處理上大相逕庭，溫庭筠以完全客觀的角度，寫客觀的人事物，將所有情緒隱藏於景中，必須深入拆解後方可得知一二，但馮延巳則專注於心理層面的活動，他所安排的景物是引出內心情感的線索，以各種能襯托情緒的素材構築充滿情感的境界，詞作中，主觀色彩的強烈，讓情感在表現上更具感發力。再看另一闋〈酒泉子〉：

> 芳草長川，柳映危橋橋下路。歸鴻飛，行人去，碧山邊。
> 風微煙澹雨蕭然，隔岸馬嘶何處？九回腸，雙臉淚，夕陽天。

橫跨千里的川流，川邊綿延的萋萋芳草，壯闊拉長著畫面的視野，接著視線一縮，聚焦於危橋下柳映的路中，「芳草」、「長川」、「柳」、「危橋」、「橋下路」，連用五種自然意象，鋪陳出春天幽靜的氛圍，圍繞著「離別」的情緒。接著視線又開始轉移，「歸鴻飛，行人去，碧山邊。」由上至下，由近至遠，這道視線來自於留下的人，景物越闊，離愁越長，徒留一人之感更深。換片又寫春景，「風微」、「煙澹」、「雨蕭然」三景勾勒出春雨過後的靜謐，突然隔岸一嘶馬鳴，驚醒了詞中人，然而眺望過去，卻不見其蹤影，一句「何處？」問得詞中人更加茫然無措，於是探尋的眼光只能由想像替代，那駕馬奔馳於「九回腸」的離人，蜿蜒漫路，饒是繞得詞中人焦慮跌宕，兩行淚落，望著夕陽揮灑著西下前的餘暉，帶著無限的思念與惆悵，為這次的送別畫下句點。

葉嘉瑩讚其詞「含蘊深厚」，能「以幽微之辭見宏大之義」，認為：「馮延巳詞，則既富於主觀直接感發之力量，而又不為外表事件所拘限，故評者每以『惝恍』稱之。『惝恍』者，不可確指之辭也。惟其不可確指，故其所寫者，乃但為一種感情之境界，而非一種感情之事件。」〔註19〕馮延巳將情感深化為專一之情，並於專注下培養出詞體特殊的「微觀」視界，這份敏銳的感受，能使詞人以細小之物品出強勁後蘊，藉由豐富的自然意象，繪製出一幅幅以情緒為名的畫作，不須一個「愁」字，便能將情感充斥其中，因而詞人所寫不只是一次的記憶，也是生命原有的情意。

（二）自是人生長恨水長東：李煜令詞中的孤寂幻滅

1. 命運錯置，轉將赤子之心為血書之詞

詞體能成為中國文學史上的一代文學，其中最關鍵的人物即是南唐後主李煜。他不僅將令詞帶入了巔峰期，其藝術境界更是使「伶工之詞」變「士大夫之詞」，詞體就此步入雅之殿堂，造就後世宋詞的輝煌。李煜在歷史上是個相當有趣的矛盾存在，政史中，他背負著亡國之君的罵名，是徹底的失敗者；但在文學史裡，被譽為「詞聖」的他，是「眼界始大，感慨遂深」〔註20〕的文藝創造者，兼容婉約與豪放的詞體風格，使他成為詞體演進的中樞，詞史上若是缺了李後主，恐怕後來的宋朝文人們便不會如此重視詞體了。李煜的一生就是場錯置的命運，毫無政治天分的他，卻生於帝王家，終生徘徊於殘酷的政局中。

〔註19〕繆鉞、葉嘉瑩，《靈谿詞說》，頁70～71。
〔註20〕王國維，馬自毅注譯，《新譯人間詞話》，頁22。

然而，自古以來，經典文學的誕生，似乎冥冥中有著一種悲劇的宿命，非得讓文人經歷過巨大的波折才能成就其中的閃耀。李煜的人生有著相當明顯的分水嶺，以「亡國」為基準一分為二，歷代詞評家皆以「前期」與「後期」稱之。含著金湯匙出生的他，自幼所生長的環境非富即貴，華麗的宮廷生活，使他看不見外頭戰亂的隱憂，總是徜徉在五光十色的溫柔鄉中。君王的身分對於李煜而言，是享受「貪歡」的生命歲月，直至宋軍破城而入，瞬間將他從天堂拉入地獄。君王忽成俘虜，命運不可抗力的起落，使他得到世事無常的醒悟。亡國是他生命的另外一個開始，前半生他面對自己，追求感官上的愉悅；亡國以後，他的後半生盡是哀傷痛悔。〔註21〕極端的生命歷程，帶給李煜強烈的心境轉折，即使過去的一朝之君被譏諷為翰林學士，也阻擋不了他對文藝的執著，無論是前半生的歡愉，還是後半生的哀悼，李煜總是傾盡全心的與之面對與感受，表達他最真實的快樂與悲傷，過去單純的帝王生活，使他保有一顆真誠的赤子之心，給予詞作毫不造作的個性，王國維說他「生於深宮之中，長於婦人之手，是人君所短處，亦即為詞人所長處。」〔註22〕李煜天生就是位富有「童心」的直率男孩，即便亡國後讓他認知到了世間的險惡，仍然以這份純真去反思去慨歎，李煜的詞讓後世看到了歷史中一個時代慘痛的見證，但同時也是文學藝術中一次血書的革新，他的真性情使李煜與李煜詞成為一個標誌，正如葉嘉瑩所言：「李煜之所以為李煜與李煜詞之所以為李煜詞，在基本上卻原有一點不變的特色，此即為其敢於以全心去傾注的一份純真深摯之感情。」〔註23〕李煜的天真爛漫使他敗給了政治的角逐，卻為他贏得了文藝的掌聲。

2.「純真深摯」的至性眼界

偏安江南的南唐，在宋軍未至前，藉著地理位置與環境優勢，相

〔註21〕蔣勳，《說文學之美：感覺宋詞》，頁31。
〔註22〕王國維，馬自毅注譯，《新譯人間詞話》，頁24。
〔註23〕繆鉞、葉嘉瑩，《靈谿詞說》，頁89。

當安定與繁榮，即使於五代十國的亂世中，仍然有著一定程度的發展，這也使文藝能夠有空間得以保存與進行，而李煜就在這相對穩定的環境條件下，持續創作著。早期的李煜詞是華美、繽紛又醉生夢死的歡愉生活，與「宮娥」們的嬉鬧玩樂是他最美好的時光，在此時期的作品裡是看不到一絲感傷的，是絕對的享樂主義。然而，宋軍的到來，讓這位不諳世事的天子，在淪為「階下囚」的日子裡，徹底體驗了何謂生命的繁華與幻滅。一闋〈烏夜啼〉，道盡生命世事無常的醒悟：

林花謝了春紅，太匆匆，無奈朝來寒雨晚來風。　　胭脂淚，留人醉，幾時重。自是人生長恨水長東。

當一個人對時間有感時，代表著時光已然飛逝了。一句「太匆匆」，為「林花」於不知不覺中凋謝而嘆息，也怨懟著風雨對它無情的摧殘，但最令詞人痛心的，是對美好事物逝去的無力挽回，人們總是在失去後才能領悟擁有的美好，「無奈」兩字的心境渾然天成。過片延續無奈的心情，「胭脂淚」同時將花與人合一，飄零落花紛飛如美人淚下，美麗的事物終歸消亡，即便再次盛開，卻已不是原來的那些林花，其中的不捨與惋惜使人「醉」得心痛，不禁自問「幾時重」，然而這個答案其實詞人早已看透，不可能再次重逢的現實，正是生命中不斷輪迴的欣榮與枯滅，我們沒有能力去阻止它停留，一生的歲月愁恨之事何其多，總歸一句「自是人生長恨水長東」。將人生的遺恨比喻作滔滔東逝的江水，視野瞬間開闊，李煜對生命的領悟，使他的詞作破開閨閣的格局，完成詞體新境界的展開，葉嘉瑩讚賞此句：「於沉哀中有雄放之致，氣象之開闊，眼界之廣大，皆為《花間詞》中之所未見。」〔註24〕李煜的抒情以「真」為本，因而能兼容婉約與豪放之氣，能自由穿梭在亭臺樓閣與山川江海之間，無論喜或悲，皆竭盡全力品嚐箇中滋味。李煜總能以淺顯的語言，道破人心最真實的一面，周汝昌說他「所憑的只是一片強烈直爽的情性」〔註25〕，他不需複雜的技巧，

〔註24〕繆鉞、葉嘉瑩，《靈谿詞說》，頁91。
〔註25〕周汝昌，《別人沒教，但你必須知道的60首唐詩宋詞》，頁218。

只用真誠來面對文學，於是其詞寫來明白如話，言簡意深。敏銳的感官與一針見血的用字，透過「白描」與「明喻」的手法，給予李煜詞親人的魅力，筆下所寫皆是生活中俯拾即是的事物，反映著他最真實的情感世界。下面這首〈清平樂〉，描繪著李煜亡國後的「離恨」，是如此永無止盡的增長：

> 別來春半，觸目愁腸斷。砌下落梅如雪亂，拂了一身還滿。雁來音信無憑，路遙歸夢難成。離恨恰如春草，更行更遠還生。

開句「別來春半，觸目愁腸斷」，信手拈來的平易語氣，宛如故友般娓娓道出獨身一人的「愁」。梅落似雪，再以「亂」字寫梅，這亂的不只是梅，更是詞人心中紛亂的愁緒，偏偏這落梅「拂了一身還滿」，本來已經夠鬱悶的心情，為這又拂又滿弄得更加惆悵。下闋「雁來」與「歸夢」相對，春雁來了卻沒捎來故鄉的書信，回家的路何其遙遠，連作夢都難以實現，所有的跡象皆透露出一股焦躁、絕望的氛圍。異地為俘，被迫遠離家鄉的「離恨」就像那春草，「更行」、「更遠」、「還生」，一波三折，不僅將離恨的無窮展現的淋漓盡致，連那亟欲歸鄉的念頭也彷彿有著無數阻饒般，遙不可期。

李煜有別於常人的人生經歷，使他對週遭的變化相當敏感，在他的詞作中，所有的感覺細胞是放大的，如〈搗練子令〉中：「深院靜，小庭空，斷續寒砧斷續風。」「深」、「靜」、「小」、「空」四個視覺的形容詞營造出極度「孤寂」的空間，接著兩次的「斷續」將聽覺上的「搗練聲」與「風聲」合一，原本富有節奏的搗衣聲，卻因風力的強弱而斷斷續續，而這時強時弱的敲打聲，彷彿直透心中，令人心「寒」。相當簡潔的文字，卻能透過感官意象的疊合，使人身歷其境，這是李煜詞為人琢磨的地方。張夢機（1941～2010）稱讚李煜的詞：「無論寫豔情、寫感慨，常能糅合兩種不同的風格，而表現的水乳交融，渾然無跡；使雄奇中有幽怨，豪放中有婉約，這是歷代詞人所不能企及的。」〔註26〕

〔註26〕張夢機，《詞箋》，（臺北：三民書局，1971），頁1。

或許對於李煜而言，完全不想擁有這般不幸的遭遇，然而也正是悲劇讓他能夠全身心的託付於創作中。真正不朽的文學只有投入生命才可以鑄就，〔註 27〕李煜詞中的生命含量讓他的書寫是肺腑血淚，婉約與豪放，皆是他人生中的親身體悟，王國維以「神秀」稱譽其詞，沒有過分用力著墨，而是以自然之筆縱情於精神世界，李煜的真情即是他流傳千古的奧秘。

第二節　北宋男性詞人的含蓄蘊藉：張先、晏殊、歐陽修、晏幾道、秦觀、賀鑄

宋代是中國古代歷史上經濟與文化最繁盛的時代，它經過前面五代十國的紛亂後，進入太平盛世。經濟上，資本主義開始萌芽，各種行業得到相當的發展，海外貿易的興盛，發達了整個中國南方，物產資源充足，多項科技研發，讓宋代人民的生活擁有十分優渥的提升。政治上，以文治國的策略，創制出一套嚴格的科舉制度，由於印刷術的出現，書籍發行便易，再加上政府下設教育機構，讓宋代的教育得以普及民間，無論貧富，「知識分子」皆能透過國家考試，成為效力朝廷的菁英，這般選拔方式，讓宋代文人擁有相當的自信與從容，他們的人格是受到大家尊重與崇敬的，因而宋代在文藝方面的發展才能有如此燦爛的成就。社會富足，也接連帶動娛樂文化的興起，宋代擁有高度的娛樂體系，夜市、瓦舍等娛樂場所遍佈民間，這些空間給予當時文人社交的機會，讓他們除了在朝為官的嚴肅身分外，也能透過社交活動抒放內心柔軟的部分，或唱和或送別，形成濃厚的藝文風潮，詞體正是在這樣優秀的環境下，得到重視與發展。

北宋是令詞最為巔峰也逐漸式微的時期，此時期的詞作擁有一種包容的美，詞人們能從生命中一件小小的經驗，體會到深遠的意蘊，如葉嘉瑩所言：「由小可以見大，因微可以知著，此為詞之妙用及特

〔註 27〕黃雅莉，《詞情的饗宴》，頁 116。

色。」〔註28〕他們不怕將柔性的一面展現於眾人，認為所有的萬事萬物都是生命中的一份情誼，蔣勳說：「讀北宋詞的時候，會感覺到人的一種平凡的真實性。作者把自己置放在季節或者山水當中，去看人的真實性，而不去虛誇人對自然的控制或征服。」〔註29〕北宋的詞人十分享受個人生活中的平凡與寧靜，他們從一朵花、一片葉中追憶緬懷生命裡的喜與悲，將精微之美展露無遺。

一、隔牆送過鞦韆影：張先令詞中的生新雋永

（一）性情歲月，融舊有與創新的中繼者

北宋詞壇中有位資深的前輩，與晏殊、歐陽修、柳永、蘇軾等多位著名詞家有著親疏不等的認識，雖然他的詞不算大家，卻在當時以一字「影」聞名遐邇，他即是與柳永齊名，人稱「張三影」的張先。張先，字子野，年 89 歲，是北宋詞壇中最為長壽的一位。他一生仕途順遂，不曾遭遇貶謫，平日喜愛遊賞大自然與歌樓酒榭之中，安穩閑致，因此他的詞少了份憂世，多了份生活的情趣。常於社交場合出入，再加上年齡的跨度，使他一生結交許多影響當時詞壇的重要詞人，而其詞也於交流之中得到不同面向的滋養。此時期的詞壇，可分作兩脈，一脈是晏殊、歐陽修上承晚唐五代的遺風，另一脈則是新興慢詞的柳永。繆鉞如此說明張先詞在兩脈之間的呈現：

> 晏、歐的詞，都是小令，其藝術手法是凝聚渾融，溫婉醞藉；柳永所作，大多數是慢詞，其藝術手法是層層鋪敘，筆勢發越，即使是作小令，也有開拓頓宕之致。晏、歐上承晚唐、五代遺風，而柳永則下開北宋中、後期詞壇的新路。張先的詞，既不盡同於晏、歐，也不盡同於柳永，而是傳統與拓新二者之間轉變的橋樑。〔註30〕

令詞的體式經由晚唐五代，至北宋已然發展成熟，體式的完整度

〔註28〕繆鉞、葉嘉瑩，《靈谿詞說》，頁 50。
〔註29〕蔣勳，《說文學之美：感覺宋詞》，頁 89。
〔註30〕繆鉞、葉嘉瑩，《靈谿詞說》，頁 123。

達到極限後，勢必會有新的形式予以取代，慢詞成為北宋中、後期主要發展的對象。張先數十年的人生，正好遇上令詞過渡至慢詞的轉變期，因此他的詞所擁有的古今之韻，雖無法成為大家之色，卻印證著詞體發展的重要痕跡。

（二）「清新古雋」的瘦硬之體

北宋初期，詞體形式基本上還是以令詞為主，由晚唐五代傳習而來的歌伎文化，仍舊影響著詞體流傳的場所，因此詞體的風格不免留有「媚」氣存在。然而北宋的娛樂文化之發達，讓此時的文人不只有風月場所一個選擇，許多具有社交性的活動，帶動文人之間頻繁的交流，應酬贈別，過去以詩作為士大夫間聯繫媒介的現象，於北宋時期由詞體替代，張先即是最常以詞會友的詞人之 。這般風氣，讓詞體完全擺脫「閨音」之語，以文人的氣概將士大夫的生活融入詞中，劉熙載（1813～1881）曾言張先詞是「瘦硬之體」，正是說明了張先「以詩入詞」的嘗試，以前詩歌所具備的功能，在張先這裡以詞代之，因此在張先的詞作裡，紀遊、宴饗、唱和、送別，這些文人平時生活中的點點滴滴，皆是張詞靈感的對象。即使是以男女情愛為題材的詞作，也不再只寫女子體態容貌，而是能以景物意象來襯托出其中的情思。下面這闋〈浣溪紗〉不著一字艷麗，卻能深刻描繪出女子的閨怨：

> 樓倚春江百尺高，煙中還未見歸橈，幾時期信似江潮？
> 花片片飛風弄蝶，柳陰陰下水平橋，日長纔過又今宵。

全詞以第一人稱視角展開，以各式景物鋪陳出孑然一身的畫面。「樓倚春江百尺高，煙中還未見歸橈」，視線先從登高的詞中人下望這座臨江而造的高樓，再遠眺江上水煙瀰漫，最後收回至近處尋那未見的歸船，由近而遠又近，在一片朦朧中牽巡的目光，示意著人兒心中的渴盼與思怨，「幾時期信似江潮？」一個反問句將這人的希冀帶入失望：所許下的約定終究無法如潮水般依期而歸，上片結束在問句中，一股後悔當初放人遠行的懊惱，「怨」氣更顯。接著下片連兩景，飛花舞蝶、柳蔭橋水，「弄」、「平」擬人動態一出，勾勒著春天生氣勃勃之貌，而末句筆鋒一轉，「纔過」、「又」兩個轉折連接詞，不僅道出人兒日復一日的等待，也反襯了再次獨自一人見這美好春景的嘆息。語調平易，以景物巧妙呈現意蘊，看似內斂卻情感奔放，雖含蓄卻真情流露，繆鉞說：「（張先）他善於用平易通俗的語言，敘寫深沉婉曲的情思，別致雋永，是其所長。」〔註31〕他的情感不會濃厚到令人壓抑，而是像涓涓細流般輕柔的敲打內心，即使是傷感的題材，也不會一味陷入絕望，而是讓悲愁成為生命的必經之路，反覆去體會它。這份特質與張先平順的人生際遇有關，因此在張先的詞作中較少看見由政治抱負中體悟生命哲理的境界，雖然這點缺陷使張先詞無法排入大家之列，但這股清新自然的筆調，也是一種詞人體現生命的態度。另一闋代表作〈青門引〉，以傷春為引，寫寂寞之情：

> 乍暖還輕冷，風雨晚來方定。庭軒寂寞近清明，殘花中酒，又是去年病。　　樓頭畫角風吹醒，入夜重門靜。那堪更被明月，隔牆送過鞦韆影。

「乍」字開頭，給人突發之意，又接「還」字，將天氣的起伏不定寫得活靈活現。由「暖」至「輕冷」的變化，是因「風雨」而起，「乍」、「輕」、「方」點出詞人的感官相當敏銳，因此能輕易察覺天氣細微的轉變與傍晚時風雨的停歇。而詞人為何能如此敏銳，答案寫在了下句：「庭軒寂寞近清明」。「清明」時節氣候驟變之春季，在這多變的季節，獨自一人時，感觸越深，因而「庭軒寂寞」，既是呼應上句身體對外在世界的體驗，也是傳達詞人內在心境的現況，正是詞人的寂寞之情，讓他能從自然的變換，領略世事的滄桑，一字「近」寫出詞人不捨春天將去的遺憾，也說出了時間於不知不覺中消逝的無奈。於是詞人為了排解憂愁，不得以「殘花中酒」，下接「又是」將情感一轉，詞人自嘲舉杯澆愁的舉動是「去年病」，年復一年皆於此時為愁而醉，卻不見消減，幾乎成病，傷春之情，不言而喻。過片首句採用聽覺與觸覺通感，淒厲的「畫角」聲與冷冽的「風」，同時將詞人「吹

〔註31〕繆鉞、葉嘉瑩，《靈谿詞說》，頁125。

醒」，「吹」字呈現詞人的醉醒是剎那間發生，驚醒的狀態說明詞人的愁緒是重且深，而下句的「靜」又與此句形成對比，「重門」的層遞感，再次刻入詞人內心的孤寂。末句以動景作結，「送過」使明月擬人化，將隔院人家給孩子玩耍的鞦韆之影現於詞人眼前，「那堪」的被動語氣加重詞人的迫不得已，隔壁的喧鬧對比己院的寂寥，可謂雪上加霜。陳廷焯曾於《白雨齋詞話》中言：

> 張子野詞，古今一大轉移也。前此則為晏、歐，為溫、韋，體段雖具，聲色未開；後此則為秦、柳，為蘇、辛，為美成、白石，發揚蹈厲，氣局一新，而古意漸失。子野適得其中，有含蓄處，亦有發越處。但含蓄不似溫、韋，發越亦不似豪蘇膩柳。規模雖隘，氣格卻近古。自子野後，一千年來，溫、韋之風不作矣，益令我思子野不置。〔註32〕

令詞至張先翻過一個刻度，走到了尾聲，由慢詞坐上寶座。風格上，張先的令詞結束濃麗的「豔科」風氣，以婉約的「含蓄」為宗，琦君說：「在他以前的，聲色未開，在他以後的，又是古意漸失，只有他能含蓄又能超越，恰到好處。」〔註33〕這闋〈青門引〉為後世詞評家讚賞有加，富含意象渾融、含蓄蘊藉的「古意」。由後人眼光來看，張先的詞在北宋詞壇眾多傑出詞作中，並不能成為佼佼者，但他能在多方結交文人同好時，不排斥對方的優點，接受新知並嘗試創作，充分展現交流的態度，張先以真心待人的氣度，成就其詞「心中事，眼中淚，意中人」的境界，為他於詞史中留下一席之位。

二、不如憐取眼前人：晏殊令詞中的溫潤秀潔

（一）顯達不傲，以賢能與才情成就政壇與詞壇的雙向引領者

宋代之所以能再創太平盛世的繁榮，必須歸功於北宋初期一批優

〔註32〕陳廷焯，《白雨齋詞話》，（上海：上海古籍出版社，2009），頁14。
〔註33〕琦君，《詞人之舟》，頁79。

秀的賢士們，為國家朝政投注了大量的心力，而舉用這批賢士的最大功臣，即是有「宰相詞人」之稱的晏殊。晏殊，字同叔。自小聰穎過人，詩文皆擅，富有神童之名，深受真宗皇帝的賞識，年僅十四歲便被薦舉入試，此後官途順遂，位極宰相。雖然晏殊出身顯貴，又手握權勢，但為人是清廉正直，不因豪富而驕縱，禮賢下士、真誠以待，在位期間，多方採用賢能之士，范仲淹、歐陽修等影響一代之文臣，皆出其門，並共同完成許多令人稱頌的社稷之事。晏殊於北宋朝政上擁有漂亮的成績，同時他的文學成就也不遑多讓。才華洋溢的晏殊，其令詞的創作最是亮眼，他喜與文人交際，又身居高位，因此間接帶動一股文學風潮。他的令詞吸收了晚唐五代的遺風，尤以馮延巳影響最深，再結合上他的生活，語言自然透露出富貴閑雅的情調，這般婉約的抒情特色，使他成為北宋婉約詞派的領袖，引領出許多婉約詞風的大家。令詞接手至晏殊後，婉約本色於北宋期間予以繼承並創新，而晏殊的多量填詞，也使詞體於北宋成為文士間的風尚，更影響整個宋代致力發展詞體的前導者。

（二）要眇中見理性的「圓潤」情致

北宋詞有著與其他文體不同的世界觀，由於政治與經濟的安定與繁榮，使他們能夠靜下來仔細品味生活中的小細節。這般「小」的視野，能讓感官體會更深，對世事的體悟更顯。晏殊富足的物質生活，讓他能夠毫無顧忌的去觀察最真實的人生，蔣勳說晏殊是北宋詞感悟的起點：「特別是他儘管榮華富貴一生，卻可以用一種平淡的方式寫自己生命中現實的東西。」〔註34〕晏殊的眼光是獨到的，對自然萬物有著敏銳的感發，因而葉嘉瑩讚賞晏殊是一位擁有感發資質的出色詩人：「對於一個真正具有靈心銳感的詩人，縱使沒有人事上困窮不幸之遭遇的刺激，而當四時節序推移之際，便也自然可以引起內心中一種鮮銳的感動，而寫出富於詩意之感發的優美的詩篇。」〔註35〕晏殊

〔註34〕蔣勳，《說文學之美：感覺宋詞》，頁111。
〔註35〕繆鉞、葉嘉瑩，《靈谿詞說》，頁97。

透過細膩的感觸，在抒情之餘，還能以一種理性的目光審視生命的真理，以清新的筆調，道出最深致的感悟。這闋晏殊的代表作〈浣溪紗〉，最是展現晏殊如此特別的思致：

一曲新詞酒一杯，去年天氣舊亭臺，夕陽西下幾時回。

無可奈何花落去，似曾相識燕歸來，小園香徑獨徘徊。

這是闋傷春之作，描寫著詞人春光易老、盛事不再〔註 36〕的感嘆。詞所呈現的畫面是簡單淡然的，但卻隱含著強烈的後蘊。填一闋詞，飲一杯酒，與去年相同的天氣與地點，現在詞是新作的，物事卻已舊老了一歲，「新」、「舊」兩相對比，將時序的流逝帶出，因而嘆息問夕陽：「幾時回」，這問句不僅問出了詞人的癡，也問出了對自然生命的領悟。於是詞人於下片解惑：「無可奈何花落去，似曾相識燕歸來」。花的凋落是自然的更迭，無法以外力去干涉，但那歸來的燕子，或許就是之前遇過的也說不定，生命的本質明白瞭然，「無可奈何」是為消失而感傷，「似曾相識」卻為感傷帶來了新的希望，蔣勳說：「感傷與溫暖並存。」〔註 37〕人們會因失去而慟哭，也能因擁有而開懷，生命即是如此，來來去去，不斷巡迴，正如蘇軾所寫：「月有陰晴圓缺，人有悲歡離合」，世間萬物皆存有兩面性，生命亦同，晏殊便是在「小園香徑」中，看著花落燕歸，領悟生命的「徘徊」。這種對生命的通徹，於另一闋〈浣溪紗〉下片中也可看見：「滿目山河空念遠，落花風雨更傷春，不如憐取眼前人。」過多在意人事自然中的別愁離緒，只會讓自己越陷越深，「不如」一詞，點醒所有陷入泥沼的思緒，生命無時無刻在消逝，不如好好珍惜現有的歡樂，人生才能有更多的笑容。晏殊詞的情調是理性與情性的結合，不一味深陷情感的漩渦，而是以一種清明的理智收放情緒，不多不少，圓潤柔和，黃雅莉評其詞具有「怨而不怒、樂而不淫、哀而不傷的審美情態」〔註 38〕，葉嘉瑩也認

〔註 36〕琦君，《詞人之舟》，頁 62。
〔註 37〕蔣勳，《說文學之美：感覺宋詞》，頁 113。
〔註 38〕黃雅莉，《詞情的饗宴》，頁 140。

為：「晏殊卻獨能將理性之思致，融入抒情之敘寫中，在傷春怨別之情緒內，表現出一種理性之反省及操持，在柔情銳感之中，透露出一種圓融曠達之理性的觀照。」〔註39〕晏殊圓潤式的抒情，不僅呈現對生命的體會，也透過詞作展現北宋詞人的生活美學。例如這闋〈踏莎行〉：

> 小徑紅稀，芳郊綠遍，高臺樹色陰陰見。春風不解禁楊花，濛濛亂撲行人面。　　翠葉藏鶯，朱簾隔燕，爐香靜逐遊絲轉。一場愁夢酒醒時，斜陽卻照深深院。

同樣也是為傷春而作，但這闋詞的色彩明顯繽紛了許多。畫面由詞人步行在小徑開始，「紅」與「綠」，「稀」與「遍」，兩組對比將沿途上的落花稀疏與郊外的滿目鮮綠生動的營造出來，接著將原本遠眺的視野，拉近至眼前，由前頭的「綠」帶出「樹色」，再由「樹色」鋪展「陰陰」的狀態，再以「見」字回應詞人立於樹蔭下，抬頭從樹葉的隙縫看那隱隱約約的「高臺」。接著以「春風」為主角，賦予詞人的主觀人格，說它不曉得制止那飄飛的楊花，調皮的「濛濛亂撲行人面」，上片全以景呈現，透過視野的動線與擬人的技巧，將即將過去的春天之愁著以生機盎然之色，跳脫出感傷的氛圍中。換頭空間一變，進入詞人的書房中。「翠葉藏鶯，朱簾隔燕」，翠綠色的葉片中藏匿著黃鶯，一道「朱簾」用以擋住燕子，蔣勳言：「這種隔簾的經驗變成一種很特殊的生活空間裡的美學形式：室內與室外的空間沒有絕對的隔斷，而是形成一種通透的感覺，人與自然之間可以有『隔』，可是這個『隔』又是可以連接的。」〔註40〕即使於書房內，詞人依舊能透過這道簾與外在世界聯繫，反映著當時文人的一種生活情趣，又下句的「爐香靜逐遊絲轉」再次描寫著詞人生活細節的畫面，詞人「靜逐」桌案上的爐香，並觀察到瀰漫於空氣中的煙飄轉如遊絲，這是一個十分寧靜的空間，讓詞人能夠無旁騖的專注於爐香的飄動，詞人的心境也從出遊

〔註39〕繆鉞、葉嘉瑩，《靈谿詞說》，頁95。
〔註40〕蔣勳，《說文學之美：感覺宋詞》，頁104。

感到的春愁，至此時沉澱下來。末句時間稍轉，詞人由愁夢中酒醒。平淡的清醒，似乎已將愁緒留在夢中，看著原本照在身上的斜陽逐漸移入深院，雖還有著愁夢的後蘊，卻讓斜陽連帶著時間將愁緒沖淡了。劉若愚認為：「晏殊的詞裡充滿了意象的運用。這些意象多得自大自然，尤其是自然界裡陰柔的一部份：花、樹、鳥、霧、山等。還有一部分是得自環繞於日常生活四周的：庭、院、簾、幕等。這些意象很自然的助成了他閒雅而溫潤的詞風。」〔註 41〕蔣勳也認為：「北宋詞最精采的部分在於它對意象的掌握。這些意象經常是平淡的，裡面沒有大事件，不過就是愁、醒、夢這些小小的生活經驗，加入一些自己身邊最具體的景象。」〔註 42〕自晚唐五代而來的濃烈哀感，承接到晏殊這裡，已然減少許多。北宋詞人的目光看得近，對生活細節的體會也就更深，他們能輕易捕捉到與情感貼切的景象，這是由小小的生活經驗而來，平淡，卻是詞人真實的生命樣貌，晏殊詞便是如此，不過份濫情，也不一味理智，而是恰到好處說出心中所思所想，每闋詞都是詞人對人生的探索，情與理都是自己的一部份，正是他對自我看得通徹，詞句才能如此澄明又溫潤。

三、把酒祝東風：歐陽修令詞中的豪放沈著

（一）率性領袖，揮灑豪興的一代文宗

素有「宋代文學之父」之稱的歐陽修，是「唐宋八大家」之一，畢生為文學做了許多改革，不僅掃蕩「西崑體」浮艷的詩風，又以「平實」擴展唐代「文以載道」文風，成功領導宋代「古文運動」，開創平易暢達的新風氣，奠立古文主流地位。朝政上，富有手腕與才幹，提攜才德之士，秉性寬容，以溫和理政，於多方面取得不凡成就，雖仕途不順，幾度遭貶，卻能從中自娛排遣，寫出不朽之作〈醉翁亭記〉，

〔註 41〕劉若愚，王貴苓譯，《北宋六大詞家》，（臺北：幼獅文化公司，1986），頁 29。

〔註 42〕蔣勳，《說文學之美：感覺宋詞》，頁 105。

並於一方做出政績，受百姓所愛。歐陽修晚年自許「六一居士」，琴、棋、書、酒、古玩與自己，是其平生所好，亦是其情性的培養。率性而為的性子，同時展現於朝官與文人的雙重身分中。他博學多聞，涉獵甚廣，經學、史學、政論皆有一番見解與成就，因而在詩文方面是開風氣之宗。但在詞作上，卻只是一個過渡的中間人物，〔註43〕但這並不抹滅他在詞體的貢獻上是毫無影響的，他為文推以韓愈，填詞則崇以馮延巳，他與晏殊同為北宋婉約派的主要人物，一方面沿襲晚唐五代的抒情自我，一方面又以文學革新者的理念，為詞體導入通俗化的審美新走向。曾輾轉到多個地方為官的際遇，使他喜好遊歷各地，看著不同的風景，體驗人世無常的真諦。他的豪興釋放於文字中，縱使面臨生命中的悲傷處，仍能以透徹的心，賦予寬容的解脫，因此王國維說他「於豪放中有沈著之致」〔註44〕，而這份豁達也影響了蘇軾的豪放之風。平易的語調，樂觀的情操，讓歐陽修於婉約派的小詞中獨具一份新意。

（二）自悲慨與賞玩中體會人生的「從容豁達」

對歐陽修而言，詞就是他「敢陳薄技，聊佐清歡」的休閒之作。北宋的文人多交際，常常一同賞玩遊歷，因而培養出欣賞自然景象的好眼力。歐陽修這位豪爽的老先生，將為政的嚴肅置於德業文章，寫小詞時，則是放下包袱，恣意放鬆的解憂。其〈浣溪紗〉中：「白髮戴花君莫笑，六么催拍盞頻傳，人生何處似尊前。」多麼可愛的老人家，一會兒戴花討樂趣，一會兒聽曲行酒令，快樂的氛圍，記憶著與三五好友的遊湖之行，人生之樂，就在這觥籌交錯之間，及時行樂，至情至性。另一闋〈浪淘沙令〉由出遊的記憶寫離別之情：

> 把酒祝東風，且共從容。垂楊紫陌洛城東。總是當時攜手處，遊遍芳叢。　　聚散苦匆匆，此恨無窮。今年花勝去年紅。可惜明年花更好，知與誰同。

〔註43〕繆鉞、葉嘉瑩，《靈谿詞說》，頁104。
〔註44〕王國維，馬自毅注譯，《新譯人間詞話》，頁41。

「把酒祝東風，且共從容。」這是送別的席上，以酒祝願，同享此刻的從容。憶起與你相偕賞花之事，引起「聚散苦匆匆，此恨無窮」的慨歎。聚散本是自然，但人卻會為此而愁苦，正值送別的當下，離別的情緒當然濃重，然而生性樂觀的詞人，不想一味沉浸其中，於是悟出「今年花勝去年紅。可惜明年花更好，知與誰同。」既然天下無不散的筵席，何必一直為離別而感傷，不如珍惜離別前的相聚，好好的為緣分敬意。必須知道生命本質的無常，才會去珍惜生命裡無常來臨前每個片斷的美好時刻。〔註45〕花一年好過一年，人亦如此，不須為明年陪伴賞花的人是否還是同一人而愁，換個角度去想，即使同樣是賞花，但對象不同，體會自然相異，何不去期待未來與不同的人一起創造的新的回憶，充實生命的精采體驗。歐陽修的令詞呈現著北宋文人的瀟灑，葉嘉瑩如此說：「歐陽修之豪興，既表現了他本來天性所具有的對自然界與人事界的銳感與賞愛之情，而且這種感性與意興，也曾經成為在他經歷憂患挫傷時的一種支持和慰藉的力量。」〔註46〕無論是出遊的快樂，還是離別的悲苦，他總能從中找到喜悅，帶給人正面的力量。蔣勳說：「人生的豁達與從容，大概都來自於毋須去堅持非此即彼，而是能夠優遊於生命的變化裡，耐心地看待某一段時間中我們還沒有發現的意義。」〔註47〕因而他能寫出「平蕪盡處是春山，行人更在春山外。(〈踏莎行〉)」這般以平靜的心態去調適送別的情緒。北宋的文人如晏殊這般官途順遂的實是少數，大多數的文人，終其一生，可能被朝廷流放至各地，因此以送別為題材的詞作相當多，歐陽修這闋著名的〈玉樓春〉，即是他即將離開洛陽，與好友道別的感慨：

> 尊前擬把歸期說，未語春容先慘咽。人生自是有情癡，此恨不關風與月。　　離歌且莫翻新闋，一曲能教腸寸結。直須

〔註45〕蔣勳，《說文學之美：感覺宋詞》，頁125。
〔註46〕繆鉞、葉嘉瑩，《靈谿詞說》，頁107。
〔註47〕蔣勳，《說文學之美：感覺宋詞》，頁126。

看盡洛陽花，始共春風容易別。

以酒話別離，但這次要離開的卻是自己。「擬把」將「歸期」的不確定感加深，而「慘咽」使「未語」的不忍越發沉重，說與不說之間，為詞人即將離去的躊躇鋪敘而出。「人生自是有情癡，此恨不關風與月。」傳唱千古的名句，卻是詞人用盡心力領悟出的生命哲理。離別為何令人痛苦，皆出於人們一生當中，常為情感而執著的本能所致，這是無法避免的天性，因此所謂觸景傷情，只是因為人們心中的情緒太滿，風月不過是依循自然的規律罷了。而既然無法輕易說出道別的話語，就不須為餞行而唱新的離歌，畢竟對即將遠去的人而言，無論新舊，一曲奏下，同樣能使人「腸寸結」。詞人從下片開始，試圖讓這次的餞別不只留下感傷，反而以一種勸慰的語氣，讓所有人釋懷，於是末句「直須看盡洛陽花，始共春風容易別。」不僅將詞人的率性嶄露無遺，也為這場餞行多了份人情味。對於道別，詞人以「直須」與「盡」兩詞為所有的「留戀」給出一個解脫的方法：「記下所有美好的時光」，彷彿一劑強心針，增強道別的勇氣，有了這勇氣才能與春風一同，輕鬆的離去。劉若愚認為歐陽修的詞作特質有二：「第一，歐陽修的詞描寫的範圍較廣，對不同的外界有較多的探索……第二，歐陽修的詞表露著他對生命的全付熱誠，更自然的把他自己融入眼前的情景。」〔註 48〕葉嘉瑩曾將歐陽修與馮延巳與晏殊三者對比，他說：「其抑揚唱歎之姿態，是極為明白可見的。而這種姿態，也正是其遣玩之意興與深重之悲慨兩種相矛盾的張力互相摩盪所產生的結果。這種特色，當然既不同於馮延巳之殉情式的執著，也不同於晏殊之哲思式的觀照，而是一種悲慨中的豪宕。」〔註 49〕雖然同為婉約詞派的一員，但歐詞卻於含蓄中自帶一份豪氣，多愁善感之時，亦能領略生命的豁達與從容，以暢笑看待傷痛，快意一生，何樂不為。

〔註 48〕劉若愚，王貴苓譯，《北宋六大詞家》，頁 45～46。
〔註 49〕繆鉞、葉嘉瑩，《靈谿詞說》，頁 113。

四、幾回魂夢與君同：晏幾道令詞中的癡絕眷戀

（一）多情公子，不隨流俗的古之傷心人

在詞學史中，父子都享盛名的，南唐有中主、後主，北宋有大晏、小晏。大晏即晏殊，小晏便時晏殊的幼子晏幾道。〔註 50〕有個官極宰相的父親，自小便是含著金湯匙長大。衣食無缺的富貴生活，再加上晏殊斐然的文采，在如此資源優渥的環境下，使晏幾道幼時即展現了過人的才華。即便相當年輕即中進士，但晏幾道卻對權貴十分感冒。他天性中有著反骨的因子，看世界的角度也與眾不同，他會以自己獨特的視野，去理解萬事萬物。身為其好友的黃庭堅（1045～1105）如此說：「磊隗權奇，疏於顧忌，文章翰墨，自立規摹，常欲軒輊人，而不受世之輕重。」因而繆鉞說他：「晏幾道是一個有個性特操、不隨流俗的人。」〔註 51〕不喜趨炎附勢的他，不可能願意將整個人生拘束於追求功名中，只與少數志同道合的夥伴們，對談暢飲，逍遙歲月。然而，晏殊的離世，成為晏幾道人生的轉捩點，家中兄弟姊妹尚未成氣候，大樑一倒，富極天下的宰相之家順時沒落。曾經意氣風發的貴公子，如今只剩滿目的潦倒窮困，讓晏幾道越發沉鬱，對過去繁華的美好，是如癡如狂的眷念。極端的身世際遇，使其文字也相對呈現不同的風采，尤以令詞風靡當時，其早年的春風得意與家道中落後的執著眷戀，是其恣意人生的瀟灑也是對生命無常的領略，快樂與悲傷，共築出晏幾道深婉的詞情世界。

（二）風流與癡情的「狂篇醉句」

陳匪石（1884～1959）於《宋詞舉》中論北宋令詞諸家時言：「至於北宋小令，近承五季，慢詞蕃衍，其風始微，晏殊、歐陽修、張先，固雅負盛名，而砥柱中流，斷非幾道莫屬。」〔註 52〕晏幾道所處的北

〔註 50〕張夢機，《詞箋》，頁 13。
〔註 51〕繆鉞、葉嘉瑩，《靈谿詞說》，頁 162。
〔註 52〕陳匪石，《宋詞舉》，（臺北：正中書局，1970），頁 63。

宋後期，令詞無論是形式或風格已是飽和的狀態，於是逐漸為柳永所引領的慢詞取代，成為主流。但晏幾道卻反其道而行，其詞集《小山詞》共收了二百六十餘首，幾乎全為小令，慢詞則屈指可數。此現象除了深受父親晏殊的影響外，也與他的作詞環境有關。宋代娛樂的發達，讓文人們不用上酒樓就能一睹這些妙齡們的風采，許多富貴人家中皆有一批專屬的「樂團」以供宴饗。晏幾道特立獨行的個性，雖不屑趨炎附勢，但畢竟為宰相之子，脫離不了上流階層，於是經常只與幾位相契合的好友往來，他於自己的《小山詞・自序》中說：「始時，沈十二廉叔、陳十君龍家，有蓮、鴻、蘋、雲，品清謳娛客。每得一解，即以草授諸兒。吾三人持酒聽之，為一笑樂。」友人的府上，不僅是晏幾道遇見令他癡迷一生的家伎之所，更是他填詞的靈感來源之一。其相當著名的〈臨江仙〉，寫的正是詞人追憶當時與家伎小蘋相處的美好歲月：

> 夢後樓臺高鎖，酒醒簾幕低垂。去年春恨卻來時。落花人獨立，微雨燕雙飛。　　記得小蘋初見，兩重心字羅衣，琵琶絃上說相思。當時明月在，曾照彩雲歸。

無論何種時代，「愛情」定是抒情的主流題材，宋代有許多歌伎是相當有才華的，不僅精通樂理，為了能精確的演唱詞作，也擁有了一定程度的文學造詣。詞人於當時的社會地位，或為官，或是處於中下階層的知識份子，當他們面對這些富有才氣的女子時，就很容易因相互欣賞而產生情愫。晏幾道當時與歌伎們的交心，在日後皆成為他無法忘懷的曾經。「夢後」、「酒醒」是人最愁寂的時候，〔註 53〕夢是美的，酒是好的，但當人從這些美好中歸回現實時，剛才的快樂彷彿一場幻影般剎那間逝去，心情已是空虛，又見這「樓臺高鎖」、「簾幕低垂」，情緒越發沉重，不禁想起去年同樣的時節也是如此，獨身一人站在花下，細雨中一雙燕飛去，花的凋落與雨的微渺，形成一幕似靜卻動的寂寥畫面，而燕的雙飛卻刻意劃破一切，瞬間將目光全部引

〔註 53〕張夢機，《詞箋》，頁 14。

去，此時的詞人感傷、落寞卻又悟出生命無常的喟嘆。下片直接深入詞人腦中，「記得」呼應著開頭的「夢」，方才的美夢喚起對「小蘋」的記憶。還記得初見小蘋時，她身穿飄逸剔透的羅衣，層疊著兩個心字，此句既是寫衣著，也是談情意，於是他們配著琵琶聲唱著對互相的愛意，詞人連第一次見面時對方的衣著與一同做過的事都記得清清楚楚，可見與小蘋的回憶是多麼令人幸福的時光，蔣勳說：「生命中的記憶看我們自己願不願意記得，可以永遠記得的事其實也不是很多，所以『記得小蘋初見』反映出創作者對她是多麼的珍惜、多麼的眷戀。」〔註 54〕回憶至此，詞人心緒稍斂，一開始的「春恨」也因美好的回憶覆蓋掉許多，抬頭望月嘆道：「當時明月在，曾照彩雲歸。」今昔對比，雖然物是人非，然而當時的喜悅確實是存在於歲月裡，不是消失，只是留存於那刻的記憶，成為詞人一生最珍貴的寶物，刻劃於腦海中。晏幾道的後半生，幾乎都是在追憶中度過，他對往事的眷戀，深刻的融入了詞作當中。黃庭堅以四種「癡」喻其人：「仕宦連蹇，而不能一傍貴人之門，是一癡也；論文自有體，不肯一作新進士語，此又一癡也；費資千百萬，家人寒饑，而面有孺子之色，此又一癡也；人百負之而不恨，己信人，終不疑其欺己，此又一癡也。」這是對人性的讚美，其人有真情、至性而不失赤子之心者，方得稱「癡」。〔註 55〕如此純性之人，享樂時全心享樂，悲痛時放聲而泣，於是能展現出「金鞭美少年，去躍青驄馬。(〈生查子〉)」的年少輕狂，也能激發出「此後錦書休寄，畫樓雲雨無憑。(〈清平樂〉)」的決絕無奈，或是品出「紫騮認得舊遊蹤，嘶過畫橋東畔路。(〈木蘭花〉)」的懷舊憶念。另一闋〈鷓鴣天〉同樣也與舊人有關，但這次不是詞人主動想起，而是一次不期而遇，久別重逢：

> 彩袖殷勤捧玉鍾，當年拚卻醉顏紅。舞低楊柳樓心月，歌盡桃花扇底風。　從別後，憶相逢，幾回魂夢與君同。今宵

〔註 54〕蔣勳，《說文學之美：感覺宋詞》，頁 116。
〔註 55〕黃雅莉，《詞情的饗宴》，頁 175。

賸把銀釭照，猶恐相逢是夢中。

詞人運用倒敘的手法，強烈將過去的美好嶄露無遺。上片先寫活了當年的繽紛歲月，「彩袖」、「玉鍾」、「醉顏紅」、「楊柳樓」、「桃花扇」，連用富有色彩的美麗景物，繆鉞評此句：「並不是作詞時的當前情況，乃是追憶往事，似實而卻虛，所以它並不像一幅固定的畫圖，而像一幕電影，在眼前一現，又化為烏有。」〔註 56〕詞人與歌女的互動既親密又絢爛，如夢似幻的場景，記憶猶新。下片抒寫重逢之情，以兩次「夢」將這次預料之外的緣分，反襯的驚喜萬分。自從分別之後，每當想起對方，都得在夢中才能相會，如今反而成真遇見，到更覺是在夢中了。「猶恐」將似夢非夢的韻味完全帶出，詞人之情溢於言表。

晏幾道一生作出名句無數，他所掌握的意象拿捏的恰如其分，雖然詞作內容較為狹窄，但他執著以令詞的巧小來抒以情懷，讓慢詞當道的北宋後期，令詞還能保有其本色，葉嘉瑩說其詞是「一種回流之嗣響」〔註 57〕，融有晚唐花間詞的艷麗與五代後主詞的率真，繼承北宋初晏、歐的情操和敏感，讓婉約詞派更加精采。

五、無邊絲雨細如愁：秦觀令詞中的細緻淒婉

（一）宦海浮沉，無故深受黨爭牽連的失意之士

秦觀，字少游，生於書香世家，博學多聞，年少時便滿懷抱負，豪氣盛志，雖多次應試無果，但因緣際會，得一代文豪蘇軾賞識，成「蘇門四學士」之一，也於其鼓勵下，終中進士，入朝為官。秦觀青年時代主要過著遊客和幕府的生活。〔註 58〕與多方顯貴交際應酬，宴饗娛樂，以詞會友，於是此時的秦觀詞作因創作環境的影響，有著晚唐花間艷麗餘風，但卻不是毫無個性的艷歌，而是結合詞人善感的個

〔註 56〕繆鉞、葉嘉瑩，《靈谿詞說》，頁 168。
〔註 57〕繆鉞、葉嘉瑩，《靈谿詞說》，頁 173。
〔註 58〕黃雅莉，《詞情的饗宴》，頁 213。

性，將詞應要眇的特性，去蕪存菁的純化為真情的境界。劉熙載曾言：「秦少遊詞得《花間》、《尊前》遺韻，卻能自出清新。」說的即是秦觀早期詞作的特色。然而有道是官場如刑場，一展鴻圖之際，新舊黨爭的爆發，拜於蘇軾門下的秦觀，一併牽連遭貶，自此開啟不斷流放各地的失意歲月。因朝廷上的明爭暗鬥，而遭受的無妄之災，對於秦觀而言，是如此無辜又無奈，致使秦觀將滿腔感傷訴之於詞情。每當再次遭貶，皆是對秦觀再次的傷害，過去的豪情壯志被磨為失望甚至絕望，但這些不幸卻成為秦觀詞境界昇華的主要功臣，蔣勳曾言：「活在繁華當中時，其實很難對生命有所領悟，對生命的領悟常常開始於繁華下落的那個時刻。」〔註 59〕感傷對敏銳的詞人感官而言是相對放大數倍的，秦觀被貶後的幽怨，成為其文學世界的花鳥風月，淒厲迷茫。

（二）善感中吐露「耽溺精微」之美

蘇軾是宋代著名的豪放派詞人，然而作為其門下「四學士」之一的秦觀，填詞則是清淡的憂愁佐以哀婉淒楚的感傷情調，有其特殊的審美意趣。秦觀於性格上是多愁善感的，反映在填詞上，天生即帶有纖柔浪漫的眼光，他能非常細膩的將情感以意象傳達出來，是沒有雜質、相當純粹的抒發。對於愛情，能悟出「兩情若是久長時，又豈在朝朝暮暮？（〈鵲橋仙〉）」的真諦，但對於離愁，也能寫出「困倚危樓，過盡飛鴻字字愁。（〈減字木蘭花〉）」的怨悶。馮煦（1842～1927）說他：「他人之詞，詞才也。少遊，詞心也；得之於內，不可以傳。」說的正是他能從生活裡細小的事物中，體悟出一種「低微的眷戀和徘徊」〔註 60〕。貶官是他人生的分水嶺。早年的詞作透露著耽溺纖細的美感，是「放花無語對斜暉（〈畫堂春〉）」般輕柔纖婉的低語，然而，流放後的詞作則多了深切的哀怨，是「山無數，亂紅如雨，不記來時

〔註 59〕蔣勳，《說文學之美：感覺宋詞》，頁 110。
〔註 60〕蔣勳，《說文學之美：感覺宋詞》，頁 186。

路(〈點絳唇〉)」般迷茫失落的泣訴。下面秦觀相當著名的兩闋詞〈浣溪紗〉與〈踏莎行‧郴州旅舍〉,分別為其早年與貶後的心境有著代表性的呈現,先看〈浣溪紗〉一闋:

漠漠輕寒上小樓,曉陰無賴是窮秋,淡煙流水畫屏幽。
自在飛花輕似夢,無邊絲雨細如愁,寶簾閒掛小銀鉤。

人的一生中,有一種情緒是朦朧的,介於快樂與不快之間,是淡淡的、輕輕的愁,不是令人很在意,但又無法放下。這種情緒的出現,可能發生於一次換季或一場小雨中,就是一件生活裡平凡的小事而突然引發。詞人是傷春的,但這份傷情不重,就是惹人有些愁思。天氣是微微寒意,天色是稍顯陰沉,所有的一切宛如「無賴」般,閒閒懶懶,提不起勁來,連屏風上幽雅的畫,也是勾勒著「淡煙流水」。詞人始終就在自己的房間當中,有一點煩悶無聊,生命不能擴展出去,或者說是一種沉湎、耽溺的狀態。〔註61〕「上」與「無賴」將天氣的「輕寒」與天色的「曉陰」賦予生動的人格,彷彿是它們造成了一室的慵懶,有些頹廢的氣息。接著下片連寫兩外景:「自在飛花輕似夢,無邊絲雨細如愁」,飛花與絲雨,是自然景象,然而當飛花的「輕」有「自在」之態,絲雨的「細」有「無邊」之感,它們便有了「似夢」的迷離與「如愁」的朦朧姿態,「似」與「如」隱示著詞人的心情在夢與愁之前,還構不成真實的喜怒哀樂,只是欲發未發的情緒,於是末句「寶簾閒掛小銀鉤」,這只是一種不明原因的「閒愁」,就像床簾隨意地用小銀鉤掛起,是不經意而為的。詞人從頭到尾不曾離開過房間,甚至是一直躺在床上的,無論是天氣、天色,還是飛花、細雨,皆是他透過簾子或窗戶而得。僅以一次睡醒的生活經驗,即能捕捉到情緒上微弱的變化,且不下一字重筆,卻能營造出閒愁帶來的悶堵感,葉嘉瑩評此詞:「外表看起來雖然極為平淡,而在平淡中卻帶著作者極為纖細銳敏的一種心靈上的感受。」〔註62〕詞人對感官的運用與感受的意

〔註61〕蔣勳,《說文學之美:感覺宋詞》,頁206。
〔註62〕繆鉞、葉嘉瑩,《靈谿詞說》,頁242。

象化擁有精微的處理能力，輕描淡寫的語調，卻在細節處蘊含強大的感人力量，充分展現出詞人的獨具慧心。

另一闋〈踏莎行．郴州旅舍〉則是呈現貶後詞人為重新找尋人生目標，而對現實的失望與迷惘：

> 霧失樓臺，月迷津渡，桃源望斷無尋處。可堪孤館閉春寒，杜鵑聲裏斜陽暮。　　驛寄梅花，魚傳尺素，砌成此恨無重數。郴江幸自繞郴山，為誰流下瀟湘去？

「霧失樓臺，月迷津渡」，當一個人處於迷失的狀態，對萬事萬物總是看不清的，蔣勳說：「如果一個人處在生命的緊張或者恐慌中，處在對功利的焦慮或者期待中，他會看不見霧，看不見月，看不見霧在樓臺上的瀰漫，也看不見月在津渡上的徘徊。」〔註63〕「失」與「迷」說的不僅是失落的心情，更傳達出渴望的迫切，於是苦尋無果而顯得迷失，而詞人欲尋之物為何，答案寫在下句「桃源望斷無尋處」。這裡的「桃源」是詞人心中最為理想的烏托邦，然而不斷遭貶的經歷，讓對「桃源」的期望是越發渺茫，徬徨的處境，透露出詞人迫於現實的無奈。淪落天涯，獨居客館，將自我封閉在春寒裡，夕陽西下中聽著杜鵑一聲聲淒厲的「不如歸去」，這是詞人於文學中流浪的前兆，對將來的無望，成為「生命的自我放逐」〔註64〕，詞人並不明寫因何事而感傷，只以自然意象單純傳遞惆悵的心緒。下片以實物為起，「寄」與「傳」，「梅花」與「尺素」，是遠方友人遞來的音訊，是連繫彼此的媒介，然而一封封砌成的關切與慰問，卻因無法相見更顯得愁恨。「砌」字一出，精巧的為愁恨之深具象化，詞人用字的巧思，出神入化。最後「郴江幸自繞郴山，為誰流下瀟湘去？」郴江蜿蜒著郴山，灌溉著整個郴州，中途流併耒水，終匯至湘江。本是自然山水的常態，然「幸自」、「為誰」之語，成為郴江與詞人的對話，「繞」的眷念與「去」的告別，這條郴江彷彿為詞人說盡他一生的遭遇，生命的無常與世事的

〔註63〕蔣勳，《說文學之美：感覺宋詞》，頁178。
〔註64〕蔣勳，《說文學之美：感覺宋詞》，頁200。

無奈，流放各地的人生，總是在眷念與告別中渡過，問郴江「為誰流下」，同時也是問自己「因何離去」，因政治的迫害，不得不一再輾轉，如同郴江入湘江，一去不返，最終匯聚成瀟湘哀愁的眼淚。

劉若愚曾言：「秦觀的詞呈現的是有限度的世界，只是他對這個世界的探索，較晏殊及歐陽修多一份強烈的感情，又比柳永多一份典雅……他所敘寫的感情都很平常——愛情，離愁，思鄉；不平常的是他的濃重的情和纖細的感受的揉合。」〔註65〕秦觀的「心細」使他擅長於抽象與具象中優游，獨到的用字，能輕易將情感透過實物的擬人化，生動的展演出來，這般絕妙的抒情技巧，使其詞在含蓄的包覆中，蘊藉著飽滿的情感張力，穿梭在實與虛之間。葉嘉瑩稱其詞擁有「醇正詞之本質的特色」，雖然秦觀沒有追尋蘇軾豪放風格的腳步，而是繼續承襲小詞的婉約本色，但秦觀細膩的視野，卻也為北宋後期的婉約詞派加入一種精微的新意，後世稱其為「婉約派一代詞宗」，當之無愧。

六、紅衣脫盡芳心苦：賀鑄令詞中的騷情雅意

（一）豪俠心腸，直言不諱招致坎坷仕途的抑鬱俠士

以一詞〈青玉案〉聞名天下，其中「試問閒愁都幾許？一川煙草，滿城風絮，梅子黃時雨。」而得名「賀梅子」的賀鑄，在北宋末年眾星閃耀的詞壇中，綻放著其獨特的奇姿異彩光芒。賀鑄，字方回，他是宋太祖趙匡胤之妻賀皇后的族孫，更是唐代著名詩人賀知章的後裔。〔註66〕他是位具「兼容」特色的文人，性情與才情可說是截然不同的兩種個性，卻能不衝突的融於一身。性情上，人稱「賀鬼頭」的他，形貌雖醜卻才高八斗，身世雖赫卻不驕縱，人品剛直，有俠士之氣，能言善辯，對阿諛奉承之輩，即便是豪門權貴，也不畏其勢，大膽責罵；但文采上，下筆是清麗幽緻，剛柔和諧，尤以詞見長，深具

〔註65〕劉若愚，王貴苓譯，《北宋六大詞家》，頁111。
〔註66〕錢念孫，《中國文學史演藝增訂版（貳）唐宋篇》，頁515。

情意。賀鑄的直言不諱，使他常常得罪於人，即使擁有皇室的親緣關係，也無法保其仕途，一生屈於低職，難以得志。際遇的多舛，也影響著其詞境界的轉變，張夢機言：「早期的格調大致傾向盛麗妖冶方面，晚年因不得志，頹喪傷感，哀怨無端，頗有騷情雅意。所以格調便轉入幽索悲壯。」〔註 67〕北未詩人張耒（1054～1114）為賀鑄詞集《東山集》作序中言：「盛麗如遊金張之堂，妖冶如攬嬙施之袂，幽潔如屈宋，悲壯如蘇李。」賀鑄耿直的性格予他以認真的態度面對文學，無論是早年的深婉麗密或是晚年的美人遲暮，皆是其真情抒發，豪氣與柔情並存，即是賀鑄。

（二）剛柔並濟中的「楚騷遺韻」

詞藝發展至北宋末年，可謂臻至熟成，能增長的部分有限，婉約派詞人們開始往細節處鑽研，講求鍊字音律，化用典故。賀鑄詞沿承秦觀婉約一脈，然時風有蘇軾豪風盛起，再加之其性俠爽，因而其詞風格多變，兼容英雄氣概與兒女情長於一身。繆鉞言賀鑄詞有三特色：一是深得楚《騷》遺韻；二是善於鍊字；三則是精通音律。〔註 68〕前者以風格論，後二者以形式論。賀鑄曾自述學詩於前輩，得八句要訣：「平淡不流於淺俗，奇古不鄰於怪僻；題詠不窘於物象，敘事不病於聲律；比興深者通物理，用事工者如己出；格見於成篇，渾然不可鐫；氣出於言外，浩然不可屈。」〔註 69〕雖是學詩要訣，但同時也是其填詞的準則，賀鑄對形式的講究，為婉約詞派後期的發展，大展「淡黃楊柳暗棲鴉（〈浣溪紗〉）」的清緻之色，更融入「風滿檻，歷歷數西州更點（〈天門謠．登採石蛾眉亭〉）」的剛健之氣，形成剛柔並濟的獨特風情。而賀鑄一生不得志的際遇，使其詞於比興中寄託「楚騷遺韻」，陳廷焯《白雨齋詞話》中言：「方回詞，胸中眼中，另有一種傷心說不出處，全得力於楚《騷》，而運以變化，允推神品。」所謂寄託，即是

〔註 67〕張夢機，《詞箋》，頁 60。

〔註 68〕繆鉞、葉嘉瑩，《靈谿詞說》，頁 280、284。

〔註 69〕錢念孫，《中國文學史演藝增訂版（貳）唐宋篇》，頁 524。

於花草、美人、懷古等普通常見的事物題詠中，包含著廣大深遠的社會政治意義的內涵。〔註70〕賀鑄對政治的抑鬱，使他從美人香草的寄寓中尋求謫臣流放愁緒的排解，這闋〈芳心苦・踏莎行〉以詠荷花遲暮之姿，嘆懷才不遇之鬱：

> 楊柳回塘，鴛鴦別浦，綠萍漲斷蓮舟路。斷無蜂蝶慕幽香，紅衣脫盡芳心苦。　　返照迎潮，行雲帶雨，依依似與騷人語。當年不肯嫁春風，無端卻被秋風誤。

全詞以荷花為主角，首句「塘」、「浦」點出荷花生存之所，「楊柳」、「鴛鴦」襯托著荷花優美宜人的生長環境，然「回」、「別」二字卻強調出這個地方的不易察覺，又荷花的所在已相當隱蔽，而外圍的浮萍竟滿佈四周，狠狠阻斷了採蓮人的行路。上片一連，層層阻礙盡現，荷花擁有美好的環境培育，卻無奈因居處偏僻、浮萍滿佈而乏人問津，長得極好的荷花，擁有絕佳的幽香，卻吸引不到蜂蝶前來，而浮萍的阻礙，導致無人欣賞採摘，只落得「紅衣脫盡芳心苦」的結局。過片以景起頭，「返照迎潮，行雲帶雨，依依似與騷人語。」一「返」一「迎」描摹出餘暉投射池面，光輝搖曳，天色雲彩流動，帶走雨意。雨後沉鬱的景象，獨支荷花孤立其中，彷彿依依不捨對著文人騷客訴說著寂寞之情。結尾「當年不肯嫁春風，無端卻被秋風誤」，前句化用韓偓「蓮花不肯嫁春風」詩句，以「當年」、「無端」之語，嘆盡無奈埋怨之氣。詞中處處寫花，也處處喻人，將身世際遇委婉託付於孤荷，一方池塘，孤芳自憐，有優渥之源，無鑑賞之人，燦爛綻放，寂苦凋亡，擁有「幽香」、「芳心」般高潔的品格，卻苦被「綠萍漲斷」大好前程，當年不隨世俗同嫁「春風」，然始料未及為「秋風」所誤，終只得空有才學，一事無成，有志難伸。賀鑄坎坷的仕途，使他抑鬱一生，只能於文字中慰藉己身之遇，形成「幽潔如屈宋」的寄託之境。賀鑄越到晚年，語調越發悲壯，除了官場的不如意，其愛妻的亡逝，也使

〔註70〕黃文鶯，《賀鑄在詞史上的承繼與開展》，（臺北：臺灣師範大學國文研究所碩士論文，2003），頁91。

他的心境更加不堪一擊，寫下了這闋〈半死桐・亦名鷓鴣天〉：

> 重過閶門萬事非，同來何事不同歸。梧桐半死清霜後，頭白鴛鴦失伴飛。　　原上草，露初晞，舊棲新壠兩依依。空床臥聽南窗雨，誰復挑燈夜補衣！

賀鑄的妻子趙氏，與他同為皇室族親，是宗室所出，擁有高貴身分的趙夫人，下嫁予詞人，卻從不嫌棄窮苦環境，勤儉持家，賢慧良淑，與夫相敬相愛，感情密切。賀鑄一生卑職，家境拮据，然夫妻倆相濡以沫，同渡艱難，這般良人，當她不幸逝世，詞人頓失心中支持，悲痛之情可想而知。詞以重回故地為引，帶出過去與愛妻的回憶，物是人非，滿目傷情，不禁喟嘆：「重過閶門萬事非，同來何事不同歸。」「同」與「不同」，今與昔，人在與人亡，差別甚劇，一詞「萬事非」使詞人備感「梧桐半死清霜後，頭白鴛鴦失伴飛」的淒涼，連用兩典故「梧桐半死」、「鴛鴦失伴」，比喻著現下的孤苦伶仃，「清霜」的蕭索與「頭白」的雙關，無不喻示著詞人的年事已高，卻痛失眷侶，晚景悲涼。過片場景來到妻子的墓前，「原上草，露初晞」，比興交錯，墓坐落於原草中，露晞的稍縱即逝，如同妻子生命的短暫。回到同住的家中，「舊棲」之於詞人，「新壠」之於趙氏，生死相隔，對妻子的思念，依依不捨，夜半輾轉難眠，空下半邊的雙人床，只聽得窗外雨聲，卻再也看不到妻子夜間挑燈補衣的身影。簡單的鋪敘，完整將徒留一人的孤寂，寫的哀婉淒切，如泣如訴。詞中穿梭於今昔對比，隔著一道生死的界線，以夫妻日常生活之景，乘載詞人難以負荷之情。

賀鑄填詞，題材多樣，剛柔兼具，不過份柔媚靡弱，也不因直言而少了含蓄之韻。賀鑄處於北宋末期柳蘇詞體變革的過渡時期，形式上令詞漸為慢詞所替，風格上婉約走向豪放之境。賀鑄融性情、才情與際遇於詞作中，兼受到詞體趨勢的影響，呈現豐富的樣貌，「盛麗妖冶」、「幽潔悲壯」，兼各家之長，展一家之色，賀鑄的獨特，雖不能成詞體演進的主導，卻能為詞體鑄以相容之蘊，充分展示了過渡時期的詞作之風。

第三節　北宋女性詞人的低迴溫婉：李清照、朱淑真

長久以來，傳統父系社會中，女性的地位總是依附於男性之下，古代對於女性的約束相當嚴苛，尤其重視貞節觀念，門第世家之女甚至大門不出，二門不邁，養在深閨中，遵循「三從四德」，閨閣即是女性們生活的基本空間。所謂「女子無才便是德」，即是以男性為主導意識造成的偏差觀，因而綜觀中國文學史，女性幾乎不可能在文學中嶄露頭角。但在宋代，詞體的活躍與娛樂文化的興盛，女性的創造力主要表現於歌伎這般不屬正統規範的女子手中，頻繁與文人交往應對，使宋代歌伎有著一定程度的文學造詣。然而，對於正統思想體系下的閨閣女子而言，宋代理學尤重要求貞節，於是女子的聲音更難以聽見。不過即使在這對女子不甚友善的環境下，李清照的出現，打破了男性為尊的文學域界，蔣勳曾說：「女性文化和男性文化在某一種程度上的平衡，其實對文化是有好處的。當女性文化慢慢出來的時候，會促使男性文化去檢查自身，嘗試運用婉約的東西進行轉換。」〔註 71〕文學中不少男性文人模仿女子「作閨音」的作品，由此可知，文學中有部分是「柔性」的，尤其以婉約為本色的詞體而言，女性的加入，使其有了真正以女子之手寫女子之聲，男性詞人在觀看這些女性詞作時，也能從中領略出抒情於兩性之間的委婉之境。

一、人比黃花瘦：李清照令詞中的靈秀沉健

（一）知己夫婿成就一代巾幗文豪

李清照，是中國文學史上，以女性之姿留名千古的女詞人。自號易安居士的她，出生於書香世家，她的父親李格非是當時著名的學者，打破男女有別的藩籬，給予李清照極好的教育，使其年少時即享有「才女」的盛名，王灼《碧雞漫志》中曾言她：「自少年便有詩名，才力華

〔註 71〕蔣勳，《說文學之美：感覺宋詞》，頁 230。

贍，逼近前輩。」〔註72〕在文藝中長大的李清照與太學士趙明誠的婚姻，是她一生中最大的幸福。趙明誠沒有大男人主義，對於李清照洋溢的才華是欣賞敬佩的，夫妻倆情意相投，嗜好相當，最大的興趣即是收集金石文物，在家境並不富裕的情況下，常常典當衣飾，研究保存珍貴的文物，最後共同完成《金石錄》一書。兩人皆是詩文皆善的才子佳人，日常生活中，經常一起品評文章、作詩填詞，在喝茶時互相考對方，某事出現在某書的某頁上，答對者才能喝茶，李清照記性好，往往能對答如流，而趙明誠也不因此惱怒，反而對李清照的文才更加佩服。這般夫妻間風雅的小遊戲，使兩人鶼鰈情深，因而當不幸接踵而至時，將李清照打擊的體無完膚。身逢北宋與南宋的交界，北宋時期的她，婚姻幸福，生活充實，但變亂下的南宋時期，父親罷官，痛失夫婿，金石佚散，孤苦餘生，淒切而終。環境的變遷，連帶著文字風格的蛻變，詞作也從原本滿懷閨房情趣的小女人，轉向被時代逼迫成為故作堅強的孀婦。

文學上，李清照對自己的才情是自信的，這於古代相當難得。在過去的封建社會中，女性是私密的存在，閨閣中的文字不能輕易顯露於外人眼中，但李清照不畏懼制限，將自己的文采大方展現出去，甚至大膽嘗試詞學評論，從詞體的音律、風格、意境等方面，談北宋各大家之詞，作出《詞論》一篇，為宋代的評論開一先鋒。身在古代的李清照，雖為女子卻擁有極佳的運氣，她的才情，透過家中的支持與知己夫婿的鼓勵，得以釋放光芒，為文學史寫下輝煌的女性之筆。

（二）馳騁於「易安體」中的「神駿」之氣

繆鉞認為李清照其人與其詞有著一份重要的特質，他援引沈曾植（1850～1922）評易安詞之「神駿」，進而解釋道：「所謂『神駿』者，就是說，如同駿馬一樣，擺脫羈絆，千里飛馳，過都歷塊，不畏險阻……李清照有膽、有識、有魄力，獨能衝破封建藩籬，以一弱女子而關心

〔註72〕王灼，《碧雞漫志》，唐圭璋編，《詞話叢編》，頁38。

國家大事，縱論文學，臧否人物，發抒己見，無所顧忌，這是很難能而可貴的。」〔註 73〕李清照的自信，使她成為女性文學的「豪傑」，不必在意男人的眼光，以女性的視界，說出女性自己的聲音。蔣勳說：「李清照的詞，沒有忌諱女性的特徵，她會很直接地表現女性的柔軟、委婉和某種特殊的情思。」〔註 74〕詞體的婉約性，讓男性詞人有機會發覺內心柔軟的部分，而李清照的出現，則是由真正的女性去感受自己的生命而體會出的「婉約」情思。例如這闋〈如夢令〉：「昨夜雨疏風驟，濃睡不消殘酒。試問捲簾人，卻道海棠依舊。知否？知否？應是綠肥紅瘦。」短短六句，有畫面，有對話，宛如電影鏡頭的藝術手法，將惜春之情表現的淋漓盡致。周汝昌讚賞此詞：「一首六句小令，竟有許多的層次，句句折，筆筆換，如遊名園，一步一境，嘆為奇絕！」〔註 75〕鏡頭由昨夜風雨開始，「濃睡」對「殘酒」，暗藏著詞人空虛的心情，只能飲酒助睡，沒想到一覺醒來，酒意未全消，還帶著昨夜的惆悵，接著一個捲簾的動景，藉著提問道出詞人昨夜情緒的來源：惜花之心，而侍女回答著「海棠依舊」，卻沒有消除詞人的擔憂，不禁嘆息這粗心的傻孩子，海棠花已是「綠肥紅瘦」了。「綠」與「紅」，「肥」與「瘦」，兩組對比，將海棠花的憔悴描繪的栩栩如生。李清照的用字，帶著女性獨有的俏皮與口語的活潑，女性的生活空間是侷限的，但李清照能在這小小的空間裡，依著一件小事，寫著小小的情趣，婉轉展現女子閨情的可愛。李清照南渡前的詞作是閨情一類，嫵媚風流，綽約輕倩，〔註 76〕與夫婿趙明誠的幸福生活，常常於兩人往來的詞作中可看出，這闋〈醉花陰〉正是李清照於重陽時節，思念遠赴異鄉任職的趙明誠而寄的「情書」：

薄霧濃雲愁永晝，瑞腦消金獸。佳節又重陽，玉枕紗廚，半

〔註 73〕繆鉞、葉嘉瑩，《靈谿詞說》，頁 333。
〔註 74〕蔣勳，《說文學之美：感覺宋詞》，頁 225～226。
〔註 75〕周汝昌，《別人沒教，但你必須知道的 60 首唐詩宋詞》，頁 61。
〔註 76〕張夢機，《詞箋》，頁 81。

夜涼初透。　東籬把酒黃昏後，有暗香盈袖。莫道不消魂，簾捲西風，人比黃花瘦。

開頭詞人直接說出她現在的心情有著淡淡的哀愁，為了「薄霧濃雲」的深秋景致，一薄一濃，朦朧飄忽，跟隨著詞人的心境，愁著這宛如「永晝」般的漫長日子，因為思念的人不在身邊，所以懶懶閒閒的，偶爾撩撥著房內的薰香，詞人寂寥的情狀，還帶著隱約的撒嬌意蘊，對著遠人小小的埋怨。「又」字加深青春易逝的感慨，在這重陽佳節，自己守著空閨，躺在床上，少了另一個人的體溫，更感秋末的涼意。換頭場景一轉，夕陽下，詞人到了庭院小酌，化用陶淵明詩句「採菊東籬下」引出下句的「暗香盈袖」，菊花的香氣，盈滿衣袖，「暗」的嗅覺與「盈」的狀態，顯現詞人低迴的語調，末三句「莫道不消魂，簾捲西風，人比黃花瘦。」一氣呵成，詞人故意倒用「簾捲西風」，使動態之景多了一層女性的淘氣，最後將人花相比，「瘦」字作結，呼應著「莫道不消魂」，詞人思念的愁緒因此情此景憔悴的比花還清瘦了。趙明誠收到此封「情書」時，感動萬分，立即傾盡全力，歷時三天寫了五十首詞，予以回敬，更將此詞與自己的詞作去名，請好友品評，結果朋友直接指出三句最佳，即是「莫道不消魂，簾捲西風，人比黃花瘦。」讓趙明誠對妻子的才情更加敬服，實是「有妻如此，別無所求。」。趙明誠對李清照的賞識，成就了日後李清照的盛名，然而這位傳奇女詞人也避不過世事無常的摧殘，生於北宋末年的她，幸福了大半人生，卻在四十多歲時，金兵南侵，國破家亡下，迫使所有人逃到南方渡劫，過程中，李清照不僅失去了最愛的夫婿，連昔日一同收藏的金石文物也紛紛佚散，精神支柱與夢想接連幻滅，孤寂愁苦始終殘繞著李清照的下半生。下面這闋〈添字醜奴兒〉，即是南渡後，一次觀雨打芭蕉而引起對故國的愁思：

窗前誰種芭蕉樹？陰滿中庭，陰滿中庭，葉葉心心，舒卷有餘情。　傷心枕上三更雨，點滴霖霪，點滴霖霪，愁損北人，不慣起來聽。

這是闋以芭蕉為題的詠物詞。詞人以一問句為起：是誰在窗前種了芭蕉樹呢？看似隨意的詢問，卻帶著點怨氣，而怨氣源於下句「陰滿中庭，陰滿中庭」，重覆兩次，將芭蕉的樹蔭滿布整個庭院之景強調而出。芭蕉葉的慢慢舒展與葉心的緊緊捲附，詞人的心情隨著一片陰鬱下，既想抒放又回沉斂，如蔣勳所言：「就像有時候我們的情感好像一個蓓蕾，鎖在心理面出不來，有時卻忽然覺得情感舒張開來了。」〔註 77〕而詞人的愁，正好被這棵芭蕉引出，縈繞心頭。過片回到詞人床上，承繼著上片的「餘情」，「傷心」滿懷，輾轉反側，夜半時分，被雨驚醒，是雨打芭蕉的點滴聲，「點滴霖霪，點滴霖霪」，綿延不絕，愁無期限，不斷消磨著「北人」，難耐這股思念故國的愁緒，「不慣起來聽」。直白口語的述說，以「不慣」對照出詞人過去的美好歲月中，不曾夜半因雨未眠的安逸生活，如今的詞人，身處異地，動亂難安，這夜雨打芭蕉的聲響，是詞人所不習慣也不願習慣的愁思，一個起身的動作，不僅說出了詞人的煩躁，更為此時的生活，添上荒涼、淒厲之感。詞人將滿腔愁怨怪責於芭蕉，透過「移情」來排解心中的思緒，詞人運用女性的細緻，將情感置於細節處，視覺與聽覺的轉換，使「愁」渲染入字裡行間。最簡單的話語，卻蘊含著最單純的美，這是李清照詞作動人的所在，繆鉞論易安詞的卓越有三處：一、為純粹的詞人；二、有高超之境界；三、富創闢之才能。〔註 78〕李清照女性的特質，為其詞作有著先天性的優勢，她的婉約是純粹女性的視野而發，再加上後天培養的才情與自信，無論鍊字鍛句，皆有一份靈秀沉健之氣，情景相融，又能化前人詩句典故，用的毫無雕琢刻意，自然流露。張夢機曾說：

> 在她的《漱玉詞》中，多半是富於性情與生命的作品，她重視音律，講究鍊句，摒除了淮海詞（秦觀）的淫靡，卻有他細微婉約的功夫，雖不作露骨的雕琢，卻有清真詞（周邦彥）

〔註 77〕蔣勳，《說文學之美：感覺宋詞》，頁 242。
〔註 78〕繆鉞、葉嘉瑩，《靈谿詞說》，頁 340。

的工力，而感情的真摯，又與李後主、晏幾道很接近，所以她的詞在詞壇上佔有很高的地位。〔註79〕

後人將李清照詞「別是一家」的特色，以「易安體」頌之，李清照詞中所擁有的「神駒」氣質，是男性詞人無法達到也無法效仿的，只有身為女性的她，才能寫出詞體純摯特色的流芳之作。

二、多謝月相憐：朱淑真令詞中的蓄思含情

（一）苦無伯樂相識的薄命才女

封建社會的古代女子，能同李清照般幸運擁有賞識她才學的父親與夫婿的人，是寥若晨星。朱淑真雖出身仕宦之家，家境富裕，但其一生遭遇，充斥著不幸與坎坷，注定了她薄命的結局。朱淑真自幼聰慧，詩書畫樂皆善，可謂才女，但父母的見識平庸淺薄，並不認同她的才情，甚至少女一心嚮往的愛情，也因媒妁之言，將她嫁給了凡夫俗子，開始抑鬱的婚姻生活。而後因一次天災，夫婿喪命其中，父親又將她改嫁給追求功名利益的附勢鄙官，兩次被迫的婚姻，兩任無能的丈夫，遇人不淑的朱淑真，在苦悶之餘，更加深對自由戀愛的渴望，她的文字透露出私戀的痕跡，在禮教的約束下，這種有辱名節的戀情，使時人對她頗有微詞，雙親甚是憤恨，在她投水亡後，將其屍體、詩詞皆付之一炬，此舉也造成現今無法確切考究其生平的原因。綜觀其短暫的一生，快樂的歲月似乎只有追求愛情時的歡笑，其餘的日子，只有淚水與嘆息相伴。自號幽棲居士的她，反映著對現實的絕望，幽棲一方，成斷腸一集。

（二）追求愛情的清婉纏綿與無人愛護的幽怨愁悶

朱淑真的詞作，隨其際遇的不同，呈現出相異的意境。她是位敢愛敢恨的女子，即使封建思想鎖住了她的身，卻無法動搖嚮往自由戀愛的心。或許不幸佔據了大半人生，但當愛情到來時，其中的歡愉，

〔註79〕張夢機，《詞箋》，頁81。

是女子最好的妝點，這闋〈清平樂〉寫的正是她不畏世俗眼光，忠於她心中的愛戀：

> 惱煙撩露，留我須臾住。攜手藕花湖上路，一霎黃梅細雨。
> 嬌癡不怕人猜，和衣睡倒人懷。最是分攜時候，歸來嬾傍妝臺。

詞人上片以倒裝強調與心上人約會時碰上的小幸運，兩人執手遊湖賞荷，忽然一陣梅雨襲來，頓時煙霧繚繞，「惱」與「撩」的人格化，宛如詞人愛情的推手，找尋遮蔽的同時，也短暫留住了兩人，獨處一方，詞人心中的竊喜，不言而喻。過片首句「嬌癡不怕人猜，和衣睡倒人懷。」大膽描繪著獨處時的旖旎風光，展現著女子嬌羞俏皮的一面，「不怕人猜」更是與禮教的抗衡，詞人不畏戒律，只忠於愛情的至情至性，表露無遺。而幸福的時光總是飛快，分離必然到來，「最是分攜時候，歸來嬾傍妝臺。」但與戀人的親密，是難以忘懷的，於是回到閨房的詞人，還回味著不久前的甜蜜，依依不捨。平實自然的語氣，卻將女子因愛情而滋潤的樣貌與情思，表現的淋漓盡致，濃而不淫褻，女性的真性情，生動於字裡行間。然而所謂「愛得深，痛得也深」，朱淑真能自由追求愛情的日子並不長久，封建枷鎖始終扣在身上，難以脫解，與夫婿志趣不合，也沒有任何交際能互酬排遣，無人理解她的所思所想，獨自鬱悶。下面這闋〈菩薩蠻〉，作於中秋前後，卻無一絲佳節的歡樂，詞人的孤寂，感傷著這不幸的歲月：

> 山亭水榭秋方半，鳳幃寂寞無人伴。愁悶一番新，雙蛾只暗顰。　　起來臨繡戶，時有疏螢度。多謝月相憐，今宵不忍圓。

中秋時節，良辰美景，外頭是風光明媚，帳內卻寂寞蝕人。佳節使舊恨新愁相繼，眉間的愁緒揮散不去，緊緊「暗顰」。以「一番新」形容「愁悶」，一愁又生一愁，將詞人舊愁已長與新愁又繼的悲戚，娓娓道出。過片接續愁思，難耐苦悶，輾轉失眠，於是起身開窗，想稍微緩緩心緒，但一眼望去，卻是「時有疏螢度」，似乎連世界也不待見自己，所幸還有一輪缺月憐惜她的無依，「今宵不忍圓」。詞人的浪漫情懷，使她移情於月，寫出「多謝月相憐，今宵不忍圓。」的慰藉。由女子之手寫出了女性純真爛漫的姿態，渾然天成，毫無扭捏，淺語白話間，情真意切。朱淑真苦悶一生，現實的絕望，使她寄情詩詞，創造一個屬於自己的「桃花源」。在這個「桃花源」裡，她能自由的戀愛也能暢快的痛哭，透過溫柔的筆觸，紀錄生命。魏仲恭稱讚其詞：「清新婉麗，蓄思含情，能道人意中事，豈泛泛者所能及。」朱淑真亡後，能有這麼一人欣賞她的詞采，為她編輯《斷腸詞》，使後人有幸一睹風貌，實是為淒涼一生的薄命紅顏一份補償，與李清照同以一代女詞人之名，流傳千古。

北宋是詞體開枝散葉的巔峰期，承續晚唐五代遺風之餘，更進行了革新，拓展詞體的藝術境界。葉嘉瑩認為詞體風格於北宋經歷了兩種蛻變：一是由晏、歐繼承晚唐五代遺風，將歌筵酒席間的艷歌予以抒情寫志作用的「詩化」過程；二是柳永與蘇軾完全脫離《花間》浮艷，自成一脈形式與風格的演化，前者為樂工歌伎譜寫歌詞而把俗曲長調帶入文士手中，後者是一洗綺羅香澤之態，把逸懷浩氣寫入詞中。〔註 80〕而在此兩種革新的中間，又經歷了兩次回溯，一是晏幾道，二是秦觀。前者夾在慢詞興盛的初期，而繼續作令詞的晏幾道，或多或少回承了晚唐五代的豔麗風格，但在開展上則被慢詞與豪放一派的發展而制限。後者則是處於蘇軾新流洗練過的時期，秦觀未追隨豪放之氣，而是承繼婉約之風，下開賀鑄、李清照等一脈婉約詞派。其中令詞於北宋的演變，也影響著整個詞體發展趨勢，令詞風格與格局的開展，主要在第一階段的晏、歐時期，並於第二階段柳、蘇的變革下逐漸式微，形式上慢詞頂替了令詞的角色，風格上豪放接替了婉約。然而在兩次回流的過程中，秦觀使令詞又回歸於發展線上，於北宋末期時，形式與慢詞同存，風格則各分為婉約與豪放兩支線前進，形成剛

〔註 80〕繆鉞、葉嘉瑩，《靈谿詞說》，頁 239。

柔並濟的融會風氣。王易《中國詞曲史》中曾言：「北宋詞較之五代，有三勝焉：一，慢詞繁重，音節紆徐，調勝也；二，局勢開張，便於抒寫，氣勝也；三，兼具剛柔，不偏姿媚，品勝也。」〔註81〕北宋詞的「三勝」成為整個宋詞發展為一代文學的重要因素，也是詞體藝術開花的主要時期。

〔註81〕王易，洪北江編，《中國詞曲史》，（臺北：洪氏出版社，1981），頁124。

第五章　幽微哀情：平安宮廷的歌人與短歌

《古今和歌集》，是日本第一部由天皇下令敕撰的和歌總集，收錄著自奈良時代末期至平安時代中期的和歌。平安時代是漢文學與日本文學較量的舞台，初期的平安時代，承襲著奈良時代而來的唐風，漢詩文盛行之餘，文人們紛紛鑽研中國詩學、文學理論，試作並相互交流漢詩，更有《懷風藻》、《凌雲集》等漢詩集的撰錄，成為當時宮廷中的主流文學。另一方面，和歌自《萬葉集》之後，便被埋沒在漢學的光芒中，進入和歌的暗黑時代，然而和歌並沒有因此銷聲匿跡，由於漢詩的政教性，對於大和民族「物哀」的審美取向而言，少了自在抒發個人情心的空間，於是和歌補足了這個缺角，存在於私人場域中，隱含著幽幽微光，為日後國風文化養精蓄銳。廢止遣唐使，是日本文藝開花的關鍵。日本自始意識到國風的重要，不僅創制出假名文字，更於吸收漢文化後，取其優點，融入到自身的文化當中。假名文字使和歌書寫的自由度提高，不再因漢字表音而受制限，另外，政治將權力導向外戚，女官充盈於後宮，而女性多以假名文字為書寫媒介，使和歌的創作遍及宮廷。天皇注重國風的發展，公卿貴族無論男女，皆熱衷於藝文活動，和歌於此走出漢詩的陰影，成為日本文學的代表。《古今和歌集》是和歌戰勝漢詩的證明，同時也是和歌於平安時代的發展軌跡。從奈良時代末期的萬葉樸質遺風，至平安時代六歌仙時期嘗試技巧性的七五調，到最後編撰者時期追求婉曲幽玄美感與精妙技法的古今調的熟成。三種歌風、三段和歌發展的重要歷程，和歌透過平安歌人們的努力，為體式、風格、美學奠定下完整的系統，不僅影響著物語、俳句等文學形式，更是日本抒情文學的龍頭角色。

第一節　佚者時期的樸實自然：猿丸大夫

一、佚者時期不具名的民謠歌人

《萬葉集》是日本現存最古老的和歌集，歌人身分上自天皇、皇后，下至庶民百姓，內容上從祝禱色彩的記紀歌謠到個人色彩的五七調和歌，風格上則多是民謠性質的素樸純真，可謂是集萬葉之言於歌的集子。而《萬葉集》問世後的奈良時代末期至平安時代初期，正是漢詩文席捲整個日本文壇的和歌暗黑時代，也是《古今和歌集》中承襲萬葉遺風的佚者時期。和歌於此時自公領域退至私領域，將個人分作朝政上漢詩的嚴謹與生活上和歌的幽情。隨著政治往權貴移動的影響，和歌專注於個人私生活的抒情自我之餘，歌人的身分也漸由平民百姓轉往貴族才秀。敕撰的《古今和歌集》可謂是代表國家文藝的官方書籍，在尚未完全極權的佚者時期，身分低微的歌人不會將名字標於作品，而地位崇高之人為顯謙卑，也會故意隱藏其名，因此此時期的和歌皆以「佚者」現於和歌集中。然而，此現象僅限於官方書籍，這些「佚者」多數能於當時的私家集或歌合活動的紀錄中得知作品的歸屬。佚者時期的和歌，保有萬葉樸實的古風，且漢詩學的介入，又為之後六歌仙時期古今調的成立，有著過渡性的萌芽，因此在歌風上，是兼具古意的雅樸風格。

猿丸大夫，三十六歌仙之一，是奈良末至平安初傳奇性的歌人。生卒年不詳，無任何文獻紀載過其生平事蹟，然其名曾於《古今和歌集・真名序》中，評論六歌仙的段落中提及：「大友黑主之歌，古猿丸大夫之次也。」〔註1〕可推敲其人不僅為六歌仙時期前的人物，其作也有一定的藝術價值。有家集《猿丸大夫集》存世，然而集中所錄之和歌不僅有《萬葉集》裡的古歌，也有《古今和歌集》裡的佚名之作，又這些和歌是否為其人所作，在現今的考究裡仍然是個未解之謎。但其作在《百人一首》裡，則直接登載其本名，因此雖然學界對其身分持有保守的態度，但其家集中收錄的和歌與其人，確實是佚者時期樸實至雅緻風格的過渡痕跡。

二、樸質中見優雅的兼容之風

奈良時代末至平安時代初的短歌，因漢詩學的引進，將原本由記紀歌謠而來的集體性情感，導向「個人」的新文藝意識，文學自我的覺醒，民謠以「抒情自我」為橋梁，融入了和歌中，形成新的短歌創作性格。小西甚一言：「為了所要表現的情愫，顯而易見，總會選擇最合適的景物。能在最合適的狀態下融合景與情，表示精神與自然在某種程度上，已到了互相保有距離的階段。」〔註2〕這個新的文藝意識，是「物哀」美學生成的前身，小西甚一所說的情與景的「距離」，正是「知物哀」給予兩者的調和，已有本居宣長所講求的「物心人情」的藝術境界。此時的短歌是兼容的風格，還帶有一絲萬葉樸實的古風，又有追求貴族優雅的改變。猿丸大夫這首收錄於《古今和歌集・春歌上》的短歌，不僅有著《萬葉集》的象徵手法，也有《古今和歌集》的雅化語調：

深山遠近不知處，仲仲鳥鳴啼聲促。〔註3〕
をちこちの　たづきもしらぬ　山中に　おぼつかなくも
呼子鳥かな

首句的「をちこち」表現出了聽覺的忽遠忽近，「の」字的代名詞性為讀者下了一個伏筆，暗示著「忽遠忽近之物」使歌人「迷失方

〔註 1〕張蓉蓓譯，《古今和歌集》，頁 22。
〔註 2〕小西甚一，鄭清茂譯，《日本文學史》，頁 41。
〔註 3〕張蓉蓓譯，《古今和歌集》，頁 81。

向（たづきもしらぬ）」，接著下句點出歌人身處於山中，而「無所依循（おぼつかなくも）」的不安感與前頭的迷失之情連結，又為開頭的「忽遠忽近之物」作鋪陳，原來歌人所有的迷惘與不安，於結句「應是那杜鵑吧？（呼子鳥かな）」延續著愁思的餘韻。這首以五七調的萬葉古風形式作成，但句末助詞「かな」的使用，卻是古今時期的常用語。歌人雖是觸景生情，但卻不直接將重點之「物」先寫出，而是以一個代名詞，引起讀者的好奇心，與歌人同步，一起感受著迷失與徬徨，找尋身體與心靈上的出口，然而事與願違，一句「無所依循（おぼつかなくも）」道出了歌人無所解放的惆悵，那忽遠忽近的杜鵑鳴啼，不僅使歌人迷失於山中，又似是為誰在哀泣般，營造出一個扭曲的空間，「かな」的不確定意味，使歌人尋不到出路的同時，也走不出滿心的愁緒。再看另一首收於《古今和歌集・戀歌四》的短歌：

露草染顏色，知君巧言色。〔註4〕
いで人は　言のみぞよき　月草の　うつし心は　色ことにして

以五七調寫成。連用兩個感嘆詞「哎呀！（いで）」、「啊！（ぞよき）」將歌人的沉重之心抹上一層濃郁的灰色，直呼著人總是以漂亮的言語為表象，偽裝真我，就像那作為染料的露草，如此容易就將美麗的顏色印向他方，徒留己身一片空白。這首歌語言雖然簡潔，卻運用了許多技巧性的修辭，不僅以「月草」象徵著人心的虛實，「うつし心」一詞還隱含著雙向用意，一方面指真心，另一方面則擁有著「移る（うつる）」的善變意味。又結尾的「色こと」指露草的染色用途外，也暗喻著人的顏色不一。世間最難叵測的正是人心，陷於戀情中的人們更是如此，無時無刻猜測著對方真正的心意，坦率總是相處中不斷需要磨合的課題。

佚者時期雅俗共賞的短歌，見證著文學轉變的脈動，正如唐月梅所言：

〔註 4〕張蓉蓓譯，《古今和歌集》，頁 294。

從《古今和歌集》的歌風來說，雖然某些歌，特別是某些佚名作者的歌合大御所歌，殘留五七調，萬葉古調。但是，大多數歌的歌風雨《萬葉集》不同……是古雅質樸，雄渾凝重，或艷麗風流，多帶貴族詠風的表現……簡言之，《古今和歌集》的歌風，從古雅質樸轉向纖細優雅，抒情與理智的相兼相容，古者有今，今者有古，形成古今時代的新歌風。〔註 5〕

第二節　六歌仙時期的雅麗別緻：小野小町、遍昭僧正、在原行平、源融、在原業平

一、洗鍊形式與內容的宮廷短歌

短歌經歷了佚者時期的暗黑時代，於六歌仙時期迎來了復興的曙光。國風文化下，宮廷貴族們成為短歌復興的第一線，紀貫之於《古今和歌集・假名序》中評論了此時期六位傑出的宮廷歌人，分別是遍昭僧正、在原業平、文屋康秀、喜撰法師、小野小町、大友黑主，史稱為「六歌仙」。其中，以遍昭僧正、在原業平、小野小町三人存歌最多，藝術價值也最為出色。平安時代的文藝因女性的加入，使「物哀」之美的幽微，如火如荼的燃燒著整個平安歌壇。多愁善感是日本藝術精神的來源，女性的細膩，不僅增添了詠歎的精緻，而男性歌人透過與女性的交流，更加放開內在情心的柔軟度。六歌仙時期的歌人身處京都豐富的山水世界，吸收著來自各方的文化，知識教養皆是書香門第的水平，其講究優雅的生活方式，無不影響著創作的遣詞用句。此時的歌人不斷嘗試翻新過去萬葉古風的質樸，為短歌洗鍊著形式與內容，朝向雅化的殿堂邁進。紀貫之所作的《古今和歌集・假名序》，不斷強調心與詞的重要性，小沢正夫言：「當時的和歌所謂的『心』指的是和歌的內容與作者的精神和感動。而「詞」則指的是和歌的用語與呈現。於是紀貫之以「姿」作為評論的標準，著重於形式

〔註 5〕唐月梅，《日本詩歌史》，頁 123。

層面的批評。」〔註6〕心是短歌的基礎精神，而藉由詞的輔助，更加精密的展現出歌之心。也正是這般形式的追求，讓一般的平民百姓無法輕易的理解與閱讀，使短歌的雅化更為全面。除了貴族們致力於短歌的創作之外，「歌合」的興盛，也是六歌仙時期相當重要的創作媒介。透過遊戲性質的競賽模式，歌人們不僅能享受到娛樂，還能與所有人分享、品評作品。有了較量，即有了進步的機會，短歌形式的琢磨，於大量歌合活動中，練就其極富技巧性的修辭特色，再經由歌人對「物哀」之美的體會，為六歌仙時期的短歌，吟詠出瑰麗的優雅之氣。

二、吸收六朝艷麗之色的雅緻歌姿

短歌於六歌仙時期前，經過漢詩文充分的洗禮，借鑒其中的精華，為日本文論，找尋到一個創立的窗口。短歌雖於六歌仙時期重新回歸到至尊的地位，但其歌風的轉變，可謂是一蹴可幾，小西甚一說：「從清和天皇（在位八五八～八七六）時代起，和歌漸漸恢復了從前的地位，但代表此期的在原業平或小野小町的和歌，顯然與《萬葉》風大為不同。僅僅在半世紀之內，就在歌風尚產生了如此顯著的差異，恐怕主要是由於受到了六朝詩的影響。」〔註7〕對於宮廷歌人而言，過去萬葉時代的質樸已不敷使用於以貴族為文學中心的平安時代，政治權貴化的趨向，讓貴族與庶民產生明顯的階級區別，反映於文學上，雅化的現象是必然的結果。於是漢詩學便成為短歌形式發展上，重要的參考對象。當時歌人雖以短歌復興為首要任務，卻不是全然鄙棄漢學，而是將漢學作為培養文學素養的一部份，從漢詩的學習中，得出短歌的復興之路。於是此時期的短歌注

〔註6〕小沢正夫、松田成穂校注、訳者，《古今和歌集》：「当時の和歌で『心』という時には、和歌の內容をさしたり、作者の精神・感動をさしたりした。『ことば』とは、その和歌の用語・表現などをさし、また、一首の和歌を形成の面から見て、『すがた』という語を用いて批評することもあった。」，頁533。

〔註7〕小西甚一，鄭清茂譯，《日本文學史》，頁47～48。

重文采句式的用度，具有技巧性的修辭技法與七五調的結構呈現，是短歌體式與古今風的發展期。

（一）小野小町幽怨纖細的女性情懷

一朵絕世的嬌顏之花，於萬綠叢中，綻放著迷人的女性風采。小野小町，六歌仙中唯一的女性歌人，其短歌的女性情懷，為她成就平安女流歌人的第一把交椅。生於書香門第，父母皆是傑出的歌人，自幼沉浸於書海中，涉略博廣，且喜愛研讀漢詩文，因此累積了深厚的文學素養。小野小町的短歌中，戀歌的藝術價值最高，她能以細緻之筆寫出女性細膩的感觸，這是男性歌人難以捕捉的女性情感，幽微的柔性之美由小野小町之手挽出瑰麗的劍花，直擊人心深處。所謂「日有所思，夜有所夢。」下面這首短歌將女子單戀時所散發出的濃烈思念之情，毫無保留的傾訴於文字中：

> 思君欲成眠，長留在夢田。〔註 8〕
> 思ひつつ　寝ればや人の　見えつらむ　夢と知りせば　覚めざらましを

小野小町的短歌有著高超的技巧呈現，短短的五句中，即以兩種句法凝鍊出完美的句式結構。前半部透過「や……らむ」的反問語氣，詮釋著女子入夢前的期待：「無數次伴隨著想念入睡，你應會出現在夢中吧？」女子陷入在深深的戀情當中，然而對方卻不是能輕易見到的高貴之人，於是白日裡總是心心念念，期望著至少能在夢中一解相思之情，但美夢終會一醒，後半部「せば……まし」的反實假設，給予女子名為「現實」的重擊：「若能曉悟這場相遇是夢，我便再也不願醒來！」正是明白相遇的甜蜜只是一場虛無，既然醒來只會更顯空虛，不如永願活在幻境裡，還能有個依慰，這般幽怨的思維，充分刻劃著女子極富感性的一面。如此激越澎湃的情感，代表著小野小町年輕時的浪漫歲月，而晚年的小野小町，少了激情，卻多了遲暮的怨思：

〔註 8〕張蓉蓓譯，《古今和歌集》，頁 248。

花色有時變，人心最難辨。〔註9〕
色見えで　移ろふものは　世の中の　人の心の　花にぞありける

小野小町的美貌，蔚為傳說，其絕色之姿，使她擁有「玉造小町」之稱。戀愛中的人們，最是在意容貌的優劣，然而越是美豔之人，越是容易感受到歲月的摧殘，隨著年歲逐漸老去的小野小町，已不是年輕時候的風姿綽約，已有衰老之狀的她，為戀人所冷落，自卑的同時，也怨嘆著自身的無能為力。前半部以倒裝隱藏著歌中未寫明的領悟：「花色易謝，自然之理，誰人皆懂。」但「外表雖不易察覺，但內在卻已改變之物（色見えで　移ろふもの）」正是世間的「人心之花(人の心の　花にぞありける)」，將言外的自然之花與歌中的人心之花相互對照，前者顯然易見，表裡如一的「真花」，與後者難以辨識，表裡不一的「偽花」，一再諷刺著戀愛中人對外表的執著，只因我的容顏不再，立即無情的冷落，女子心中的怨與悲，泣訴著對戀情的絕望。

紀貫之說她：「楚楚可憐，稍嫌弱質所以纖纖可能是因為女流之故。」〔註10〕此處紀貫之所言之缺陷正是小野小町完美發揮女性之姿的證明。女性柔美的目光，對上男性，是激起保護慾望的來源，於是以男性的視野來看待女性之歌，必然是纖弱可憐，但以女性的角度而言，只是道出女性真實的情貌，用著自己的語言構築出自己的畫面。

（二）遍昭僧正拋離俗世卻不失風流的激情

遍昭僧正，俗名為良岑宗貞，遍昭是其遁入空門成為僧正後而改得

〔註 9〕張蓉蓓譯，《古今和歌集》，頁 321。
〔註10〕張蓉蓓譯，《古今和歌集》，頁 43。小沢正夫、松田成穂校注・訳者，《古今和歌集》：「あはれなるやうにて、つよからず。いはば、よき女のなやめるところあるに似たり。つよからぬは女の歌なればなるべし。」，頁 27～28。

名。為桓武天皇之孫，身世十分顯赫。因才學深得仁明天皇的欣賞，提拔他成為藏人頭（くろうどのとう）〔註11〕，君臣間關係密切，於是當仁明天皇駕崩後，遍昭便決然出家。他對仁明天皇的敬愛相當深厚，因此當天皇駕崩時，其悲痛的心情十分難以平復，甚至於經過了一年的國喪，仍然無法釋懷失去崇敬之人的哀傷，僅能以短歌寄託思念之情：

眾人著華衣，淚袖早已乾。〔註12〕

みな人は　花の衣に　なりぬなり　苔の袂よ　かわきだにせよ

平安時代，天皇駕崩後，即進入一年的國喪期，此時全國人民需著素衣，哀悼天皇之靈。短歌中，「花の衣」與「苔の袂」於前後形成強烈的對比，又開篇的「眾人（みな人は）」無不暗示著歌人獨自一人面對傷痛的處境，「似乎皆已換上新衣（花の衣に　なりぬなり）」的傳聞口吻，又點出了歌人身處於俗世之外，世間之事，只能以聽說得知，接著下半部感嘆詞「よ」的出現，是歌人對僧衣的對話，也是歌人與內在哀傷的呼喊：「我的衣袖啊！希望你至少能有乾的一日（苔の袂よ　かわきだにせよ）」歌人不著一字淚，也不見一字悲，卻透過對比眾人換上新的華服與自身未曾換過的舊僧衣，隱喻著歌人無法走出的傷慟，而後半段與舊衣的喊話中，更道出了歌人無止盡的眼淚。整首短歌於靜謐的語調中完成，以一則聽說的傳聞引發，使歌人恍然間訝異著一年的時光已逝，世間的一切隨著「花」的到來，迎向新生，但他的痛卻還停留於原地，不曾削減。

遍昭於大好年歲之時皈依，然而，即使成為了僧侶，其對短歌創作的熱情，依然不減，以其僧正的身分，與俗世的歌人們相互酬唱。

〔註11〕藏人（くろうど）：日本平安時代初期由律令制度下所設的令外官，是直屬於天皇的家政官職。機關總稱為藏人所，其構成分為別當、頭、五位、六位、雜色、所眾、出納、小舍人、滝口、鷹飼等官階。主要負責天皇機密文件的處理與皇家的吃穿用度，相當於中國的「侍中」官職。

〔註12〕張蓉蓓譯，《古今和歌集》，頁337。

下面這首詠秋的短歌，以可愛的花草之名，開了個無傷大雅的玩笑：

慕名攀奇花，莫笑墮風塵。〔註 13〕
名にめでて　折れるばかりぞ　女郎花　我おちにきと
人にかたるな

「女郎花（おみなえし）」，中文名為黃花龍芽草，於秋天盛開，萬葉時期的歌人山上憶良將此花與荻花、芒花、葛花、撫子花、澤蘭、桔梗共稱為「秋之七草（秋の七草）」。女郎花因其纖細端莊之姿而得名，更有代指「美人」的涵義，這首短歌的靈感，正是來自於此。歌中描述著歌人騎著馬，於途中偶遇「女郎花」，因想起其可愛的花名而順手摘下，相當簡單的一個生活片段，卻隱藏著歌人豐富的情感生命力，而其中最為精采的地方，正是歌人與「女郎花」的互動。歌人於一開始便交代了「女郎花」引人注目的特別，以傾訴的口吻，對著她輕聲道：「女郎花啊，因妳可愛的芳名才將妳摘下欣賞而已喔！（名にめでて　折れるばかりぞ　女郎花）」「ぞ」感嘆詞一出，寫活了整個畫面，極富俏皮韻味的語調，接續著下句對話：「我不小心親近『女色』的事，可別告訴別人呀！（我おちにきと　人にかたるな）」歌人採用了「女郎花」的雙關，將花名「おみなえし」中「おみな」意旨女性的意思，將花喻人，美麗的花色在手，如同與佳人的親近，「落下（おちにき）」一詞十分巧妙地開了自己玩笑，一方面是指花色之美，而使歌人不禁下馬折摘欣賞，另一方面則是指歌人的僧侶身分，不小心墮落於「美人」之姿。秋季本是詩人感傷的季節，但於遍昭眼中，女郎花的秋姿，卻是令人憐愛的季節。輕鬆活潑的語言，與對女郎花傾訴的神態，令人莞爾一笑。紀貫之評其歌：「（遍昭）其歌整然，惜真誠不足。如見畫中美女，徒然心動。」〔註 14〕他認為遍昭的短歌，

〔註 13〕張蓉蓓譯，《古今和歌集》，頁 140。

〔註 14〕張蓉蓓譯，《古今和歌集》，頁 43。小沢正夫、松田成穗校注．訳者，《古今和歌集》：「僧正遍照は、歌のさまは得たれども、まくと少なし。たとへば、絵にかける女を見て、いたづらに心を動かすがごとし。」，頁 26。

姿式漂亮，但對感動人心的力量掌握稍嫌不足。然而，對於皈依佛門的遍昭而言，即使他拋離了俗世，但只有吟詠這件事是其一生中永不離棄的寶物，將滿腔的激情，託付於短歌中。

（三）在原行平極富技法的耿直作風

在原行平，是在原業平的兄長，兩人雖為兄弟，個性上卻大相逕庭，行平忠厚老實，業平風流不拘。在原行平因其為人正直，官途上頗受重用，位極正三位中納言（ちゅうなごん）〔註15〕。他於私宅所主辦的「在民部卿家歌合」是現存史料中最早的歌合活動。對教育之事相當積極，晚年時曾創辦附屬於國家大學機構下的奬學院，供其氏族與王族子弟們修習學問與仕官之學。從《古今和歌集》所收錄的短歌中，得知曾被流放過須磨，但原因不明。在原行平的一生幾乎於官場中渡過，老實的性格，使其於私生活裡不善於情話，然而妻子善解人意、知書達禮，夫妻倆相敬如賓。而男子情到深處時，即使不善言詞之人，也能詠出真摯的情語，這首因行平即將前往因幡（現鳥取縣）赴任太守，設宴與京中的好友們道別時所詠的歌：

莫行因幡山，悲情心頭翻。〔註16〕
立ち別れ　いなばの山の　峰におふる　松とし聞かば　いま帰り来む

首句便立即點題直寫啟程道別，這份倉促感，不僅營造了即將遠行的氛圍，也隱含著對京中事物的不捨與眷戀，接著下句歌人利用想像，將位於赴任之地因幡境內的稻羽山（いなば山）峰上生長著的古松為喻，告訴著京中的人們，只要你們還心繫著我，我便會如那棵古松盼著我去赴任般，盡快趕回京中。歌人巧妙的運用了兩次雙關，將比喻的手法一再反轉，前半部的「いなばの山」所指的稻羽山，同時也有著「往なば（いなば）」的前往之意，上承「我即將啟程前往因幡

〔註15〕納言：借鑑於中國納言官職，日本平安時代律令制度下，從屬於太政官的令外官。分為大納言、中納言與少納言。

〔註16〕張蓉蓓譯，《古今和歌集》，頁188。

赴任」，下接屹立於「稻羽山峰的古松」，而「松（まつ）」又與「待つ（まつ）」同音，賦予了古松等待之喻，於是形成雙重含義：立即前往赴任的「去」與立刻回京的「歸」。「聞かば」的假設語氣與「いま」的當下語義，為歌人不願離京的情緒隱藏於字面下，「帰り」與「来む」同樣的歸來之意，運用接連兩次的強調，更加顯歌人心中的「歸意」。雖然這首短歌是公場合的拜別之歌，但同時也能看作是與妻子的臨行承諾，單身赴任的行平，家眷皆須留於京中，一生中所有重要的人事物，無法相伴身旁，這種無所依靠的不安，正是歌人最感傷的離情。

在原行平的短歌，擅長運用雙關的技法，將歌中的涵義增倍的擴展，再透過適當的比喻，將「物」擬人，如同上述歌中那棵等待的古松，既是寫自然之物，也是寫其對京中的掛念之心。

（四）源融倜儻高雅的婉轉

紫式部的《源氏物語》裡風流倜儻的貴公子「光源氏」，於權傾之時，建造了一座兼具規模與風雅的大宅邸：「六條院」，而平安時代初期，曾經有位皇子將府邸建於京中的東六條處，並命名為「河源院」，於裡頭重現了陸奧鹽釜地區造鹽的東北景色，甚至派人特地從大阪將海水運至院中，體會鹽釜地區獨有的風情，完美展現他對造景的極致講究。這位品格高雅的皇子，正是《源氏物語》主角光源氏的雛型人物：源融。源融，又稱河源左大臣，是嵯峨天皇之子，當其元服後，則為仁明天皇收為義子。本為皇子的他，由天皇賜姓「源」後，降為臣籍，官至左大臣之相位，權力財富雙贏。源融優雅風趣，對世間萬物有其獨特的品味，喜好與眾人分享交流生活中的藝術，是富有浪漫情懷的貴公子。下面這首代表作，呈現出源融極具藝術色彩的愛情視野：

忍草污圖案，我心為誰亂？〔註17〕

〔註17〕張蓉蓓譯，《古今和歌集》，頁298。

陸奥の　しのぶもぢずり　誰ゆゑに　乱れそめにし
われならなくに

「陸奥」指的是現今的東北地區，而「しのぶもぢずり」為東北福島縣信夫地區，以「忍草（しのぶぐさ）」的莖與葉所研磨出的染料，於特殊樣式的石頭上印染而成的傳統服飾，所染出的圖樣呈現出一種不規則、紛亂的紋路。短歌裡以衣裳的特殊樣貌為縱線，再以歌人對衣裳的疑問為橫線，從中交織出「隱忍之戀（忍ぶ恋）」的情韻。前半部裡，「忍（しのぶ）」除了作為衣裳的名稱之外，更是歌人所埋下的重要伏筆，透過「是因為誰的錯（誰ゆゑに）」之句為樑，呼應著後半部首句的「紛亂（乱れ）」。接著「そめ」一詞，「開始（初め）」與「渲染（染め）」的雙關，為問句提供了兩個層面的疑慮，一是從何開始，二是由誰而染，最後以「明明不是我啊！（われならなくに）」為結語，表面上，歌人只是感嘆服飾紋樣的紛亂，究竟是何人所造成，但其實歌人透過紛亂的紋路，比喻著自己因單戀而焦躁不安的心。因為無法確信伊人對自己的想法，於是歌人常常胡思亂想，一方面是單戀的愛意，一方面又是單戀的煩躁，歌中前半部「是因為誰的錯（誰ゆゑに）」與後半部「明明不是我啊！（われならなくに）」皆是歌人因對方而紛亂的心所發出的感嘆，這件以「忍草」染成「亂紋」的服飾，不僅為歌人婉轉呈現了單戀之情，更委婉述說了歌人不安的「隱忍之戀（忍ぶ恋）」。

（五）在原業平風雅不羈的率真

在原業平是平安時代相當著名的美男子。出身高貴，生性熱情風流，且才華洋溢，是當時宮廷女性們的夢中情人。戀愛經驗豐富的他，成為日本最早的歌物語：《伊勢物語》的主角原型，記載著他精彩的戀情史。他的滿腔真情，詠起短歌，毫無造作之態，充滿愛意的言語，渾然天成。這首〈詠渚院之櫻〉，是一次平凡生活中的賞櫻情趣，也是歌人細膩體會的情心：

世間若無櫻，春心多寂寞。〔註18〕
世の中に　絶えて桜の　なかりせば　春の心は　のどけからまし

七五調的句式，歌人巧妙的運用「せば……まし」的反實假設語氣，不僅將惜花之情，深入的刻劃於文字中，也為短歌撐起漂亮的結構。透過短歌，讀者能構築出一個夢幻的畫面，滿園盛開的櫻花，盈上目光，歌人散步其中，突然有感而發：若是世間沒有櫻花的話，這春季也就少了一樣能感動人心的存在了！美好的事物，總是令人憐惜，櫻花猶是如此，用盡全力的綻放，再毫無停留的落下，瞬息之間，是生命的起落，歌人正是體悟出了春櫻的美好，才能明白櫻花盛開的意義，春之心正是人之心，共同欣慰著櫻花的存在。以短歌的語言來看，淺顯中卻有著特別的處理，以一個反實假設的語法，貫穿主脈，短短的三十一字中，環繞著憐惜的後蘊。而另一首戀歌，將歌人追求戀情的率真，活靈活現的展現於字裡行間：

秘路上頭守關人，快快成眠助我行。〔註19〕
人知れぬ　わが通ひ路の　關守は　よひよひごとに　うちも寢ななむ

平安時代的男性，在追求心儀對象時，常會以拜訪的名義遞送短歌，抒表情意的同時，也希望能一窺芳顏。白天是正式的到訪，夜晚則是私下的幽會。然而身為貴族的閨秀，白天的接見也不是隨意而為，皆有專門的女房把關，於是男性夜訪可說是平安時代戀愛的必修課程。夜訪雖為男性帶來追求戀情的刺激，但相對而言，卻存在著很大的失敗機率，突然造訪，還是貿然闖入，除非對方也衷情於你，不然肯定是謝絕入內的。這首短歌，描述著歌人不得其門而入的懊惱，於返家途中那條隱密的路上，期許著守衛的暫離，讓他能不被看笑話的全身而退。這首回贈女方的短歌，以嘲諷自我的語氣，埋怨著心儀對

〔註18〕張蓉蓓譯，《古今和歌集》，頁88。
〔註19〕張蓉蓓譯，《古今和歌集》，頁272。

象的冷酷。歌中不曾出現女子的身影，而是專寫路上的守衛，前半部開頭的「無人知曉的秘密小徑（人知れぬ　わが通ひ路）」與後半部開頭的「每晚每晚（よひよひ）」營造出神秘的夜晚氣息，提示著讀者這條小徑歌人已走過無數次，才能如此熟悉。接著守衛的出現，宛如障礙般的存在，隱喻著歌人戀情的阻礙與心儀之人的無情。同條路上，同樣是躲避守衛，去時是滿心期待，回時卻羞愧心寒，結尾的「希望你能盡快入眠（うちも寝ななむ）」，說的不只是想迴避守衛的逃離之心，也感慨著歌人因伊人的拒絕而難以成眠。紀貫之評其短歌：「在原業平之歌，其心有餘而詞不足。如花殘無色，徒留餘香。」〔註20〕在原業平的短歌缺少的正是詞采的使用，然而他卻以特別的語法與隱喻處理，彌補了詞采上的不足，他的短歌能以最精簡的畫面，呈現出龐大的情感訊息，正如「餘香」，使人品味再三，後蘊猶存。

六歌仙時期是古今調的初嘗，以細膩技巧的七五調為本位，一反萬葉時期五七調的樸實。貴族化的社會，讓語言的使用趨近雅化，短歌的發展聚焦於宮廷中，歌合唱酬、私信往來，透過大幅的創作，完成短歌的復興。

第三節　編撰者時期的幽美纖細：素性、平貞文、紀貫之、凡河內躬恆、伊勢

一、融智取與理性於古今風的完成

六歌仙時期為短歌的復興與蛻變下了極大的工夫，竭盡全力洗練了形式與內容。形式上，由五七調轉變為七五調，三句為切的句式，能讓情緒凝鍊於結尾處，使吟詠更具感情張力；內容上，以技巧性的修辭手法，為短歌的文字魅力增添上雅緻的芬芳。這些對形式與內容

〔註20〕張蓉蓓譯，《古今和歌集》，頁43。小沢正夫、松田成穗校注・訳者，《古今和歌集》：「在原業平は、その心余りて詞たらず。しぼめる花の色なくて匂ひ残れるがごとし。」，頁26。

的講究，是完成古今風的前期準備，於是短歌進入編撰者時期後，形式內容迅速大幅成長，體式成熟之餘，對於抒情的定義也再次刷新。此時期的歌人，從「物哀」的美學意識中，認知到「心詞合一」的重要性，而要達到合一的境界，必須透過「詞」的雕琢，才能夠完美表達真實之「心」；必須讓情感的深度與詞采的高度相等，才能夠使二者為一。經驗是抒情的第一步，而當經驗成為美感經驗後的處理，將是呈現不同審美意趣的所在。在編撰者時期以前的抒情觀，著重於當下的情感抒發，觸景生情的瞬間，即是詠歌的時限，因此歌人們喜愛以歌合或寫信的方式進行創作，於是練就了於短時間內捕捉到細微情感的強大感知能力，因而此時的短歌所展現的是一種以經驗為主的純粹情感爆發力，以瞬息感動人心。但在編撰者時期，抒情已不再是焦點於「當下」，而是拉長了感動的瞬間，將情感昇華為「美感經驗」，以一個經驗者的角度，再次審視感知的「當下」，因此在抒情時，透過回憶的過程，能將情感梳理的更為細密，且在處理美感經驗時，能擁有更全面的視野，去詮釋內在情心。短歌走到了編撰者時期，無論內外，皆臻至成熟，擁有一套完整的系統，歌人對技法修辭的智取與反思美感經驗的理性，使短歌富有深厚的情感寓意，正如唐月梅說：「古今歌風則纖細優美，平淡澄明，語言洗練，歌調正確。」〔註 21〕退一步觀看情感世界，冷靜過後再次品味激動地當下，讓理智稍稍回攏過渡濫情的主觀色彩，恰如其分地展現「物哀」美學精神的調和之美。

二、隱喻意味濃厚的反思抒情美感

編撰者時期的歌人以反思美感經驗的抒情概念進行創作，因而對詞采上的要求更為講究，他們會尋找著恰當的語言，去修飾文字的情感，於是對言外之意的掌握，便是此時期歌人們努力的方向。屏風歌的興起，使歌人們有了新的抒情對象，以屏風上所繪製的自然風采為引，訓練歌人挖掘更為細緻地情感表現，以靜景抒以動情，透過語氣

〔註 21〕唐月梅，《日本詩歌史》，頁 123。

的營造、語調的鋪陳與語言的隱喻，不僅使短歌的情感更加纖細，同時文字也透露出幽玄之美。

（一）素性風雅之筆的輕妙灑脫

素性，俗名良岑玄利，是遍昭僧正於俗世時之子，受到父命，成為空門子弟，因其修行有成而入高僧位，賦以「法師」之名，世稱「素性法師」。曾移居於奈良的石上良因院，多次受宇多天皇之命，舉辦歌合活動，而有「良因朝臣」的雅稱。素性的文學素養相當深厚，自幼便與父親一同吟詠和歌，修習漢學，其中書道造詣極高，甚至受到天皇的欣賞，曾於尊前於屏風上題寫短歌。他的短歌不因出家而受到制限，反而多了輕妙灑脫之感，以優雅的筆觸，寫盡幽微的情思。下面這首著名的代表作，以女性的角度，代言體的方式，講述著思君令人老的思怨：

秋月夜夜長，待君空斷腸。〔註22〕
いま来むと　いひしばかりに　長月の　有明けの月を
待ちいでつるかな

「長月」是日本古代9月的指稱。上面曾提到紀貫之描寫夏日夜短的短歌，而此首歌「長月」的出現，正是隱喻著秋季夜長的雙關。歌的開頭以埋怨的語氣述說：你總是空口說著馬上分奔至我身邊，點出女子獨守空閨的情態，接著歌人特意使用了兩次月字，加深女子對夜晚的漫長之感。前半部「長月の」「の」字的長音調，拉長了夜晚的時間感，同時也保持著歌中的情緒，隨著音階綿延至下半段。「有明けの月」是指月份中十六號過後的月亮，於黎明時分仍有若隱若現的殘影。由此引出末句「待ちいでつるかな」，「等待（待ち）」的是我，「顯現（いで）」的是月，等了一夜的我，出現的只有黎明的殘月，那人卻聲影無息。素性以男子之手，寫女子之思，女性因男子的無情與承諾的背叛，而備受煎熬的神態，透過月的意象與音調的安排，完全

〔註22〕張蓉蓓譯，《古今和歌集》，頁289。

以吟詠的手法，展現女子漫長等待的幽怨。

（二）平貞文花花公子的旖旎戀語

平安時代，有兩位著名的「好色」歌人，其一為六歌仙中的在原業平，其二即是平貞文，兩人並稱「在中、平中」。平貞文為桓武天皇之孫，流有皇室血脈的他，自幼即是於優渥的環境中長大，無憂的生活，使他更嚮往愛情的滋潤，傳聞當時宮廷中的女性皆受過他的求愛，然而「花名」遠播的他，幾乎以失戀收場。而歌物語《平中物語》正是以他為主角，將其一生中精彩的戀愛故事書寫其中。另外，《源氏物語》裡其中一個有名的橋段，寫的正是平貞文求愛史裡發生的趣事：他曾為了吸引女性的注意，以隨身水瓶中的水滴近幾滴於眼中，裝成淚眼濛濛的情狀，他的妻子得知此事後，便偷偷往他的水瓶中裝入墨水，結果在他故技重施時，使其當下眼眶染成一片漆黑。平貞文豐富的情愛經驗，造就他浪漫華麗的歌風，致力於追愛的他，對於短歌的創作更是不遺餘力，甚至主辦過「貞文家歌合」的文藝活動，凡河內躬恆也參與其中。下面這首於秋季出遊賞花時所作的短歌，抒發著歌人尚未盡興的留念之情：

花興未竟歸程起，名花盛地且暫棲。〔註23〕
花にあかで　なに帰るらむ　女郎花　おほかる野辺に
寝なましものを

性情中人的平貞文，對遊玩賞花的熱忱，使他流連忘返於其中，興頭正起，卻到了離開的時候，於是歌人忍不住心中的失望，大膽吟詠：明明還有大片好花還未欣賞，為什麼就說要回去了呢？看看這沿途盛開的女郎花，多想就這樣睡在其中啊！淺白直接的語調，將「女郎花」美人的喻意，與「安睡其中（寝なまし）」作聯想，美景當前，「好色」成痴的歌人，卻不能留下細細賞味，多麼富涵豔情的畫面，展現出歌人對「美」的執著與癡情。而另一首講述失戀的戀歌，同樣

〔註23〕張蓉蓓譯，《古今和歌集》，頁143。

將歌人的真性情嶄露無遺：

秋風翻葛葉，怨君恨難滅。〔註24〕

秋風の　吹きうらかへす　葛の葉の　うらみてもなほ　うらめしきかな

歌人特意運用詞語的同音異義，兼具雙關的同時，以重複音韻的節奏性，營造出反覆低語的沉鬱之情。秋風吹拂著葛葉，我的恨意宛如這葛葉不斷翻飛般，永無止盡。「裏返す（うらかへす）」、「恨み（うらみ）」、「恨めしき（うらめしき）」，前者往復翻轉之意，與後兩者的怨恨之意相連結，日語中「裏（うら）」有背叛的涵意，暗指對方背叛了他們之間的愛情，而「返す（かへす）」的返回之意，又將歌人希望愛人能夠回心轉意的期望隱喻其中，這份又愛又恨的情意，使他總是陷入抑鬱寡歡的情緒，只能透過一次又一次的怨懟，試圖平復失戀帶來的悲怨。歌人至情至性的語言，充分展露於吟詠之中，短歌之於歌人，是傳達性情的媒介，更是代表歌人的真切。

（二）紀貫之自我觀照的知性色彩

紀貫之，與紀友則、凡河內躬恆、壬生忠岑共同編撰經典《古今和歌集》，此集的問世不僅推動了國風文化，更確立了短歌的不朽地位。而身為此集的主編撰者，不僅擁有深厚的學問涵養，更是平安女性文學的開拓者。紀貫之雖一生懷才不遇，官途失意，但上天卻給予了他文學的天賦。曾任土佐地方官的他，於土佐任期結束後的回京途中，寫下了日本第一部日記文學：《土佐日記》。全書以假名文字記錄著旅途中遇見的人事物，以幽默的文人筆觸，假借女性的口吻，寄託著紀貫之內心深處幽微的情思，而此部日記也成為女性文學發展的重要開端。他為《古今和歌集》所作的〈假名序〉，不僅為日本和歌論立下先機，裡頭品評平安初期六位歌人的論述，也成為日本文學評論發展史中不可或缺的著作。紀貫之的短歌，於當時可謂是領銜風潮的榜

〔註24〕張蓉蓓譯，《古今和歌集》，頁328。

樣，運用自如的修辭技法，與極富知性色彩的抒情姿態，是編撰者時期的模範之作。這首以戀情為題的短歌，透過杜鵑鳥的啼泣聲，營造出空靈的悲戀景象：

子鵑啼空悲，空戀錐心扉。〔註25〕

五月山　こずゑを高み　郭公　なく音空なる　恋もするかな

仲夏的五月山中，高聳的枝頭上停駐的杜鵑，啼鳴聲響徹空中，這是一個專注於聽覺的畫面，如同抒壓的輕音樂，跟隨著歌人譜出的音符，於翠綠的山林中漫遊，被層層樹葉遮擋的杜鵑，不見其影，卻使其啼泣的鳴聲籠罩著整個天空。歌人運用杜鵑鳴泣的悲感，喻以悲戀的淒涼，這片充斥著悲鳴聲的天空，似乎著上了戀情的悲色，刺激著歌人多愁善感的情心。前半部「高聳的枝頭（こずゑを高み）」一句，引出了後半部「啼鳴（なく）」一詞。「杜鵑（郭公）」作為前半部的末句，形成前後的骨幹，貫穿整首短歌。而「なく」的「啼鳴（鳴く）」與「哭泣（泣く）」的雙關，使杜鵑「悲泣」的同時，歌人也隨之「泣」不成聲，兩種泣音迴繞於空中，震盪於歌人悲戀的心中。沒有明顯的激情描述，而是以一種涓涓細流的淡然語氣，寫活了杜鵑的鳴啼，再將聲音與天空結合，漂亮的拓展了聲音的幅度，創造出包覆性的窒息空間，將悲戀隱藏於聲音的深處。另一首同樣以杜鵑啼聲為喻的短歌，巧妙的將抽象的夏日夜短，以啼鳴聲予之生動的具象：

夏夜正欲眠，杜鵑啼黎明。〔註26〕

夏の夜の　臥すかとすれば　郭公　鳴くひと声に　あくるしののめ

用語簡潔，題旨明確，相當完美呈現了編撰者時期的理性特色。運用頭尾對比：「夏夜（夏の夜）」與「黎明（しののめ）」，再透過兩個動景：一是歌人方歇下的畫面，二是杜鵑清亮的一聲鳴啼，前者是

〔註25〕張蓉蓓譯，《古今和歌集》，頁255。
〔註26〕張蓉蓓譯，《古今和歌集》，頁119。

視覺上的動態，後者是聽覺上的波動，呈現出時間的稍縱即逝。而句式上，特意將「杜鵑（郭公）」置於前半部的末句，為結構與對比取得了漂亮的平衡與區隔，以此句為中線，上接「……かとすれば（一…就…）」的語法，以語意緊密聯繫著下句的「一聲啼鳴（鳴くひと声に）」，完全展示著歌人純熟的技法。自夜晚到黎明，僅以一聲啼鳴，化一天的結束為起始，夏夜的短，是此季節特殊的風情，歌人透過聽覺將其具象化，情感收放自如，而末句的「黎明（しののめ）」除了表面的字義外，還有另一層「女性允許心儀男性「夜訪」的最終時限」的隱含之義，這是平安時代宮廷中男女交往的日常互動，因此歌人在短歌的最後詠出此句，於感嘆夏日夜短之於，更增添無法盡興與心儀之人相處的情趣意味。

紀貫之高超的文學造詣，對情感與文字擁有獨到的敏銳眼光，使其短歌無論形式或內容上，皆具有精妙的表現，多次參與大型的歌合活動與屏風歌的創作，他的文字不僅活躍於宮廷的文人眼中，更引領著短歌走向成熟的巔峰。

（四）凡河內躬恆四季歌中的生動意象

與紀貫之同為《古今和歌集》編撰者的凡河內躬恆，其詠歌的能力，不輸紀貫之，文思敏捷，極擅即興之作，常與紀貫之於各式的歌合活動中，相互切磋，且有十分亮眼的表現，因而當時文人將其二人以文采並稱。其生平事蹟因其地位不高而甚少記載，與紀貫之相同，一生不得志，最高只當過地方的小官，但即使如此，其高度的文學天分，使他於文學史上，以短歌佔有一席之地。善於吟詠以四季為題材的短歌，其中以屏風歌的成就最高，對眼前所見之物有著細緻的感知，能將主觀意識把握的恰到好處，再透過幽默的語言，呈現出富有深意的藝術境界。下面這首十分著名的詠菊歌，以初霜與白菊的「潔」，營造出剔透的深秋之色：

花紅直須折，菊容白霜遮。〔註27〕
心あてに　折らばや折らむ　初霜の　置きまどはせる
白菊の花

歌人特意以倒裝的形式，將應接於「初霜の」之句的「白菊」置於歌末，使情感以線性導向尾端，拉長了景色的後蘊。整首歌以心理活動貫穿始末，歌人反覆陷於折與不折的猶豫之中，而導致歌人迷惑的原因，正是被「初霜」所覆蓋的「白菊」。「初霜」是秋末冬初的景色，是清晨最為寒冷之時，所降下的薄霜，淺淺的一層，陽光一出，晶晶亮亮，附著於大地萬物之上。而這「菊」於初霜時節盛開，其高雅之姿，吸引了歌人的目光，然而，輕薄的霜雪降下，「覆蓋其上難以分辨（置きまどはせる）」，初霜的「白」與菊花的「白」相互重疊，混淆了歌人的心，正當歌人欲將之折摘時，才恍然發現是白菊之花。歌人以幽默的筆法，將折花的掙扎，生動的呈現於字裡行間，以自我解嘲的方式，抒發著因白菊而引發的焦急躊躇，最後認知到原來這只是一場深秋帶來的「美麗的誤會」。「初霜」染成一片潔淨的深秋，使歌人不小心誤會了花色，薄霜可愛的惡作劇，使歌人有機會欣賞到白菊的晶亮皓麗，富有預料之外的情趣。另一首於宇多天皇所舉辦的「亭子院歌合」中，以暮春為題所吟詠的短歌：

不覺春日盡，流連在花蔭。〔註28〕
今日のみと　春を思はぬ　時だにも　立つことやすき
花のかげかは

暮春，即將告別燦爛春季的時節，總是引起人的愁緒。歌人以意在言外的手法，巧妙的將「惜春」之情，隱藏於反語裡。「今日のみと　春を思はぬ　時だにも」：就連今日都不想將之視為春季的最後一日，以「……だに（連……都）」的程度含意，暗示著歌人在其他春日裡，已經擁有這般不想讓春季結束的意識，於是歌中已屆暮春之際，這股

〔註27〕張蓉蓓譯，《古今和歌集》，頁157。
〔註28〕張蓉蓓譯，《古今和歌集》，頁111。

強烈的意識即自然而然爆發出來，於是意識繼續延燒至下半部，「立つことやすき　花のかげかは」：難以離去的櫻花蔭下，這裡的動景與前面的意識相互應合，同樣呈現出兩重語意：他日的難以離去與今日的難以離去。前者屬於歌外的含意，隱喻著歌人十分珍惜春櫻的開放，而後者處於的現下，則是讓份珍惜度加倍，更加難以與春櫻道別。「かは」的否定語氣，將「やすき」的容易之意反轉，形成反語於歌末呈現，不僅將前面濃郁的憐惜之情凝鍊其中，更讓這份惜春的心意，迴盪在語尾，回味再三。

（五）伊勢美麗又哀愁的囈語

這位平安宮廷中楚楚動人的女子，伊勢，與天皇、才俊們譜出的戀曲，成為宮廷中美麗的逸話。伊勢最初入宮擔任宇多天皇的嬪妃藤原溫子的女房，因其才華與容貌，吸引了許多追求者慕名而來。她先後與溫子的兩位兄長藤原仲平、藤原時平相戀，然而皆因阻礙而失戀，而後又受到宇多天皇的恩寵，誕下一子，可惜此子幼時便夭折，戀人、兒子皆失，使伊勢抑鬱沉痛。而溫子的逝世，為伊勢的生命帶來新的轉機，成為宇多天皇皇子敦慶親王的愛人，並與其生下了平安中期的女歌人中務。伊勢為《古今和歌集》中成就最高的女性歌人，她坎坷的情路，成為其短歌的養分，詠出無數美麗又哀愁的昳麗秀歌，而其《伊勢日記》不僅開啟女性為歌物語與日記文學的嘗試，更影響了平安時代中期《源氏物語》的寫作形式。伊勢對平安時代女性文學的貢獻，使她於文學史中，擁有女性文學先驅的不朽地位。下面這首題為〈詠歸雁〉的短歌，透過細膩的女性思維，使她不禁為雁的歸去興起一份不捨之情：

> 春霞花簇雁歸北，寂寥荒里可安住。〔註29〕
> 春霞　立つを見すてて　行く雁は　花なき里に　住みやならへる

〔註29〕張蓉蓓譯，《古今和歌集》，頁82。

百花盛開，生機盎然的春季，總能激勵人心，期許著未來的美好。而雁歸的舉動，是候鳥的本性，自然的規律，但正因這「歸去」之意，使歌人於一片美麗的春色下，引發出淡淡的愁緒。歌人移情於雁，模擬著雁的心情，為雁詠道：「在那無花盛開的國度，你是否住的習慣？（花なき里に　住みやならへる）」女性的多愁善感，反映於生活的一絲細節中，歌人自雁歸的常理，體會出「雁不得不離開這歡欣的季節，歸往淒冷的北方國度」的感觸，從中發散的情緒，完成了這首短歌。歌中「見すてて」一詞的離棄之意，加深了雁歸的決絕之感，雁的擬人化，使雁之心與人之心重合，透過一句問候，將歌人「為春季到來的喜悅與雁必然歸去的不捨」兩段感情疊蘊，展現出當時代女性的生活情趣。再看另一首描寫悲苦戀情的短歌：

> 枯木終逢春，何時承君恩。〔註30〕
> 冬枯れの　野辺とわが身を　思ひせば　もえても春を　待たましものを

「せば……まし」反實假設的語法，分別用於上下部分的末句，撐起短歌前後的結構。歌以冬天的枯寂為起，與己身孤寂之心相照，發展出雙重文脈。「野辺」字面上的荒野之義與引申義上的火葬之地，引出下句「思念（思ひ）」中「火（ひ）」字的雙關，是冬季荒野之景上的野火，也是歌人戀情的葬身之火。接著，下半部首句中「もえ」一詞，再次運用「萌芽（萌え）」與「燃燒（燃え）」的雙關語義，與末句的「等待」結合，一方面明指冬季的枯寂總能等到春季為之的復甦，另一方面則暗指歌人戀情不惜飛蛾撲火的情態。透過反實假設，將語調中隱藏著歌人對戀情還抱有一絲希冀的渴望，於是總被相思之火燃燒的體無完膚，這份為戀情奮不顧身的真摯，是歌人一生永不背棄的信條，是感情的執念，也是性情的真切，造就其美麗又哀愁的藝術境界。

若是將萬葉時代的素樸和歌，看作是男性視野下的剛直格調，而

〔註30〕張蓉蓓譯，《古今和歌集》，頁320。

古今時代的短歌所表現出的特質，則是「女性」目光下的柔美情調。假名文字讓女性加入創作者的行列，國風文化與攝關政治，更是讓女性有機會展現其有別於男性的抒情觀。而社會逐漸走向貴族菁英的趨勢，也讓短歌於語言形式上呈現雅化的現象，主打「心詞合一」境界的「物哀」審美新觀，透過如女性的思維與筆法中的細膩之處，使吟詠性質的短歌富有優雅的情懷。平安時代初期是日本文學史上的文藝復興期，經過對漢詩文的去蕪存菁，融合出屬於日本文藝的意識。古今時代的歌風，經歷著佚者時期古雅的萌芽，再到六歌仙時期瑰麗的開花，最終於編撰者時期幽美的結果，形成古今調纖細精巧的風格，而豐富的修辭技法，提供歌人更多樣的創作空間，意象妙喻的幽玄，更為短歌賦予深度的美學視野。平安的宮廷歌人是集「美」與「色」於一身的雅緻之櫻，盡興的綻放，灑脫的落下，於一片真情中優游於文字之海，他們對萬物情心的感知與寬容，打造了日本有情世界的文學觀，如同日本現代女詩人與謝野晶子的短歌：「星星在／夜的帳幕盡情／私語的此刻，下界的人／為愛鬢髮散亂。」〔註31〕物、我皆有情心，無論形式內容如何改變，短歌自古至今，唯有真情不移。

〔註31〕與謝野晶子等，譯者陳黎、張芬齡，《亂髮：短歌三百首》：「夜の帳にささめき盡きし星の今を下界の人の鬢のほつれよ」，（臺北：印刻文學生活雜誌，2014），頁39。

第六章　婉約小詞的情景交融與細膩短歌的物哀抒臆

人類的審美與藝術活動，是由「抒情」而來。人經由「感官」接受外在世界的各種刺激，透過「感知」進而於內心產生一種「感覺」，最後以文字、繪畫、音樂等媒介為表象，呈現出「感覺」的喜怒哀樂，這就是藝術的誕生。作家的創作行為，是因其認為生命中某段特殊且擁有保存價值的經驗所引發，而這段「經驗」所蘊含的事件，必定是觸動作者情心的關鍵，因而激起作者亟欲抒發的動機，直至完全釋放後，才能回到常態。這個釋放的過程，即是所謂的「抒情」。「抒情」是作品成為藝術的前提，而作品要能真正進入藝術，需經過「境界」的提煉，這般追求境界的思維，即是審美意識的覺醒。文學中，無論何種形式的文體，皆有一套內含民族文化精神的美學系統，中國以情景交融的為最高境界，日本則以物哀作為審美的最高準則。「情」與「景」，「我」與「物」，是構成文學的兩大要素，情景交融中，透過情生景、景生情或情景互生來成就「天人合一」的交融境界；而物哀裡，經由感知物之心、事之心，引發作者與讀者「知物哀」的共鳴，達到「物心人情」的調和境界。兩種美學觀的呈現，皆是人與自然互動所衍生的美感經驗，而經驗的載體：「文字」之所以能夠擁有容納龐大情感的力量，關鍵在於「意象」作為連繫著人與自然的橋樑。

所謂意象，是指將抽象之意賦予具體之象，「意」所內含的精神情心與「象」所表徵的言外之意，使文學擁有含蓄曲折的審美趣味，穿梭於主觀的虛與客觀的實之間，深化文字的美感層次。黃永武(1936～)曾言：

> 「意象」是作者的意識與外界的物象相交會，經過觀察、審思與美的釀造成為有意境的景象。然後透過文字，利用視覺意象或其他感官意象的傳達，將完美的意境與物象清晰地重現出來，讓讀者如同親見親受一般，這種寫作的技巧，稱之為意象的浮現。〔註1〕

文學作品透過意象的呈現，不僅將情與景緊密連繫，又能提供文字一個藝術表現的空間。意象經由美感經驗的提煉，化作無數巧奪天工的美感意境，成為一種文化精神的底蘊，跨越古今。因此本章將以「傷春悲秋」、「懷戀思怨」、「羈旅追憶」三種題材為類別，由情感轉化成的意象著手，對比令詞與短歌於這些題材中的美感體現。

第一節　傷春悲秋：令詞的時序哀感與短歌的季景愁嘆

多愁善感，是詩人生性具備的天賦，蔣勳曾經說過：

> 對於惆悵、閒情、新愁，或者所謂文人的風花雪月，如果從負面的角度來說，它可能是「頹廢」；可是如果從正面來講，生命中的憂愁是一種本質上無法排解的內容。生命最後的虛無性是存在的，對於一個敏感的人來說，新愁是一定會跟隨著他的，因為他會看到所以生命的週期。〔註2〕

自古以來，「傷春悲秋」總是詩人談論最多的話題，但四季更迭，物換星移，只不過是自然界尋常的規律運作，然而對於「敏感」的詩人而言，感官所體會的大千世界，一絲一毫的變化，總能引發內心深刻的感觸。在他們眼裡，每個生命的起落皆有意義存在，體悟了其中

〔註1〕黃永武，《中國詩學：設計篇》，(臺北：巨流圖書公司，1976)，頁3。
〔註2〕蔣勳，《說文學之美：感覺宋詞》，(臺北：有鹿文化公司，2017)，頁78。

的奧妙，領教出生命的本質，正是詩人有別於常人的魅力所在。於是詩人在日常的生活經驗裡，一次漫步中看見的花落或葉紅，即可能觸發其人生中某段記憶的浮現，進而產生閒情或愁悵。這是詩人共通的「頹廢」美感，沒有重大的因素去刺激，而是跟隨著自然世界的腳步，讀出隱藏於生命裡的時間意識。

一、傷春

春季，是萬物復甦生長的季節，含有起始的意義，是美好的象徵。美好的事物是人們無法割捨，也不願割捨的寶物，因而春的離去，不僅代表著美好的消逝，也使人們意識到時間的不等人。楊海明說：「春去秋來，花開花落，原是『與卿何干』的自然現象，但對那些特別珍惜生命、特別眷戀青春的詞人來講，卻不免會引發『好景不長』，『盛時不再』的無窮悵恨。」〔註3〕於是無論在令詞或短歌中，「傷春」總是詩人們抒情的一大對象。李煜的〈烏夜啼〉一闋中，便以因無情風雨摧打而謝的「林花」為引，於「太匆匆」的感嘆中，將人生憾恨之事本常有的領悟，比喻作江水東流，永無止盡。林花短暫的美麗，正如詞人僅有的美好歲月，多麼容易便為無情風雨所奪去。而在原業平的短歌裡，也以惜花之心，感傷著美好事物的易逝：「雨中強摘花，春日不多時。〔註4〕（濡れつつぞ　しひて折りつる　年の内に　春はいくかも　あらじと思へば）」因春雨而濕透的荻花，若不趁著它盛開之時將其保留，很快便隨著春日的結束而凋謝。這裡歌人透過強摘荻花的舉動，試圖存下美好，然而，每種生命都有其因果循環，這朵荻花終究在流逝，直至凋零之日。

「落紅」是詩人最易引發傷春之情的媒介，因此如張先〈青門引〉中「庭軒寂寞近清明，殘花中酒，又是去年病。」年復一年的悲涼；又如晏幾道〈玉樓春〉裡「東風又作無情計，艷粉嬌紅吹滿地。」繁

〔註3〕楊海明，《唐宋詞主題探索》，（高雄：麗文文化公司，1995），頁82。
〔註4〕張蓉蓓譯，《古今和歌集》，（臺北：致良出版社，2002），頁111。

華轉瞬皆逝的愁慨；或是秦觀〈畫堂春〉中「杏園憔悴杜鵑啼，無奈春歸！」無以為力的遲暮之恨；或李清照〈如夢令〉中「應是綠肥紅瘦」的惋惜，皆以「落紅」之景，賦予「易逝」的意象，抒發詞人傷春之情。而短歌中，也常以花色易衰來隱喻時光的無情，如小野小町的一首春歌：「花容日衰顏，悽悽霪雨間。〔註5〕（花の色は　うつりにけりな　いたづらに　わが身世にふる　ながめせしまに）」將櫻花花期之短喻容貌易老，而春雨的綿長，卻伴隨著這已衰容顏的愁怨，漫漫無期；又如紀貫之以「櫻花」易落的意象，期許著春季能再延長的慨歎：「櫻花先逢春，奈何紅顏短。〔註6〕（今年より　春知りそむる　桜花　散るといふことは　ならはざらなむ）」；或是素性不忍櫻花散落，而不禁詢問落櫻將歸往何處的愁癡：「誰知落櫻處，前行背情訴。〔註7〕（花散らす　風のやどりは　誰か知る　我にをしへよ　行きてうらみむ）」皆突顯出大和民族，對櫻花的珍惜之情，而櫻花一夕怒放，轉瞬凋亡的易逝之姿，更是最易觸及人心深處的美感底蘊。

雖然令詞與短歌對於傷春的表現上有所雷同，但令詞中對於傷春還有著另一層人生寓意的領悟，如晏殊〈浣溪紗〉中「無可奈何花落去，似曾相識燕歸來」一句中，道盡了生命的起落是自然的輪迴，無法阻止消逝的繼續，然而輪迴的本質，卻也會再次帶來新的生機，因此不必一味陷入悲痛，不如放遠未來，新的美好會再次降臨；或是晏幾道〈玉樓春〉「此時金盞直須深，看盡落花能幾醉。」裡，既然留不住，何不及時行樂，將美好盡收眼底，好好品嚐箇中滋味的灑脫；又或是秦觀〈浣溪紗〉「自在飛花輕似夢，無邊絲雨細如愁。」中耽溺的閒愁，輕輕淡淡，也是人生中別有一番的情趣享受。短歌則較少抒發對人生的領悟，而是以「珍惜當下」的情意，於傷春時節中渡過。如猿丸大夫以關切的問句，問候著花色的安好：「花香可如昔？宇治棣

〔註5〕張蓉蓓譯，《古今和歌集》，頁105。
〔註6〕張蓉蓓譯，《古今和歌集》，頁87。
〔註7〕張蓉蓓譯，《古今和歌集》，頁95。

棠花。〔註8〕（今もかも　咲きにほふらむ　橘の　小島の崎の　山吹の花）」或是伊勢所詠的春歌：「荒野無花容，他日再展色。〔註9〕（見る人も　なき山里の　桜花　ほかの散りなむ　のちぞ咲かまし）」盛開的櫻花，卻綻放於無人的山里中，於無人知曉時，飄然落去，若能再堅持一段時日，就會有行人路過而欣賞，歌人憐惜櫻花孤芳自賞的哀愁，正是短歌裡常見的惜花春情。

二、悲秋

相對於傷春的易感，秋季「由盛轉衰」的蕭索，使悲秋也成為詩人不由自主的惆悵之源。《楚辭》中：「悲哉，秋之為氣也！蕭瑟兮，草木搖落而變衰。」秋季的「衰」，是生命殞落的時節，不禁使詩人想起自我生命中的失意與壓抑，因而悲感油然而生，於是文學中對秋景的形容，總是帶著一份淒清的寥落之感。

令詞裡的悲秋意識與「月」息息相關，或許正是其陰晴圓缺的樣貌，使觀者不自覺便憶起人生中的悲歡離合，而中秋月的團圓佳節，更令獨身之人備感惆悵。李煜〈烏夜啼〉中：「無言獨上西樓，月如鉤。寂寞梧桐深院鎖清秋。」秋是賞月的季節，登樓望月，卻是愁緒萬分。「如鉤」的缺月，加上「獨上」的孤寂，無一樣圓滿的事物能夠慰藉，而梧桐葉落的「一葉知秋」，連帶著時光也棄詞人而去，只剩這寂寞深院，鎖著詞人化不去的淒清離愁。朱淑真〈菩薩蠻〉中也以月的圓缺，嘆息著詞人寂寞秋夜的哀愁，「多謝月相憐，今宵不忍圓。」詞人的孤寂生活，只有缺月作伴，而缺月的未圓，給予詞人自我慰藉的機會，「不忍」的心境，更顯示著於尋常日子裡不斷積累的零落之感，於今夜不得不發的哀憐。

李煜詞中梧桐葉落知秋的意象，於李清照〈鷓鴣天〉一闋中也能看見：「寒日蕭蕭上瑣窗，梧桐應恨夜來霜。」已屆深秋之際，蕭蕭秋

〔註8〕張蓉蓓譯，《古今和歌集》，頁107。
〔註9〕張蓉蓓譯，《古今和歌集》，頁91。

夜裡下起了薄霜，梧桐早已葉落，霜雪卻覆上枝身，晚年與親友離散的李清照，獨身一人，見了此情此景，怎能不怨不恨。而晏殊的〈清平樂〉中「金風細細，葉葉梧桐墜。綠酒初嘗人易醉，一枕小窗濃睡。」同樣也以梧桐葉落之景，嘆悲秋之愁，但晏殊的愁情，卻不是李煜或李清照的濃重離恨，平順一生的晏殊，於秋季的慨歎，是富雅生活所帶來的閒愁，秋風、梧桐的季景與綠酒、濃睡的情趣，交織出一幅秋日幽微愁思的閒情雅致。

而短歌所吟詠的悲秋意象，以「紅葉（もみじ）」最為常見。相當著名的悲秋之歌即是猿丸大夫所作：「荒山踏草行，鹿聲悲秋情。〔註10〕（奥山に　紅葉ふみわけ　鳴く鹿の　声きく時ぞ　秋は悲しき）」由紅葉的視覺與鹿鳴的聽覺雙向感官轉化出的悲秋意識，是大和民族細膩的感知藝術。日本是四季分明的島國生態，使他們天性喜愛與自然互動，春櫻、夏草、秋楓，冬雪，每個季節皆有其特色的景物存在，因而當季節轉換，自然物象的更迭便相當顯著，感知敏銳的歌人，首當其衝。秋季的楓葉，紅盛似火，然而鮮豔之色下，卻隱含著萬物即將凋亡的「最後的燦爛」之義。然而以大和民族「珍視瞬息」的特色下，悲秋對於歌人而言，還是帶著欣賞的角度抒發，盡情享受這份燦爛到最後一刻。如凡河內躬恆的一首：「風起楓葉零，水清見玉影。〔註11〕（風吹けば　落つるもみぢ葉　水きよみ　散らぬかげさへ　底に見えつつ）」風吹葉落，點綴上池面，清澈的池水，仍倒映著尚未飄落的楓紅。落下與未落，皆有楓葉不同的美，賞味著滿池楓紅，珍惜著這紅艷的魅力。又如紀貫之一首：「河口秋泊處，年年楓紅佇。〔註12〕（年ごとに　もみぢ葉流す　龍田川　水門や秋の　泊まりなるらむ）」葉落川面，最終匯集至河口，艷麗的楓紅，彷彿川水染盡，彷彿秋季刻意停泊於此處，引人為其欣賞、讚嘆。

〔註10〕張蓉蓓譯，《古今和歌集》，頁137。
〔註11〕張蓉蓓譯，《古今和歌集》，頁164。
〔註12〕張蓉蓓譯，《古今和歌集》，頁167。

除了楓紅的秋季之色外，芒花似雪的秋，也使歌人體會出別樣的愁緒，這首平貞文所作的短歌，便是以芒花的意象，悲愁著戀情的無果：「今後不栽花，芒穗感秋悲。〔註13〕（今よりは　植ゑてだに見じ　花すすき　穂にいづる秋は　わびしかりけり）」芒花結穗，風過薄輕即飛，飄然似雪，卻讓失戀的歌人，不願再栽種此花，芒花的薄穗，宛如伊人的薄情，輕易便被風吹散無蹤，徒留己身傷悲。而素性這首秋歌，則以蟲鳴與花卉營造出秋悲的氣息：「獨我身堪憐，暮影蟲聲綿。〔註14〕（我のみや　あはれと思はむ　きりぎりす　鳴く夕かげの　大和なでしこ）」蟋蟀鳴於夕陽之際，昏黃的天色，映照著純潔的撫子花，歌人堅貞的愛，使其如今獨身一人，伴隨著蟲鳴綿綿。

傷春悲秋，是詩人自然而然的常情，無論令詞或短歌，抒發的皆是人心中無法抑止的「愁」情。取材自生活與世界，將鬱悶託付於景，化作意象，撫慰著千古的有情人之心。詩人於春光秋色中體悟出生命的逡巡與時序的易逝，他們的愁嘆，不是無病呻吟，而是人情最真誠的反應。

表 6-1-1　令詞與短歌「傷春悲秋」題材對比表（研究者自行整理）

<table>
<tr><td colspan="3" rowspan="2"></td><td colspan="2">傷　春</td></tr>
<tr><td colspan="2">好景不長、盛時不再的愁緒</td></tr>
<tr><td rowspan="3">落花</td><td rowspan="3">寓情於景</td><td>令詞</td><td>秦觀〈浣溪紗〉:「自在飛花輕似夢，無邊絲雨細如愁。」</td><td>人生中耽溺的閒愁</td></tr>
<tr><td rowspan="2">短歌</td><td>紀貫之:「櫻花先逢春，奈何紅顏短。(今年より　春知りそむる　桜花　散るといふことは　ならはざらなむ)」</td><td>期許著春季能再延長的慨歎</td></tr>
<tr><td>伊勢:「荒野無花容，他日再展色。(見る人も　なき山里の　桜花　ほかの散りなむ　のちぞ咲かまし)」</td><td>憐惜櫻花孤芳自賞的哀愁</td></tr>
</table>

〔註13〕張蓉蓓譯，《古今和歌集》，頁 144。
〔註14〕張蓉蓓譯，《古今和歌集》，頁 145。

	緣情寫景	令詞	張先〈青門引〉:「庭軒寂寞近清明，殘花中酒，又是去年病。」	年復一年的悲涼
			晏殊〈浣溪紗〉:「無可奈何花落去，似曾相識燕歸來」	看破生命起落的輪迴
			晏幾道〈玉樓春〉:「此時金盞直須深，看盡落花能幾醉。」	及時行樂，把握美好
			李清照〈如夢令〉:「應是綠肥紅瘦」	對春之惋惜
		短歌	小野小町:「花容日衰顏，悽悽霪雨間。(花の色は　うつりにけりな　いたづらに　わが身世にふる　ながめせしまに)」	容顏易老，良辰不再
			在原業平:「雨中強摘花，春日不多時。(濡れつつぞ　しひて折りつる　年の内に　春はいくかも　あらじと思へば)」	感傷春日美好的易逝，憐惜花色時光
			素性:「誰知落櫻處，前行背情訴。(花散らす　風のやどりは　誰か知る　我にをしへよ　行きてうらみむ)」	
			猿丸大夫:「花香可如昔？宇治棣棠花。(今もかも　咲きにほふらむ　橘の　小島の崎の　山吹の花)」	
	情景合一	令詞	李煜〈烏夜啼〉:「林花謝了春紅，太匆匆。」	美好歲月易為無情風雨奪去
			晏幾道〈玉樓春〉:「東風又作無情計，艷粉嬌紅吹滿地。」	繁華轉瞬皆逝的愁慨
			秦觀〈畫堂春〉:「杏園憔悴杜鵑啼，無奈春歸！」	無以為力的遲暮之恨
		短歌	無	
			悲　秋	
			由盛轉衰的蕭索，使人想起自我生命中的失意與壓抑	
月	緣情寫景	令詞	李煜〈烏夜啼〉:「無言獨上西樓，月如鉤。寂寞梧桐深院鎖清秋。」	缺月的不圓滿，比喻著詞人孤寂之心
			朱淑真〈菩薩蠻〉:「多謝月相憐，今宵不忍圓。」	
		短歌	無	

<table>
<tr><td rowspan="6">梧桐</td><td rowspan="2">寓情於景</td><td>令詞</td><td>晏殊〈清平樂〉:「金風細細,葉葉梧桐墜。綠酒初嘗人易醉,一枕小窗濃睡。」</td><td rowspan="2">富雅生活的閒愁</td></tr>
<tr><td>短歌</td><td>無</td></tr>
<tr><td rowspan="2">緣情寫景</td><td>令詞</td><td>李煜〈烏夜啼〉:「無言獨上西樓,月如鉤。寂寞梧桐深院鎖清秋。」</td><td rowspan="4">梧桐一葉知秋,時光易逝,孤身一人,蕭索淒清</td></tr>
<tr><td>短歌</td><td>無</td></tr>
<tr><td rowspan="2">情景合一</td><td>令詞</td><td>李清照〈鷓鴣天〉:「寒日蕭蕭上瑣窗,梧桐應恨夜來霜。」</td></tr>
<tr><td>短歌</td><td>無</td></tr>
<tr><td rowspan="5">紅葉</td><td rowspan="3">寓情於景</td><td>令詞</td><td>無</td><td rowspan="3">楓葉艷麗的秋色,應珍惜當下,把握美好</td></tr>
<tr><td rowspan="2">短歌</td><td>凡河內躬恆:「風起楓葉零,水清見玉影。(風吹けば　落つるもみぢ葉　水きよみ　散らぬかげさへ　底に見えつつ)」</td></tr>
<tr><td>紀貫之:「河口秋泊處,年年楓紅佇。(年ごとに　もみぢ葉流す　龍田川　水門や秋の　泊まりなるらむ)」</td></tr>
<tr><td rowspan="2">緣情寫景</td><td>令詞</td><td>無</td><td rowspan="2">紅葉之艷與鹿鳴之淒,包圍著孤身於深山的歌人</td></tr>
<tr><td>短歌</td><td>猿丸大夫:「荒山踏草行,鹿聲悲秋情。(奥山に　紅葉ふみわけ　鳴く鹿の　声きく時ぞ　秋は悲しき)」</td></tr>
<tr><td rowspan="2">芒花</td><td rowspan="2">緣情寫景</td><td>令詞</td><td>無</td><td rowspan="2">芒花的薄穗,飄然似雪,宛如伊人的薄情</td></tr>
<tr><td>短歌</td><td>平貞文:「今後不栽花,芒穗感秋悲。(今よりは　植ゑてだに見じ　花すすき穂にいづる秋は　わびしかりけり)」</td></tr>
<tr><td rowspan="2">蟲鳴與撫子花</td><td rowspan="2">緣情寫景</td><td>令詞</td><td>無</td><td rowspan="2">撫子花堅貞之愛隱喻著歌人守望於蟲鳴薄暮之際</td></tr>
<tr><td>短歌</td><td>素性:「獨我身堪憐,暮影蟲聲綿。(我のみや　あはれと思はむ　きりぎりす鳴く夕かげの　大和なでしこ)」</td></tr>
</table>

第二節　懷戀思怨:令詞的寂寥之情與短歌的愛恨分明

所謂「問世間情為何物,直叫人生死相許。」古今中外,人的一生，皆逃不過愛情的糾纏，它宛如紅艷的玫瑰，能帶來芬芳甜蜜，也能令人鮮血淋漓。詩的出現，源自於人們的一聲感嘆，而愛情帶來的刻骨銘心，成為人們情感世界的精神之一，進而產生詩意的表現，成為美麗的詩篇。叔本華（Arthur Schopenhauer, 1788～1860）曾言：「當戀愛向縱深發展時，人的思想不但表現出一些充滿詩意的色彩……若能達到戀情之高峰，人的想像中即會放射出燦爛的光輝；如果中途受挫，他們就會頓覺人生無望、生活毫無樂趣，甚至生命本身也沒有什麼使人留戀的了。」〔註 15〕如此波動心弦的強烈情感，反映在文學的領域裡，愛情始終是抒情文學的主要題材之一。

令詞要眇宜修的特色與宴饗唱愁的歌伎文化，使其對戀情的著墨深刻動人，而短歌的物心人情，戀愛也成為了最易觸發人心的物哀之情，傳遞著真摯的情語。對於古代封建社會而言，無自由的愛情似乎天生便帶著悲劇的色彩，無論中國或日本，在面對愛情時，它所帶給人們的痛，正是化作詩句的關鍵，任何懷戀或思怨，皆是詩人對愛情的那份真誠與渴望。

一、相思成疾

秦觀著名的〈鵲橋仙〉中曾言：「兩情若是久長時，又豈在朝朝暮暮？」然而，世事無常下的愛情，所謂的「久長」時候，屈指可數，於是這份難以放下的情感，總以相思陪伴。而當人陷入相思的情緒時，是極其敏感脆弱的存在，尤其在夜半失眠之時，韋莊〈浣溪紗〉中「夜夜相思更漏殘，傷心明月憑闌干。」女子因思念輾轉反側、焦躁難安，而遠處斷續的更漏聲，綿延不絕於耳，於是起身憑欄望月，希望能緩和心中的愁傷，溫庭筠〈更漏子〉中同樣描繪著這樣一幅為愛失眠的癡情之景：「柳絲長，春雨細，花外漏聲迢遞。」女子心力的憔悴，敏感到連窗外遠處細微的動靜都清楚萬分。李煜〈長相思〉詞的失眠，不寫更漏聲，而是以風、雨、芭蕉，營造出寂寞之夜的漫長隱忍：「秋

〔註 15〕叔本華，陳小南、金玲譯，（北京：大眾文藝出版社，1999），頁 246。

風多，雨相和，簾外芭蕉三兩窠。夜長人奈何。」美人多嬌，使陷入熱戀中的詞人，無法入睡，聽著風雨相和，滴打著芭蕉，每聲皆擊打著詞人激動的心。而短歌中，「失眠」也是歌人說相思的一種表現，在原業平的這首戀歌：「思君不成眠，春雨度時年。〔註 16〕（起きもせず　寝もせで夜を　あかしては　春のものとて　ながめくらしつ）」這是種「起也不是，睡也不是」的難耐之情，平安時代的人們，在追求戀情時，可能因門第、身分等因素，而出現所謂的「隱忍之戀（忍ぶ恋）」，常反映在單戀的人情裡，因難以求得，於是只能至於心中，每天反覆的思念，這首短歌正是以春雨綿密漫長的景色，搔刮著歌人因相思而難以入眠的情態。

所謂「日有所思，夜有所夢」，越是無法相見，越容易陷入夢境的情思當中。晏幾道〈鷓鴣天〉中「從別後，憶相逢，幾回魂夢與君同。今宵賸把銀釭照，猶恐相逢是夢中。」相思是人們想像的能力，由回憶而來，清醒時，憶著過去種種的美好，越是深刻入心，越能將之入夢。然而人總是難以脫出美好的禁制，對伊人的留戀，已由夢中相會，夢醒的虛無感，更使人心力交瘁，因而相思之人最怕夢醒時分。小野小町的戀歌中也反映出這般對相思成夢的惶恐：「思君欲成眠，長留在夢田。〔註 17〕（思ひつつ　寝ればや人の　見えつらむ　夢と知りせば　覚めざらましを）」好不容易夢中相會，一解思念的愁怨，而歌人透徹的心智，卻是這般夢境的阻饒，正是明白夢終究會醒的道理，才會如此放不下這股淪陷的情，這是種飛蛾撲火式的想念，身在其中的歌人，已不可自拔。又如韋莊〈女冠子〉兩闋中「不知魂已斷，空有夢相隨。」與「覺來知是夢，不勝悲。」兩句，似乎只有夢境的支持，才能使相思有個依託，然而夢的幻境性質，卻又令人「不勝悲」。另一首伊勢的戀歌，對夢境的又愛又恨，更是顯然：「朝朝顧影憐，夢中亦難圓。〔註 18〕（夢

〔註 16〕張蓉蓓譯，《古今和歌集》，頁 268。
〔註 17〕張蓉蓓譯，《古今和歌集》，頁 248。
〔註 18〕張蓉蓓譯，《古今和歌集》，頁 287。

にだに　見ゆとは見えじ　朝な朝な　わが面影に　恥づる身なれば）」總是惆悵著今夜是否能在夢中相見，然而於鏡中看著自己每天盼望的倒影，似乎沒有醒悟的一天。相思可謂是愛情的「自作孽，不可活」，但卻是人們義無反顧的情愛表現，以戀為題的詩，其動人之處也正在這裡。

令詞裡，對於相思的寄託，也抒發於「登樓」之中。溫庭筠的〈夢江南〉一闋：「梳洗罷，獨倚望江樓。過盡千帆皆不是，斜暉脈脈水悠悠，腸斷白蘋洲。」思念遙遙一方的離人，相距的長遠，更易使人登高眺望，期許著視野的廣，能稍微縮短兩人之間的距離，同時也希望能透過望遠，更早一秒看見離人的歸橈，然而千帆已過的絕望，隨著波光嶙峋的江水，埋沒於江洲之中。晏殊〈清平樂〉的「斜陽獨倚西樓，遙山恰對簾鉤。人面不知何處，綠波依舊東流。」與〈踏莎行〉的「高樓目盡欲黃昏，梧桐葉上蕭蕭雨。」之句，同樣以登樓遠眺，前者的相思隱含著物是人非的感嘆，後者黃昏時分雨中的梧桐，葉上蕭蕭雨姿，彷彿提醒著詞人思念永無終止的一日。短歌則幾乎沒有登樓的經驗，卻以川水綿延清徹的意象，表徵著相思的真誠與深切。猿丸大夫的一首戀歌：「不緣君面相思增，河底伏流如情深。〔註 19〕（あひ見ねば　恋こそまされ　水無瀬川　なにに深めて　思ひそめけむ）」運用川水伏流的深度，比喻著相思意念之深，而漫長流過的川水，思念也隨著無止盡的延長。又如平貞文的一首：「心似白河清，但願常相親。〔註 20〕（白河の　知らずともいはじ　底清み　流れて世々に　すまむと思へば）」歌人的情真摯透徹，總是期許著兩人的緣分能長長久久，但這般希冀，總是在思念中度過。

而思念的惆悵，對於女子而言，是耗費心力與青春的情意，因而總說「思君令人老」，人處於相思中，對時間的流逝，備感交加，不僅過程漫長，而當突然清醒的那刻，歲月已悄然逝去的無力，更是令人

〔註 19〕張蓉蓓譯，《古今和歌集》，頁 311。
〔註 20〕張蓉蓓譯，《古今和歌集》，頁 281。

措手不及。李清照〈醉花陰〉經典的一句「莫道不消魂，簾捲西風，人比黃花瘦。」人花相比，思念的消魂，於夜不能寐，食不能安中，使人衣帶漸寬，「瘦」的不僅是身，用盡力氣相思的心，也瘦弱不堪。張先〈浣溪紗〉裡則透過「花片片飛風弄蝶，柳陰陰下水平橋」的落花戲蝶、綠柳蔭橋之春景，對比著孑然獨處的己身，不自覺感到「日長纔過又今宵。」的漫長等待，是既怨又無奈的相思。而在原業平的短歌則以男子追憶的角度，嘆息著失去的想念：「月非昔月，春非昔春，吾身仍在，伊人不見。〔註21〕（月やあらぬ　春や昔の　春ならぬ　わが身ひとつは　もとの身にして）」此春此月，少了過去相知的美好，已不同往昔，然而歌人對伊人的情意，仍舊與過去相同，不減反增，但失去對方的他，也只能於故地，念想著戀情的美好。

二、離情最苦

溫庭筠〈更漏子〉中，「梧桐樹，三更雨，不道離情正苦。一葉葉，一聲聲，空階滴到明。」說的正是戀愛中離情的苦悶。現今社會的遠距離戀愛，至少能透過科技的進步，排解離情，但對於古代而言，一次的出遠，可能就是三年五載的別離，於是其中的想念，更是刻骨銘心。雨打梧桐葉，那「一葉葉，一聲聲」的失眠，是離情作祟的苦難之夜，沒有解藥，只能煎熬。又秦觀的〈減字木蘭花〉裡，「黛蛾長斂，任是春風吹不展。困倚危樓，過盡飛鴻字字愁。」離情之重，連春風也無法拂去，鴻雁春歸，排成人字的飛行，一再刺激著女子那無法得知離人境況的情心，每目睹一次，愁緒更深。而晏幾道的〈清平樂〉則一反哀愁的語氣，以強硬的語調，掩飾著備受離情所苦的情心：「渡頭楊柳青青。枝枝葉葉離情。此後錦書休寄，畫樓雲雨無憑。」柳的離意，象徵著離人的無情與等待之人的難埃，總是等不到音信的心，帶著絕望的恨意，怨憤著「錦書休寄」，其實這般故作堅強，也只是不願為無情之人流淚的掩護罷了。這份逞強的怨恨，於猿丸大夫的

〔註21〕張蓉蓓譯，《古今和歌集》，頁308。

戀歌中，同樣也能看到：「早日來生渡，忘卻今世苦。〔註 22〕（来む世にも　はやなりななむ　目の前に　つれなき人を　昔と思はむ）」與相戀中的離情不同，這裡的離情，是因拋棄而起的埋怨，帶著憤恨卻又不想傷害對方的軟弱，是人心最真實也最複雜的情思。

令詞對於情愛的描寫，能見到「男子作閨音」的現象，通常以女子的立場，描摹著女子的相思之情。令詞這般「作閨音」的現象，是中國抒情傳統長久以來，以「言志」為主的關係，畢竟中國的知識份子還是掌握在男性手裡，文人是互換於社會與私情兩個角色中，因而對於抒情的解放度，「言志」的拘束仍或多或少影響著令詞的抒情性，於是特意以閨怨的視野，將內心最為柔軟之處，剖白於詞作中。而短歌則沒有刻意以異性之姿來抒情，而是只針對自身所感知的情意來書寫。以「物心人情」為目標的抒情觀，講究真實人情的抒發，而短歌書寫的假名文字，本為女性常用的文字，於是男性歌人並不認為純粹的抒情，是需有「志」的束縛，因此短歌中幾乎不見令詞「作閨音」的手法。但無論令詞或短歌的性別立場為何，在處理戀情相關的題材時，仍是以赤誠之心，寫真摯之意。

表 6-2-1　令詞與短歌「懷戀思怨」題材對比表（研究者自行整理）

<table>
<tr><td rowspan="2" colspan="3"></td><td colspan="2">相思成疾</td></tr>
<tr><td colspan="2">不能見的念想，化作欲望，成為相思</td></tr>
<tr><td rowspan="4">更漏</td><td rowspan="2">寓情於景</td><td>令詞</td><td>溫庭筠〈更漏子〉「柳絲長，春雨細，花外漏聲迢遞。」</td><td rowspan="4">更漏聲的不絕於耳，呈現思念焦躁之狀</td></tr>
<tr><td>短歌</td><td>無</td></tr>
<tr><td rowspan="2">緣情寫景</td><td>令詞</td><td>韋莊〈浣溪紗〉「夜夜相思更漏殘，傷心明月憑闌干。」</td></tr>
<tr><td>短歌</td><td>無</td></tr>
</table>

〔註 22〕張蓉蓓譯，《古今和歌集》，頁 237。

<table>
<tr><td rowspan="4">失眠</td><td rowspan="2">緣情寫景</td><td>令詞</td><td>無</td><td rowspan="4">雨的綿延映照長夜漫漫</td></tr>
<tr><td>短歌</td><td>在原業平「思君不成眠，春雨度時年。（起きもせず　寝もせで夜を　あかしては　春のものとて　ながめくらしつ）」</td></tr>
<tr><td rowspan="2">情景合一</td><td>令詞</td><td>李煜〈長相思〉「秋風多，雨相和，簾外芭蕉三兩窠。夜長人奈何。」</td></tr>
<tr><td>短歌</td><td>無</td></tr>
<tr><td rowspan="5">夢</td><td rowspan="5">緣情寫景</td><td rowspan="3">令詞</td><td>晏幾道〈鷓鴣天〉「從別後，憶相逢，幾回魂夢與君同。今宵賸把銀釭照，猶恐相逢是夢中。」</td><td rowspan="5">對夢醒時分空虛的恐懼</td></tr>
<tr><td>韋莊〈女冠子〉「不知魂已斷，空有夢相隨。」</td></tr>
<tr><td>韋莊〈女冠子〉「覺來知是夢，不勝悲。」</td></tr>
<tr><td rowspan="2">短歌</td><td>小野小町「思君欲成眠，長留在夢田。（思ひつつ　寝ればや人の　見えつらむ　夢と知りせば　覚めざらましを）」</td></tr>
<tr><td>伊勢「朝朝顧影憐，夢中亦難圓。（夢にだに　見ゆとは見えじ　朝な朝な　わが面影に　恥づる身なれば）」</td></tr>
<tr><td rowspan="6">登樓</td><td rowspan="2">寓情於景</td><td>令詞</td><td>晏殊〈踏莎行〉「高樓目盡欲黃昏，梧桐葉上蕭蕭雨。」</td><td rowspan="6">透過登樓眺望的動作喻思念遠人之情</td></tr>
<tr><td>短歌</td><td>無</td></tr>
<tr><td rowspan="2">緣情寫景</td><td>令詞</td><td>溫庭筠〈夢江南〉「梳洗罷，獨倚望江樓。過盡千帆皆不是，斜暉脈脈水悠悠，腸斷白蘋洲。」</td></tr>
<tr><td>短歌</td><td>無</td></tr>
<tr><td rowspan="2">情景合一</td><td>令詞</td><td>晏殊〈清平樂〉「斜陽獨倚西樓，遙山恰對簾鉤。人面不知何處，綠波依舊東流。」</td></tr>
<tr><td>短歌</td><td>無</td></tr>
<tr><td rowspan="3">流水</td><td rowspan="3">緣情寫景</td><td>令詞</td><td>無</td><td rowspan="3">透過流水的深度與清澈喻戀情堅純之思</td></tr>
<tr><td rowspan="2">短歌</td><td>猿丸大夫「不緣君面相思增，河底伏流如情深。（あひ見ねば　恋こそまされ　水無瀬川　なにに深めて　思ひそめけむ）」</td></tr>
<tr><td>平貞文「心似白河清，但願常相親。（白河の　知らずともいはじ　底清み　流れて世々に　すまむと思へば）」</td></tr>
</table>

<table>
<tr><td rowspan="6">等待</td><td rowspan="2">寓情於景</td><td>令詞</td><td>張先〈浣溪紗〉「花片片飛風弄蝶，柳陰陰下水平橋。」</td><td rowspan="2">美好春景對比孤身的等待</td></tr>
<tr><td>短歌</td><td>無</td></tr>
<tr><td rowspan="2">緣情寫景</td><td>令詞</td><td>無</td><td rowspan="2">春日與月的今昔對比暗指對方已變之心</td></tr>
<tr><td>短歌</td><td>在原業平「月非昔月，春非昔春，吾身仍在，伊人不見。（月やあらぬ　春や昔の　春ならぬ　わが身ひとつは　もとの身にして）」</td></tr>
<tr><td rowspan="2">情景合一</td><td>令詞</td><td>李清照〈醉花陰〉「莫道不消魂，簾捲西風，人比黃花瘦。」</td><td rowspan="2">將念想的消魂而人比花瘦</td></tr>
<tr><td>短歌</td><td>無</td></tr>
<tr><td colspan="3" rowspan="2"></td><td colspan="2">離情最苦</td></tr>
<tr><td colspan="2">刻骨銘心的別離之思</td></tr>
<tr><td rowspan="2">梧桐夜雨</td><td rowspan="2">寓情於景</td><td>令詞</td><td>溫庭筠〈更漏子〉「梧桐樹，三更雨，不道離情正苦。一葉葉，一聲聲，空階滴到明。」</td><td rowspan="2">雨聲點滴喻失眠煎熬之夜</td></tr>
<tr><td>短歌</td><td>無</td></tr>
<tr><td rowspan="2">飛鴻</td><td rowspan="2">緣情寫景</td><td>令詞</td><td>秦觀〈減字木蘭花〉「黛蛾長斂，任是春風吹不展。困倚危樓，過盡飛鴻字字愁。」</td><td rowspan="2">飛鴻人字之姿引人思愁</td></tr>
<tr><td>短歌</td><td>無</td></tr>
<tr><td rowspan="2">柳</td><td rowspan="2">緣情寫景</td><td>令詞</td><td>晏幾道〈清平樂〉「渡頭楊柳青青。枝枝葉葉離情。此後錦書休寄，畫樓雲雨無憑。」</td><td rowspan="4">前者以柳之離意，後者以早渡來世嘆離情的逞強之怨</td></tr>
<tr><td>短歌</td><td>無</td></tr>
<tr><td rowspan="2">來世</td><td rowspan="2">緣情寫景</td><td>令詞</td><td>無</td></tr>
<tr><td>短歌</td><td>猿丸大夫「早日來生渡，忘卻今世苦。（来む世にも　はやなりななむ　目の前に　つれなき人を　昔と思はむ）」</td></tr>
</table>

第三節　羈旅追憶：令詞的物事人非與短歌的撫今悼昔

一、羈旅

遊歷，是充實人生經驗的捷徑。所謂「讀萬卷書，不如行萬里路」，知識的積累，須經由應用才能發揮價值，於是古代的讀書人，到了一定年紀，必然會出發至外地，歷練己身，因而旅行對於古代人而言，是人生中的必經之路。然而，啟程的意義若是出自遊歷，當然能有一片美好的願景，但若是遭遇戰亂或貶謫，而不得不居走他鄉，這份長期壓抑的失意，便使旅行加上了沉重的腳鍊，於思鄉的孤獨中悲痛萬分。馮延巳〈喜遷鶯〉一闋中，「宿鶯啼，鄉夢斷，春樹曉朦朧。殘鐙和燼閉朱櫳，人語隔屏風。」詞人遭逢國亂，被迫遠離家國的愁悶，於一次鄉夢中，娓娓甦醒。美好的過去，斷在一聲鶯啼，這個充斥著鄉愁的早晨，於香寒鐙絕中，刺痛著詞人無家可歸的殘破之心中。而李煜〈清平樂〉一闋中，對亡國帶來的沉痛遷移，讓居於他國為俘虜的後主，離恨叢生：「雁來音信無憑，路遙歸夢難成。離恨恰如春草，更行更遠還生。」杳無音信的故國，難以回鄉的現實壓迫，這股離恨之不絕，是「更行更遠還生」的春草。國破家亡帶來的羈旅經歷，是令詞中特別沉重的部分，而對於太平時期的平安時代來說，短歌的旅行，偏重於貶謫的記憶。平安的歌人，京都是他們心中不可動搖的生命，生長於此的他們，當其身處異地時，總是吟詠著都城的美好。在原業平這首短歌，便是以貶臣之姿，心念著遠方的都城：「都鳥可知京城事，思念人兒無恙乎。〔註 23〕（名にしおはば　いざ言問はむ　都鳥　わが思ふ人は　ありやなしやと）」詢問著都城飛來的候鳥，是歌人發自內心想念京城的舉動，他所在意留戀的一切，皆位於遙遠的京城中，難以傾訴的思鄉之情，只有飛過京城天空的候鳥能稍微撫慰這滿腔的愁思。有別於短歌的京城意象，令詞中的貶臣思鄉，是由異鄉之景喚出故鄉之情，如晏幾道〈鷓鴣天〉「十里樓臺倚翠微，百花深處杜鵑啼。殷勤自與行人語，不似流鶯取次飛。」與〈生查子〉「關山魂夢長，魚鴈音塵少。兩鬢可憐青，只為相思老。」中浪跡天涯，欲歸卻無法歸的悲恨；或秦觀〈踏莎行〉「可堪孤館閉春寒，杜鵑聲裏斜

〔註 23〕張蓉蓓譯，《古今和歌集》，頁 204。

陽暮。」的迷茫無措與〈阮郎歸〉「衡陽猶有雁傳書，郴陽和雁無。」的鄉音難尋；又或賀鑄〈夢江南〉中，「苦筍鰣魚鄉味美，夢江南。閶門煙水晚風恬，落歸帆。」這般憶起故鄉江南的味道與恬淡的風情；或是李清照〈鷓鴣天〉中「秋已盡，日猶長，仲宣懷遠更淒涼。不如隨分尊前醉，莫負東籬菊蕊黃。」歸家只是妄想，不如尊前行樂，將現景的淒涼，與思鄉的惆悵，伴隨著杯中物，去愁著愁腸。

旅行是與萬事萬物相遇的機緣，而所謂「天下無不散的筵席」，「旅」具有的雙向性，不僅是指自身的啟程，也能是指他人的遠行。送別本身是感傷的，即將出行的人，無論是好或是壞的原因，一別就是緣份的暫離。短歌中的離別，著墨於對京城眷戀的揮別，在原行平著名的一首離別歌，講述的便是對京城無法割捨的愛：「莫行因幡山，悲情心頭翻。〔註24〕（立ち別れ　いなばの山の　峰におふる　松とし聞かば　いま帰り来む）」松的屹立，宛如等待之人的翹首期盼，雖是異地之松，卻藉由這份等待，寄託著歌人不願離別的情心。而紀貫之所作的離別歌：「山泉掌中流，不甘與君別。〔註25〕（結ぶ手の　しづくににごる　山の井の　あかでも人に　別れぬるかな）」則藉由雙掌捧水的動作，隱喻著相結之心不願別離的情意。而令詞中的送別，「山」的隔斷，是留下之人與離去之人間的分線，如馮延巳〈酒泉子〉先以「芳草長川，柳映危橋橋下路」點出送別時節，芳草、柳樹營造的依依離情，再透過「歸鴻飛，行人去，碧山邊。」寫出眼望離人越行越遠的愁思，然無論如何望斷，山終究相隔了彼此，原地的我，為離去的你「九回腸，雙臉淚，夕陽天」；又如歐陽修〈踏莎行〉，「平蕪盡處是春山，行人更在春山外。」同樣也以山作為彼此緣份暫斷的離思。而送行，除了運用「山」之外，「斜陽」也是目送常見的意景，晏殊〈踏莎行〉中「畫閣魂消，高樓目斷，斜陽只送平波遠。無窮無盡是離愁，天涯地角尋思徧。」登樓目送，行人渡船離去，斜陽照射著

〔註24〕張蓉蓓譯，《古今和歌集》，頁188。
〔註25〕張蓉蓓譯，《古今和歌集》，頁199。

江上行人，近至遠，與詞人的目光一同停留於無波的江上，無法隨著行人離去。而歐陽修另有兩闋詞的送別，對象則是自己：「直須看盡洛陽花，始共春風容易別。〈玉樓春〉」、「聚散苦匆匆，此恨無窮。今年花勝去年紅。可惜明年花更好，知與誰同。〈浪淘沙令〉」兩闋詞寫出詞人對於送別的體悟，樂觀的他，不被送別的離愁壓倒，而是反過來告訴送行之人，聚散本無常，只要將離去前的美好盡收眼底，我就能帶著這份享受，無牽掛的離去，這般灑脫的情態，正是北宋令詞中可愛之處。

羈旅與旅行，一字之差，即指出人生的愉悅與悲傷。《古今和歌集》中，特別為羈旅闢出一卷收藏，可見這份悲切是歌人人情中，不可或缺的一環。而對於歌人而言，羈旅不得不出行的被動，只限於在朝為官的男性歌人之中，因而多數皆是謫官之作。女性歌人的羈旅，偏向於探索自我的旅行，生活於宮廷中的她們，遊歷的經驗，能使其視野開闊，快樂的心情下，對京城的想念難以引發，思鄉便較不存在於女性歌人的心中。令詞中思鄉是不分男女的，畢竟經歷著時代的遷變，戰亂下的逃離，對故國的情思是生根於每個人的心中，體會著今非昔比的悲涼之感。

二、追憶

李商隱《錦瑟》詩裡「此情可待成追憶，只是當時已惘然。」一個人開始追憶，緬懷過去，代表著生命的時間已然流逝。此時的時間是孤獨的，只有無人陪伴之時，才容易與繁華產生對比，無論是年華老去，或是悼念懷人，詩人的追憶，總是與時間的抗衡，難以戰勝，卻由無力中誕生詩意。晏殊〈玉樓春〉中，「重頭歌韻響錚琮，入破舞腰紅亂旋。」的美好與「當時共我賞花人，點檢如今無一半。」的悲涼相比，將昔與今的物事人非之感，強烈的表現出來，將人生的起與落，完整寫入短小的令詞之中。而晏幾道的〈木蘭花〉則通過故地重遊，緬懷過去與故人的燦爛歲月：「朝雲信斷知何處，應作襄王春夢

去。紫騮認得舊遊蹤，嘶過畫橋東畔路。」馬匹識途的習性，將過去與故友的氣盛之姿與如今獨自一人的慨歎之愁形成對比，風發不再的今日，也只剩回憶，裝載著那美好的輕狂歲月。在原業平一首詠歎著時日不多的短歌：「早知終一死，未料在今日。〔註 26〕（つひにゆく道とはかねて　聞きしかど　昨日今日とは　思はざりしを）」過去瀟灑的年輕，與如今將成枯槁的老去，前者未曾料到現今的寂寥，而後者卻也自嘲著過去不悟生死的輕狂，對於行將就木的自我，生命剩下的意義，似乎只有追憶而已。

追憶的事物，除了歲月，敵不過歲月的悼亡，更是追憶中，最難平復的戚痛。賀鑄〈半死桐・鷓鴣天〉為亡妻的憶念，透過「梧桐半死清霜後，頭白鴛鴦失伴飛。」的淒涼之景，明喻著如今只剩一人的悲哀，而「原上草，露初晞，舊棲新壠兩依依。」的生死相隔，卻讓思念更顯悽楚，詞末「誰複挑燈夜補衣」由尋常生活中已習慣的補衣畫面，於現下皆已消逝，這股將日常成為追憶之事的絕望，已是詞人百孔心中無法平復的創痛。而遍昭僧正的哀傷歌：「眾人著華衣，淚袖早已乾。〔註 27〕（みな人は　花の衣に　なりぬなり　苔の袂よかわきだにせよ）」以鮮麗的新衣與舊濕的僧衣對比，無關的他人早已繼續擁有歡笑，而己身卻因無發割捨的情意，對亡去之人的懷念，如今仍然淚濕衣袖。

生命是不斷循環的起落，人的一生，同樣是悲喜交織，有過花團錦簇的美好，也必有失落絕望的低下。追憶是一生的時間裡，隨時會現身的情緒，令詞與短歌皆然，這股「話當年」的衝動，可能是一次故地重遊，也可能是一種尋常的消逝，或許也是對時間難以掌握的失措，文字透過情與景，物與哀的互動，展現出令詞與短歌對追憶的呈現，一同嘆息著今與昔的相對惆悵。

〔註 26〕張蓉蓓譯，《古今和歌集》，頁 343。
〔註 27〕張蓉蓓譯，《古今和歌集》，頁 337。

表 6-3-1　令詞與短歌「羈旅追憶」題材對比表（研究者自行整理）

<table>
<tr><td colspan="3" rowspan="2"></td><td colspan="2">羈　旅</td></tr>
<tr><td colspan="2">因戰亂或貶謫不得已出走而陷入思鄉之情；或為旅程而送別</td></tr>
<tr><td rowspan="6">夢</td><td rowspan="4">緣情寫景</td><td rowspan="3">令詞</td><td>馮延巳〈喜遷鶯〉「宿鶯啼，鄉夢斷，春樹曉朦朧。殘鐙和燼閉朱櫳，人語隔屏風。」</td><td rowspan="6">皆以夢的美好與現實的無奈，反差思鄉愁苦</td></tr>
<tr><td>李煜〈清平樂〉「雁來音信無憑，路遙歸夢難成。離恨恰如春草，更行更遠還生。」</td></tr>
<tr><td>晏幾道〈生查子〉「關山魂夢長，魚鴈音塵少。兩鬢可憐青，只為相思老。」</td></tr>
<tr><td>短歌</td><td>無</td></tr>
<tr><td rowspan="2">情景合一</td><td>令詞</td><td>賀鑄〈夢江南〉「苦筍鰣魚鄉味美，夢江南。閶門煙水晚風恬，落歸帆。」</td></tr>
<tr><td>短歌</td><td>無</td></tr>
<tr><td rowspan="2">京城</td><td rowspan="2">緣情寫景</td><td>令詞</td><td>無</td><td rowspan="2">京城為歸處，透過候鳥的遷徙，襯托思鄉深情</td></tr>
<tr><td>短歌</td><td>在原業平「都鳥可知京城事，思念人兒無恙乎。（名にしおはば　いざ言問はむ　都鳥　わが思ふ人は　ありやなしやと）」</td></tr>
<tr><td rowspan="6">異鄉之色</td><td rowspan="2">寓情於景</td><td>令詞</td><td>晏幾道〈鷓鴣天〉「十里樓臺倚翠微，百花深處杜鵑啼。殷勤自與行人語，不似流鶯取次飛。」</td><td rowspan="6">皆以詞人眼前異鄉之景，念想過去家鄉的美好</td></tr>
<tr><td>短歌</td><td>無</td></tr>
<tr><td rowspan="4">緣情寫景</td><td rowspan="3">令詞</td><td>秦觀〈踏莎行〉「可堪孤館閉春寒，杜鵑聲裏斜陽暮。」</td></tr>
<tr><td>秦觀〈阮郎歸〉「衡陽猶有雁傳書，郴陽和雁無。」</td></tr>
<tr><td>李清照〈鷓鴣天〉「秋已盡，日猶長，仲宣懷遠更淒涼。不如隨分尊前醉，莫負東籬菊蕊黃。」</td></tr>
<tr><td>短歌</td><td>無</td></tr>
</table>

<table>
<tr><td rowspan="9">山水
斜陽
賞花</td><td rowspan="2">寓情
於景</td><td>令詞</td><td>馮延巳〈酒泉子〉「芳草長川，柳映危橋橋下路。」</td><td rowspan="2">「芳草、長川、柳」等送別之景述別離之情</td></tr>
<tr><td>短歌</td><td>無</td></tr>
<tr><td rowspan="7">緣情
寫景</td><td rowspan="5">令詞</td><td>晏殊〈踏莎行〉「畫閣魂消，高樓目斷，斜陽只送平波遠。無窮無盡是離愁，天涯地角尋思徧。」</td><td>斜陽與自身視野同步，目送離人遠去</td></tr>
<tr><td>歐陽修〈玉樓春〉「直須看盡洛陽花，始共春風容易別。」</td><td rowspan="2">帶著原地的美好，開啟下段旅程</td></tr>
<tr><td>歐陽修〈浪淘沙令〉「今年花勝去年紅。可惜明年花更好，知與誰同。」</td></tr>
<tr><td>馮延巳〈酒泉子〉「歸鴻飛，行人去，碧山邊。」</td><td rowspan="3">令詞以山的隔斷象徵著關係的暫離，而短歌以山松之屹立喻眷戀京城之心</td></tr>
<tr><td>歐陽修〈踏莎行〉「平蕪盡處是春山，行人更在春山外。」</td></tr>
<tr><td rowspan="2">短歌</td><td>在原行平「莫行因皤山，悲情心頭翻。（立ち別れ　いなばの山の　峰におふる松とし聞かば　いま帰り来む）」</td></tr>
<tr><td>紀貫之「山泉掌中流，不甘與君別。（結ぶ手の　しづくににごる　山の井のあかでも人に　別れぬるかな）」</td><td>雙手捧水象徵兩人的牽絆，以此動作喻不忍送別之情</td></tr>
<tr><td colspan="3" rowspan="2"></td><td colspan="2">追　憶</td></tr>
<tr><td colspan="2">回憶代表生命已大量流逝，徒留孤身無力與時間抗衡</td></tr>
<tr><td rowspan="3">今昔</td><td rowspan="3">緣情
寫景</td><td rowspan="2">令詞</td><td>晏殊〈玉樓春〉「重頭歌韻響錚琮，入破舞腰紅亂旋。」、「當時共我賞花人，點檢如今無一半。」</td><td rowspan="3">以過去的美好對比現今的物是人非，只剩追憶陪伴己身</td></tr>
<tr><td>晏幾道〈木蘭花〉「朝雲信斷知何處，應作襄王春夢去。紫騮認得舊遊蹤，嘶過畫橋東畔路。」</td></tr>
<tr><td>短歌</td><td>在原業平「早知終一死，未料在今日。（つひにゆく　道とはかねて　聞きしかど昨日今日とは　思はざりしを）」</td></tr>
</table>

<table>
<tr><td rowspan="4">哀悼</td><td rowspan="2">緣情寫景</td><td>令詞</td><td>無</td><td rowspan="4">短歌以新舊之衣營造歌人陷入悼念的悲戚，令詞則將人與梧桐半死、鴛鴦失伴相融，喻亡妻之痛</td></tr>
<tr><td>短歌</td><td>遍昭僧正「眾人著華衣，淚袖早已乾。(みな人は　花の衣に　なりぬなり　苔の袂よ　かわきだにせよ)」</td></tr>
<tr><td rowspan="2">情景合一</td><td>令詞</td><td>賀鑄〈半死桐・鷓鴣天〉「梧桐半死清霜後，頭白鴛鴦失伴飛。」</td></tr>
<tr><td>短歌</td><td>無</td></tr>
</table>

第七章　結　論

第一節　主要內容回顧

抒情，是人類天生的本能，自呱呱墜地那聲嘹亮的哭聲開始，生命即是由大大小小的感嘆所組成。一個完整的人，基本的條件即是「身」與「心」的結合。每個生命皆不斷於浩瀚的世界中互動，人們透過感官，將自我與外在連繫，由「接觸」至「感受」進而「感知」，這個過程，只有身心皆備的人，才能享有。「身」的有感與「心」的有情，使人們之間的關係，如此繽紛。而賦予人「個性」的關鍵，則來自「心」的養成。「心」掌控著人們的感情與精神，而人們相異的「經驗」，形成多樣的情心世界，因而同樣的一株花，有人能品出快樂，也有人嘗出苦澀，所謂藝術，正是人類情心世界作用後的產物，作用的過程，即是所謂的「抒情」。語言賦予人類思維的可能，文字給予人類表達的機會，身為藝術一環的文學，使人們能夠盡情的記錄著生命中每段有意義的時間，或嚴肅的論說，或浪漫的抒情，皆是個人於不同經歷中記憶自我生命的方式。而詩的誕生，便是人們為抒情所衍生的文學形式，詩人敏銳的多愁善感，比一般人多了一層深刻的體會，隨時飽滿的情心，化作詩意，向外釋放真摯的情韻。本文自第二章至第六章，將令詞與短歌分別就體式風格、審美視野、詞人、歌人、藝術境界等方面，為兩者探討其中的異同，從中分析兩國對「抒情」於文學的作用與呈現，其中包含著時代背景和文化間的影響與變容，進而使中日抒情文學於藝術的表現上，有著雷同卻又有些差異的情趣產生，此處正是本文探討的關鍵所在。

第二章由詞與和歌的體式風格談起。兩者皆受過詩體的蛻變，前者為「詩餘」，承襲著詩體的語言藝術，轉化為「詩所不能言」的歌詞境界；後者透過漢詩的借鑒，奠定短歌為宗的地位與形式上的洗鍊。詞體誕生於樂曲中，音樂可歌的特質，賦予詞體濃厚的抒情性，而歌女傳唱的現象，也使詞體生來即是「柔媚」的婉約本色。令詞是詞體發展的起始，既然詞體用於宴饗娛樂之中，一曲皆一曲才能有所娛興，因而行酒作樂時的酒令，成為令詞形式上的開端，58字內的篇幅，如同現今流行歌曲 3、4 分鐘的長度，凝鍊著一份情感最為深微的感動。晚唐五代是令詞發展的初始，而娛樂對象由市井轉往貴族的現象，使令詞於語言藝術上逐漸邁入雅化的傾向，然而娛樂性質中的「俗」難免使令詞因「男子作閨音」而呈現「艷麗」的文字風格，但此時的令詞已試圖接手於文人，五代李煜的出現，為令詞的境界打開了新的局面，將原本停留於亭台樓閣的閨怨情思，轉向個人意識的覺醒，成為抒情自我的文人詞作。接續著這股覺醒意識，令詞於北宋時代到達了巔峰，為中國歷史上文藝開花期的北宋，歌伎文化再臨，但此時的「代言體」，卻不同於晚唐無個人的艷麗，而是寄有自我性靈的含蓄色彩，女性詞人的加入，更為北宋令詞增添了細膩的女性思維，使北宋的含蓄散發著「淺斟低唱」的柔性韻味。短歌來自祝禱色彩的原始歌謠，內容取材自生活的特性，造就了短歌真實人情的體現。大和民族崇拜自然的精神，使他們天生具有豐富的感知體驗，認為萬事萬物皆有其心存在，形成一個濃厚的有情世界觀。從民謠過度至文學性的短歌，是集體走向個人的過程，也是文學藝術價值的覺醒，短歌於萬葉時代開始認知到抒情自我的重要性，其中的關鍵，來自於漢文化的衝擊，奈良時代興盛的唐風，讓中國詩學與短歌有了接觸，明面上造成日本文學的式微，但短歌保有的純粹抒情性，使其有機會吸收中國詩學的精華，於平安時代走向雅化的階段。平安時代接著前朝與中國的交流，制定出日本的律令制度，權力走向貴族手中，成為國風復興的大功臣，回復短歌於日本文學中不可動搖的地位。《古今和歌集》的敕撰，開啟了短歌的天下，平安時代初期經歷了漢學的洗禮，又回到國風的過程，使《古今和歌集》的作品風格呈現了三種樣貌，仍處於唐風的佚者時期，短歌轉往私領域中發展，承襲著萬葉時代樸質的風格，又同時接受著漢詩學的養分，因而散發著古雅的底蘊。而到了六歌仙時期，以短歌復興為使命，兼吸收了漢詩學的精華，發展出極富技巧色彩的雅緻之作，對於情感的寄託，嘗試以精巧的修辭技法，呈現出別具心裁的韻味。編撰者時期的短歌，充分展現了古今風格的知性之色，技法形式的完備，轉而向抒情意識開發，以審美的角度，再次思考短歌內容上的呈現，以「心詞合一」為目標，傳遞著作者獨具匠心的人情風味。

無論令詞或短歌，皆以「抒情」作為審美本位，第三章即探討兩國抒情文學的審美視野，令詞追求「情景交融」的境界，而短歌則以「物哀」為講究。所謂「情景交融」，「情」與「景」是文學不可或缺的兩個元素，情所蘊含的自我意識與景涵蓋的個人經驗，透過內感外應的循環，將情景作出互融的效用。中國哲理相信以人為本的「天人合一」，人能透過感應自然世界，進而得出彼此之間的連繫，反映於文學，意象的生成，即是「天人合一」的表現。令詞中的意象，或象徵，或比喻，成為詩歌的語言，在詩的世界裡，每個文字都飽含著作者的情心，而表徵出的景物，也藉由情意轉化為文學的山水世界，與單純的自然外物，有所區別。情景的互動中，依據程度的不同，會呈現出寓情於景、緣情寫景、情景合一三種異曲同工的抒情效果，綜觀而言，皆是情景交融下，所發展出的審美面向。而所謂「物哀」，「哀」與「物」對應著中國的「情」與「景」，然而日本審美對於「物」的定義是有著「心」的觀點。「心」是「哀」所存在的場域，「哀」泛指所有情感的概念，賦予「心」擁有的真實的特性，而人的感知，除了體會出人心外，也要懂得「物之心」與「事之心」。自然萬物皆有其情，而富有「哀」的人心，必然也會知曉物心的意義，因此「物哀」所講求的審美精神是由真實的「物心人情」中達到「知物哀」的境界，於是短歌創作時，歌也成為另一種「物心」的存在，他人透過閱讀，從中理解歌之心，進而「知物哀」，正是短歌最終的目的與價值。

第四章與第五章以「詞人與令詞」及「歌人與短歌」各別討論作者與作品間的抒情創作。令詞活躍於晚唐至北宋期間，它的演進促使詞體成為一代文學的關鍵。晚唐溫庭筠為首的花間詞派，以「男子作閨音」的豔麗之姿，將詞體與詩體隔出初步的區別，透過描摹女性形貌情思，奠立詞體以婉約為本色的藝術呈現，其中，韋莊直言無隱的抒情自我，開展出詞體走向雅化的文人詞趨勢。而五代的戰亂背景，更使令詞逐漸蛻去無個性的抒情，馮延巳與李煜將個人生命加入詞作中，尤其李煜的詞作將一個時代的悲劇，濃縮進了短小的令詞之中，達到令詞藝術一次的巔峰。到了北宋，紛亂平定，迎來歷史上文藝璀璨的時期，由晏殊、歐陽修為首，打造了北宋文人詞的天下，令詞風格由戰亂的深沉，轉成生活細節的幽蘊，並於慢詞興起之時，晏幾道、秦觀、賀鑄等詞人依舊以精巧含蓄創作著令詞。另外，李清照、朱淑真等女性詞人的出現，使詞體擁有真實的柔化表現，屬於女性的思維，更為婉約姿色，增添顏彩。北宋令詞以細膩的深情為創作根源，沒有大局面的揮筆，而是以小楷細細寫出生活中的一段小事，從中體會真實的人情。短歌集中發展於和順的平安時代，無內憂外患的社會，利於文藝的滋長，經過前朝漢文化的洗禮，使大和民族急欲走出自己的一片天。《古今和歌集》讓短歌再次亮相，與漢詩互為抗衡，借鑒漢詩學的精粹，充足和歌尚未完備的體式，佚者時期猿丸大夫兼容萬葉民謠與古今歌調的古雅特色，接著再由在原業平、遍昭僧正、小野小町等六歌仙為代表，引領此時期的短歌為古今歌調創制新的修辭技法，透過技巧性的修飾，讓短歌於抒情上增添幽玄含蓄的美感，最後以編撰者時期的紀貫之、凡河內躬恆等人，將短歌的抒情昇華為美感經驗的反思，真正達到古今歌調所追求的恰如其分的「心詞合一」，完成古今風的建立。

令詞與短歌經由抒情意識衍生的意象，建立了中日兩國文學的美感體現，藉由題材的抒發，展現其中的藝術特質。第六章經由第三章美學觀的探討與第四、五章「作者——作品」間抒情創作的聯繫，從中發掘作品間意象的建立，以此觀察兩國如何處理「情」與「景」之間的關係。首先，景所引發的情之互動，呈現於詩人的傷春悲秋之中。「落紅」是春季即將結束的提醒，當人意識到落紅之時，即是對美好季節轉瞬即逝的感慨，也是對時間無情流逝的悲歎，如同李煜詞中林花匆匆春謝的易逝，張先詞中殘花病酒的寂寥，秦觀杏園憔悴的遲暮；或是短歌以「櫻花」易落的意象，憐惜著花色難挽的遺憾，小野小町以花色凋零於長雨之景暗喻的己身容衰的無力，素性不忍櫻花的凋落而問候其歸處，以「花」的美好，與「落」的衰亡感受到春季引人悲情的一面。而秋月與梧桐葉落的意象，則是令詞悲秋的感傷。李煜詞中的月如鉤與朱淑真詞裡的不忍圓，缺月的形象映照著人的形單影隻，營造著孤寂的情狀。而梧桐秋季葉落的生長週期，賦予了一葉知秋的意象，因而李清照所寫的梧桐之恨正是詞人離散之恨，晏殊描繪的秋風葉墜，畫出了詞人閒愁生活的情態。短歌裡的悲秋反映於「紅葉」豔麗的意象中，四季分明的日本島國，如火的秋楓是秋季必賞的景色，歌人對於美好事物總是以珍惜當下的心情，把握著每個季節的時間，凡河內躬恆將楓葉落與未落之景交織於歌中，紀貫之將楓紅染於河口的壯麗之色讚嘆著秋季的美，短歌以欣賞的視野享受著自然山水的運行，品味著生命的時間意義。其次，由情主動染景的意蘊，呈現於情人間的懷戀思怨。令詞的相思，常見於女子的閨房之中，夜半失眠的現象，是思君所導致。詞人運用「更漏聲」、「風雨聲」來營造女子失眠敏感脆弱的情狀，暗喻著寂寞之心的焦躁，而短歌同樣也失眠作為相思的寄託，歌人反覆輾轉的身影，是隱忍單戀的情心。另外，

「夢境」也是相思之人常見的情境，晏幾道「幾回魂夢與君同」、韋莊「空有夢相隨」之句，是詞人最真切的思念之境，而小野小町「長留在夢田（夢と知りせば　覚めざらましを）」、伊勢「夢中亦難圓（夢にだに　見ゆとは見えじ）」之句，是歌人對相思最真誠的渴望。「登樓」的眺望意象，則是令詞特有的相思之景，等待遠人歸來的意念，藉由望遠，寄託於登樓的動作之中。而思念造成的時間意識，令詞反映於女性身上，有了李清照「人比黃花瘦。」的銷魂，或是張先「日長纔過又今宵。」這般男子作閨音的惆悵，而短歌中在原業平以緬懷的角度，看著同樣的春日與月色，體會著「吾身仍在（わが身ひとつは　もとの身にして）」的物是人非。其三，情景互生的羈旅追憶，透過故地重遊、際遇無常展現出人們對緣分的珍重。令詞所歷經的時代動盪，使羈旅思鄉意識中帶有國破家亡的憤恨，因此李煜將離恨比如春草，是「更行更遠還生」，或是李清照「秋已盡，日猶長，仲宣懷遠更淒涼。」的無奈愁腸。而短歌處於的平安時代，是和平的順遂時期，因而歌人的羈旅，少了令詞中的恨意，多了因貶官而更眷戀著京城的美好，在原業平透過京城飛來的候鳥，問候著遠方京城的一切。而羈旅中的送別，歌人所表現的情狀依舊是對京城的留戀，在原行平將赴地屹立山中的松轉化為堅深的等待之意，以遠方反襯現下的京城，不捨之情溢於言表。令詞則透過「山」、「斜陽」等自然意象，如歐陽修「平蕪盡處是春山，行人更在春山外。」般山的阻斷，或晏殊「畫閣魂消，高樓目斷，斜陽只送平波遠。」般己身視野中斜陽的被留下，營造送別的離情之苦。追憶方面，則以「今昔對比」與「悼亡」懷念著繁華的過去與悲涼的現今，追憶是生命中每段邁入結束的時間，一個階段的終點，總是引起人回頭審視的意念。令詞與短歌中不乏這般回望過去的作品。

「情景交融」與「物哀」皆源於「感」，「感知」、「感受」、「感動」是成為抒情的第一步，詩的誕生正是人們多愁善感的柔軟表徵，記錄著千百年來詩人性靈的託付，因而文字擁有動人的力量。令詞的情景交融是由人主動觸發的互動，而短歌的物哀則是對世間萬物情心的理解；令詞著重詞人個人意識的作用，短歌著墨歌人真實人心的抒發。同樣感動人心的文字，卻來自於不同角度的創作觀，然而，無論是情景交融所體現的天人合一，還是物哀所呈現的物心人情，皆是有情人的抒情世界。

第二節　令詞與短歌比較的再延伸

齋藤孝（1960～）曾言：「古典可創造出古典……依循古典蹤跡『追溯出處』的過程中，我們了解人類的精神內涵會因代代傳承而豐富。」〔註1〕身為中日兩國古典文學一環的令詞與短歌，其中所抒發的人心與人情，在歷經了無數個世紀後的現今，仍然蘊含著動人的力量，與人們產生共鳴。這些來自於真實情心的感受，是人類本有的情感天賦，經由各種文學形式為表徵，或比喻，或象徵，或寄託，將自然世界與內在情心相互連結，這不僅是生命經驗的體會，更是美感經驗的再現，詩人所擁有的敏銳感觸，從最初的那聲感嘆開始，便將人類的精神予以具象化而傳承至今。無論是作者或讀者，皆能透過「意象」完成創作與鑑賞，這些「意象」的形成，是一個民族內涵的思維與文化，成就著世界多姿的文學樣貌。比較文學由對比的方式，探知著不同國家、語言的文學裡存在的異同，而這些同與異可能因民族的思維精神、文化發展、審美情趣展現出彼此的影響與變容。令詞與短歌，同屬於東方文學的領域，在抒情的創作與審美上有一定程度的相似，對東方有情世界而言，抒情文學無非探究著「情」與「景」相互作用的關係，由抒情面向來看，詞體的「情景交融」與歌體的「物哀」，於「情」的議題處理上，不僅皆為脫政治性的私人小品，更是呈現真實人心的表徵。令詞與短歌，於短小的形式中，精巧的展現著個人的生命世界，又為一個民族與時代見證情感的底蘊，或許詩體對短歌於

〔註1〕齋藤孝，莊雅琇譯，《古典力》，（臺北：天下雜誌，2013），頁53。

形式上有著不小的影響，然其內容上不受世俗倫常約束的特性，更適合與令詞有所呼應，因而詞體與歌體於抒情意識的共感，使其能夠藉由對比的方式，進入中日比較文學的領域。中日比較文學裡，無論中文文獻或日文文獻，對於詞體與歌體的兩相對照是較少著墨的，大陸的中文學界已有些學者看出了兩者的可比性，而日本學界卻寥寥無幾，其漢學研究更是較少看見對詞體的爬梳。本文根據中日抒情美學的觀點去對照令詞與短歌，從中為兩者建立可比性的新認知，讓中日比較文學於抒情文學的領域裡，不再只能選擇與詩體作比較，詞體更是另一處等待著大量開發的新視界。研究方面，不只能從美學的觀點切入，也能由文學評論的視角，反推詞體與歌體的內在作用；或是就形式的創制，了解詞體與歌體於演進過程中，因時代、文化等外力因素而衍生出不同的風格；也可以單從修辭技法層面，看詞體與歌體於內容上是如何呈現意境的奧妙；或從體式上篇幅的長短，探究不同長度的篇幅可能隱含的創作動機，並以此對比詞體與歌體在不同篇幅的處理上有何巧妙的安排與特質；也能就地域與生活型態的差異，作為詞體與歌體在創作上可能擁有的潛在影響，進而促成作品最後的呈現。

然而，本文雖就美學的角度作為比較的切入點，最後以「情」、「景」交織出的「意象」，為令詞與短歌探究美學境界的呈現，較偏向於鑑賞的審美取向，應能再就作者心理層面分析其中美學的應用。另外，令詞與短歌的選材方面，前者無明顯特定的選集作為唯一依據，後者則能以一部總集的形式來探求其中的體式、風格與審美趨勢，這或許與中日兩國的民族性與時代背景有關。令詞作為中國的抒情文學，對於朝政所需嚴謹的政教功能，較無書寫的空間，且中國處於大陸型地域，不同族群來回於此，不僅使民族特性是兼容的多樣風情，於政治方面，外交的重要性使詞體更不可能成為官方極力編纂的對象，因而中國詞體的總集微乎其微，多數是以個人為單位的各家詞集，即使到了近代有了《全宋詞》的總集，卻也不是由官方所發起的編纂工程，而是由文人雅士為文學而文學的結果。而短歌的境遇則完全不同，因時逢平安時代國風文化的推行，日本處於極力走出自我的氛圍下，短歌作為抗衡漢詩的日本文學代表，成為官方重視的目標，因而有了敕撰的《古今和歌集》問世，奠定了短歌於日本文學史的極高地位，且日本島國型地域，對於外來文化的衝擊因海洋的阻隔而有定量的現象，不像大陸型四通八達的中國，必須時常與他族有所接觸，因此日本對於外來文化的態度，因有長時間的吸收期，而能於去蕪存菁之後，融入舊有文化，進而發展出似曾相識卻涵有一絲差異的獨特風情。

中日比較文學是東方文學裡值得繼續發展的區塊，比起差異甚大的西方而言，地域的鄰近所產生的影響與變容，無論中國或日本，皆使文學的創作觀產生蝴蝶效應。若是沒有外來文化的交流，詞體會因沒有樂曲的介入，而無法成形；短歌則因沒有漢文化的激勵，而無法成就自身。正因有了外來的衝擊，「情景交融」與「物哀」才能形成富有意境的文學山水世界，豐富著世世代代人們所傳承下來的幽深情思。

參考文獻

一、專書

（一）日文

1. 久松潛一，《日本文學評論史》，東京：至文堂，1936 年。
2. 小沢正夫、松田成穗校注・訳者，《古今和歌集》，東京：小学館，1994 年。
3. 中島友文，《校正萬葉集通解》，中島友文，1885 年。
4. 仁平道明，《和漢比較文学論考》，東京：武藏野書院，2000 年。
5. 太田青丘，《日本歌学と中国詩学》，東京：桜楓社，1988 年。
6. 石川一、広島和歌文学研究会編，《後京極殿御自歌合・慈鎮和尚自歌合全注釈》，勉誠出版，2011 年。
7. 伊達宗弘，《みちのくの和歌、遥かなり》，東京：踏青社，1998 年。
8. 尾藤正英編，《日本文化と中国》，東京：大修館書店，1968 年。
9. 志賀華仙，《和歌作法》，新潟：東亜堂，1908 年。
10. 李均洋、佐藤利行主編，《中日比較文學研究》，北京：外語教學與研究出版社，2014 年。
11. 谷知子，《和歌文学の基礎知識》，東京：角川学芸出版，2006 年。

12. 谷知子編，《百人一首》，東京：角川株式會社，2010 年。
13. 武田祐吉，《国文学研究·歌道篇》，東京：大岡山書店，1937 年。
14. 桑原博史監修，《万葉集·古今集·新古今集》，東京：三省堂，2009 年。
15. 高須芳次郎，《古代中世日本文学十二講》，東京：新潮社，1937 年。
16. 高鵬飛、平山崇，《日本文学史》，蘇州：蘇州大學出版社，2011 年。
17. 鈴木修次，《中国文学と日本文学》，東京：東京書籍株式会社，1978 年。

（二）中文

1. 小川環樹，譚汝謙等譯，《論中國詩》，香港：中文大學出版社，1986 年。
2. 小西甚一，鄭清茂譯，《日本文學史》，臺北：聯經出版公司，2015 年。
3. 王向遠，《日本之文與日本之美》，北京：新星出版社，2013 年。
4. 王叔岷，《鍾嶸詩品箋證稿》，臺北：中央研究院中國文哲研究所，1992 年。
5. 王昆吾，《唐代酒令藝術》，上海：東方出版中心，1995 年。
6. 王易，洪北江編，《中國詞曲史》，臺北：洪氏出版社，1981 年。
7. 王國維，馬自毅注譯，《新譯人間詞話》，臺北：三民書局，1994 年。
8. 王弼、康伯、孔穎達注，《十三經注疏》，臺北：東昇出版社，1972 年。
9. 王逸注，《楚辭章句》，臺北：藝文印書館，1974 年。
10. 本居宣長，王向遠譯，《日本物哀》，北京：吉林出版集團，2010 年。

11. 吉川幸次郎，章培恆、駱玉明等譯，《中國詩史》，上海：復旦大學出版社，2012 年。
12. 朱光潛，《文藝心理學》，臺南：大夏出版社，2001 年。
13. 吳戰壘，《中國詩學》，臺北：五南圖書出版公司，1993 年。
14. 呂正惠，《抒情傳統與政治現實》，臺北：大安出版社，1989 年。
15. 李珺平，《中國古代抒情理論的文化闡釋》，北京：北京大學出版社，2005 年。
16. 李達三、劉介民主編，《中外比較文學研究》第一冊（上）、（下），臺北：學生書局，1990 年。
17. 李慕如主編，王貞麗等編著，《實用詞曲選——賞析與創作》，臺北：五南圖書出版公司，2006 年。
18. 杜松柏，《詩與詩學》，臺北：五南圖書出版公司，1998 年。
19. 汪中注譯，《新譯宋詞三百首》，臺北：三民書局，2007 年。
20. 沈括，王雲五主編，《夢溪筆談》，臺北：臺灣商務印書館，1965 年。
21. 叔本華，陳小南、金玲譯，北京：大眾文藝出版社，1999 年。
22. 周汝昌，《別人沒教，但你必須知道的 60 首唐詩宋詞》，臺北：聯經出版公司，2015 年。
23. 松浦友久，孫昌武、鄭天剛譯，《中國詩歌原理》，臺北：洪葉文化公司，1993 年。
24. 林玫儀，《詞學考詮》，臺北：聯經出版公司，1987 年。
25. 況周頤、王國維，王幼安校訂，《蕙風詞話・人間詞話》，北京：人民文學出版社，2006 年。
26. 姜文清，《東方古典美：中日傳統審美意識比較》，北京：中國社會科學出版社，2002 年。
27. 施蟄存，《詞學名詞釋義》，北京：中華書局，1988 年。
28. 柯慶明、蕭馳主編，《中國抒情傳統的再發現》，臺北：臺灣大學出版中心，2009 年。

29. 迪志文化出版，《文淵閣四庫全書電子版》，香港：迪志文化出版公司，1999 年。
30. 郁沅，《二十四詩品導讀》，北京：北京大學出版社，2012 年。
31. 郁沅，《心物感應與情景交融（上・下卷）》，江西：百花洲文藝出版社，2009 年。
32. 唐文德，《詩詞中的美學與意境》，臺中：國彰出版社，1994 年。
33. 唐月梅，《日本詩歌史》，北京：北京大學出版社，2015 年。
34. 唐圭璋編，《全宋詞》，臺北：明倫出版社，1970 年。
35. 唐圭璋編，《詞話叢編》，臺北：廣文書局，1970 年。
36. 夏傳才，《詩詞入門》，臺北：知書房，2004 年。
37. 孫立，《詞的審美特性》，臺北：文津出版社，1995 年。
38. 孫康宜，李奭學譯，《晚唐迄北宋詞體演進與詞人風格》，臺北：聯經出版公司，1994 年。
39. 徐承，《中國抒情傳統學派研究》，北京：中國社會科學出版社，2015 年。
40. 徐師曾，《文體明辨・詩餘》，陳慷玲校對，《文體序說三種》，臺北：大安出版社，1998 年。
41. 班固，顏師古注，王雲五主編，《前漢書藝文志》，臺北：臺灣商務印書館，1965 年。
42. 袁行霈主編，《中國文學史（上冊）》，臺北：五南圖書出版公司，2003 年。
43. 高友工，《美典：中國文學研究論集》，北京：生活・讀書・新知三聯書店，2008 年。
44. 國立編譯館，《十三經注疏・分段標點・毛詩正義（上）》，臺北：新文豐出版公司，2001 年。
45. 張少康編，《文賦集釋》，臺北：漢京文化公司，1987 年。
46. 張夢機，《詞箋》，臺北：三民書局，1971 年。
47. 張蓉蓓譯，《古今和歌集》，臺北：致良出版社，2002 年。

48. 曹雪芹、高鶚，馮其庸等校注，《彩畫本紅樓夢校注》，臺北：里仁書局，1984 年。
49. 陳世驤，《陳世驤文存》，臺北：志文出版社，1972 年。
50. 陳廷焯，《白雨齋詞話》，上海：上海古籍出版社，2009 年。
51. 陳恢耀，《詞藝之美：南瀛詞藝叢談》，臺北：新銳文創，2015 年。
52. 陳國球、王德威編，《抒情之現代性：「抒情傳統」論述與中國文學研究》，北京：生活．讀書．新知三聯書店，2014 年。
53. 陳慶輝，《中國詩學》，臺北：文史哲出版社，1994 年。
54. 陶東風，《陶東風古代文學與美學論著三種》，北京：社會科學文獻出版社．人文分社，2015 年。
55. 陸機，民國、張少康注釋，《文賦集釋》，臺北：漢京文化公司，1987 年。
56. 琦君，《詞人之舟》，臺北：爾雅出版社，1996 年。
57. 紫式部，林文月譯，《源氏物語》，臺北：洪範書店有限公司，2000 年。
58. 黃永武，《中國詩學：設計篇》，臺北：巨流圖書公司，1976 年。
59. 黃昇編，《花庵詞選》，臺中：曾文出版社，1975 年。
60. 黃雅莉，《宋代詞學批評專題探究》，臺北：文津出版社，2008 年。
61. 黃雅莉，《詞情的饗宴》，臺北：文津出版社，2003 年。
62. 楊海明，《唐宋詞主題探索》，高雄：麗文文化公司，1995 年。
63. 葉嘉瑩，《中國詞學的現代觀》，臺北：大安出版社，1988 年。
64. 葉嘉瑩，《照花前後鏡：詞之美感特質的形成與演進》，新竹：清華大學出版社，2007 年。
65. 遍照金剛，《文鏡秘府論》，臺北：學海出版社，1974 年。
66. 與謝野晶子等著，陳黎、張芬齡譯，《亂髮：短歌三百首》，臺北：印刻文學生活雜誌，2014 年。
67. 劉少雄，《詞學文體與史觀新論》，臺北：里仁書局，2010 年。

68. 劉少雄，《讀寫之間——學詞講義》，臺北：里仁書局，2006 年。
69. 劉正浩等注譯，《新譯世說新語》，臺北：三民書局，2006 年。
70. 劉兆祐等編著，《國學導讀》，臺北：五南圖書出版公司，2002 年。
71. 劉若愚，王貴苓譯，《北宋六大詞家》，臺北：幼獅文化公司，1986 年。
72. 劉崇稜，《日本文學史》，臺北：五南圖書出版公司，2003 年。
73. 劉揚忠，《唐宋詞流派史》，福州：福建人民出版社，1999 年。
74. 劉毓盤，《詞史》，臺北：學生書局，1972 年。
75. 劉勰，周振甫等注譯，《文心雕龍注釋》，臺北：里仁書局，1984 年。
76. 蔡英俊，《比興物色與情景交融》，臺北：大安出版社，1990 年。
77. 蔣勳，《夢紅樓》，臺北：遠流出版公司，2013 年。
78. 蔣勳，《說文學之美：感覺宋詞》，臺北：有鹿文化公司，2017 年。
79. 鄭民欽，《和歌美學》，銀川：寧夏人民出版社，2008 年。
80. 鄭毓瑜編，《中國文學研究的新趨向：自然、審美與比較研究》，臺北：臺灣大學出版中心，2005 年。
81. 鄭騫，〈詞曲的特質〉，《景午叢編》，臺北：中華書局，1972 年。
82. 黎靖德編，《朱子語類》，臺北：文津出版社，1986 年。
83. 錢念孫，《中國文學史演義增訂版（貳）唐宋篇》，臺北：正中書局，2006 年。
84. 龍沐勛，《倚聲學——詞學十講》，臺北：里仁書局，1996 年。
85. 龍沐勛，《唐宋詞格律》，臺北：里仁書局，1995 年。
86. 龍沐勛編、卓清芬注，《唐宋名家詞選》，臺北：里仁書局，2007 年。
87. 繆鉞、葉嘉瑩，《靈谿詞說》，臺北：正中書局，1993 年。
88. 齋藤孝，莊雅琇譯，《古典力》，臺北：天下雜誌，2013 年。
89. 羅世名，《比較文學概論》，臺北：黎明文化公司，2007 年。

二、期刊論文

（一）日文

1. 錦仁，〈音のある風景——古今和歌集仮名序を起点に——〉，《日本文学》，第 53 卷第 7 期，2004 年。
2. 馬場あき子，〈擬人感覚と序詞の特性〉，《新編日本古典文学全集：古今和歌集月報》，第 9 期，1994 年。
3. 北川原平造，〈四季歌の構造——古今和歌集ノート——〉，《紀要》，第 16 卷，1993 年。
4. 林四郎，〈古今和歌集の心と表現構造〉，《日本言語文化研究》，第 12 卷，2008 年。

（二）中文

1. 山本景子，〈日本的詩學與歌學之辨〉，《上海師範大學學報》，第 42 卷第 6 期，2013 年。
2. 尤海燕，〈《古今和歌集》的真名序和假名序——以「和歌發生論」為中心〉，《日語學習與研究》，第 5 期，2010。
3. 方愛萍，〈論日本民族的「物哀」審美意識〉，《河南理工大學學報》，第 10 卷第 1 期，2009 年。
4. 王可平，〈「情景交融」對文藝的影響〉，《中國文化月刊》，第 147 期，1992 年。
5. 王寅，〈本居宣長的物哀觀〉，《開封教育學院學報》，第 33 卷第 7 期，2013 年。
6. 呂汝泉，〈日本文學作品中「物哀」的美學意義芻議〉，《哈爾濱學院學報》，第 35 卷第 10 期，2014 年。
7. 宋慧，〈「物感」與「物哀」審美觀念之比較〉，《齊齊哈爾師範高等專科學校學報》，第 3 期，2011 年。
8. 李光貞，〈物哀：日本古典文學的審美追求〉，《山東社會科學學報》，第 5 期，2005 年。

9. 李百容，〈從「群體意識」與「個體意識」論文學史「詩言志」與「詩緣情」之對舉關係——以明代格調、性靈詩學分流起點為論證核心〉，《新竹教育大學人文社會學報》，第 2 卷第 1 期，2009 年。
10. 沈松勤，〈唐代酒令與令詞〉，《浙江大學學報》，第 30 卷第 4 期，2000 年。
11. 林玫儀，〈由敦煌曲看詞的起原〉，《書目季刊》，第 8 卷第 4 期，1975 年。
12. 周建萍，〈「物哀」與「物感」——中日審美範疇之比較〉，《徐州師範大學學報》，第 30 卷第 4 期，2004 年。
13. 周萍萍，〈追尋「物哀」——對日本文學傳統理念的解讀〉，《理論界》，第 1 期，2007 年。
14. 宗白華，〈中國藝術意境之誕生〉，《鵝湖》，第 3 卷第 5 期，1977 年。
15. 胡耀恆譯，〈比較文學的目的與遠景〉，《中外文學》，第 2 卷第 9 期，1974 年。
16. 夏承燾，〈令詞出於酒令考〉，龍沐勛主編，《詞學季刊》，第 3 卷第 2 號，1936 年。
17. 張全輝，〈和歌與詞的意象對比〉，《保山學院學報》，第 3 期，2010 年。
18. 張思齊，〈在比較中看日本詩歌的六個特徵〉，《東方叢刊》，第 2 期，2008 年。
19. 曹利霞、安書慧，〈淺析《古今和歌集》中的「物哀」〉，《寶雞文理學院學報》，第 33 卷第 3 期，2013 年。
20. 曹景惠，〈淺談和漢比較文學研究〉，《臺大東亞文化研究》，第 1 期，2013 年。
21. 陳忻，〈中國唐宋詩詞與日本和歌意境的「實」與「虛」〉，《文學評論》，第 1 期，2004 年。

22. 陳曉敏，〈淺論日本文學中的「物哀」傾向〉，《太原城市職業技術學院學報》，第 9 期，2012 年。
23. 曾守正，〈中國「詩言志」與「詩緣情」的文學思想——以漢代詩歌為考察對象〉，《淡江人文社學刊》，第 10 期，2002 年。
24. 黃文吉，〈日本研究詞學的社團——宋詞研究會〉，《中國文哲研究通訊》，第 24 卷第 2 期，2014 年。
25. 黃麗，〈日本古典文學中的美學理念〉，《芒種：下半月》，第 11 期，2014 年。
26. 楊東籬，〈「意境」與「美的理念」中西美學理論本體的比較研究〉，《古今藝文》，第 26 卷第 4 期，2000 年。
27. 楊雨，〈婉約之「約」與詞體本色〉，《中山大學學報》，第 50 卷第 5 期，2010 年。
28. 葉莊，〈以悲為美：論日本文學中的物哀〉，《世界文學評論》，第 1 期，2012 年。
29. 趙小平、呂汝泉，〈淺談日本文學中「物哀」的美學意義〉，《新鄉學院學報》，第 27 卷第 6 期，2013 年。

三、學位論文

1. 林怡劭，《論唐宋時期詞體婉約本色的建構》，臺北：政治大學中國文學研究所碩士論文，2011 年。
2. 張全輝，《和歌與詞的藝術比較思考——從文本結構看和歌與詞》，雲南：雲南大學比較文學與世界文學碩士論文，2005 年。
3. 黃文鶯，《賀鑄在詞史上的承繼與開展》，臺北：臺灣師範大學國文研究所碩士論文，2003 年。

四、網路資料

1. 水垣久，《千人万首——よよのうたびと——》，〈http://www.asahi-net.or.jp/~sg2h-ymst/yamatouta/sennin/tohoru.html〉，2016.03.26。

2. 松村明監修，《デジタル大辞泉》:「蝉時雨（せみしぐれ）: 多くの蝉が一斉に鳴きたてる声を時雨の降る音に見立てた語（大量的蟬群起鳴叫宛如夏日午後陣雨聲）。」，小学館〈http://dictionary.goo.ne.jp/jn/125133/meaning/jn/125133/meaning/m0u/%E8%9D%89%E6%99%82%E9%9B%A8/〉，2017.03.29。
3. 金田一春彦監修，小久保崇明編，「学研全訳古語辞典」，東京：学研プラス，2014，〈http://kobun.weblio.jp/content/%E3%81%86%E3%81%9F〉，2016.07.27。
4. 鍾文音、許悔之，〈文學相對論（四之三）: 來說一個小秘密〉，《聯合新聞網．閱讀》，〈http://udn.com/news/story/7048/1065848〉，2015.11.17。

附錄一

一、本文援引之晚唐五代迄北宋令詞作品列表

時　代	作者	詞　牌	初　句	出　處
晚唐五代	溫庭筠	〈菩薩蠻〉	小山重疊金明滅，鬢雲欲度香腮雪。	龍沐勛編、卓清芬注，《唐宋名家詞選》，頁 19。
		〈更漏子〉	柳絲長，春雨細，花外漏聲迢遞。	黃昇編，《花庵詞選》，頁 16。
		〈更漏子〉	玉鑪香，紅蠟淚，偏照畫堂秋思。	龍沐勛編、卓清芬注，《唐宋名家詞選》，頁 26。
		〈夢江南〉	梳洗罷，獨倚望江樓。	龍沐勛編、卓清芬注，《唐宋名家詞選》，頁 31。
	韋莊	〈浣溪紗〉	夜夜相思更漏殘，傷心明月憑闌干。	龍沐勛編、卓清芬注，《唐宋名家詞選》，頁 38。
		〈菩薩蠻〉	紅樓別夜堪惆悵，香燈半捲流蘇帳。	龍沐勛編、卓清芬注，《唐宋名家詞選》，頁 38。
		〈菩薩蠻〉	人人盡說江南好，遊人只合江南老。	黃昇編，《花庵詞選》，頁 18。

		〈菩薩蠻〉	如今卻憶江南樂，當時年少春衫薄。	龍沐勛編、卓清芬注，《唐宋名家詞選》，頁 39。
		〈菩薩蠻〉	勸君今夜須沈醉，樽前莫話明朝事。	龍沐勛編、卓清芬注，《唐宋名家詞選》，頁 40。
		〈菩薩蠻〉	洛陽城裏春光好，洛陽才子他鄉老。	龍沐勛編、卓清芬注，《唐宋名家詞選》，頁 41。
		〈女冠子〉	四月十七，正是去年今日，別君時。	龍沐勛編、卓清芬注，《唐宋名家詞選》，頁 47。
		〈女冠子〉	昨夜夜半，枕上分明夢見，語多時。	龍沐勛編、卓清芬注，《唐宋名家詞選》，頁 48。
	馮延巳	〈採桑子〉	華前失卻遊春侶，獨自尋芳。	龍沐勛編、卓清芬注，《唐宋名家詞選》，頁 90。
		〈酒泉子〉	芳草長川，柳映危橋橋下路。	龍沐勛編、卓清芬注，《唐宋名家詞選》，頁 91。
		〈謁金門〉	風乍起，吹縐一池春水。	龍沐勛編、卓清芬注，《唐宋名家詞選》，頁 93。
		〈喜遷鶯〉	宿鶯啼，鄉夢斷，春樹曉朦朧。	龍沐勛編、卓清芬注，《唐宋名家詞選》，頁 96。
	李煜	〈清平樂〉	別來春半，觸目愁腸斷。	龍沐勛編、卓清芬注，《唐宋名家詞選》，頁 104。
		〈烏夜啼〉	林花謝了春紅，太匆匆，無奈朝來寒雨晚來風。	龍沐勛編、卓清芬注，《唐宋名家詞選》，頁 105。
		〈烏夜啼〉	無言獨上西樓，月如鉤。	龍沐勛編、卓清芬注，《唐宋名家詞選》，頁 110。

		〈長相思〉	雲一緺，玉一梭，澹澹衫兒薄薄羅，輕顰雙黛螺。	龍沐勛編、卓清芬注，《唐宋名家詞選》，頁 106。
		〈搗練子令〉	深院靜，小庭空，斷續寒砧斷續風。	龍沐勛編、卓清芬注，《唐宋名家詞選》，頁 106。
北宋（男性詞人）	張先	〈浣溪紗〉	樓倚春江百尺高，煙中還未見歸橈，幾時期信似江潮？	龍沐勛編、卓清芬注，《唐宋名家詞選》，頁 128。
		〈青門引〉	乍暖還輕冷，風雨晚來方定。	龍沐勛編、卓清芬注，《唐宋名家詞選》，頁 129。
	晏殊	〈浣溪紗〉	一曲新詞酒一杯，去年天氣舊亭臺，夕陽西下幾時回。	龍沐勛編、卓清芬注，《唐宋名家詞選》，頁 132。
		〈浣溪紗〉	一向年光有限身，等閒離別易銷魂，酒筵歌席莫辭頻。	龍沐勛編、卓清芬注，《唐宋名家詞選》，頁 133。
		〈清平樂〉	金風細細，葉葉梧桐墜。	龍沐勛編、卓清芬注，《唐宋名家詞選》，頁 135。
		〈清平樂〉	紅牋小字，說盡平生意。	龍沐勛編、卓清芬注，《唐宋名家詞選》，頁 136。
		〈玉樓春〉	池塘水綠風微暖，記得玉真初見面。	龍沐勛編、卓清芬注，《唐宋名家詞選》，頁 138。
		〈踏莎行〉	祖席離歌，長亭別宴，香塵已隔猶迴面。	龍沐勛編、卓清芬注，《唐宋名家詞選》，頁 140。
		〈踏莎行〉	小徑紅稀，芳郊綠遍，高臺樹色陰陰見。	龍沐勛編、卓清芬注，《唐宋名家詞選》，頁 141。
		〈踏莎行〉	碧海無波，瑤臺有路，思量便合雙飛去。	龍沐勛編、卓清芬注，《唐宋名家詞選》，頁 140。

		〈踏莎行〉	候館梅殘，溪橋柳細，草薰風暖搖征轡。	龍沐勛編、卓清芬注，《唐宋名家詞選》，頁 154。
		〈玉樓春〉	尊前擬把歸期說，未語春容先慘咽。	龍沐勛編、卓清芬注，《唐宋名家詞選》，頁 159。
		〈浣溪紗〉	堤上遊人逐畫船，拍堤春水四垂天，綠楊樓外出鞦韆。	龍沐勛編、卓清芬注，《唐宋名家詞選》，頁 164。
		〈浪淘沙令〉	把酒祝東風，且共從容。	龍沐勛編、卓清芬注，《唐宋名家詞選》，頁 163。
	晏幾道	〈鷓鴣天〉	彩袖殷勤捧玉鍾，當年拚卻醉顏紅。	龍沐勛編、卓清芬注，《唐宋名家詞選》，頁 212。
		〈鷓鴣天〉	十里樓臺倚翠微，百花深處杜鵑啼。	龍沐勛編、卓清芬注，《唐宋名家詞選》，頁 215。
		〈生查子〉	金鞭美少年，去躍青驄馬。	龍沐勛編、卓清芬注，《唐宋名家詞選》，頁 216。
		〈生查子〉	關山魂夢長，魚鴈音塵少。	龍沐勛編、卓清芬注，《唐宋名家詞選》，頁 217。
		〈玉樓春〉	東風又作無情計，艷粉嬌紅吹滿地。	龍沐勛編、卓清芬注，《唐宋名家詞選》，頁 221。
		〈木蘭花〉	鞦韆院落重簾暮，彩筆閒來題繡戶。	龍沐勛編、卓清芬注，《唐宋名家詞選》，頁 220。
		〈清平樂〉	留人不住，醉解蘭舟去。	龍沐勛編、卓清芬注，《唐宋名家詞選》，頁 219。
		〈臨江仙〉	夢後樓臺高鎖，酒醒簾幕低垂。	龍沐勛編、卓清芬注，《唐宋名家詞選》，頁 208。

	秦觀	〈踏莎行〉	霧失樓臺，月迷津渡，桃源望斷無尋處。	龍沐勛編、卓清芬注，《唐宋名家詞選》，頁 325。
		〈鵲橋仙〉	纖雲弄巧，飛星傳恨，銀漢迢迢暗度。	龍沐勛編、卓清芬注，《唐宋名家詞選》，頁 321。
		〈減字木蘭花〉	天涯舊恨，獨自淒涼人不問。	龍沐勛編、卓清芬注，《唐宋名家詞選》，頁 322。
		〈畫堂春〉	落紅鋪徑水準池，弄晴小雨霏霏。	龍沐勛編、卓清芬注，《唐宋名家詞選》，頁 323。
		〈浣溪紗〉	漠漠輕寒上小樓，曉陰無賴是窮秋，淡煙流水畫屏幽。	龍沐勛編、卓清芬注，《唐宋名家詞選》，頁 327。
		〈阮郎歸〉	湘天風雨破寒初，深沉庭院虛。	龍沐勛編、卓清芬注，《唐宋名家詞選》，頁 328。
		〈點絳唇〉	醉漾輕舟，信流引到花深處。	龍沐勛編、卓清芬注，《唐宋名家詞選》，頁 331。
	賀鑄	〈半死桐〉亦名鷓鴣天	重過閶門萬事非，同來何事不同歸。	龍沐勛編、卓清芬注，《唐宋名家詞選》，頁 337。
		〈夢江南〉	九曲池頭三月三，柳毿毿。	龍沐勛編、卓清芬注，《唐宋名家詞選》，頁 339。
		〈芳心苦〉踏莎行	楊柳回塘，鴛鴦別浦，綠萍漲斷蓮舟路。	龍沐勛編、卓清芬注，《唐宋名家詞選》，頁 341。
		〈浣溪紗〉	樓角初銷一縷霞，淡黃楊柳暗棲鴉，玉人和月摘梅花。	龍沐勛編、卓清芬注，《唐宋名家詞選》，頁 359。
		〈天門謠・登採石蛾眉亭〉	牛渚天門險，限南北、七雄豪占。	龍沐勛編、卓清芬注，《唐宋名家詞選》，頁 365。

北宋（女性詞人）	李清照	〈如夢令〉	昨夜雨疏風驟，濃睡不消殘酒。	龍沐勛編、卓清芬注，《唐宋名家詞選》，頁 485。
		〈醉花陰〉	薄霧濃雲愁永晝，瑞腦消金獸。	龍沐勛編、卓清芬注，《唐宋名家詞選》，頁 488。
		〈鷓鴣天〉	寒日蕭蕭上瑣窗，梧桐應恨夜來霜。	龍沐勛編、卓清芬注，《唐宋名家詞選》，頁 489。
		〈添字醜奴兒〉又名〈添字採桑子〉	窗前誰種芭蕉樹？	唐圭璋編，《全宋詞．第二冊》，頁 930。
	朱淑貞	〈菩薩蠻〉	山亭水榭秋方半，鳳幃寂寞無人伴。	龍沐勛編、卓清芬注，《唐宋名家詞選》，頁 720。
		〈清平樂〉	惱煙撩露，留我須臾住。	龍沐勛編、卓清芬注，《唐宋名家詞選》，頁 721。

（資料來源：黃昇編，《花庵詞選》；唐圭璋編，《全宋詞》；龍沐勛編、卓清芬注，《唐宋名家詞選》；研究者整理）

二、本文援引之平安短歌作品列表

部名	番號	作者	題　名	內　容	出　處
春歌上	29	猿丸大夫	題しらず	をちこちの たづきもしらぬ 山中(やまなか)に おぼつかなくも 呼(よぶ)子鳥(こどり)かな	小沢正夫、松田成穗校注・訳者，《古今和歌集》，頁 40。
春歌下	121		題しらず	今もかも 咲きにほふらむ 橘(たちばな)の 小島(こじま)の崎(さき)の 山吹(やまぶき)の花	小沢正夫、松田成穗校注・訳者，《古今和歌集》，頁 71。

秋歌上	215		是貞の親王の家の歌合の歌	奥山に　紅葉(もみぢ)ふみわけ　鳴く鹿の　声きく時ぞ　秋は悲しき	小沢正夫、松田成穗校注・訳者,《古今和歌集》,頁103。
恋歌一	520		題しらず	来(こ)む世にも　はやなりななむ　目の前に　つれなき人を　昔と思はむ	小沢正夫、松田成穗校注・訳者,《古今和歌集》,頁211。
恋歌五	760		題しらず	あひ見ねば　恋(こひ)こそまされ　水無瀬(みなせ)川(がは)　なにに深めて　思ひそめけむ	小沢正夫、松田成穗校注・訳者,《古今和歌集》,頁291。
春歌上	53		渚院にて桜を見てよめる	世の中に　絶(た)えて桜の　なかりせば　春の心は　のどけからまし	小沢正夫、松田成穗校注・訳者,《古今和歌集》,頁48。
春歌下	133		弥生のつごもりの日、雨の降りけるに、藤の花を折りて人につかはしける	濡(ぬ)れつつぞ　しひて折(を)りつる　年の内(うち)に　春はいくかも　あらじと思へば	小沢正夫、松田成穗校注・訳者,《古今和歌集》,頁76。
秋歌下	294	在原業平	二条の后の春宮の御息所と申しける時に、御屏風に龍田河に紅葉流れたる形をかけりけるを題にてよめる	ちはやぶる　神世(かみよ)もきかず　龍田河　韓紅(からくれなる)に　水くくるとは	小沢正夫、松田成穗校注・訳者,《古今和歌集》,頁131。
羇旅歌	411		武蔵国と下総国との中にある、隅田河のほとりにいたりて、都のいと恋しうおぼえけれ	名にしおはば　いざ言問(こと と)はむ　都鳥　わが思ふ人は　ありやなしやと	小沢正夫、松田成穗校注・訳者,《古今和歌集》,頁175。

			ば、しばし川のほとりにおりゐて、「思ひやれば、かぎりなく遠くもきにけるかな」と思ひわびてながめをるに、渡守、「はや舟に乗れ。日暮れぬ」と言ひければ、舟に乗りて渡らむとするに、みな人ものわびしくて、京に思ふ人なくしもあらず、さる折に、白き鳥の嘴と足と赤き、川のほとりに遊びけり。京には見えぬ鳥なりければ、みな人見知らず。渡守に「これはなに鳥ぞ」と問ひければ、「これなむ都鳥」と言ひけるを聞きてよめる		
恋歌三	616		彌生の朔日より、忍びに人にものら言ひて、のちに、雨のそほ降りけるによみてつかはしける	起(お)きもせず　寝(ね)もせで夜(よる)を　あかしては　春のものとて　ながめくらしつ	小沢正夫、松田成穂校注・訳者,《古今和歌集》,頁242。
恋歌三	632		東の五條わたりに、人を知しりおきてまかり通ひけり。忍びなる所なりければ、門よりしもえ入らで、垣の崩れより通ひけ	人知れぬ　わが通路(かよひぢ)の　關守(せきもり)は　よひよひごとに　うちも寝(ね)ななむ	小沢正夫、松田成穂校注・訳者,《古今和歌集》,頁248。

			るを、たびかさなりければ、主聞きつけてかのみちに夜ごとに人を伏せて守らすれば、行きけれどえ逢はでのみ帰りきて、よみてやりける		
恋歌五	747		五條の后の宮の西の対に住みける人に、本意にはあらでもの言ひわたりけるを、睦月の十日余りになむ、ほかへ隠れにける。在り所は聞きけれど、えものも言はで、またの年の春、梅の花盛りに、月のおもしろかりける夜、去年を戀ひてかの西の対にいきて、月の傾くまであばらなる板敷に臥せりてよめる	月やあらぬ　春や昔の　春ならぬ　わが身ひとつは　もとの身にして	小沢正夫、松田成穗校注・訳者,《古今和歌集》,頁287。
哀傷歌	861		病して弱くなりにける時よめる	つひにゆく　道とはかねて　聞きしかど　昨日(きのふ)今日(けふ)とは　思はざりしを	小沢正夫、松田成穗校注・訳者,《古今和歌集》,頁327。
秋歌上	226	遍昭僧正	題しらず	名にめでて　折れるばかりぞ　女郎花(をみなへし)　我おちにきと　人にかたるな	小沢正夫、松田成穗校注・訳者,《古今和歌集》,頁107。

哀傷歌	847		深草の帝の御時に、蔵人頭にて夜昼馴れつかうまつりけるを、諒闇になりにければ、さらに世にもまじらずして、比叡の山にのぼりて頭おろしてけり。そのまたの年、みな人御服脱ぎて、あるは冠賜はりなど、よろこびけるを聞きてよめる	みな人は　花の衣(ころも)に　なりぬなり　苔(こけ)の袂(たもと)よ　かわきだにせよ	小沢正夫、松田成穗校注・訳者,《古今和歌集》,頁320。
春歌下	113	小野小町	題しらず	花の色は　うつりにけりな　いたづらに　わが身世にふる　ながめせしまに	小沢正夫、松田成穗校注・訳者,《古今和歌集》,頁68。
恋歌二	552		題しらず	思ひつつ　寝(ぬ)ればや人の　見えつらむ　夢と知りせば　さめざらましを	小沢正夫、松田成穗校注・訳者,《古今和歌集》,頁221。
恋歌五	797		題しらず	色見えで　移ろふものは　世の中の　人の心の　花にぞありける	小沢正夫、松田成穗校注・訳者,《古今和歌集》,頁303。
離別歌	365	在原行平	題しらず	立ち別れ　いなばの山の　峰におふる　松とし聞かば　いま帰り来(こ)む	小沢正夫、松田成穗校注・訳者,《古今和歌集》,頁157。
恋歌四	724	源融	題しらず	陸奥(みちのく)の　しのぶもぢずり　誰(たれ)ゆゑに　乱(みだ)れそめにし　われならなくに	鈴木日出男等著,《原色小倉百人一首》,頁33。

春歌上	42	紀貫之	初瀬にまうづるごとに宿りける人の家に、久しく宿らで、ほどへてのちにたれりければ、かの家のあるじ、「かくさだかになむやどりはある」と、言ひいだして侍りければ、そこにたてりける梅の花を折りてよめる	人はいさ　心も知らず　ふるさとは　花ぞ昔の　香ににほひける	小沢正夫、松田成穂校注・訳者,《古今和歌集》,頁45。
春歌下	49		人の家に植ゑたりける桜の、花咲きはじめたりけるを見てよめる	今年(ことし)より　春知(はるし)りそむる　桜花(さくらばな)　散るといふことは　ならはざらなむ	小沢正夫、松田成穂校注・訳者,《古今和歌集》,頁47。
夏歌	156		寛平御時后の宮の歌合の歌	夏の夜(よ)の　臥(ふ)すかとすれば　郭公(ほととぎす)　鳴くひと声に　あくるしののめ	小沢正夫、松田成穂校注・訳者,《古今和歌集》,頁84。
秋歌下	311		秋のはつる心を龍田河に思ひやりてよめる	年ごとに　もみぢ葉(ば)　流(なが)す　龍田川(たつたがわ)　水門(みなと)や秋の　泊まりなるらむ	小沢正夫、松田成穂校注・訳者,《古今和歌集》,頁137。
羇旅歌	404		志賀の山越えにて、石井のもとにてものいひける人の別れける折によめる	結ぶ手の　しづくににごる　山の井のあかでも人に　別れぬるかな	小沢正夫、松田成穂校注・訳者,《古今和歌集》,頁171。
恋歌二	579		題しらず	五月山(さつきやま)　こずゑを高(たか)み　郭公(ほととぎす)　なく音(ね)　空(から)なる　恋(こひ)もするかな	小沢正夫、松田成穂校注・訳者,《古今和歌集》,頁230。

春歌下	134	凡河內躬恆	亭子院歌合の春のはての歌	今日（けふ）のみと　春を思はぬ　時だにも　立つことやすき　花のかげかは	小沢正夫、松田成穗校注・訳者，《古今和歌集》，頁76。
秋歌下	277		白菊の花をよめる	心あてに　折（を）らばや折（お）らむ　初霜（はつしも）の置きまどはせる　白菊の花	小沢正夫、松田成穗校注・訳者，《古今和歌集》，頁126。
秋歌下	304		池のほとりにて紅葉の散るをよめる	風吹けば　落つるもみぢ葉（ば）　水きよみ散らぬかげさへ　底に見えつつ	小沢正夫、松田成穗校注・訳者，《古今和歌集》，頁134。
恋歌一	481		題しらず	初雁（はつかり）の　はつかに声（こゑ）を　聞（き）きしより中空（なかぞら）にのみ　物を思ふかな	小沢正夫、松田成穗校注・訳者，《古今和歌集》，頁201。
秋歌上	238	平貞文	寛平御時、蔵人所のをのこども、嵯峨野に花見むとてまかりたりける時、帰るとてみな歌よみけるついでによめる	花にあかで　なに帰るらむ　女郎花　おほかる野辺（のべ）に　寝（ね）なましものを	小沢正夫、松田成穗校注・訳者，《古今和歌集》，頁111。
秋歌上	242		題しらず	今よりは　植（う）ゑてだに見じ（けん）　花すすき（はな）穂（ほ）にいづる秋は　わびしかりけり	小沢正夫、松田成穗校注・訳者，《古今和歌集》，頁112。

恋歌三	666		題しらず	白河(しらかわ)の　知(し)らずともいはじ　底清(そこきよ)み　流(なが)れて世々(よよ)に　すまむと思へば	小沢正夫、松田成穂校注・訳者,《古今和歌集》，頁259。
恋歌五	823		題しらず	秋風の　吹きうらかへす　葛(くず)の葉(は)の　うらみてもなほ　うらめしきかな	小沢正夫、松田成穂校注・訳者,《古今和歌集》，頁310。
春歌下	76	素性	桜の花の散り侍りけるを見てよみける	花散らす　風のやどりは　誰(たれ)か知(し)る　我(われ)にをしへよ　行きてうらみむ	小沢正夫、松田成穂校注・訳者,《古今和歌集》,頁56。
秋歌上	244		寛平御時后の宮の歌合の歌	我(われ)のみや　あはれと思(おも)はむ　きりぎりす　鳴(な)く夕(ゆう)かげの　大和(やまと)なでしこ	小沢正夫、松田成穂校注・訳者，《古今和歌集》，頁113。
恋歌四	691		題しらず	いま来(こ)むと　いひしばかりに　長月(ながつき)の　有明(ありあ)けの月を　待ちいでつるかな	小沢正夫、松田成穂校注・訳者,《古今和歌集》，頁268。
春歌上	31	伊勢	帰る雁をよめる	春霞(はるがすみ)　立つを見すてて　行く雁は　花なき里に　住みやならへる	小沢正夫、松田成穂校注・訳者，《古今和歌集》，頁41。
春歌上	68		亭子院歌合の時よめる	見る人も　なき山里の　桜花　ほかの散りなむ　のちぞ咲かまし	小沢正夫、松田成穂校注・訳者，《古今和歌集》，頁53。

恋歌四	681		題しらず	夢にだに　見ゆとは見えじ　朝な朝な　わが面影（おもかげ）に　恥づる身なれば	小沢正夫、松田成穗校注・訳者，《古今和歌集》，頁264。
恋歌五	791		物思ひけるころ、ものへまかりける道に、野火の燃えけるを見てよめる	冬枯れの　野辺とわが身を　思ひせば　もえても春を　待たましものを	小沢正夫、松田成穗校注・訳者，《古今和歌集》，頁301。

（資料來源：小沢正夫、松田成穗校注・譯者，《古今和歌集》；研究者整理）

附錄二

令詞格律列表

詞牌名	字　數	韻　格
〈十六字令〉	16 字	平韻格
〈荷葉杯〉	23 字	定格；平仄韻錯葉格
〈南歌子〉	26 字	定格；平韻格
〈漁歌子〉	27 字	平韻格
〈憶江南〉	27 字	定格；平韻格
〈瀟湘神〉	27 字	平韻格
〈搗練子〉	27 字	平韻格
〈南鄉子〉	27 字	格一；平仄韻轉換格
〈浪淘沙〉	28 字	格一（七言絕句式）；平韻格
〈江南春〉	30 字	平韻格
〈南鄉子〉	30 字	格二；平仄韻轉換格
〈憶王孫〉	31 字	平韻格
〈蕃女怨〉	31 字	平仄韻轉換格
〈訴衷情〉	33 字	別格；平仄韻錯葉格
〈如夢令〉	33 字	仄韻格
〈歸自謠〉	34 字	仄韻格
〈天仙子〉	34 字	格一；仄韻格

〈江城子〉	35 字	定格；平韻格
〈調笑令〉	35 字	定格；平仄韻轉換格
〈定西番〉	35 字	平仄韻錯葉格
〈長相思〉	36 字	平韻格
〈相見歡〉	36 字	平仄韻錯葉格
〈醉太平〉	38 字	平韻格
〈調笑令〉	38 字	變格；仄韻格
〈生查子〉	40 字	格一；仄韻格
〈生查子〉	40 字	格二；仄韻格
〈生查子〉	40 字	格三；仄韻格
〈玉蝴蝶〉	41 字	格一；平韻格
〈醉花間〉	41 字	仄韻格
〈點絳唇〉	41 字	仄韻格
〈上行杯〉	41 字	平仄韻錯葉格
〈浣溪紗〉	42 字	格一；平韻格
〈霜天曉角〉	43 字	定格；仄韻格
〈霜天曉角〉	43 字	變格；平韻格
〈傷春怨〉	43 字	仄韻格
〈酒泉子〉	43 字	平仄韻錯葉格
〈巫山一段雲〉	44 字	平韻格
〈採桑子〉	44 字	格一；平韻格（又名醜奴兒）
〈訴衷情〉	44 字	定格；平韻格
〈卜運算元〉	44 字	定格；仄韻格
〈木蘭花〉	44 字	格三（減字木蘭花）；平仄韻轉換格
〈昭君怨〉	44 字	平仄韻轉換格
〈謁金門〉	45 字	仄韻格
〈好事近〉	45 字	仄韻格
〈憶少年〉	46 字	仄韻格
〈憶秦娥〉	46 字	定格；仄韻格
〈憶秦娥〉	46 字	變格；平韻格

〈清平樂〉	46 字	平仄韻轉換格
〈畫堂春〉	47 字	平韻格
〈阮郎歸〉	47 字	平韻格
〈浣溪紗〉	48 字	格二（攤破浣溪紗）；平韻格
〈採桑子〉	48 字	格二（添字）；平韻格（又名添字醜奴兒）
〈三字令〉	48 字	平韻格
〈朝中措〉	48 字	平韻格
〈眼兒媚〉	48 字	平韻格
〈人月圓〉	48 字	平韻格
〈菩薩蠻〉	48 字	平仄韻轉換格
〈柳梢青〉	49 字	定格；平韻格
〈柳梢青〉	49 字	別格；仄韻格
〈太常引〉	49 字	平韻格
〈喜遷鶯〉	49 字	平仄韻轉換格
〈河瀆神〉	49 字	平仄韻轉換格
〈少年游〉	50 字	定格；平韻格
〈燭影搖紅〉	50 字	格一（憶故人）；仄韻格
〈木蘭花〉	50 字	格四（偷聲木蘭花）；平仄韻轉換格
〈西江月〉	50 字	平仄韻通葉格
〈少年游〉	51 字	別格一；平韻格
〈少年游〉	51 字	別格二；平韻格
〈少年游〉	51 字	別格三；平韻格
〈更漏子〉	51 字	平仄韻轉換格
〈憶餘杭〉	51 字	平仄韻轉換格
〈南歌子〉	52 字	雙調；平韻格
〈醉花陰〉	52 字	仄韻格
〈望江東〉	52 字	仄韻格
〈荷葉杯〉	52 字	變格；平仄韻錯葉格
〈憶江南〉	54 字	雙調；平韻格
〈浪淘沙〉	54 字	格二（雙調小令）；平韻格

〈鷓鴣天〉	55字	平韻格
〈木蘭花〉	55字	格一（仄韻換韻格）；仄韻格
〈木蘭花〉	56字	格二（仄韻定格）；仄韻格
〈鵲橋仙〉	56字	仄韻格
〈南鄉子〉	56字	格三；平韻格
〈夜遊宮〉	57字	仄韻格
〈臨江仙〉	58字	格一；平韻格
〈臨江仙〉	58字	格二；平韻格
〈小重山〉	58字	平韻格
〈踏莎行〉	58字	格一；仄韻格

（資料來源：龍沐勛，《唐宋詞格律》；研究者整理）